战国风云三十年

V

霸道成空

许葆云◎著

国际文化出版公司

·北京·

图书在版编目（CIP）数据

战国风云三十年. 5 / 许葆云著. —北京：国际文化出版公司，
2015.8（2023.1 重印）
ISBN 978-7-5125-0793-7

I. ①战… II. ①许… III. ①长篇历史小说—中国—当代
IV. ① I247.5

中国版本图书馆 CIP 数据核字（2015）第 150957 号

战国风云三十年 V

作　　者	许葆云
责任编辑	潘建农
统筹监制	葛宏峰　兰　青
策划编辑	王　维
特约策划	好读文化
美术编辑	秦　宇
出版发行	国际文化出版公司
经　　销	国文润华文化传媒（北京）有限责任公司
印　　刷	天津画中画印刷有限公司
开　　本	710 毫米 ×1000 毫米　　16 开
	23 印张　　　　　　　　280 千字
版　　次	2015 年 8 月第 1 版
	2023 年 1 月第 2 次印刷
书　　号	ISBN 978-7-5125-0793-7
定　　价	38.00 元

国际文化出版公司
北京朝阳区东土城路乙 9 号　　邮编：100013
总编室：（010）64271551　　传真：（010）64271578
销售热线：（010）64271187
传真：（010）64271187-800
E-mail：icpc@95777.sina.net

第五部

霸道成空

目 录

Contents

一　赵国踌躇满志

白起的军权得而复失

自从秦王顺利地收拾了魏冉、芈戎这几个旧臣，把权力彻底集中在自己手里，秦军攻克邢丘，打开了进入中原的门户，加上身边又有个应侯范雎料事如神，算无不中，对秦王嬴则来说，统一天下的大业终于可以正式实施了。

于是秦王把应侯范雎找来，开始商议歼灭韩国的方略。

对于灭韩之事范雎早就有了计划："韩国被黄河分成南北两半，黄河以南又被西周洛阳、东周巩邑从中间隔为两段，一个国家分成了三块，其中最强大的是黄河南岸与魏国相邻的那一部分，包括纶氏、缑氏、襄城、城父、昆阳、叶阳、成皋、荥阳、华阳、新郑等地，这一片地方秦军暂时拿不到手，黄河南岸靠东边的渑池、宜阳、卢氏、栾川、新城、高都、注人等地虽然唾手可得，但这些城邑与西周、东周相连，秦国虽然准备灭韩，却不想立刻灭了周朝，以免被天下诸侯指责。所以臣觉得秦军应该先放下黄河南岸的韩国城池不理，集中兵力沿黄河北岸进军，夺吴城、阳狐、武遂、垣曲、邓邑、姑密，这样一来，大王就把从魏国割取的温县、轵县、邢丘、怀邑与秦国本土连成一体，秦国大军可以沿黄河北岸一路东进，军马所需粮草可以从刚征服的韩国城池和魏国土地上获得，再也没人能阻挡秦人兼并天下的脚步了。"

范雎果然是个奇才，玩弄阴谋诡计是一绝，谋划天下大势也一样高明得很。秦王听得连连点头："应侯觉得打通黄河北岸需要用兵多少，历时几年？"

"臣估计这一仗用兵大约十五万，需要三年时间。"

秦王双目微合在心里想了想，暗暗点头。

范雎又说："打通黄河北岸，兼并韩国的大势就定了。下一步秦军可以夺取野王、葵邑、濩泽，占领整个韩上党。然后大军向南渡过黄河，取广武、荥阳、成皋，攻克新郑，席卷韩国疆土，臣估计五年之内当可彻底兼并韩国。"

范雎把兼并韩国的计划说完了，秦王也松了口气，回身坐下，略一沉吟，又问："伐韩当以何人为将？"

"左庶长王龁骁勇善战，不久前刚夺了邢丘，破魏军数万之众，臣以为王龁可做伐韩的上将军。"

秦王的身子半靠在王座上，双目微合，好像睡着了似的，脸上毫无表情，想了好半晌，缓缓睁开眼来："伐韩是大战，还是让武安君去打吧。"

在任用伐韩的上将军这件事上，秦王和范雎各有自己的心思。

秦国是个不折不扣的军国，这个军国的上层以秦王为核心，下面是勋戚、将军、谋臣三足鼎立。以武安君白起为首的一群名臣上将托着秦国的半边天。秦王嬴则早前肯放过魏冉、芈戎这几个人，主要也是为了减少对秦军上层将领的冲击。

武安君白起虽然是穰侯魏冉亲手提拔起来的将领，两人的关系曾经亲如父子，但随着魏冉在秦国失势，白起也逐渐和魏冉离心离德，最后干脆为了保全自己而彻底抛弃了魏冉。在秦王看来，白起已经向他表了忠心，也就是说白起这个人仍然可用，甚至可以重用，大用。

可范雎是靠阴谋诡计扳倒了魏冉，踩着这班旧臣的脑袋爬上来的，在范雎看来，白起、蒙骜、司马梗、司马靳这些当年追随魏冉的将领个个都是政敌，虽然范雎也明白这些人功劳大，人数多，不可能一次把他们全都打倒，可在范雎心里对这些人——尤其是白起，是特别提防的。

在这件事上，范雎的双眼全被私利蒙住了，只知道捧起王龁，贬低白起。秦王的见识倒比范雎明白些。知道秦国目前离不开白起，不重用武安君，很多大事都办不好。

秦国的当家人是秦王，范雎虽然封了关内侯，做了秦国相邦，可他在秦国的资历、本钱连当年穰侯魏冉的一个零头也比不上，在秦王面前，范雎连争执的资格都没有，只好把头一低不吭声了。

秦王也知道范雎心里有什么想法，故意问他："应侯觉得寡人用武安君伐韩，是不是比任用王龁更稳妥些？"

范雎忙赔着笑脸说："大王说得对，伐韩一战必须全胜，还是用武安君这样的老将更妥当。"

其实范雎心里根本不是这样想的，可他不这么回答又不行，因为秦王的语气和眼色，分明不是在问白起能不能用，而是在看范雎的肚量大不大。而范雎这个人最大的毛病就是肚量奇小，所以他必须假装出一副宽宏大度的样子给秦王看。

眼看应侯没有异议，秦王随即吩咐："召武安君入宫见驾。"

一顿饭工夫，武安君白起奉诏入宫，拜见秦王之后在范雎对面坐了。

秦王立刻问："应侯依据'远交近攻'的国策，准备五年之内吞并韩国，武安君对此有何意见？"回头吩咐范雎："应侯再把灭韩的方略对武安君说说吧。"

范雎忙走到地图跟前，手指着地图把自己制定的伐韩方略从头到尾对白起仔细叙述了一遍。白起不错眼珠地盯着地图，仔细听着范雎的陈述，直到范雎说到取上党、夺荥阳、破成皋、克新郑，歼灭韩国，白起不禁倒吸一口冷气。

白起不是政客，只是一位了不起的将军，所以白起的双眼不会被政治私利蒙住，对天下态势，他比范雎看得更清楚。所谓"远交近攻"之类的国策口号一大半只是政客们玩儿的把戏，可身为天下名将的白起却清楚地知道，赵国的四十万精兵还在！赵王岂能看着韩国灭亡而不救？

显然，"远交近攻"的国策从当下来看是错误的，秦国如果继续依着这条路走下去，后果将难以预料。

应侯范雎确实是个天才，是个能臣，同时，他又是个不折不扣的江湖骗子。这一点魏冉看透了，白起也看透了，偏偏秦王嬴则看不透。

在当下的秦国，白起也许是唯一发现"远交近攻"不可行的人，可白起却不敢站出来说话。因为早年他和魏冉的关系太密切，已经被掌权的新宠们视为政敌，秦王对他也不像以前那么信任了，这时候白起如果公然出来批评"国策"，结果只能是被范雎这些人在秦王面前活活"咬"死！

所以白起什么也不敢说，甚至连犹豫一下都不敢，忙拱手对秦王笑道："臣以为应侯制定的计划周密可行，臣请为大王做先锋，率军攻取阳狐、武遂。"

秦王今天专门把白起找来，当然是想让他到韩国去作战，白起是个明白人，不用秦王动问，自己主动请缨，秦王大喜："那就有劳武安君了，你去打这一仗寡人最放心。"

范雎也忙在一旁凑趣道："武安君是秦国的百胜将军，有君上出马，韩国等于已经灭了！"一句玩笑话，说得大殿上君臣们都哈哈大笑起来。

虽然接了秦王"伐韩"的诏命，白起却早已算定眼下韩国还灭亡不得。而他最关心的既不是韩国能不能被秦国吞并，也不是秦军会不会打什么败仗，只是自己现在该做什么，以后该做什么，以及将来该在何处，扮演什么角色，才能得到最大的战功，获得最大的利益。

这天晚上回到家，白起彻底未眠，整整琢磨了一夜，把账都算清楚了，第二天就上奏秦王，提出了攻打韩国的详细计划，其中特别提到：此战以函谷关兵马十万为主力，另在咸阳左近调兵五万相助，以刚刚接替王龁担任函谷关守将的五大夫王陵为副将，另外请调蜀郡守司马靳、汉中郡守蒙武、武关太守司马梗随军出征。

既然已将兵权交给武安君，秦王对白起的请求当然一切照准。

得了兵权之后，武安君率领十五万秦军冲出函谷关，沿着黄河北岸横扫韩国，连取十城，迅速攻克阳狐。为了保证军粮供应，白起下令在砥柱山下筑城建仓，命五大夫王陵率军一万驻守于此，专门负责调运大军粮草。同时，武安君亲自坐镇阳狐，命蒙武领兵三万去夺陉城，司马梗领兵五万夺取重镇武遂，司马靳领兵两万攻打王垣。

武安君白起是秦王亲点的上将军，功高爵显，极有威望，秦军之中无人不服。只有司马靳觉得武安君在用人方面似乎有点激进，当着众人的面不敢劝说白起，这天晚上一个人悄悄走到白起帐中，劝他说："武安君，现在的秦国和早前不同了，王廷中没了穰侯，倒多了一群小人，君上这次伐韩重用的都是自己人，倒把王陵扔在砥柱山押粮运草，只怕这个人不会安分……"

司马靳是一员出了名的智将，他的考虑极有道理。可白起早拿定了主意，冷笑道："你是怕王陵到大王面前告本君的刁状？"

眼见白起满不在乎，司马靳忙说："光是一个王陵倒不怕，可咸阳城里还有应侯那帮人呢！"

白起并不接司马靳的话头儿，却反问了一句："我问你，眼下秦国能吞并韩国吗？"

司马靳是个有头脑的将军，想也没想就说："恐怕不行，韩、赵、魏表面分三国，其实是一体，咱们真要把韩国打垮了，赵国就要插手。"说到这儿忽然一愣，忙问："武安君觉得赵国很快就会出兵助韩？"

"这个现在还不好说。可我没猜错的话，韩国的上党郡是个马蜂窝，闲着没事，我可不想捅这个蜂窝。"白起冷笑一声，"范雎用一个'远交近攻'骗了大王，也骗尽了天下人，可战场上讲的是真刀真枪，不是光靠一张嘴吹牛皮的。他们那帮人不是想夺咱的军权吗？就让他夺！歼灭赵国的精锐大军总不能光靠应侯一条舌头吧？等这帮人惹上麻烦脱不了身的时候，大王还得用咱们这班旧臣。"

司马靳终于明白了白起的意图："原来君上用的是欲擒故纵之计……"

不等司马靳说完，白起把手一摆："你先不要管这些！眼下最要紧的是抓紧时间多立军功，有实实在在的功劳在手里，才能不受小人的算计！陉城与赵国皮牢关相对，拿下陉城就牵住了赵国的牛鼻子；武遂、王垣都是韩国在黄河北岸重要的城池，现在最要紧的是抢在冬天来临前拿下这三座城，别的不要多想，把眼前的仗打好了就行了。"

随着白起一声令下，司马梗、司马靳、蒙武各率精兵投入了战场。

秦军勇猛善战，白起所用的又都是久经沙场的名将，数月之间三战三捷，北取陉城，西克武遂，到这年初冬，司马靳也攻下了王垣城。

至此，韩国在黄河北岸的土地已被秦军占领了三分之二，只剩下最西面的韩上党郡还控制在韩国军队手中。但在武安君的赫赫威名面前，韩国将士早已丧胆，上党郡的各处城池也都岌岌可危。

自从白起上了战场，攻城略地的捷报就一个接一个传来，到周赧王五十一年，也就是秦王嬴则继位的第四十三年冬天，韩国在黄河北岸的土地已被秦军攻取多半，秦王正在得意非凡，上大夫王稽缩头缩脑地进宫来了。

早先王稽在秦国当了多年的中大夫，可秦王对这个人几乎没什么印象。自从范雎得宠，王稽靠着攀附范雎爬了上来，在秦王面前也算是个新宠。此时秦王心情大好，见王稽来了，就笑着问他："韩国方面是不是又有什么捷报？"

王稽忙说："倒不是什么捷报，只是五大夫王陵送来一封密报，说武安君在韩国任意屠城，杀害平民，割取首级冒功，又擅取财物运回采邑……"说着把一张白绢捧了过来。

自从秦国定下"首功"之制，秦军为了获得首级经常无故屠城，滥杀百姓，冒领"首功"，这种事秦王早已司空见惯。至于白起擅取财物，也不算什么大事，秦王根本不放在心上。接过王陵的密报大概看了看，随手掷在案上："这个王陵！寡人把函谷关的精兵交给他，让他做武安君的副将，可自从出战以来他却寸功未立，反而拿这些小事来告武安君！真是个没用的东西。"

王稽送来密信，倒不指望用这些小事告倒武安君，而是要借机引起秦王的重视。现在秦王责备王陵，王稽听出机会来了，忙在旁拱手奏道："大王这么说就冤枉王陵大夫了。其实王陵一直被武安君留在砥柱山下看管粮草，根本就没机会上战场杀敌，又怎能立功呢？"

秦王一愣："你说什么？"

王稽悄悄叹了口气："大王还不知道吧，武安君在韩国打了一年的仗，王陵大夫就在砥柱山下看守了一年的粮草，函谷关的十万精兵如今都在司马氏兄弟和蒙武帐下，战功自然也是这些人去立了。"

听了这话，秦王实在不能相信："武安君在砥柱山筑城囤粮的事寡人知道，可王陵是武安君的副将，武安君怎么会让他……"

王稽偷看了一眼秦王的脸色，凑上前低声说："武安君有他自己的想法，战场上只用旧人，王陵大夫也是有苦无处诉呀。"

"旧人"两个字对秦王是个刺激，顿时沉下脸来。王稽也不敢吭声，缩头脖子坐在一旁，任由秦王去琢磨了。

正在这时，秦王身边新任命的宦者令申录走上殿来，凑在秦王耳边低声说："大王，应侯求见。"

片刻工夫，应侯范雎乐呵呵地走上殿来："大王，好消息：五大夫司马梗已经攻克姑密，黄河北岸的韩国土地已经和秦国的南阳郡连成一片了！"

范雎带来的果然是个好消息。不过这个消息并非刚刚送到，而是在头天晚上送到的。

今天范雎进宫来，其实是和王稽呼应，两人一搭一唱，想在秦王面前进言，设法夺下白起的军权。可范雎知道白起是秦王亲点的将领，现在让秦王换掉白起，这个话自己不方便亲自去说，就让王稽来打头阵，范雎再进来给秦王出个主意，找个台阶，让秦王可以不动声色地撤换白起。

现在范雎先用一个好消息引得秦王开心，接着把话锋一转："秦军从黄河北岸打开了进入中原的通道，魏王一定吓坏了，虽然魏国已经空前衰弱，无力援助韩国。咱们也不能不防。臣觉得大王可以派使臣到魏国去，重申前盟，约魏王一起伐韩，且看魏王如何表态。"

范雎说的倒也是一件要紧事。秦王随口问道："应侯觉得魏王会答应伐韩吗？"

范雎摇摇头："以前魏王不肯伐韩，这次多半也不会答应。可臣觉得不妨派个人去敲打魏王一下，反正也费不了什么事。"

外交，有时候就是明知道没用，还要试一试。范雎这么说，秦王也就点点头："应侯想得周到，就向魏国派出使臣吧。"

被秦王夸了一句，范雎赶紧称谢，接着又郑重其事地说："武遂、姑密失守之后，韩国在黄河北岸最后的国土就剩下一个上党郡了。以前韩、魏、赵三家分晋的时候各分得上党郡的一部分，其中韩上党、赵上党犬牙交错，互相对峙。当秦军攻打韩国的时候，赵国有可能出兵干涉，大王必须先做好这方面的准备。所以臣请大王派一支精兵到陉城去，在当地筑城囤粮，用重兵威胁赵国的皮牢关。"

说到这里，范雎走到地图跟前，把手指向地图："皮牢关是赵国上党最靠西的险塞，在皮牢关东边就是端氏、光狼、长平、泫氏，这些城池都是太行山中的要塞，也是赵国防御秦国的屏障，一旦秦军突破光狼、长平，就有一条大道可以直取邯郸。所以秦国精兵一旦进驻陉城，赵国就会把精力放在整固赵上党的防卫，不敢轻易南下来救韩国了。"

范雎把陉城一战的重要性讲述得淋漓尽致，秦王仔细看了看地图，心

里也很赞同，点头道："皮牢关在沁水，陉城在汾水，两地相距不足百里，这么说夺了陉城后，寡人可以在汾水筑城，只要压住皮牢关，就牵制了整个赵国……有意思。"

等秦王把整个计划都琢磨透了，范雎才又说："大王说的是，只有牵制住赵国，秦军的伐韩之役才能顺利。为了对赵国形成最大的威胁，臣请大王将武安君调到陉城，在汾水之畔尽快筑城，给赵国造成一个'秦军即将攻打皮牢关'的假象，以便策应伐韩之战。"

一听这话，秦王不禁皱起了眉头："陉城方面一定要用武安君吗？"

范雎忙说："山东诸侯最畏惧的就是武安君，尤其当年武安君攻赵，拔光狼城，赵人至今记忆犹新，有武安君坐镇陉城，赵军一定不敢轻动。"

"武安君一走，伐韩之役由谁来打？"

"秦军拿下武遂之后，韩国已经南北隔绝不能相顾，黄河北岸只剩下一座上党郡罢了，五大夫王陵足以担当此任。"

听了这话，秦王一时没有回答，范雎和王稽也都不说话，大殿上一下子安静了下来。

早前秦王对白起是寄予厚望的，白起在战场上的表现也确实没让秦王失望。可正如王稽所说，白起一上战场就把五大夫王陵扔在砥柱山押运粮草，只知道使用旧部，结果是司马梗取武遂，蒙武夺陉城，司马靳拿下王垣。胜仗是胜仗，可这些胜仗都是魏冉时代那些旧臣打的，战功都被旧臣们立了，白起这么个搞法，确实驳了秦王和他那帮新宠的面子。

白起这个人能打仗，可实在有些不识抬举，他这个搞法，就好像秦国没有将才，只能靠他一个人似的。如此不识进退，也该敲打敲打他了。

"拟诏：时已隆冬，寡人怜惜士卒，命各军暂驻，明年开春继续东进。武安君白起回咸阳述职。"

秦王这道诏命表面说得客气，其实已经夺了白起的兵权。范雎和王稽对视一眼，都在心中窃喜。

接到秦王诏命以后，在韩国境内的秦军全线停止了行动，白起也坐上马车从阳狐赶回咸阳。秦王在宫中召见白起，对他的战功大加赞赏，发下大批赏赐，之后就委婉地提出让白起坐镇陉城，在汾水旁筑城监视赵国。

白起倒是个明白人，猜出秦王的意思是不想让他指挥伐韩了。

因为之前有了自己的打算，白起对暂时失去兵权并不觉得可惜，可他也不愿意到陉城去坐冷板凳，给范雎那些人看笑话，嘴上答应了秦王，回府之后立刻称病，闭门不出。

既然武安君病了，秦王就改命五大夫王陵为伐韩的上将军，以五大夫嬴摎任王陵副将。又对前线将领做了调整，命司马梗到陉城驻防，在汾水畔筑城，牵制赵国。又因为蜀郡地方不稳，将太守司马靳调回蜀地去了。

第二年开春，白起仍然在咸阳养病，司马梗已经开始在汾水旁筑起一座汾阳大城，司马靳则乖乖地回了蜀郡。同时，王陵、嬴摎统率十万秦军冲向韩国上党郡，兵锋直指野王城。

韩国献出上党

此时的韩国一片愁云惨雾，亡国的危机重重地压在这个三面被困、四处受敌的小国身上。

自从三家分晋、韩国立国以来，这个国家从来没有真正抓住机会走向强盛，唯一的机遇只是韩昭侯在位时任用申不害在韩国变法的十几年时间，韩国似乎稍微强大了一些。但申不害是个法家，提出以"术"治国，强化国君的独裁，以玩弄诡计为荣，结果是国君明而韩国明，国君昏而韩国弱，韩昭侯和申不害死后，韩国迅速走向衰落。又因为以"术"治国留下的隐患，其后历代国君都把玩弄权术当成"国策"来奉行，不仁不义，言而无信，骑墙观望，左右摇摆，就在这不断的左右摇摆中，韩国的名声越来越臭，国家信誉茫然无存，连魏国、赵国这样的"三晋"朋友也不愿意再帮助他了。

在战国七雄中，以"法"治国的秦国和以"术"治国的韩国都是空前孤立的国家，所不同的是，秦国以其残暴而被视为天下公敌，韩国以其奸诈而被视作小人之国。就在一次次用"术"的同时，这个"小人之国"越来越弱，到韩王咎在位的时候，韩国已经成了秦国的附庸，靠追随秦国为虎作伥勉强生存下来。

现在韩王咎死了，秦国统一天下的计划也开始实施了。随着秦王一声令下，强大的秦军由西向东横扫韩国，激战三年，先后夺取韩国二十座城池，黄河北岸的土地大半被秦人占领。

周赧王五十三年，也就是韩王继位的第三年，秦军占领了野王城，遮绝了"太行八陉"之一太行陉的出口，切断了韩国在黄河北岸的最后一块土地——上党郡与都城新郑之间的联系。没有太行陉这条通道，韩国兵马不能北去上党郡，粮食赋税也无法南下送到新郑来，最可怕的是，一旦秦国大军沿太行陉北上，拥有八万大军的韩国上党郡很快就会灰飞烟灭。

面对秦国强大的军事压力，韩国已经彻底失去了还手之力，无奈之下，只好把最后几位能依靠的臣子相国陈筮、亚卿靳黈、上大夫冯亭找来，商量一条救国图存的办法。

相国陈筮是个老迈昏庸之辈，任相国多年，唯一的本事就是奉承秦国，现在面对韩国的死局，陈筮的主意还是不变："臣以为韩国的精华在黄河南岸的成皋、荥阳、新郑、华阳、阳城、阳翟、雍氏一带，此处与秦国之间尚隔着西周、东周两个公国，有周天子坐镇洛阳，秦国不愿意冒逼害天子的名声，所以暂时不会向新郑方向大举进攻。而黄河北岸的上党郡只是一块偏远荒穷之地，又已经处在秦、赵两国的合围之中，虽然有兵马八万，但不足以坚守，臣以为大王不如把上党郡割让给秦国，请求罢兵议和。"

陈筮的话真让人听不下去，大夫冯亭厉声道："相国这是什么话！韩国土地一尺一寸都是先王留下的基业，岂能轻易割让给秦国！"

陈筮忙说："冯大夫不要急。韩国上党郡与赵国上党疆土相连，犬牙交错。对韩国来说上党是偏远之地，与黄河南岸的都城新郑之间没什么关联，可对赵国来说却不是这样：赵国敢与秦国抗衡，就因为西面有太行之险，古称'表里山河'，秦军想进赵国，就要突破太行山，想攻入太行，必先取韩上党。所以韩上党对韩国并不要紧，于赵、秦两国却是必争之地，韩国割让上党，赵国必与秦国冲突，这两个强国一旦交战，不论胜负，韩国至少可以享受十年的太平。"

冯亭这个人脾气急躁，听不得软话，也没细想陈筮话里的意思就气呼呼地说了句："十年太平又能怎样？十年后……"话还没说完，亚卿靳黈已经打断了他："臣觉得相国言之有理。既然上党郡已被秦军围困，大王不如派臣去做上党郡守，然后把上党割让给秦国。"

靳黈一向是个强硬的人物，今天却附和了陈筮的提议，真让冯亭觉得不可思议。不等别人动问，靳黈已经忙着解释道："相国想以韩上党为诱饵，

引起秦、赵两国相争，臣觉得这个主意很好。但韩国直接把国土割给秦国却未必明智。臣想出一计：大王只管把上党郡割给秦王，而臣到上党以后，假装拒绝王命，反而带着上党郡的臣民投奔赵国。如果赵国愿意收取上党的土地臣民，秦国一定大怒，发兵攻打赵国，这样韩国就可以暂时避开战祸。若赵国战胜暴秦，韩国还有收复失地的机会。"

靳黈这个主意就是韩国沿用了几十年的"术治"。阳奉阴违，骑墙取利。以前韩国因此吃过大亏，但韩国的国策如此，想改变也不容易。

自韩昭侯起，历代韩国君主都沉迷于"权术"不能自拔，现在的韩王脑子里也全是这些东西。想了想，觉得除此之外似乎没有别的办法可想："赵国肯接受上党之地吗？"

如果赵国不肯接受上党，上党就会被秦国攻取，之后秦军南渡黄河来攻成皋、荥阳，围困新郑，韩国的灭亡就注定了。

但靳黈事先也曾深思熟虑，心里有了八成把握："几年前秦国攻打阏与，赵国出动精兵大破秦军，杀死秦国中更，此战显示了赵国的实力。这几年赵王派平原君四处游说，笼络各国，与秦国争霸的野心已经显露无遗。现在秦国猛攻韩国，分明是要灭韩，韩国一灭，赵国西部的太行天险就破了，他们怎能坐视不救？所以臣估计赵国一定会接受上党，借机与秦国展开决战。"

至此，相国和亚卿的意见基本达成了一致。

韩王年纪尚轻，在如此重大的问题上一时拿不定主意，回头看着冯亭。冯亭把靳黈的主意在心里想了几遍，也觉得有理，点头赞同："臣也觉得靳卿之言有理。韩国已经无力抗秦，魏国也指望不上了，必须借助赵国的力量对付秦国。可赵国君臣出了名的奸诈，不会轻易出兵来救韩国，韩上党倒是一个不错的诱饵，能逼赵王就范。"话说到这里，自己又想了想："只是上党地一旦献出，上党郡守也必然随之投降赵国。靳卿是韩国柱石之臣，应该留在大王身边辅佐，大王还是让臣到上党去任郡守吧，韩国有的是能臣上将，多一个冯亭不多，少一个冯亭不少，就算臣投降了赵国，天下人也只是骂臣一人不忠，不会因此轻视了韩国。"

危急时刻，韩国确实离不开靳黈。且靳黈位居亚卿，冯亭只是大夫，让他去投降赵国，对韩国的影响确实较小。韩王沉吟片刻，终于说："那就有劳大夫了，只盼大夫不管身在何地，心里不要忘了韩国。"

都说患难见人心。现在韩国到了危亡之时，韩王这话也就说得十分诚恳。冯亭心里一酸，忍不住落下泪来，跪在韩王面前拜了三拜："臣对天起誓：不论身在何处，终生皆是韩国臣子，永远效忠大王。如果上天佑我，此番真能引发秦、赵两军决战，一战击败秦军，将来臣一定带着上党军民回归韩国。"

此时此地，冯亭说的也是实话。从他降赵的那天起，心里就从来没忘记过韩国。可也正因为冯亭身在赵，心在韩，存了这份私心，冯亭所部从不肯与赵军合作，即使在秦、赵交战最危急的时刻，冯亭这支军马仍然作壁上观。

这又是"术"。

冯亭的所作所为，替自己埋下了一条祸根，最终他和他那八万韩军全部战死长平，无一生还。

与臣下商定计策以后，韩王立刻任命冯亭为上党郡守。等冯亭到上党就职以后，韩王又派出使臣到咸阳向秦王求和，答应把韩国的上党郡献给秦国。

　　与此同时，冯亭也写了一封密信派人送到邯郸，声称上党军民不愿意受暴秦统治，打算投奔赵国，从此成为赵国的百姓。

　　冯亭的信送到邯郸之时，赵国也正处在一处忙乱之中。

　　此前秦军侵入韩国，占领陉城，而陉城东面不足百里之地就是赵国上党郡的要塞皮牢关！虽然秦军一时没有挥军东进，但秦人夺了陉城之后，立刻在西面的汾水岸边筑起一座大城，名叫汾城。汾城的城墙尚未筑妥，城里的几百座大仓却已抢先建成，秦人立刻开始从河东郡筹办粮草运进汾城。明眼人都看得出来，秦军这是要对赵国的皮牢关发起攻击了。

　　皮牢关是赵国上党郡的门户，正居沁水岸边险要之地，倘若秦军从这里揳入赵上党，向东可以渡过少水直取端氏城。如果端氏再被秦军夺取，赵国太行山区的第一雄关光狼城就暴露在秦人的面前了。

　　光狼城距离邯郸总共只有百余里，早前此城曾被白起偷袭得手，一度被秦军占据。但那时的赵国上党郡、太原郡与秦国之间还隔着一个韩国，所以赵国人对光狼城的防守并不严密，而秦军由于路远，夺了光狼之后又弃守了。可就是那一战，已经把当年的赵惠文王吓得心惊肉跳。其后赵人着力修复光狼城，又在光狼西面加筑了一座要塞，称为二漳城，可不管光狼城也好，二漳城也好，都只是依山临河建起的关塞，算不上一座大城。

　　现在秦军一步步从西面杀来，已经到了皮牢关，离端氏、光狼都不远了，赵国人顿时紧张起来，赵王从国库里拿出钱来，又在光狼城后太行山道上选择险要的关口加筑石垒，阻挡秦军。可赵国本来就穷，太行山深处又人烟稀少，想抽调人力修筑城关寨垒，一时难以完工。

　　偏就在这一年，赵国又一连发生了两件不幸的事：望诸君乐毅、马服君赵奢先后病逝。

望诸君乐毅曾是天下第一名将，早年以一军之力伐破强齐，威震天下，到赵国之后也曾替赵王攻取伯阳，立了战功。乐毅事君忠诚无私，待人宽厚和善，治军严明，将士归心，是整个战国时代第一等的人物，可惜生不逢时，在燕国遭公孙操算计，到赵国又被惠文王猜疑，后半生全无建树，白白浪费了一身才干，没能做出一番事业来。

马服君赵奢为人雄健刚烈，憨厚爽直，每战身先士卒，勇不可当。阏与之战使秦国遭遇三十年未有之惨败，是赵国武臣之中军功第一的名将，偏偏就在秦军开始威逼赵国的紧要关头，这位将军因旧创复发去世了。赵王十分痛惜，将赵奢厚葬于马服山下，又命赵奢的长子赵括承袭马服君爵位。

秦军大兵压境，赵国两位最著名的将军却先后病逝，正在这么个麻烦的时候，赵王却又接到上党郡守冯亭愿意把上党郡献给赵国的消息，十分惊讶，急忙召集几位重臣议事。偏偏上卿蔺相如这几天病得很重，已经走动不得，赵王只好先命平原君赵胜、平阳君赵豹进宫。

平阳君赵豹和赵惠文王、平原君是手足兄弟。早年惠文王忌惮平原君的权势，听从蔺相如之计，封赵豹为平阳君，把他放在朝堂上作为牵制平原君的一枚棋子。赵豹为人老实厚道，政事极为平庸，平时在王廷论政时从来拿不出独到的见解，只是聋子的耳朵，坐在王廷上当摆设。但老实人也有自己的老实主意，赵豹知道赵王用他是为了制衡平原君，所以平时不多说话，若说话了，也只是附和赵王，或顺着蔺相如的意思，总之是常与平原君唱反调的。

偏偏这天赵豹比平原君到得早些，赵王就把冯亭向赵国献出上党郡的

事先对赵豹说了，然后问他的意思。

听说韩国人想把上党郡献给赵国，赵豹低头想了片刻，已经认定这是韩国想引秦军攻赵，嫁祸于赵国，忙说："古人说'无故获利，实是大祸'，臣以为大王应该依古人之言，拒绝接收韩上党为好。"

赵王丹的脾气比赵惠文王急躁直爽，在他看来，赵豹这个人身居高位，本就有些多余。现在赵豹这话表面迂腐，内中怯懦，赵王听了心里很不痛快，皱起眉头问道："秦国无故攻打韩国，杀害百姓，屠掠城池，韩国百姓厌恶暴秦，心向赵国，这才献城于寡人，平阳君为何说'无故'呢？难道秦国之暴，赵国之仁，还不算个缘故？"

赵王这话问得有些不客气，赵豹也不敢再拿"古话"做幌子来哄赵王了，只得实话实说："大王，秦国对韩国用兵已有三年之久，先后占领二十余城，又进兵太行陉，切断了韩上党与都城新郑之间的联系，眼看韩上党就要被秦国占领，这时候冯亭却把上党郡献给赵国，分明是想引秦军北上与赵国交战，使韩国免于战祸。如果大王接受了韩上党，就是从秦国口中夺食。秦国是虎狼之国，怎能容忍赵国夺它口中之食？且赵弱秦强，这样做的后果实在危险，请大王三思！"

赵豹这话越发让赵王不爱听了："秦强赵弱，难道赵国就不敢与秦国争斗了吗？"

赵豹忙说："天下七雄唯秦国最强，秦人精于水利，沃野千里，牛耕漕运，国民殷富，这些赵国实在比不上。何况秦国法令森严，令行禁止，又立下军功之赏，夺取六国之地奖赏功臣，秦国兵将为立军功，人人皆为死士，战场上勇不可当，赵国如果与秦作对，后果不堪设想，大王还是不要接受韩上党为好。"

赵豹把话说到这个地步，赵王满肚子都是火气，可赵豹是他的长辈，又不好发作，只是仰起脸来不说话了。正在尴尬的时候，平原君赵胜走了进来，赵王忙问："仲父知道韩国献地的事了吗？"

"知道了。"

"仲父怎么看？"

赵胜笑道："往年动用百万之众，征伐一年也未必能得一城，现在韩国一次就送给赵国一个郡，这么一份大礼赵国当然要收下。"

赵王等的就是平原君这话，立刻高声赞道："仲父说得有理！"说完斜眼看着平阳君，平阳君急忙起身告退了。

眼看着平阳君退出殿外，赵王才对平原君笑道："仲父来之前，平阳君正劝寡人不要接收韩上党，说秦国厉害，赵国惹不起它……"

平原君摆摆手："平阳君就是这么个人，大王不必理他。还是谈正事吧。"

听平原君这么说，赵王也收起笑容，郑重其事地问道："这么说仲父是下定决心与秦人决战了？"

平原君的脸色也严峻起来，缓缓说道："大王这话就错了。不是臣下了与秦国决战的决心，而是这个决心不得不下。秦国兼并天下的战争已经开始，韩国的河北之地全被占领，此时赵国再不干涉，秦军就将渡过黄河直取荥阳，拿下成皋，围攻新郑，两年之内就能灭亡韩国。韩国一旦被消灭，秦国大军出华阳直扑大梁，魏国也就保不住了，而秦国灭魏的战场主要在黄河南岸，那时赵军鞭长莫及，想插手都插不上。韩、魏两国都被秦国消灭之后，赵国就被秦国三面包围，西面失去太行天险，秦军又从魏国的朝歌、汲邑北上直取邯郸，那时赵国也就走到绝境了。"缓了一口气，又说："不管为了争霸还是为了图存，赵、秦两国的决战

都是不可避免的，既然如此，臣以为这一仗早打比晚打要好；在秦国没有准备的情况下打，比秦国有了准备再打要好；在远离邯郸的地方打，比秦人堵着邯郸的城门攻打咱们要好。所以趁着秦军的主战场还在黄河北岸，赵国必须抓住时机，用接收韩上党的办法把秦国的三十万精锐大军紧紧扯住，逼着秦国与赵国决战。"

平原君说了一番大道理，赵王全都赞成，可他心里还有一个疑问："仲父认为应该在黄河北岸与秦军决战，这话在理。可寡人觉得韩上党地远民穷，恐怕并不适合决战……"

既然赵王支持他的意见，平原君就把心气放平稳了些："大王说得对。冯亭虽然把韩上党献给赵国，其实赵国并不能真的接受韩上党。因为赵国不管国力还是军力，与秦国相比都处在明显的弱势，如果赵军离开本土，到韩国的土地上去和秦军交战，兵力不及秦军，粮草供应也困难，加之地理不熟，人心不附，这一仗根本就打不下去！所以赵军必须集中在赵国的土地上，依托现有的雄关险塞与秦军决战，这一仗才有把握。眼下赵国只是表面接受韩国的上党郡，实则赵国兵马根本不出国境，只在赵上党的光狼、长平一线布防。"

"仲父的意思是：任由秦军攻取韩上党？"

"对，赵国只是名义上接收韩国城池，其实不向韩国调动一兵一卒，韩上党的十七座城邑任由秦军攻取。至于冯亭和他的八万韩军，大王可以命他们全部撤到长平，拨给粮草，让这支军马为赵国防守城池，这样赵军就能腾出更多的兵力布置防线，将秦军一步步引入太行深山，等魏、楚两国大军赶到，就集中赵、韩、魏、楚四国之力，聚歼秦军于光狼、长平一线。"

赵王深深地点了点头："原来仲父根本不是为了夺取韩国的城池。"

平原君冷冷一笑："只有平阳君才会一心只想着韩国那几座城池。这场决战一旦获胜，赵国将成为一代霸主，所得何止眼下这几座小城？"

与平原君商定主意之后，赵王随即发下诏命：赵国出兵接收韩国上党郡。封上党郡守冯亭为华阳君，赐采邑三万户，手下将领皆有封赏，韩上党的百姓从此成为赵国百姓。

秦国把国运押上了赌台

赵国接收韩上党，这个消息实在出乎所有人意料之外。其中最惊讶最愤怒的就是秦王嬴则，立刻把范雎叫来，当着他的面大发雷霆："赵王好大胆，竟敢从秦国嘴边收取韩国上党，这是要与秦国公开作对吗！"

赵国的态度已经摆明了，秦王这一问其实是在责备范雎。

赵国敢于接收韩上党，这一招完全出乎范雎意料之外，而且使秦军在黄河北岸整个陷于被动。如果不理睬赵国，任凭赵军占领韩国上党，秦王就在天下人面前丢了脸，且赵军一旦进入韩上党，秦国在黄河北岸新占领的地盘都变得不稳固了；假如立刻放下兼并韩国的计划，转身与赵国交战，秦军又未做好准备，这一仗十分难打。

面对秦王的责问，范雎也不敢装糊涂，只得说："赵国大军开进赵上党，显然是想对秦国灭韩之役加以干涉。如果这时候秦军仍按原订计划南渡黄河攻打韩国的荥阳，赵军就有可能攻入韩上党，夺取野王，从背后威胁秦军，魏国也会从东边出兵，与赵国组成联军合力切断秦国河

北、河南的联系，接着赵、魏大军也会尾随秦军渡过黄河，与韩军一起对荥阳的秦军三面围攻，如此秦军必然大败！"

范雎所说的秦王早就想到了。可整个伐韩战略都是范雎一手制定的，现在局面搞成了这个样子，秦王自然要问范雎："应侯觉得该怎么办？"

这件事范雎整整琢磨了一夜，来见秦王之前他已经下定了决心："山东六国之中，只有赵国还有一支强大的军队。以前赵国离秦国太远，秦军无法歼灭赵国大军，现在赵军倾巢而出开进了上党，与秦国大军迎面对峙，正好给了秦军一个歼灭赵军的好机会！大王干脆调集三十万精锐在上党与赵军决战！此战若胜，山东六国再无强兵，秦国统一天下的大业就指日可待了。"

范雎的计划整个推翻了他那天下闻名的"远交近攻"国策。

按照这个作战计划，秦国的几十万大军忽然一百八十度转弯，由原来的南渡黄河攻打荥阳，变成了北进赵上党与赵军决战，不但战略计划全盘修改，作战的风险也增加了几倍！秦王顿时面露难色。

见秦王犹豫，范雎忙说："吴子有言：'用兵之害，犹豫最大。'与赵国决战是早晚的事，现在机会来了，大王万万不能犹疑！"

范雎这话说得轻巧，秦王忍不住冷笑着问了一句："应侯常说'远交近攻'，可今天忽然弃韩攻赵，如此用兵，不合'远交近攻'之道吧？"

秦王这一句话，把范雎问了个满脸通红。

其实范雎献给秦王的"远交近攻"之策并不是什么高明的主张，而是一个骗人的伎俩。

嬴则继位之初，秦、齐、楚国力相当，魏国的国力也十分强劲，加之山东诸国一直合纵抗秦，秦国想要用"远交近攻"的策略步步吞食邻国疆土，必然引来齐、楚这些强国的干涉。那时的秦国就是想搞"远交近攻"也搞不成。在这种局面下，秦国必须先稳稳守住函谷关，避免山东六国联合攻秦。然后抓住六国内讧的机会，集中精锐部队对诸侯展开一系列的战略决战，把强大的对手一个个打垮，才能定天下大势。那时的秦国靠着穰侯的谋略因势利导，参与五国伐齐，先打垮了强大的齐国；又分兵两路伐楚，在郢都大败楚国；华阳之战再败魏国，有此三战，才奠定了秦国在七雄中无与伦比的强势地位，而这三场大战，都是由穰侯魏冉策划的。

到范雎入秦时，秦国早已成就了滔滔大势，虽然穰侯为了保住自己的采邑擅自发动刚、寿之役，在远离秦国的地方打了一场没用的仗，夺了两座无聊的小城，其实这无足轻重的两场小仗也谈不到什么失策。倒是范雎仗着秦王的支持，把微不足道的两场小仗炒作成了天大的事件，然后提出一个"远交近攻"的口号，抹杀了魏冉四十年的功劳。

"口号"这东西表面看似空洞无物，实则是权臣内斗时用来互相砍杀的刀斧。范雎就是用"远交近攻"的口号打败了穰侯魏冉，所用的手段完全是政治陷害，这一切秦王心里清楚得很。但对于秦王来说，最重要的是保证自己的独裁权力不被别人分去，只要能做到"固本削枝"，清除穰侯的势力，巩固秦王的独裁，用什么办法都行。所以那时候秦王任由范雎去扯"远交近攻"的瞎话，逐步摧毁了魏冉在秦国培植四十多年的庞大势力。

可今天范雎提出秦国与赵国决战，事关秦国的国运，范雎若说不出个十足的理由，秦王是不会支持他的。

秦王平时对范雎十分客气，今天说起话来却刻薄得很。范雎也知道自己漏算了一招，没想到赵国会在这个时候插手进来，弄得秦国十分被动，

现在秦王对他不太满意。但赵国是秦国的头号强敌，与赵国决战的计划范雎早前已经仔细想过，现在就趁此机会把心里的想法和盘托出："大王一定以为赵国这几年对齐国、楚国、魏国、燕国下了不少工夫，已经笼络了四国，如果秦国与赵国交兵，齐、楚、魏、燕就会出兵助赵？其实依臣看来，这四国之中，赵国连一国也调动不了！"

范雎之言惊世骇俗，秦王实在无法相信。可秦王也知道范雎是个足智多谋的人，就没打断他的话，只是鼻子里轻轻"嗯"了一声，鼓励范雎把话说下去。

在精明的秦王面前，范雎如鱼得水，现在得了秦王首肯，范雎把心气略沉了沉，往上奏道："与赵国合纵的魏、齐、燕、楚四国之中，心中最嫉恨赵国，最不肯与赵王合作的是燕国。因为燕国偏居北地，只与赵、齐两国相邻，尤其是赵国的中山、巨鹿两郡，就像两只大手，死死掐住燕国的脖子！以至于燕国入齐的通道仅有一百里宽。燕人若想南下进入中原，必须先占领赵国的巨鹿郡，所以燕国时刻都在琢磨如何对赵国用兵。可燕国实力太弱，而赵国正强，巨鹿又在赵国腹地，是赵王依赖的粮仓，燕人想夺巨鹿，就必须全面击败赵国，燕王哪有这样的本事？可是秦、赵两国决战一起，赵国若是败了，燕人割取赵地就易如反掌！所以臣认定燕国必是坐山观虎斗，不会为赵国发一兵一卒。"

半晌，秦王点点头："借秦兵破赵，再夺赵地，借道伐齐。燕王的算盘表面看着很精，其实……"

"其实很蠢。"不等秦王说完，范雎已经笑着接过话来，"赵国一败，秦国将迅速歼灭三晋，三晋一垮，下一个挨打的就是燕国，他们哪还有时间扩大疆域？但燕国除了燕昭王以外，多是些昏暴之君，特别短视，总是看不到这一点，心里只想着怎么伐赵，怎么攻齐。这是燕国自取死路罢了。"

范雎这话说得极好，秦王又是连连点头："应侯接着说。"

"五国之中，第二个仇恨赵国的就是齐国。齐国在天下最东端，再往东就是大海，与秦国离得最远，却与赵国离得很近。自从齐国衰败以来，赵国对齐国连年攻伐，夺取齐国疆土城池数不胜数，而齐国面对赵军，从没打过一个胜仗。加之楚国又从南边威逼齐国，取了莒城、琅邪，割去大片疆土，齐国的国势越来越弱，已经无力自保。如果赵国在一场大决战中获胜，势力必然大张，那时赵王腾出手来，集中三十万兵力，花上五六年时间，足可以灭掉齐国！所以对齐王来说，秦国只是小害，赵国才是大害，两害相权取其轻，齐国自然是助秦不助赵！"

"可这几年赵国在齐王那里下了不少工夫，拉拢齐国……"

范雎高声笑道："大王这么说就是小看齐国了！齐王法章已死，继位的齐王建年幼无知，可他身边有一位君王后，是个女中豪杰，天下大事看得明明白白，所谓拉拢归拉拢，别人送的好处只管收下，可真到赵国用着齐国的时候，君王后就要釜底抽薪了。"

秦王双臂抱在胸前，仰起脸来沉思片刻，不由得暗暗点头："应侯说说魏国。"

"魏国地处中原，是个四战之地，西边的秦国从安邑一直打到邢丘，整整夺取了魏国的半壁江山，把魏国打得无力招架；南边有楚国，夺了魏国的睢阳之地，势力已经威逼大梁；北边是赵国，夺了魏国的房子、几县、伯阳、安阳，魏国毫无还手之力，眼看快要亡国了。现在魏国最希望的就是三晋以魏国为核心重新抱成一团，如此既消除了赵国的压力，又有足够的力量抵御秦国、楚国的进攻。可惜赵国独大，魏国弱小，韩国又摇摆不定，这三国很难抱成一团。如果中原这场决战赵国获胜，魏国只能做赵国的仆从，以后大概很难翻身了。可这一战若是秦国胜了，赵国就会被削弱，

韩国则到了灭亡的边缘，三晋之中，反又以魏国为最强，赵、韩两国都要依靠魏国的力量自保，这时候三晋才能真正结为一体，而魏国不但不必做赵人的仆从，反而成了三晋之首，自身安全也有了保障，对魏国来说，这才是最有利的局面。"

应侯范雎分析天下大势精准简洁，痛快淋漓，秦王觉得好像吃了一碗热乎乎的肉羹，头上见汗，心里说不出的舒服，脸上也全是笑意。

说了这么多话，范雎的额头上也冒出汗水来，抬起袖子擦了一把，咂了咂嘴。秦王知道他口渴，就顺手倒了一爵酒递到范雎手时。范雎接过一饮而尽，喝完了才想起这是秦王亲手赐的酒，急忙拜伏于地再三告罪。秦王笑道："应侯不必拘礼，你且说说楚国又如何？"

"楚国是南蛮，一向与中原不和。且楚王短视，只知道夺取土地人口，扩充疆土势力，却没有正眼去看天下形势。早年楚国失了郢都，楚王东逃，其后楚国屡次对齐国、魏国用兵，夺取了东边大片土地，从态势上看，现在楚国的势力已经从东、南、西三面包围了鲁国，以臣的估计，楚王这些年处心积虑，其意是要灭鲁，把手伸进中原，这样一来，东可以侵齐，西可以攻魏，北可以伐燕、赵，楚国就能重新成为天下第一大国。要想顺利灭掉鲁国，有一个前提，就是中原各国无力干涉，而中原各国中最有可能干涉楚国灭鲁的，正是赵国。倘若楚国举兵灭鲁之时，赵国站出来联合齐、魏，一声号令诸国齐起，楚国在中原就无所施展。但赵国一旦被秦所败，不但赵国自己无力对楚国用兵，齐、魏两国也彻底分成两截，再也不能合纵，楚国就可以为所欲为了。所以楚王正心急火燎地等着赵国吃败仗呢。"

听到这里，秦王一拍几案哈哈大笑，范雎也陪着笑了几声，这才又说："天下各国之中，只有韩国是一心希望赵国获胜的。早先秦国占了魏国的温、轵、邢丘，就像一把刀子插进了韩国的心窝，这三年来，秦国沿着黄河北岸自西向东扫荡韩国，前后夺取二十座城池，兵锋直指韩上党，已兼并了韩国一半的国土，现在韩国手里只剩黄河南岸的一片残山剩水，眼看亡国在即，韩王不顾一切把上党献给赵国，嫁祸他人，就像快淹死的人拼命想抓住一根稻草。可韩国本来就是七国之中最弱小的，现在又被秦国捏住七寸，虽然身子还在扭动，其实已经没有咬人的本事，韩国在上党的军马有七八万，这些人既已投向赵国，将来必与赵军一起和秦军作战，但也仅此而已。韩国绝不可能再派一兵一卒支援赵军，所以在这场中原决战中，韩国无足轻重，大王根本不必理它。"

话说到这里，秦王已经十分满意，可范雎的话还没说尽："中原决战关系秦国的国运，光靠分析天下大势还不够，臣又另外安排了两步棋：在中原各国之中，最有实力出兵助赵的是楚、魏两国，楚国的令尹黄歇在咸阳时与臣交情莫逆，后来楚太子私逃回国，黄歇按律应当问死，大王却把他放了，所以黄歇对大王十分感激，又念着与臣的交情，有他在楚国做令尹，楚王就更加不会出兵助赵。魏国眼下的相国是须贾，这个人本是臣的死仇，臣却不与他计较，反而用计赶走魏齐，助须贾当上了魏国的相国，又以重金贿赂此人，所以须贾对臣又敬又畏，巴结谄谀犹恐不及，有须贾在魏王身边，魏国也更不可能出兵助赵。"

到这里，范雎的话说完了。

秦王嬴则仰靠在王座上，合上双眼，脑子里把范雎刚才所说的话想了一遍又一遍，足足过了半个时辰，这才睁开眼来，缓缓问道："若要攻赵，应侯觉得这一仗该怎么打？"

秦王这么问，显然是接受了范雎的意见，同意与赵国进行决战了。范

雎心中暗喜，忙走到地图跟前："大王请看，韩国上党如今只剩葵邑、高都、天门、濩泽几处城池，连城带邑不过十七座，兵马约有八万，这几座城池周围都有险要之地可以防守，但其间山岳阻隔，河川分流，八万韩军散在各处，首尾不能相顾。如果韩军集结在一处与秦军迎面作战，这八万人不过是摆在秦军面前的一盘肉羹罢了，若分散各处守城，就更不成气候，所以臣估计韩军最可能的打法是放弃诸城，退出濩泽、高都，渡过沁水到赵国去。"

范雎这话倒让秦王一愣："应侯以为韩军会不经一战就退入赵国？"

范雎点点头："臣确实是这么想的。韩上党地域狭长，从态势上宜攻不宜守，不但韩军守不住这片地区，就算赵军也不愿意冒险出赵上党到这片陌生的地方作战，所以韩上党十七城邑秦军必然唾手而得，在这里没仗可打。"说到这里，把手沿着丹水向北面指了过去："大王再看赵国上党，这片地区远比韩国上党广阔得多，前有老马岭天险作为门户，中间是太行险塞光狼城，背后又有一座长平城，背靠丹朱岭、羊头山、马鞍山，面对丹河而设，长平城后又有一处雄关险塞，名叫三关隘，隘口后面就是滏口陉，这是太行山中唯一可以直通邯郸的要道。在光狼城到长平城之间方圆数百里，足可以容几十万大军在此会战。且这一带山岳丛杂，河流密布，丘陵四合，地形极其复杂，处处可以筑垒设防，赵王一定会选择这里作为与秦军决战的主战场。"

秦王愣愣地看了半天地图，问范雎："这就是古人所说的'表里山河'吗？"

范雎点了点头："大王说得对，这里就是早先晋国所依靠的'表里山河'。当年晋国倾尽国力在东方与齐、楚、吴三国交兵，屡屡获胜，称霸天下百年之久，而晋国西面的秦国却从来不能威胁晋国，以至于数百年间秦国势力不能进入中原，就是因为晋人手中握着这片无法攻克的'表里山河'，挡住了秦国东进的道路。"

听范雎说起"表里山河"的厉害，秦王心里有点没底了："秦赵决战必须获胜。应侯对长平一带的地形地势了解得清楚吗？"

所谓"表里山河"，意思是说太行腹地外有千里群山耸绕，内有百条河流纵横，丘陵、台地、谷道不计其数，地形极为复杂，别说秦国人不了解其中详情，就连赵国人自己对这一带的地形地势也没有完全摸透。

可当着秦王的面范雎又不敢承认自己不了解内情，只能硬着头皮说道："大王，长平一带地形臣已经摸清了：从韩上党渡沁水向东可到老马岭，这里是一条横亘百余里、通高数百丈的绝壁，只中间有一线可通，在这条通道上筑有一座关卡名叫高平关。突破高平关，东面三十里外就是光狼城，在光狼城前面赵人又加筑了一座小城，名叫二漳城，这两城互为犄角，防守甚严。过了光狼城，沿原村河谷东进，渡过丹水就到了长平城下，只要攻克长平，就控制了三关隘，由此处即可直扑邯郸，所以臣估计赵军会沿着长平城、三关隘一线布防，这里也是秦军与赵军决战的主战场。至于兵员，臣估计赵军可以调动的兵力在二十万左右，秦军在兵力上占有绝对的优势。"

长平一战被范雎说了个明明白白，秦王听了暗暗点头。可秦王哪里想得到，范雎竟是在他面前扯谎！

其实范雎并不了解赵上党的内情，他说的内容一半来自当年白起攻克光狼城时，给秦王的军报中对这一带地形的描述，另一半却是范雎看着地图闭眼瞎猜、随口乱说的。后来秦、赵两国在长平会战的时候，真正的战场并不在长平城到三关隘一线，而在丹水两岸的河谷丘陵之间。至于进出邯郸的门户三关隘，根本就没有发生战事。

但战场上的事由将军们去办，范雎只管制定计划，细节无关紧要。现在范雎说了一通瞎话，把秦王哄得连连点头，又问："秦军当动用多少兵马？"

范雎拱手奏道："目前秦国在韩国共投入了三十万兵力，主力来自函谷关以及咸阳附近之兵，也有部分汉中郡兵马，臣以为这三十万兵马可以全部投入上党战场。现在秦军已经占领了野王城，控制住了太行陉的入口，此陉从野王直入韩上党，一直通到丹河西岸，正是进兵运粮的要道，秦军由此北上，三个月时间就可以完成集结。至于大军所需粮草，一半取自秦国，另一半在韩国新占领的城池就近征调，秦国有关中、汉中两大平原，粮食充足，韩国也是个富裕之地，所征之粮足可供应三十万大军支用。"

"以何人统兵为好？"

范雎忙说："臣以为左庶长王龁坚韧沉稳，能打硬仗，大王可以命左庶长为上将军，指挥长平之战，另以五大夫王陵、公乘张唐为副将。这两人都是秦军中的勇将，帐下多有锐卒，每战舍死争先，赵军虽然精锐，仍然不敌秦国的虎贲之师，秦军当可一战而定上党。"

听了这话，秦王又犹豫起来了。

这些年秦国凡有大仗，多是武安君白起统兵，此人虽然骄横倔强，有时候办的事让秦王觉得挺不舒服，可打仗的本事无人能比。现在秦国即将与赵国交兵，这又是一场大规模的决战，关系到秦国的国运，不能等闲视之。用左庶长王龁为上将军，秦王有些不放心。

秦王的疑虑范雎早就看出来了，忙在一旁笑道："长平这一战和其他战事不同，赵军凭险固守，秦军步步为营，双方都不能指望速胜，必要一年工夫方见分晓。当年吴起见魏王，分析诸侯强弱之势，曾说赵国：'其性和，其政平，其民疲于战，习于兵，轻其将，薄其禄，士无死志，故治而不用。击此之道，阻陈而压之，众来则拒之，去则追之，以倦其师。'这些话说得极有道理。赵人性情傲燥孤倔，不习阵法，守则凌乱而无规矩，攻则势盛而不持久。王龁将军性情坚韧刚毅，部下皆是百战精锐，攻则严密有序，守则无隙可乘，即使与赵军对阵一年，也不会有空子给对手钻。而武安君用兵多以快打慢，以奇兵取胜，这些战法在山岳丛林之间反而用不上。所以臣觉得用王龁为上将军，反而比用武安君更稳妥。"

范雎这话又是胡扯，但他引经据典，扯得似乎有几分道理，秦王听了个半懂不懂，却还是皱着眉头不说话。

范雎知道秦王心里还有顾虑，就凑上前来压低了声音："武安君虽然骁勇，可傲气十足，早先只有穰侯一个人支使得动他，穰侯去后，大王每次用武安君出战，总要生些枝节。臣以为君王用臣子如用犬马，以驯服为上，否则大王用着也不放心……"

秦王在位已经四十六年了，如何驾驭臣子，用不着范雎来教。可范雎说白起不是一头驯服的"走狗"，这话也在理。

正如范雎所说，长平之战是在山地展开的一场拉锯战，一旦开战必然旷日持久。在战役的前一阶段，秦军在兵员、粮草、士气以及整个态势上都占着明显的优势，用不用白起都会打得比较顺手，这时候秦王也觉得干脆把白起放在一边不用，先让王龁去打，若王龁真能打赢这一仗，以后白起就不敢再做一条"有脾气的狗"了，如果王龁表现不佳，那时秦王再换上白起也不迟。

问题是，武安君白起名高势大，眼下这场大战若完全把白起排斥不用也不行，还是要给白起一个面子，让他统率一支军马才好。

秦王脸色阴晴不定，始终沉吟不语。范雎在旁边看着，心里不断转着

念头，揣摩秦王的意图，知道秦王对自己的提议既不答应又不否定，是出了个题目让自己来做。而这个题目倒也不难，只略想了想就笑着说："秦赵交兵之时，韩、魏两国也不可不防，臣觉得可以从南阳郡调集十万兵马进韩国，攻打纶氏、缑氏诸城，逼近成皋、新郑，让韩王知道厉害，免得生事。武安君前一段时间生了场病，现在病刚好，也不应该让他太操劳了，大王何不命武安君率兵攻打缑氏，监视韩国，万一长平方面战事有变，武安君也可以就近渡河北上，参与长平战事。"

有范雎这个主意，长平之战的部署就圆满了，秦王也满意了："传寡人诏命：左庶长王龁率军三十万出野王，迅速夺取韩国上党，进至长平与赵军决战；武安君白起率军十万攻打纶氏、缑氏，监视韩国动向。"

秦王一语说出，天下风云变色，秦、赵两大强国都把自己的国运押到了上党这个赌台上。

在长平布下罗网

就在秦国为了进攻赵上党准备兵马粮草的时候，赵国君臣也在紧锣密鼓地张罗战事。

在选派将领的问题时，赵王远不像秦王那样左右为难，因为在赵国只有一位将军胜任此职，那就是深受两代赵王器重的亚卿廉颇。

如果说赵国是一只巨鼎，那么平原君赵胜、上卿蔺相如、亚卿廉颇就是鼎的三只足。可惜正当大战来临之时，蔺相如却患了重病卧床不起，王廷上少了这位稳健的臣子，赵国在制定国策的时候难免显得稍微急躁些。

廉颇已是年近六旬的老将了，打了四十年仗，先后侍奉过三代赵王，对于赵国的山川地势、军情士气都了如指掌。得知赵王已经下了决心，准备会同魏、楚精兵在长平与秦国决战，廉颇十分兴奋，回府之后整整忙了一昼夜，已经订下了防守长平的全部计划。

第二天一早，廉颇带着新绘制的地图进了王宫，当着赵王和平原君的面把地图悬挂起来："臣已经想好，在秦军没到长平之前，咱们先在赵上党设下三道防线。"说着走到地图跟前，赵王和平原君忙跟过来。廉颇伸手指向地图："赵上党的门户首推老马岭。老马岭南起武神山，北至发鸠山，纵横百里，山石嶙峋，峭壁如刀，秦军难以穿越。在老马岭正中的石壁上却有一道巨隙，宽仅三里，早先赵国经营上党之时曾在此筑有一座关城，名叫高平关，是个绝险之地。可惜赵国与韩国多年没有战事，高平关已经年久失修，近年虽然修整过，仍然不足，臣打算在此驻扎精兵一万，趁着秦军未到，先尽力整修高平关，作为整个长平要塞的第一道门户。"

赵王性子急，不等廉颇说完，已经问道："高平关如此险要，廉卿只驻扎一万人，是不是太少了些？"

廉颇忙说："秦军这次发倾国之兵与赵国决战，精锐士卒当有数十万，且秦军在韩国连战连捷，取韩国城池二十余座，锐气极盛，冲杀之时必然勇不可当。高平关虽然险峻，毕竟地面狭小，秦军倘若不顾一切用人命来填，赵军无论如何也守不住。一旦关口正面被突破，赵军退却之时人马越多，反而越乱。所以臣在此只驻军一万，预计可以坚守一个月，歼灭秦军万余人。高平关和老马岭一旦失守，赵军余部立刻向二漳城、光狼城一带退却。"

廉颇用兵一向沉稳，军马安排有条不紊，赵王和平原君都无异议。

见赵王点头，廉颇才又回到地图跟前："过了高平关，迎面就是浩山，这里山势甚险，秦军只能沿着山下的原村河谷地行军。早前赵国在此筑了一座光狼城，但光狼城曾被秦国大良造白起用奇兵袭取，撤退之时将关城夷为平地。为了巩固上党，这些年赵人不但重修了光狼城，而且在光狼城以西、高平关背后十里处加筑了一座二漳城，此城北靠浩山，西临原村河，险固几与光狼城相同，但城池稍小些。臣打算在此驻军两万，坚守两个月，至少歼灭秦军两三万人。"

"二漳城一旦被秦军突破，赵军就沿河谷退却，全部退入光狼城。"廉颇手指地图上的光狼城，"光狼城号称太行第一险塞，城西是原村河、马村河两河交汇之地，城南是许河，城周围又有北岭山、皇王山、狼儿掌山四面封闭，古来称之为'四山环绕，三水交流'，秦军要取光狼城，必须登山渡水，处处受制于赵军。臣打算在光狼城守城三个月，歼灭秦军五万人。"

说到这里，廉颇把自己安排的第一道防线说完了，赵王和平原君也都听得出了神。

依廉颇的安排，赵军在高平关、二漳城、光狼城一线仅使用了五万兵力，预计损失只有两三万，却能歼灭秦军八万至十万！如果真能完全做到，仗打到这里，赵国已经赢了一半了。

赵王年纪轻，人又直率血性，比较容易兴奋，听了廉颇的话，脸上顿时露出喜色。可平原君却是个老谋深算的权臣，知道赵王这次要与秦王嬴则、应侯范雎、武安君白起这样的对手较量，实在容不得丝毫浮躁。不等赵王说话，先抢着问廉颇："廉卿觉得只凭这几处关城就能歼灭秦军十万吗？"

廉颇脾气虽然倔强，却是个扎扎实实的人，绝没有吹牛皮的毛病。听平原君问出这话，立刻答道："君上问得好。秦军不但勇猛，而且战场上的经验极其丰富，这上头他们比赵军强些。所以臣虽然对歼敌和损失都做了预估，但是能否真的在第一道防线歼灭秦军八至十万，实在没有把握。"又转向赵王："以臣估计，这一战赵军损失三万，歼灭秦军五万以上，就算胜仗。"

廉颇这话初听起来有点泄气，但赵王细一想，却发觉自己刚才未免有些兴奋浮躁，亏得有廉颇这两句实话垫底，他的心气才真正沉稳下来。又把地图仔细看了一遍，才说："廉卿接着说吧。"

廉颇又把手指向地图："过了光狼城，前面是一片方圆几百里的丛杂山地，丘陵纵横，林木茂密，忽山忽陵，忽河忽谷，别说是从外头来的秦军，就算当地人只要进山十几里就认不清道路了，所以这一带的山岳虽然不是太高，可秦军绝不会沿山路行进，他们能走的只有河谷而已。"

说到这里，廉颇已经有点累了，宦者令缪贤最有眼色，赶紧倒了三爵酒端过来，廉颇也不和赵王客气，直着脖子饮了一爵酒，喘了口气，这才又说："河流这个东西厉害，再硬的山石也能给它冲出一条道来。在这一带共有大大小小九条河流，依次是草芳河、伞盖河、柳村河，釜山河、西曲河、王报河、市望河、原村河、马村河，每条河的河道上都可以行军。其中河谷最宽的是草芳河、伞盖河、釜山河、原村河四处，其他五处河谷只能让步卒勉强通行。这九条河的走向一致，全是由西向东，所以秦军一定会分兵九路顺着河谷东进，宽处走车马辎重，窄道上是步卒。臣打算就在这些河谷的出口处依着山势筑起一条长垒，总长约有六十里，在草芳、伞盖、釜山、原村四处河口各筑一座大堡，其余五处河谷各筑一座小堡，六十里壁垒加上九座寨堡，足以把九条河谷全部封锁起来。"

廉颇口中的这条东壁垒严密整固，滴水不漏，可他的话并没说尽。赵王倒没听出什么来，平原君却有了感觉："廉卿所说的六十里长垒现在筑了多少？九座寨堡建成几座？"

这句话问在要害上了，廉颇顿时皱起眉头："嘻！早先咱们只顾着整顿光狼城，加筑二漳城，根本就没想过在光狼城后筑垒的事！现在大战将临才想起来，山里的石头总不会自己堆成堆儿吧？我已经调动六万人手，尽一切力量修筑堡垒，可这么大的工程怎么也要一年才能完工，现在刚搞出个样子，还指望不上它呢！"

赵王脾气急，一听这话，忍不住把两手一拍，高声道："这是怎么说的！"

廉颇忙说："大王不要急，秦军还远在野王，大军尚未集结，总要一两个月才能向赵上党进兵。咱们又有高平关、二漳城、光狼城，守也能守几个月。臣再尽量加派人手抢筑东壁垒，等秦军真正打到面前的时候，这条垒也就用得上了。"

赵王指着地图嘴里一连气地说："一定要快！一定要快！"廉颇在一旁忙不迭地答应。平原君却又问了一句："廉卿部署在东壁垒的兵马总共是六万人？"

"对，这一线共有六万人马，每五千人守一大堡，两千人守一小堡，两万人守垒，一万人做预备队……"

阵地上具体布防是廉颇的事，平原君并不想过问，心里略算了算："这么说廉卿在二漳、光狼一线部署了五万人，这里又是六万，其余近十万之众在何处驻防？"

"除了三座关城和丹水西岸这条尚未完工的壁垒之外，臣在丹水东岸还准备了另一条壁垒。"廉颇又走到地图跟前，"大王请看，在西壁垒背后就是丹水，丹水东岸最大的城池就是长平城，城北有丹朱岭、羊头山、马鞍山，广袤百里，高耸入云，山间有道路可以直通邯郸，在山路的隘口上筑有一座城塞，称为'三关隘'。若长平城失守，秦军就会突破三关隘，沿着大路直奔邯郸而来了！所以长平城万万不可失守。"

听了"邯郸"两个字，赵王暗吃一惊，凑过来细看长平北边通向邯郸的道路。

见赵王紧张起来，廉颇忙笑着说："大王不要急，三关隘是一把铁锁，秦军不破此隘绝对不可能北进。想破三关隘又谈何容易？因为臣手里的十万精兵都部署在三关隘东边，有这十万雄兵，秦人休想北进！"

听了这话，赵王的心才又稳住了。

廉颇手指地图，把赵王的视线引向丹水："大王请看，丹水虽然不深，可河面甚宽，足可迟滞秦军的攻势，丹水以东的壁垒寨堡才是我军布防最集中的地区。从长平城北边的丹朱岭到关和岭、神皇岭、白骨岭、将军岭，处处都有堡垒。沿着丹河岸边的掘山、秋子、参村、箭头、铺上、金门镇也将建成一条最坚固的石垒，秦军渡过丹河，正好撞在这条石垒上，此处有军马五万，从丹河东岸回撤的士卒也布置在这里，估计能有七八万人，足可以挡住秦军的进攻。臣的大营就在长垒之侧，营中五万人随时待命，万一长垒有失，这些军马立刻赶去增援，击退秦军。"

平原君手指地图上的赵军大营旁边标着的"营房岭"问："这里有军马布防吗？"

廉颇忙说："营房岭、大粮山在东壁垒的最南端，也有兵马驻守，防止秦军小股突袭。但那一带山高林密，秦国大军是过不来的。"

平原君又把地图仔细看了几遍："这么说，丹河这一带能够渡河的地方并不很多……"

"不多，整条壁垒只有二十多里宽。"

"这道壁垒筑得如何了？"

"和西壁垒一样，也是刚刚动工。但这一带只有二十里，筑城的兵士却比西壁垒多一倍，所以东壁垒筑得快，就算西壁垒不成，这条东垒建成，也足以抵挡秦军的攻势。"

平原君平时飞扬跋扈，可在这决战的关头他也变得慎重起来，眼睛看着地图，心里算着细账，半天又问："长平城是赵上党的锁钥，三关隘的门户，最为要紧！廉卿把二十万赵军大多部署在各处城池壁垒中了，长平城由谁来守？"

廉颇笑道："这个我倒想过。前面有两道壁垒遮护，长平城虽然重要，却未必是个主战场，不妨让冯亭和他那几万韩军待在城里，反正这些韩国人不是真心来帮咱们赵国打仗的，打恶仗的时候用他们，反而叫人不放心，就让他们帮赵国守住长平，腾出几万赵军到前线去打硬仗。"

廉颇这个主意果然聪明得很。

到这时，赵王终于放下心来，笑着说："廉卿的计划百无一失，甚好！只是冯亭的军马还在韩上党吧？"

"冯亭是不想离开韩上党的。"平原君端起已经放凉了的酒喝了一口，"大王可以下诏，命冯亭立刻率军撤进高平关。"

"冯亭若不奉诏怎么办？"

平原君喝干了冷酒，恶狠狠地说："冯亭若肯奉命撤军，大王不妨重赏他，把他的部将和这几万韩国军马当成赵军一样看待。若冯亭不识抬举，坚决不奉诏，就让他和那几万韩军死在韩上党好了！"

平原君的话是这么说，可眼下赵国就要与天下第一强国决战，正需要每一支军马，每一员将领，更需要天下各国的支持。当然不能平白无故让冯亭这样一员名将和他手下的八万韩军死在韩上党，所以赵王立刻写下诏书，命大夫虞卿去见冯亭，让他带着军民百姓火速撤进赵国。

大战将临，诸事紧急，受了赵王之命，虞卿急忙来见韩国上党郡守冯亭。一见面立刻取出诏书："大王有诏：命大夫率韩国上党郡十七城邑所有军马即刻开进高平关，听候大王调用。韩上党百姓愿意入赵者可随军同行，不愿入赵者自便。"

一听这话，冯亭当时就变了脸色："这是什么话！我将韩上党十七处城邑献给大王，可大王不但未派大军来援，反而命我放弃上党全部土地！冯亭既是上党郡守，便有守土之责，怎能弃守国土不战而逃！请大夫回报赵王：冯亭不能奉命！"

冯亭的态度如此强硬，却并不在虞卿意料之外，冷笑着说："冯大夫这话就不对了。如今你已是赵国臣子，所守皆是赵国土地，哪里有什么'韩上党'？且战场上进退攻守自有法度，孙武子也说过：'途有所不由，军有所不击，城有所不攻，地有所不争。'大王是个英明的君主，既然命令大夫放弃城池，就必有道理，大夫如果坚决不肯奉命，在下只能认为大夫背韩归赵是假的，如果是这样，我也只有带着诏命回赵国去，告诉大王：'冯亭还是韩国的上党郡守，上党也还是韩国的土地，与赵国并无关系。'也免得我王为此事操心了。"说完就把赵王的诏书卷起来，冲冯亭拱拱手，站起身来做出一副扭头就走的样子。

想不到虞卿还有这么一手儿，冯亭一下子慌了，忙伸手扯住虞卿的衣袖笑着说："大夫不要急，咱们再商量嘛。"

见冯亭软了，虞卿就势装出一脸苦相："虞卿只是赵国一个中大夫，职位低微，胆子又小，冯将军却是手掌兵马的大将军，我在将军面前心里慌得很，又笨口拙舌不会劝人，既然将军不想归赵，让在下回去复命

就是了，将军却又来拦着我，倒叫在下为难了。请问将军一声：到底愿意不愿意归赵？"

虞卿的一条舌头真比刀子还锋利，冯亭被他堵得没法，只得说："我已上奏赵王，愿意献地归赵，这还能有假吗？"

一听这话，虞卿脸上立刻有了笑容，忙说："既然如此，将军就尽快将军马撤入高平关吧？"

虞卿是个极会说话的人儿，三言两语又转回正题来了。冯亭不禁发起急来，高声大嗓地说："我走容易，可这片土地怎么办？这十七座城邑难道也让我带到赵国去？"

"将军只要把兵马、百姓带到赵国就行了，至于城池，今天失守了，明天还能夺回来。"

冯亭鼻子里冷哼一声，粗声粗气地说："虞大夫说得容易，如今韩国的阳狐、武遂都失守了，虞大夫去夺一个看看！"

冯亭是韩国的将军，从内心里根本就不想背叛韩国归附赵王。所以他口口声声都在说韩国的事，满心里都在替韩国打算。

韩国献出上党郡，就是想让赵国接收韩国上党，由此引发秦、赵两军的决战。现在赵国不肯把军队派进韩上党，是担心赵国实力本就不如秦军，再到韩国土地上打这场恶仗，胜算实在太小了。可冯亭却咬着牙坚决不肯把上党的韩军撤进赵国，其实是害怕韩军一退，秦人顺利占领韩上党，赵国却躲在高平关里不肯出战，秦军就势避开赵国的锋芒，转而南渡黄河继续侵略韩国。要是这样的话，韩国等于白白地把上党郡送给了秦国，把八万上党军马送给了赵国，最终还是落一个亡国的结局，这个嫁祸于人的计策就失算了，冯亭，也就成了被天下唾骂的千古罪人了。

　　冯亭这个人外粗内细，表面热情直爽，其实肚里小算盘拨得噼啪乱响。可虞卿也是个精细人儿，肚里的花花肠子比冯亭还多出几道，早看透了他的花招。

　　其实赵国的亚卿廉颇已率领二十万大军从滏口陉开进了长平，正在从长平城到光狼城、二漳城、高平关之间的广大地区四处布防，加固城池，赶筑壁垒。秦国的三十万精锐大军也正向野王集结，随时准备进攻上党，赵、秦两国决战的态势已经明朗，冯亭的顾虑是多余的。可在这件事上冯亭丝毫不敢冒险，仍然坚持让赵军来接收韩上党的城池。虞卿却知道赵军绝不会来，干脆把话说得直白一些吧："将军是韩国人，不知听没听过这么个故事：有个韩国人专以养羊为生，想不到有一天山里出来一头老虎，叼走了他的一只羊，他就拿了一条长矛要进山去杀老虎，别人劝他说：'老虎那么厉害，深山老林道路又难走，你一个人进山，只怕有去无回。不如把自家的羊栏加固一下，然后爬到旁边的大树上，准备一张弓，几支毒药箭，老虎再来，就用毒箭射它。'可这个人不听，硬是拿着长矛进了山，结果不到一天工夫就被老虎咬死了。他的儿子听说这事，又拿着长矛要进山给父亲报仇，别人又来劝说：'进山打虎，不如在树上射虎保险。'这个人倒听劝，就蹲在树上守着。过了几天老虎真的来偷羊了，他就蹲在树上用毒箭把老虎射死了。"说到这里看了冯亭一眼，笑着说："在下只是个书生，没有打猎的本事，可冯大夫是位能征惯战的将军，你觉得进山猎虎稳当，还是蹲在树上用毒箭射虎更好呢？"

　　虞卿把秦军比作老虎，讲的是一个攻，一个守，问冯亭哪一招更稳妥。听了这些话，冯亭倒愣住了。

　　见冯亭有所醒悟，虞卿又说："老虎这东西是一定要来吃羊的，就像秦国人一定要攻打别国、兼并土地一样。凡是'牧羊人'都想把'老虎'

杀死，不管韩国还是赵国，在这上头的心思都是一样的。现在亚卿廉颇带着二十万大军已经到了高平关，秦国左庶长王龁也带着三十万精兵到了野王，这支大军绝不是冲着冯将军的八万韩军来的，赵、秦两国决战的态势已明。廉颇将军用兵沉稳，不肯冒险，已经在长平一带筑垒，下决心躲在树上'射虎'，冯将军如果不肯把军马撤进高平关，你的八万人只能成为王龁嘴里的一只'肥羊'。这种时候将军不肯奉诏撤军，实在是不智，将军觉得是这个理吗？"

半晌，冯亭低着头说了句："容我想想吧。"

所谓"事不关己，关己则乱"。撤入赵国四个字在虞卿嘴里说来这么轻巧，可韩国的城池百姓在冯亭心里却有千斤之重，而且顾虑自己一旦撤离韩上党，秦、赵两国到底会不会决战，辗转反思下不了决心，这一拖就拖了半个多月。

在这十多天时间里，赵国没派一兵一卒进入韩上党，只有一个虞卿拿着赵王的诏命整天来纠缠冯亭，好说歹说，让他把军队撤往赵上党。冯亭派往野王一带的细作也报上消息：秦国左庶长王龁到了野王，在野王一带集结的秦军兵力已达三十万人，粮草也正源源不断地从太行陉运到野王，看样子真的要北上来与赵国争雄了。

可与此同时，冯亭又得到另一个消息：秦国的武安君白起率领精兵十万攻下了纶氏城，正在猛攻韩国重镇缑氏。

缑氏正当韩国的中腰部，离成皋不过百余里，距离韩国都城新郑和华阳大城也只有几百里了。虽然秦国集结于此的兵力远少于野王，可武安君白起威震天下，此人突然出现在纶氏、缑氏，就像一柄利剑架在了韩王的脖子上！

得到这个消息，冯亭的心里更乱了，一时委决不下，在冯亭身边的虞卿也早等得不耐烦了。

赵国的兵力远不及秦国，急需冯亭手里这八万人去守长平城，一来腾出赵军精兵去把守各处防线；二来有这八万人做苦工，赵国那两条尚未成形的东、西壁垒才能更早地修筑起来。可冯亭犹豫再三，总是不肯动身，一怒之下，虞卿又来找冯亭，一见面就厉声问道："冯大夫至今不肯依大王诏命将兵马撤往赵国，究竟是何意！"

虞卿霹雳火爆地问上门来，冯亭只好把语气放缓些，赔着笑脸说道："我既已归附赵国，就是赵王的臣属，哪敢不奉诏？只是秦军到现在尚无一兵一卒向上党发动攻势，我担心秦军会不会突然转而南渡黄河，去攻荥阳、成皋，所以打算再看一看。"

冯亭这话真是匪夷所思。虞卿这个人办事利落，脾气甚急，一听这话顿时发起火来了："我早就说过，将军愿意归赵，我王自然真心接纳，将军若不愿附赵，我王也不勉强！现在冯将军已是赵国臣子，却口口声声说什么秦军南渡黄河，在这里一心替韩王打算，在下请问一句：将军归赵，到底是不是真心！"

虞卿问得毫不客气，冯亭心里更慌了，赶紧笑着说："大夫这是什么话？冯亭自然是真心归顺赵王的……"

"那就请将军即刻将兵马撤进高平关！"

眼看虞卿越逼越紧，冯亭也有些恼火，既不愿意再冲虞卿赔笑脸，又不敢面对面和他冲突，只能把头一低不吭声了。

眼看冯亭一脸倔强，低着头不说话了，虞卿也知道冯亭颇有主意，一味催逼不是办法，再一想，冯亭忽然提出秦军可能"南渡黄河"，大概事出有因。就把话头一转，语气也放缓了些："将军刚才说秦军可能

南渡黄河，请问这是何意？"

"刚刚得到消息，秦国武安君率十万兵马到了缑氏……"

这个事虞卿早先并不知道。现在听冯亭一说，自己再一想，不由得笑了出来："原来将军是担心武安君做了秦军的统帅，他到缑氏之后，在野王的秦军会南渡黄河……将军多虑了！秦军如果真要攻打成皋、荥阳，干吗不直接让三十万大军从河阳、温县、邢丘渡河南进？反而把这三十万大军调到野王来，这不是舍近求远吗？至于武安君白起，确是天下名将，可此人是穰侯魏冉的亲信，魏冉死后，白起已经在秦王面前失势。这次秦王先用白起伐韩，仗打到要紧的地方却撤换了白起，改用王陵、嬴摎这些年轻人。现在秦王又把三十万精兵全交给左庶长王龁，只给白起十万人马，这不是摆明了冷落武安君吗？至于黄河南岸的秦军，周天子的王城他们不敢随意攻打，成皋、荥阳、华阳、新郑都是方圆百里、人口十万的大城，兵马众多，武安君的十万人根本不会有什么作为，只是在牵制韩王罢了。武安君率军南下牵制韩王，正说明秦国大军准备进攻上党，将军觉得我这话对不对？"

虞卿虽然不是个领兵打仗的人，可此人也是战国中一位了不起的谋士，其远见卓识不在蔺相如等人之下，一番话说得滴水不漏，冯亭也不得不暗暗点头。

见冯亭已经有几分被自己说动，虞卿急忙又加上一句："现在武安君到了缑氏，左庶长王龁到了野王，也就是说，秦国大军已经就位，上党这一仗马上就要打响了，将军还在犹豫不决，难道非要等到秦国大军北上，切断韩上党与赵上党的联系，把将军的几万人马困死才甘心？"

到这时冯亭的心思已经活动了，可嘴里却仍是一句："让我想想吧。"

第二天，冯亭终于下达命令：驻守韩上党十七处城邑的所有军马共八万人全部集结，放弃城邑，撤入高平关。韩国百姓愿意跟随撤退的，可以随军而行，不愿走的也不勉强。

秦军素称虎狼之师，秦国将士为了立军功，屠城掠地、杀人冒赏无所不为，天下百姓听到"秦军"二字无不丧胆。听说冯亭即将撤军，韩上党的百姓全吓坏了，数万人拖家带口，畜驮车载肩挑手提，带着一切能带走的东西，跟着大军一路向西逃进了赵国。

这时的赵王正眼巴巴地等着冯亭归赵。现在冯亭终于来了，而且带来了八万兵马，数万百姓，对赵国来说，这些人力最为难得。赵王大喜，立刻把冯亭和他的兵马全部安顿在长平城里，原本驻守长平的赵军全部赶到丹河两岸加入筑垒。同时赵王命平原君亲到长平城，代王传诏：封冯亭为华阳君，赐采邑三万户，归附赵国的韩国官员各有封赏，百姓各有抚恤。

接了王命，平原君坐着安车从邯郸到了长平，来到冯亭的府门前，家宰李同递上拜帖。见是平原君到了，府门外的从人慌忙跑进去给冯亭报信，平原君在车里坐等。好半天，却见一个衣着齐整的舍人从府里出来，走到车前对平原君行礼。平原君一愣，忙问："华阳君没在府里吗？"

那人忙说："我家主人正在府中，但他不愿意和君上相见，命小人来告知君上：冯亭身为韩国臣子，却不能为韩国守土，力战而死，此一不义；韩王本欲将上党郡献给秦王，冯亭却自作主张献地于赵，不尊王命，是二不义；如今赵王因为得了韩国土地而封赏冯亭，此是冯亭出卖国土为自己换取荣华富贵，是三不义。如此'三不义'之人，实在没有脸面出来与君上相见，君上请回吧。"

想不到冯亭这人倒有意思，竟说出这么一番话来，平原君忍不住哈哈

大笑，也不理冯亭府上的舍人，下了安车直往府门而来，冯亭的下人哪敢阻拦平原君，眼看着他大摇大摆走进府里去了。

冯亭正在堂上坐着发愣，忽见一个衣饰华丽的贵人从外面走进来，自己府上的仆人都在一旁侍立，不敢正眼看他，立刻猜出这人是平原君，忙起身相迎。平原君和冯亭见了礼，高声笑道："大王已封将军为华阳君，本君特来传诏，想不到华阳君如此谦逊，竟说自己是什么'三不义'之人，依我看来此言大错特错！"

平原君的话倒把冯亭说愣了，忙说："在下见识浅陋，还请君上指教。"

平原君笑道："士卒上战场不是求死，而是求胜。韩上党仅数万兵力，与秦国数十万精锐交战，以卵击石，此取死之道；而华阳君归附赵国，韩军、赵军合为一师共抗强秦，就有了战胜的把握，这是求胜之道。华阳君为数万将士求生，为击破暴秦求胜，此是第一大义也！暴秦是天下公敌，而韩、赵、魏同出三晋，本是同根兄弟，韩国将上党郡献给秦国，是养虎遗患，华阳君把上党郡献给赵国，乃是兄弟之情，恤兄弟之情而不肯养虎，此是第二大义！赵王封赏华阳君，是敬你之德，而非贪图韩国疆土城池，就算华阳君孤身一人投到赵国，大王一样会封你为君侯，可华阳君却毫不贪恋富贵，视爵禄如浮云，此是第三大义！华阳君分明是'三义'之人，何来'三不义'之说？请君上领受冠服印信吧。"

平原君实在是个能说会道的人，一番话既热烈又大气，竟说得冯亭无话可回，只得领了赵王的诏命，受了冠服印信。

安排好冯亭，平原君急忙赶回邯郸，刚进城就得到一个坏消息：上卿蔺相如病故了。

蔺相如是赵国的干城重臣，和平原君并肩在赵国做了二十年执政重臣，前后追随两位君王，足智多谋，待人谦和，言语诚恳，政事军事多有建树。可惜蔺相如出身卑微，在贵戚执政的赵国，他的才干能力受制于君王贵戚而不能全部发挥，做出的成绩也就有限。

可蔺相如得到重用的时候，赵国还不是一个强国，在他任上卿这些年里，赵国的国力蒸蒸日上，蔺相如辅佐明君，建立强国，意气风发。在长平决战开始之前，蔺相如却病故了，没有看到赵国的惨败和衰落，可以说，蔺相如做了一辈子大事，也做成了不少事，最后，是带着微笑去世的。

生逢其时，死逢其时，蔺相如这个人的运气着实不错。

赵胜合纵齐楚

周赧王五十四年，也就是赵王丹继位的第五年，赵王任命亚卿廉颇为上将军，进驻长平，准备与秦人决战。

得了上将军印信之后，廉颇随即命上大夫徒父祺守高平关，庆舍驻守二漳城，老将军韩徐坐镇光狼城，上大夫燕周带数万人在丹河西岸抢筑壁垒，上大夫董叔领十万人在丹河东岸沿河筑垒，冯亭率所部八万韩军驻守长平城。同时又分出一支两万人的队伍，分别在丹朱岭、郎公山、羊头岭、马鞍山、神皇岭、将军岭、白骨岭、关和岭各处建立寨堡，从东、北两个方向护住长平城，以保证至关重要的长平城和三关隘万无一失。

与此同时，平原君赵胜离开邯郸，直奔楚国都城陈邑而来。

在山东诸侯之中，赵国和魏国的关系本就密切，这几年又下了大本钱拉拢齐国，所以齐、魏两国与赵国联手抗秦问题不大，只有楚国和赵国打交道最少，赵胜对楚国没有把握，于是平原君不辞劳苦，坐上安车离开邯郸，亲自来和楚国这个重要的盟友商谈合纵大事。

拜见楚王之前，赵胜先带着礼物来拜见刚刚做了令尹的春申君。

左徒黄歇是在周赧王五十二年深秋回到楚国的，此时楚王熊横已经薨了，太子熊完在众臣拥戴下顺利继位。见黄歇从秦国归来，想起自己能顺利回国登上王位一大半都是黄歇的功劳，论功行赏，立刻封黄歇为春申君，又任命他为令尹，执楚国政事，将淮北十二县之地赐给春申君做采邑。

黄歇追随太子在咸阳患难九载，又以性命助太子成就大业，终于得到丰厚的回报。成了天下人争相巴结的楚国第一权臣。

此时的赵国已经成了东方第一强国，平原君当然想在楚人面前显一显自己的威风。来拜访春申君之前特意让自己的家宰李同换了一身华丽的银绣黑锦翼虎纹深衣，头上插了根一拃多长的玳瑁簪，随身佩带的短剑，剑柄缠着银丝，剑镡是纯金打造，杉木大漆的剑匣上镶着美玉，看起来华贵无比。到了春申君府上，李同先下车，捧出一只金镶玉嵌的拜匣："请报与君上，赵国平原君特来拜会。"下人急忙报进去了。

也就片刻工夫，只听得府中洞乐喧哗，接着中门大开，成群的舍人拥了出来。只见这些舍人个个头戴纱笼帽，插着白玉簪，身穿金银刺绣的红锦深衣，被阳光一照真是灿烂如火，腰间或用金带或用玉带，就连脚上穿的靴子也都精心装饰，靴梁上缀着美玉，靴腰上缝着珍珠，几百人一起拥上前来向平原君行礼，这一下不但把个家宰李同比了下去，就连平原君自己站在这一帮门客中间，也显得毫不起眼了。

赵国在北，楚国在南，两国之间无寸土相连，所以交道打得最少，赵胜对楚人的情况并不了解，哪知道楚国的富足数倍于赵国！且楚国在南方兴盛了八百年，一直以"昭、黄、景、屈"四大姓为首的宗室亲贵为执政重臣，这些楚国贵族数百年累积起来的巨大财富，实在不是赵国贵人们能够想象的。

平原君想在春申君面前夸富争荣，结果弄了个灰头土脸，可他与黄歇有事要谈，也只好先把这份窘迫藏了起来，与春申君执手入府，在正厅中排开盛宴，歌舞娱乐。

喝了几杯酒，看了一会儿舞，平原君对春申君说："赵胜在邯郸听说君上被楚王拜为令尹，特备薄礼来贺。"

赵胜送给春申君的"贺礼"实有百金之多。可刚才在门前看了春申君门客的气势，赵胜心里有些虚了，不好意思当着春申君的面报出数目。在旁边伺候的李同拍了两下手，几个仆人搬过一只大箱摆在堂下。春申君忙笑道："君上太客气了。君上在赵国执政多年，击齐魏，抗强秦，使赵国日渐强大，在下初执国政，毫无建树，还要多向君上讨教。"

黄歇话说得很客气，赵胜也就接着话头儿往下说："自天子封建以来，天下原本太平，如老子所说，诸侯皆'小国寡民，鸡犬相闻，老死不相往来。'谁知到今天暴秦崛起，如狼似虎，一心想要吞并天下。秦王诡计多端，全无信义，早前将楚王骗至秦国，拘囚而死，其后又无故伐楚，鄢郢一战，楚国吃了秦人的亏，丢失疆土两千里，宗室、臣子、百姓死伤数十万！秦人又焚毁郢都，侮辱楚国先王陵寝，楚人受此大辱，难道不想对秦国报仇吗？"

听赵胜说这些话，黄歇立刻做出一副痛心疾首的样子，恶狠狠地说："秦楚两国已是死敌，等楚国恢复国力，一定西进痛歼秦军，收复郢都！"

黄歇这话说得有力，赵胜忙赞叹道："君上有此魄力，真是楚国之福！"说到这里又换了个话题："眼下秦国势力正在步步东侵，秦军割了魏国的南阳，拔了邢丘、怀邑，已经从东西两面困住了韩国，这两年秦军又不断伐韩，看来秦王是下决心要灭亡韩国！韩国一破魏国难保，魏国再败，楚国的都城就暴露在秦人面前了，依秦王的贪婪，秦军的凶狠，这样的危局只怕五年内就会出现，君上应该未雨绸缪，早做打算。"

平原君递过来的是一句明白话儿，黄歇当然心领神会，忙说："山东各国本是一体，合则共利，分则皆败。三晋是山东门户，如果三晋与秦国交兵，楚国绝不能坐视不理。"

赵胜千里迢迢跑到楚国来，为的就是这句话儿，急忙拱手谢道："春申君快人快语，实在令人佩服！"

黄歇赶紧还礼："这都是应该的。"

虽然春申君为人热血激昂，话也说得爽快，可赵胜知道求人的事儿不能光凭嘴上说说，尤其赵国求的还是楚国的兵马，更不能只凭一张嘴说空话了，就把刚才的话题收了起来，又奉承春申君道："君上是太子身边的重臣，当年秦国威逼楚王，强命太子入咸阳为人质，君上不惜性命深入虎穴辅佐太子，临危之时又不顾生死救太子还楚，这样大仁大义、大智大勇的君侯实在是天下无双！我王敬重君上的人品，愿意亲近阁下。赵国物产不算丰饶，唯灵丘一带田亩收成尚可，愿将灵丘送给春申君做养邑。"

灵丘在赵国北边的代郡，因赵武灵王死后葬于此地而得名。

灵丘县南北跨越三百余里，东西纵横一百七十余里，是赵国北边的一座大县。可惜赵国本就是个穷国，灵丘偏居北地，更是地广人稀，山多田少，是个半农半牧之地。而且灵丘离楚地岂止千里之遥，真正是看不见摸不着，虽然凭此一县所得每年也有百金之数，可对坐拥淮北十二县的春申君来说，灵丘这块养邑未免寒酸了些。

不管怎么说，威震天下的赵王居然赐给春申君养邑，对春申君来说也是一份极大的荣耀，忙拱手谢道："赵王厚赐，怎么敢当。"又再三向平原君道谢。

这天春申君把平原君留在府里加意款待，直到天黑，才和平原君共乘一车，亲自把平原君送回传馆休息。

第二天上午，楚王在宫中依君侯之礼隆重接待平原君，当众宣布：若三晋与秦国交锋，楚国必发兵助赵。

得了楚王的保证，平原君乐不可支，就趁着这个兴头儿离开楚都陈邑，直奔临淄而来。

这时的齐国已经与早年不同。就在安平君田单被赵国"借走"的那年，齐王田法章薨了。太子田建继位为王，君王后临朝称制，上大夫貂勃接替田单做了相国。

君王后是个精干的人，这几年把齐国治理得太太平平，南面沿莒城、琅邪修筑了一道长城，挡住了楚军东进的道路，和西边的魏国、北边的燕国也都和好了，君王后又奖励农桑，修渠治水，鼓励商人们到各国去贩运盐铁，由此赋税大增，国库充实，早年为了在临淄重修宫室所欠的旧账渐渐都还上了。加之这几年风调雨顺，粮食打得多，仓廪充盈，百姓的日子也好过了。

有这么一位贤良的君王后，是齐国百姓的运气。但君王后身上也有个缺点，就是多疑，独断，对大臣们不太信任。臣子们也知道君王后的脾气，

在她面前一个个如履薄冰，战战兢兢。平原君到临淄后，想先拜会一下相国貂勃，可貂勃害怕君王后生疑，硬是不敢和平原君见面。没办法，平原君只好带了国礼进宫来见齐王。

听说平原君来了，齐王也表现得异常重视，召集群臣以大礼相迎，平原君上了大殿，只见齐王田建居中而坐，君王后坐在身侧，忙上前行礼问安。君王后笑道："君上远来辛苦了，不知到齐国来为了何事？"

平原君忙向上奏道："秦国大军屡屡东侵，骚扰日甚一日，不久前又攻入韩上党，夺了陉城，似有兼并韩国之意。下臣以为韩国一旦灭亡，天下大势就会改变，齐国虽然居于东海之滨，离秦地最远，但山东诸国是一体，若任秦军东进，早晚殃及齐国，还请大王早做打算。"

君王后在上面缓缓问道："平原君想让齐国做什么打算？"

"自然是下定抗秦的决心。"

君王后微微一笑："巧得很，秦国使臣也于昨日到了临淄，大王尚未召见，不妨把秦国使臣也请上殿来，与君上见一面如何？"

秦国也派使臣到齐国来了，这个平原君倒是刚刚听说。可君王后故意让秦、赵两国使臣在大殿上相见，却不知是什么用意？在赵胜想来，大概君王后想让两国使臣辩论一番？于是坐直身子，准备和秦使争吵一顿。

片刻工夫，秦国使臣任固走上殿来，先向齐王和君王后行礼，一回头，却见平原君赵胜坐在那里，先是一愣，也向平原君拱了拱手，平原君昂着头坐着，根本不理任固。君王后在上面问道："贵使从咸阳远道而来，为了何事？"

君王后动问，任固也没工夫搭理平原君了，忙说："我王命下臣给大王送来一份国礼，请大王笑纳。"说着捧上一只雕漆大盘。宦者令忙上前接过，送到齐王面前，齐王看过，又转给君王后看，原来盘子里放着一只九连环，全用上好的羊脂白玉透雕而成，精巧绝伦。

看了此物，君王后已经隐约猜到了秦王的意思，也不说破，先命宦者令捧着九连环遍示群臣，连平原君也拿过来看了一眼，又送回齐王面前，这才问："贵使，秦王送来此物，到底是何用意？"

任固忙笑着说："我王送上这份礼物，是请齐王解一个谜。"

秦王出的这个谜题倒不难解，只是其中一语双关。

当时天下有"合纵"、"连横"之说。并力抗秦称为"合纵"，与秦结盟称为"连横"。九连环的谐音就与"连横"相近，且这个东西环环相扣，紧密如一，自然是象征着秦、齐两国"连横"之意了。

另外九连环本就极难解开，加上这只九连环又是用上等白玉雕刻而成，又硬又脆，稍不小心就折断了，所以这个玉连环根本解不开。秦王是借此警示齐国：除了与秦国"连横"之外，并无别的出路可寻。

秦王这个暗示本就显得有些无礼，而他送来这个玉连环，更是别有用心。

两国相交，所赠送的国礼多是玉璧之类高洁吉祥之物，可秦国送给齐国的九连环却是一个孩子拿在手里摆弄的玩物。齐国本就幼主临朝，王后称制，秦王又拿这么个小孩子的玩具送给齐王，分明有轻视齐王和君王后的意思。

君王后何等聪明，一眼就看透了秦王的用心。不理任固，只对平原君笑道："君上可以把佩剑借我一用吗？"

平原君不知君王后是何用意，赶紧解下佩剑交给宦者令，宦者令将剑捧到齐王案上，急忙退开，以避嫌疑。

君王后从匣中抽出剑来，伸出左手中指在剑身上轻轻一弹，铮然作响，

接着挥起宝剑向摆在案头的玉连环砍去，"当啷"一声脆响，玉连环顿时碎成了十几块！

君王后砍断秦王送来的玉连环，当然是拒绝秦国的"连横"之意，而她所用的又是平原君的宝剑，支持赵国对抗秦国的意思已经非常明显了。

君王后把剑插回匣中，指着任固说道："贵使回禀秦王：玉连环已经解开了。"宦者令捧着一盘子碎片送到任固面前，任固忙向齐王拜了几拜，接过木盒飞快地逃下殿去了。

看着秦国使臣逃走了，君王后才对平原君笑道："多谢君上借剑。以后赵国有事，只管来和齐国商量，要粮有粮，要兵有兵，不必客气。"

眼看君王后如此明白事理，赵胜感激莫名，急忙拜谢。

至此，赵国已经先后与燕、魏、齐、楚四国订下共抗强秦的盟约，加上一个被秦国打得无路可退急于向赵国求助的韩国，山东六国合纵抗秦的大事终于被平原君赵胜办成了。

与此同时，三十万秦军已经在各处集结待命，随着左庶长王龁一声令下，无数精兵健卒开进太行陉，陆续向上党进发。

二
步
步
荆
棘

秦军攻入长平

周赧王五十五年，也就是赵王丹在位的第六年，四月初夏，秦军沿野王城北上，冲进了已经无人防守的韩国上党，兵不血刃就占领了韩上党的十七处城邑。

上党地处太行要道，是个兵家必争之地，可这里也是个穷苦之地，山多田少，养活不了多少百姓，所以上党一带人口稀少，韩上党虽然有十七处城邑，其实真正算得上"城"的没有几处，加之冯亭早已带着上党军民以及所有粮食、牲畜逃到赵国去了，留给秦国的只是几座又小又破的空城，既无处驻军，也没地方吃饭，三十万秦军全靠从太行陉运进来的粮食果腹。左庶长王龁知道赵军在高平关后筑垒已经有几个月时间，秦军进攻的速度越慢，赵人布置的壁垒就越坚固，也不等大军会齐，立刻率领先锋军三万人渡过沁河，逼近高平关。

与此同时，赵军也已经行动起来了。

在战国七雄之中，秦军因为连年征战，胜多负少，军法严酷，军功之赏又极其丰厚，所以军队士气特别旺盛，行军作战，或攻或守，动作都比各国军队更迅速，在战场上常出奇兵，各国对此往往始料不及。

赵国自赵武灵王练成新军以后，战场上也是十战九胜，可赵惠文王执政的这些年，赵国对列国用兵不多，恶仗打得更少，这么一来造成了两个结果，一是赵军在战场上几十年没吃过大亏，难免有些骄横；二是赵军打的硬仗恶仗太少，临敌经验远不及秦军，甚至很多赵军将领的作战经验也不足，有时候用兵难免盲目冒进。

镇守高平关的大将徒父祺就是这么一位没打过多少硬仗的将军，以前从没与秦军交过手，对秦人的战术战法全无认识，对赵军的作战能力又一厢情愿地估计过高，情绪未免有些急躁。听说秦军已经到了沁水岸边的端氏城，先锋部队直奔高平关而来，徒父祺立刻命自己的裨将赵茄领一千骑兵出高平关逼近沁水一线，若遇秦军大队立刻撤回，如果遇到小股秦军，就伺机歼灭一路，给秦军一点颜色看看，壮壮赵人的士气。

得了将令，赵茄率领一千轻骑出了关隘，沿着秦川河旁的山谷向南飞驰而出，直往沁河方向杀来。刚过牧坡，已经看到一队秦军骑兵有两三百人，也正沿着山谷北进，一时间两支骑兵同时看到了对方，但赵军居高临下，战马冲得飞快，秦军却是由南向北，由低向高，战马也没有跑起来，面对赵军的迎面冲击，秦军知道难以正面迎击，河谷又窄，避之不急，只好一齐下马，以面前的战马为遮挡，抽弓搭箭向赵军放箭。

此时两军相距不足五百步，赵军马快，秦人连放了两轮箭，只射倒几十人，剩下的赵军一拥而上。由于秦人把战马推在前面，迎面的道路被马匹塞住，赵军骑兵冲不过去，赵茄一声令下，当先的几百骑兵跳下马背，抄起圆茎铜铍向秦军冲杀过去。

在河谷之中赵军占了先手，顿时把几百秦人冲得人仰马翻，只得弃了战马转身就退，赵茄眼看得胜，立刻亲自领兵从背后追杀过来，一直撵了几里地，绕过一条河弯，却见前面烟尘蔽野，车声辚辚，成千上万的秦军正沿着秦川河两岸由南向北开了过来。

战国时代，各国作战时都以紧密的步卒方阵为主力，战车次之，骑兵为辅，只有赵国、燕国特别看重骑兵，把成千上万的骑兵当成一支单独的作战力量使用。秦国骑兵却只是骑在马上的步卒，一般不会远离大军长驱直入，这支几百人的骑兵斥候只在大军前方十里以内哨探。现在赵人逐胜心切，不管不顾一味追杀，竟在河谷深处与秦国大军遭遇了！

一见赵军，河岸上、河谷中的秦卒顿时叫嚣起来，根本不等将军下令，无数黑盔黑甲的秦卒已经向河谷方向冲杀过来，赵茄大吃一惊，忙命部下退却，可上千骑兵拥在河谷的窄道里，转动不灵，前队后队撞成一团，在河岸上行军的秦卒看出便宜，立刻取下手擘弩向赵军乱射，骑兵纷纷中箭跌落马下，后面的总算转过身来，顺着河谷飞一样向北奔逃，秦军哪肯放手，轻骑、车兵、步卒一起追杀过来，冲在最前面的十几乘战车上，弓箭手不断向赵军放箭，沿河谷两岸追逐的秦军只要靠得近些，也用弩机不断射杀赵卒，在窄道中的赵军骑兵无法回头反击，只能一股劲地向前，眼看着人数越来越少，等冲出河谷到了平地，一千骑兵只剩下三百多人，连赵茄也被秦军的乱箭射死在河谷里。余下的赵军轻骑舍命狂奔，一口气逃回高平关去了。

这时秦军已经割取了战死赵军的首级，发现其中竟有一个都尉，又惊又喜，忙把首级献到王龁面前。

刚才那一仗王龁并没亲眼看到，只听说前军斥候与赵军骑兵遭遇，斩首七百，杀死都尉一名，不由大喜，对左右叫道："都说赵军精勇，我看不过如此！命前军一万人直取高平关，不必等待援军，立刻扣关攻打！"

听了王龁将令，已经冲出秦川河谷的秦军齐声呐喊，直往高平关冲杀过来。

这时高平关守将徒父祺也知道前军吃了败仗，赵茄战死，正在惊讶，却见无数秦军漫山遍野向关城冲杀而来。这些秦人凶狠无比，既不在关前列阵，也不去观察道路，选择进攻地点，大队人马顺着崎岖山道直往关口扑来，又有成千的秦军带着大绳、背着弩机顺着山间小径四面八方往老马岭上攀爬。高平关四周山势极为陡峭，秦人多半爬不上去，却也有小股不要命的秦卒抠着石缝扯着藤萝步步登高，到了高处就将绳索放下来，其他秦卒缘绳而上，不大工夫已有几百人爬到半山腰，看样子用不了多久就能登上山顶了。

此时徒父祺已经没工夫理会这些秦卒，因为几千秦军已经冲到关城之下，这些步卒只是秦军的先头部队，大多空手而来，没有登城器械，也不急于攻城，而是各自选择有掩护之处蹲下身来，用劲弩向城头的赵军攒射，在他们身后，旷野上人喊马嘶，几万秦军蜂拥而至，上百乘战车一直驰到山路边才停下，成群的秦兵头顶盾牌，扛着长梯，携着钩杆长绳往城下扑来，几百架云梯在正面摆开，那些矫健的秦人用钩杆搭住石缝，顺着城墙两侧的石壁爬向城头。

顿时，高平关上下杀声如雷，上万秦人如蜂似蚁铺满了城墙，赵军不顾一切上前抵挡，弓箭乱射，滚木礌石顺着城墙往下抛打，又有无数挠钩铲刀从城墙后抛出，顺着墙面乱钩乱扫，被打中的秦卒惨叫着滚下城墙，后面的仍然舍死争先，不顾一切向城头攀爬。

这时王龁已经到了关下，眼看高平关十分险固，赵军的反击也很顽强，攻城秦军伤亡不小，手下将领上前问道："大人，我军只是先锋，器械不足，此时攻城伤亡太大，是不是先在城下休整半天，等大军渡过沁河跟进之后再攻城？”

自从被秦王提拔成左庶长，这还是王龁第一次统率重兵打一场恶仗，听部下劝他暂缓攻城，顿时恼了：“赵人新败，我军兵威正盛，就该趁机一鼓破城！你不到前面去作战立功，却在这里说泄气的话！”吩咐手下：“狠狠打他二十鞭子！命王陵、张唐尽快率军渡河会攻高平关！”

王龁用兵实在凶猛如虎，眼看进言的人挨了打，其他的将领谁也不敢再来劝说，于是三万秦军在高平关下整整攻打了一天。入夜时分，后续秦军源源而至，王龁立刻命新赶到的生力军连夜攻城。

高平关虽是赵上党的第一道门户，可关城狭窄，驻军也只有一万人，面对秦军如此凶狠的攻势，换作旁人大概已经丧胆，可赵人的脾气天生蛮勇倔强，根本就不怕死，面对数倍于己的秦军半步也不退让，只管向前死战，关城上下陈尸累累。战到后半夜，秦军攻势毫无懈怠之意，徒父祺眼看形势险恶，也急了眼，不顾一切地调集一千多人打开城门向外反扑。这一下倒出乎秦军意料之外，正在攻城的秦军竟被这千把赵军冲得一阵大乱，随即又缓过劲来，暂停攻势，转而围攻出城的赵军，恶战到天亮，出城的赵军全部战死，无一生还。秦军的士气也受这些死士所挫，眼看无法一战破关，只好退到山路尽头扎营休整。

秦军虽然略微退却，可高平关的战况丝毫没有好转。

整整一天，数不清的秦军从南边沿着河谷源源不断地开过来，到中午时分，高平关下的秦军已经超过了十万人！后续军马仍然无穷无尽，徒父祺登上高平关后的皇王寨高地向下看去，只见方圆二十里的旷野上挤满了秦人，用车辆围成的营寨已有十几座，营中炊烟四起，卸下的粮草器械堆

积如山，又有无数人影在附近的山林间出没，正砍伐树木，赶制攻城用的云梯冲车之物。

看了这个阵势，徒父祺倒吸一口冷气。身边的人又指着山顶说："将军快看，那里也有秦人。"徒父祺抬头一看，只见老马岭顶峰隐约有人影晃动，原来是昨天攻城时攀山而上的那股秦军，此时已经爬到山顶上，却找不到下山的路径，一时上下不得，正在绝壁上四处探路。

刚才徒父祺心里有些慌乱，看了这一幕又觉得好笑，这一笑，倒不像刚才那么紧张了："秦人虽然凶猛，可他们的打法也笨得很，只知道不顾一切地强攻，正中咱们的诱敌之计。"

话虽这么说，徒父祺也知道，照现在这个样子，高平关实在守不了几天，回营写了一封信，把战况告知廉颇，同时请求援兵。

送信的人刚走，高平关下又响起了战鼓声，大队秦军开始往关城下集结。这一次他们不像上次那样漫山遍野往前冲杀，而是每千人一队列成了十几个整齐的方阵，从城下看去，隐约可见每个方阵前都站着一员二五百主，指手画脚不知冲部下说着什么，过了一阵子，只见几百辆车驶了过来，从车上搬下无数巨大的陶坛，秦军士卒一个个走过去，拿着陶碗依次从陶坛里取酒，每人都一气喝下一大碗烈酒，待众军饮毕，当先的二五百主提起盾牌，抽出剑来用剑柄在盾牌上嘭嘭地敲击起来，身后的秦卒也都学着将军的样子扣盾拍胸，跺足顿地，唱起了秦人已经唱了几百年的战歌：

> 岂曰无衣？与子同袍。王于兴师，修我戈矛。与子同仇！
> 岂曰无衣？与子同泽。王于兴师，修我矛戟。与子偕作！
> 岂曰无衣？与子同裳。王于兴师，修我甲兵。与子偕行！

这首狂歌是秦国草创之时，危难关头所作的军歌，最初唱这支军歌的都是即将为国而死的烈士，整首歌充满了苍凉肃杀之意。如今秦人已成天下霸主，却丝毫不妨碍他们唱着危难时的军歌去攻城略地，杀人立功。

酒，是秦人手里一件重要的兵器，秦国人就算吃不上饭，也要拿出足够的粮食来酿酒，士卒们每当上阵杀敌之前必先大量饮酒，然后顿地踏歌，催发酒性，等每个人都被烈酒狂歌刺激得失去了理智，军阵后的战鼓声忽然急促起来，成千上万的秦军又向高平关发起了冲锋。

这时公乘张唐所率领的咸阳兵已经到了高平关下，眼看一昼夜的强攻秦军已使伤亡无数，关城下铺满了尸体，王龁却仍然指挥部属不顾一切地向前猛攻，张唐觉得这个打法未免太强硬了些，走到王龁身边低声说："赵国兵势甚强，长平一带纵深有数百里，地势复杂，不是一两个月就能拿下来的……"

不等张唐说完，王龁已经打断了他的话头："都说赵军英勇，我看也不见得。赵国兵员不足，粮食也未必够吃，没有进攻的力量，现在赵军都龟缩在城内不敢出战，我军正该尽力攻城，只要拿下高平关，夺了光狼城、长平城，整个赵上党就尽在我手。咱们的兵员充足，不放手一搏，还等什么？"

王龁这话里其实有两个天大的漏洞，一是他对赵国的"表里山河"毫不知情，竟误以为赵国把所有兵力集中在几座关城之内，却不知赵军真正的防线其实是沿山临河而建的壁垒。二是王龁自恃兵马精锐，人数众多，犯了骄横的毛病，过于轻敌了。

可问题是，张唐也不知道长平防线的纵深是什么样子，只能像王龁一样胡乱猜测，虽然他的想法比较稳妥些，却劝不住王龁，只能在心里叹了口气，站在一边不出声了。

在秦人不惜代价昼夜不息的疯狂进攻面前，高平关的城墙几乎被秦军的头颅撞碎，战至第五天，城中守军已经伤亡了三分之二，而秦军在关城下战死无数，后来的士卒甚至可以踩着城墙下堆积的尸首，顺着秦人在石头缝里硬砸开的豁口直接登上城墙。

眼看关城已经无法防守，徒父祺带着仅存的将士又和秦军死拼了一夜，到第六日清晨，趁着秦军攻势稍歇的间隙，仅存的两千多赵军打开关城向东边的二漳城退却。等天光大亮，秦军再次整顿兵马攻城的时候，才发现高平关内已经空无一人。

高平关这一战赵军损失七千多人，秦军却在关城下扔下了一万多具尸体。然而对勇猛倔强的王龁来说，这点损失并不算什么，因为此时五大夫王陵麾下的十几万人马也已纷纷渡过沁水，王龁的三十万大军已经会齐。

对三十万秦军而言，一万多人的损失并不显眼，王龁急于立功扬名，更是不惜军力，立刻命令秦军前后分成五队，以张唐所部为先锋，一拥而过高平关，穿越老马岭，沿着交河、董峰河两条谷道向二漳城扑来。

想不到在前面等着秦军的，竟是一支伏兵。

二漳城是早年秦国大良造白起偷袭光狼城后，赵军为了巩固光狼城临时加筑的一座城池，西临董峰河，东靠原村河，南北两侧都高山，就像一把大铁锁结结实实地挡住了东进的道路。可二漳城毕竟是临时修筑的城池，规模不大，城墙不高，地势也不及光狼城险要，加之秦军偷袭光狼城之后，赵惠文王与秦王在渑池会盟，出卖了楚国，秦国的攻击方向已经转向楚地和中原，二十年都没有一兵一卒深入太行山区，赵人在这一带的防守也懈怠了，二漳城就这么莫名其妙地扔在了原村河口，连当地的老百姓都管这座城池叫"小城"。

到长平决战即将打响，赵军重新进驻二漳城，才发现这座"小城"已经破败得不像样子了。虽然花大力气整顿了一番，可二漳城原本就筑得太小，目前实在没有人力扩建，就连在城边择地筑垒也来不及。

面对这么一座小小的城池，上大夫庆舍感觉束手无策，既然防守未必可以奏效，不如冒一下险，趁秦军未到城下，先打他一个埋伏，也许能杀杀秦人的锐气。

拿定主意，庆舍立刻调集了六千精兵，把他们分成三队，命两千名弓箭手分别登上谷道旁的山坡，在树丛岩石后埋伏起来，他自己带着四千人出城六里，在两河交汇的河道出口处埋伏下来，专等秦军到来。

拿下高平关后，秦军只休整了一天，立刻向二漳城进发。这一路上太平无事，一直走到下午，从董峰河、交河两路进发的秦军忽然在河床上碰了面，原来两条小河在此交汇，都流入了原村河。

这时的天气，热得好像下火一样，河谷中更是闷热难当，秦军步卒披着铁甲，扛着兵刃，背着干粮、弩机和沉甸甸的箭箙在河床上行军，一个个汗流浃背，筋疲力尽，低着头一步一步地往前挪动，还不等他们把气喘匀，河道转弯处的树丛后忽然射出一支响箭，一队赵兵挺着长矛迎面冲杀过来！

这一下冲击事先毫无预兆，两军相距只有几十步远，走在前面的秦军连举起兵刃的时间都没有，就已经被长矛捅翻在地，后面的秦人慌忙应战，赵军也不恋战，只捅倒了百十个秦卒就转身退却。秦军立刻随后赶杀，却见河道正中迎面立着一道一丈多高三丈多厚、用乱石堆起来的石墙，石墙顶上和两岸的高崖间伏着无数弓箭手，见秦军入毂，赵军队列中一声令下，

立刻乱箭齐发，向秦军迎面射来。

这场伏击赵人事先算准了时间，找准了地方，正好占据了河道最狭窄之处，左右高坡难以攀登，坡顶上又布置了大量弓箭手，居高临下向秦军放箭，秦人的队伍顿时大乱，冲在前面的秦卒一片片被射倒在地，随后跟进的士卒正撞上从高崖顶射来的箭雨，秦军队列中人仰马翻，前军被数千赵军打得乱成一团，向前不能靠近石墙，后退，背后数不清的人马正在向前推进，河道狭窄，无处退却！几万秦人全都窝在河谷里，只能顶着盾牌蹲在地上，毫无还手之力。等秦人回过神来，拿起弩机和赵军对射的时候，天已经黑下来了。

这一夜，对堵在赵军石垒前的秦军来说真是一场噩梦。

这些人无法进攻，因为赵军箭矢如雨，而且这些箭是从三个方向同时射来，简直防不胜防，白天他们尚且难以接近石墙，天黑以后就更冲不上去了。最倒霉的是这些人一步也退不下来，因为在他们身后，河谷里塞满了几十万秦军，这支庞大的队伍不可能原地掉头后撤，所以冲在最前面的人也就无法撤退，只能手举盾牌一个挤一个地蹲在地上，听着箭矢"嗖嗖"从身边飞过，黑暗中，中了箭的秦人大声惨叫，受伤的士卒整夜哀号不止，直到天色微明，在河谷里蹲了一夜的秦军忽然齐声咆哮，站起身来轰隆隆地向着石垒猛冲过来。

秦人的性格沉闷内敛，可这种人一旦发起狂来，往往一发不可收拾。一整夜的折磨已经让秦军发了疯，早就下了狠心，只等天光放亮就一起舍命狂冲，一鼓劲登上了石垒，这才发现石垒后已经空无一人。

庆舍是个聪明人，知道单靠这么一道单薄的石垒不可能阻止住几十万秦军的攻势，所以只把秦军的先锋阻击了一夜，捞够了便宜之后，趁着秦军被压缩在谷地中动弹不得的工夫，在夜色掩护下悄悄退走了。

　　这天中午，在河谷里吃了亏的秦军略事整顿，立刻向二漳城发起攻击。

　　二漳城很小，但位置正在河谷深处的台地上，地势较高，两面临山，只有西边一道城墙面对秦人，于是两万赵军都集中在这一个点上，几千弓箭手立在城头对着秦军猛射。赵人的箭镞多是铁铸的，没有秦军的青铜箭镞铸得精致，但箭镞硕大，上面又有钩子，一旦射中身体就难以取出，伤者血流如注，哀号惨叫，半日方死，其残酷也令秦人胆寒。

　　除了弓箭，城头又布置了几十架连弩，弩臂宽有一丈五尺，一弩可发七矢，箭杆粗如儿臂，专门用来摧毁秦军的冲车楼车之类攻城器械，城墙后又布下两三百具石砲，一次可投出五块大石，当秦军逼近城墙之时，这些石砲一起发动，落石如雨砸向秦人头顶，盾牌铁盔皆不能遮蔽，被石头砸中的人非死即伤。

　　除了数不清的防守利器之外，赵人还有一项本能，就是不断出城向秦人反扑。在二漳城的西城墙下沿着台地筑有三条五丈宽的石道，每条石道通向一座坚固的城门，每当秦军攻势最盛之时，身披重甲的死士就分为数百人一队沿石道而出，居高临下冲乱秦人的阵势，然后迅速回撤，秦军也想沿着石道往上攻打，可这里道路险窄，无遮无挡，赵军弓箭攒射，秦人无处可逃，每每追之不及，眼看着赵军逃之夭夭。

　　整整二十天，二漳城下的战斗简直一成不变。先是秦军猛攻上来，赵人以弓弩石砲迎战，战到酣处，又以劲卒偷袭，等秦军阵势一乱，赵人的弓箭就越发凶猛，秦军攻势无果，挫了锐气，只好先退下来，整顿人马之后再攻，一个时辰后仍然无功而返。两军白天死战，夜里休息，看起来秩序井然，只是秦军在二漳城下的伤亡每天都有一两千人。

　　眼看这样的打法实在不是路，王龁心生一计，不再用人海战术攻城，而是命秦军将十几辆战车推到阵前，面对城墙一字排开，挑选射术精湛的

弩手带着强劲的蹶张弩在楼车上和赵军对射，压制赵人的弩箭，其他士卒就地担土取石，在二漳城对面筑起一座土垒。五日后秦垒已成，其高与二漳城的城墙持平，秦军再次攻城之时，赵人登城放箭，秦垒上也万弩齐发与赵人对射。

秦弩之强天下第一，赵人的弓箭实在比不了。现在秦军登高射弩，对阵攻城，赵军顾此失彼，眼看大事不妙，庆舍不顾一切命三千多赵军出城反扑，与秦人在城墙边一场恶斗，双方各自伤亡惨重。

有了这道土垒，二漳城里赵军的优势被秦军破了！眼看破城有望，秦军士气一振，王龁心中窃喜，命士卒休息一夜，第二天清早就对二漳城发起猛攻，哪知对面城上已经看不到赵人的身影，攻城的秦卒一拥而上，瞬间攻入城里，才发现二漳城已是一座空城。

自从秦军攻入高平关以来，赵人的打法一直很滑头，前一刻还在不顾一切地死战，转眼工夫就弃城而走。在这些狡猾的对手面前，秦军虽然攻城克地，其实根本占不到上风，也得不着什么便宜。现在赵国人又耍这套诡计，在二漳城里死守了二十多天，使秦军战死了一万六七千人，然后忽然弃城而走，只把一座没用的空城扔给了秦人。

赵军已退，秦军这才冲进了已经被打烂了的"小城"，只见整座城池空荡荡的，连城里的房屋都被赵军拆光了，砖瓦木料都被当成武器砸到秦人头顶上去了。王龁带着一群将领上了城墙，顺着马道来到东城，从高处看去，二漳城四周群山环绕，地势险恶异常，到处都是断崖绝壁，灰黄的石壁上怪石狰狞，好像一群蹲伏着的怪兽恶鬼，从高处冷眼俯看着秦军，而在二漳城背后仍然只有一条孤零零的原村河谷可以进兵，河谷尽头还能隐约看到赵人奔逃的身影。

王龁把这片气死人的"表里山河"狠狠看了两眼，问左右："前面就是光狼城了吧？"

身边的将领忙说："光狼城离此只有二十多里。"

"拿下光狼城，就离长平不远了吧？"

左右的将军们一个个面面相觑，竟没有一个人能答得上话来。因为秦军对赵国的攻伐最远仅到光狼城，再向东走会遇到哪些山川河流，碰上什么样的防线寨堡，没有一个秦国人说得上来。

王龁又问："当年武安君是怎么攻克光狼城的？"

半晌，到底有人说了一句："听说是奇袭得手……"

眼前几十万秦军被赵人拖进荆棘丛中，举步维艰，何谈"奇袭"？这样的废话说了不如不说。王龁冷着脸传令："派斥候向前探路，速来回报。"

片刻工夫，十几匹快马出了二漳城东门，沿着河谷向东南方向飞驰而去。一个多时辰后，斥候回报："前面十五里外，河谷里到处都是木寨石垒，我等只看到前面的三四处，不知后面还有多少壁垒。"

对王龁而言，这一仗既不存在"奇袭"，也没有任何侥幸，除了强冲硬打，别无他法。

"传令：以张唐所部咸阳军为先锋，全军向光狼城进发！"

赵王向秦国求和

赵军在光狼城下与秦军浴血死战的时候，一辆不起眼的马车从西边驰来，进了邯郸城，一直来到平阳君赵豹府门前，驭手打开车门，从车里扶出一位头戴远游冠、身穿黑绨袍、手拄紫竹杖的老先生来，又跑到门前对君府外的卫士说："请禀报一声：赵国旧臣楼缓先生拜见平阳君。"卫士急忙报了进去。

片刻工夫，平阳君赵豹亲自迎了出来，老远就冲着楼缓拱手道："原来是老先生到了，本君久闻先生之名，今日实是幸会。"抬眼打量楼缓，见这位赵武灵王时的旧臣子年纪已过七旬，面色红润如同婴儿，蓄着一副华丽的长须，生着两道长长的寿眉，面目慈祥，真是一派仙风道骨，忍不住赞叹一声："先生真是世外高人，养生有道，令人羡慕。"

楼缓哈哈大笑："什么养生之道，无非少肉多粥，少车多步，少愁多喜，少怒多慈，少记多忘，没心没肺的，自然活得长些。"一边说笑着，与赵豹执手进了君府坐定。赵豹命人置酒，楼缓笑道："老夫这些年已不再饮酒，一杯清茶即可。"赵豹忙命人奉上香茶，楼缓捧起茶来喝了一口，叹了口气："自老夫上次到邯郸，至今已有二十二年了，这些年间我避居乡间，专修道家养生之术，过的是与世无争的日子，本以为就这么老死了，却忽然听说赵国与秦国战于长平，这分明是赵国将亡啊！老夫不得不日夜驱驰赶到邯郸来，是想劝说大王不要轻易挑起战端。不知现在战事如何了？"

赵豹是个没胆量的人，听楼缓问起前线战况，忙说："很不好！

赵军失了高平关、二漳城，都尉赵茄战死，伤亡已有数万，现在秦国三十万大军正向光狼城步步进逼，眼看赵军已经没了退路，真不知此战该如何了局。"

听了这话，楼缓把两手一拍，大叫起来："哎呀！大王怎么如此鲁莽！韩国向赵国献上党地，分明是嫁祸之计，要借此引发赵、秦两军的大战，韩国才好逃过一劫，赵国就该不接受韩上党才是，大王怎么就轻易接受了呢？"

楼缓说的正是赵豹早前在赵王面前献的计策，这一下赵豹真是遇上了知音，忙说："老前辈说得对！当初不接受韩国的土地就好了。"跟着楼缓发了一句牢骚，心里好不痛快，又问，"事已至此，先生有什么计策可以使赵国脱险吗？"

楼缓低头想了半天，才说："眼下秦强赵弱，秦国的国力军力远胜于赵国，这一仗是打不赢的，不如趁着战事尚能维持，赶紧派使臣到秦国求和，或许还有周旋的余地。"

楼缓的主意倒让赵豹一愣："赵军正与秦军恶战，这个时候向秦国派出使臣……"

楼缓看了赵豹一眼："君上还在等着魏、齐两国出兵救赵吗？我看此事已经无望了。君上想一想，赵军已经与秦军激战经月，大小打了几十仗，魏、楚两国若有心助赵，这时候大军早就在路上了，可魏王和楚王可曾征调了一兵一卒？"

确实，长平之战打到这时候，赵军、秦军已经陷入胶着，魏、楚两国大军却连个影子也不见，这真是咄咄怪事。

赵豹本来就对这一仗心里没底，现在给楼缓一吓，更慌乱了，忙问："先生觉得向秦国求和能成功吗？"

楼缓叹了口气："事已至此，总不能坐以待毙吧？君上是赵国的柱石之臣，这时候应该挺身而出，为国家做些事了。"

受了楼缓的激励，赵豹也下了决心，立刻进宫来见赵王，张口就问："长平一战打成今天这个样子，大王觉得下面该怎么办？"

长平之战自开战之初，战况一直很不理想，赵王心里也有些急了，听平阳君问他，就气呼呼地说："寡人本来信任廉卿的能力，想不到廉卿却让寡人失望。开战至今连遭败绩，战死一员将军，失了两处城池，若再丢了光狼城，长平城和三关隘就危险了！寡人想命廉卿集中兵力突袭秦军，尽力打一个漂亮仗，最好能收复二漳城，不知平阳君以为如何？"

赵王丹倒是个果敢的人，危急时刻不但不惧，反而还有突袭秦军的勇气，赵豹却觉得赵王这个主意实在鲁莽，忙说："敌强我弱！大王若再不顾一切命赵军反扑，损失只会比现在更大。臣觉得不如趁着战事未分胜负，赶快派使臣到咸阳向秦王求和，局面或许还有一步缓和。"

说实话，赵王一向瞧不起自己这位叔父，听赵豹说要向秦国求和，心里甚为不满，可又不好当面驳斥平阳君，正在犹豫，宦者令缪贤走上殿来："大王，虞卿求见。"

赵王正想找个人替自己驳斥赵豹，忙说："叫虞卿进殿。"

片刻工夫，虞卿走上殿来向赵王行礼，见平阳君也在，又向平阳君拱了拱手，就才坐下。赵王立刻问道："平阳君刚向寡人提议：派使臣到咸阳向秦王求和。虞卿以为如何？"

听了这话，虞卿又惊又气，恶狠狠地瞪了赵豹一眼，这才对赵王说："这是什么话！赵、秦两军激战正酣，胜负未分，难道平阳君已经认定赵军必败了吗？"

虞卿是个直率的人，这话问得很不客气。赵豹也提高声音："赵军在长平已经连吃了几个败仗，难道大夫不知道？"

"失守几处不要紧的城池关隘，并不算什么败仗。"虞卿不和赵豹纠缠，而是转向赵王，"且不说赵、秦两军胜负未分，就算赵军真的难以取胜，也不能随便派使臣到咸阳去求和，否则就等于大王把'和与不和'的主动权交给了秦王，秦王想战便战，想和就和，而赵国在态势上首先受制于人，这样对大王极为不利！"

虞卿所说的"态势"二字果然非常重要，赵王听得连连点头。

见赵王支持自己的意见，虞卿赶忙又说："臣想请问大王，秦国这次出兵长平，是一心想击败赵国，还是只想逼赵国向秦国屈服？"

赵王想也没想，立刻说："秦国倾尽精锐扑向赵上党，自然是要彻底击败赵国的。"

虞卿把手一拍，高声道："对啊！秦国一心要击败赵国，若他们得了势，怎会答应与赵国和谈？若他们吃了亏，就算想和谈，赵国也不肯呀！如此看来，'和谈'二字根本就是没有道理！"

虞卿和赵王一搭一唱，弄得赵豹十分尴尬，赵豹当然不敢针对赵王，只能质问虞卿："秦国是天下第一强国，单凭赵国一国之力能击败秦军吗？"

"赵国尚有魏、楚为盟友，合三国之力，破秦又有何难？"

虞卿这一说却让赵豹逮住理了："请问大夫，赵军与秦军已经激战多日，魏、楚兵马现在何处？"

这一下却问到虞卿的短处了。好在他进宫之前先与平原君赵胜商量过，赵胜也觉得该是魏、楚出兵的时候了，准备上奏赵王，亲自到大梁、陈邑走一趟，请两国尽快发兵。

有平原君的话在前头，虞卿这里也就有了话说："魏、楚、齐三国均

与赵国定盟，自当发兵助赵破秦，现在平原君已经准备南下魏、楚，向两国借兵，估计两个月之内魏、楚大军可以赶赴长平。"

"可赵军在长平还能撑两个月吗？"

听赵豹问出这话，虞卿忍不住笑出声来："君上也太小看廉卿的本事了！眼下虽然失了一个高平关，可廉卿手里还有光狼城，还有丹河西垒与东垒，又有长平城、三关隘诸处险要，二十万赵军也不过损失了一两万，莫说与秦军再打两个月，就算打上半年也没有问题！"

赵豹是个老实人，口才本就平常，现在被虞卿一堵，顿时哑口无言。

听说平原君准备亲自去魏国、楚国搬兵，赵王倒很高兴："平原君何时可以起程？"

"君上正在府里准备，明日就向大王上奏，只要大王发下诏命，平原君立刻动身。"

第二天一早，平原君赵胜果然上奏赵王，请求亲往魏国、楚国搬兵，赵王立刻准奏，当场发下诏命。平原君已经从虞卿嘴里知道赵豹想向秦国求和的事，知道事情紧急，接了诏命当天就动身南下。临走前嘱咐虞卿：无论如何要拦住赵王，绝不能轻易向秦国求和。

平原君是赵国第一权臣，威望高名气大，本事又强口才又好，与魏国信陵君是姻亲，和楚国春申君是莫逆之交，平原君亲往魏、楚搬兵，赵王心里踏实了很多。

可就在平原君赵胜出发的第七天，长平战场上忽然传来一个惊人的消息：光狼城失守！

光狼城是长平一带最险固的关城，光狼城的失守对赵王是个很大的震动。尤其是廉颇以前曾向赵王保证过，从高平关到光狼城一带防线可以坚守半年以上，想不到前后仅三个多月，高平关、二漳城、光狼城全部陷落，在远离战场的赵王听来，战场上的赵国大军似乎已经溃不成军，难以为战了。

这时候连赵王都慌了神，平阳君赵豹更是吓得坐卧不宁，可他也知道自己才能平庸，劝服不了赵王，于是悄悄来见赵王，告知：赵武灵王驾下重臣楼缓刚刚回到赵国，想要拜见赵王，商量国事。

赵王丹继位不久，年纪尚轻，提起楼缓这位"武灵王驾下重臣"，他脑子里只有一个模糊的印象。可此人既是赵国的前辈旧臣，又是平阳君举荐之人，赵王无论如何也要见他一面。于是把楼缓请上殿来，问他："先生以为赵国是该与秦国决战到底，还是应该派使臣赴咸阳与秦国和谈？"

其实早在赵惠文王十七年楼缓就回过赵国一次，那时赵惠文王才二十六岁，赵王丹还是个小孩子，尚未立为太子，赵国的国力正在兴起，正是将强不强，有称霸之心，无称霸之力。那一次楼缓仗着赵王对他的宠信，连着献了几条计策，引起赵国与魏国争霸，兵伐伯阳，又让赵王到刚平去掘开黄河水淹大梁，闹得赵、魏两国失和，秦国乘虚而入，攻取石城、光狼，打了赵国一个措手不及，逼得赵王不得不背弃山东诸国与秦国会盟，这才有了后来的渑池之会。

办完这件事后，楼缓找了个借口回秦国去了，蔺相如与赵惠文王也逐渐识破了楼缓的真面目。一气之下，惠文王将楼缓的弟弟楼昌罢黜不用，楼氏一族从此在赵国失势。可赵惠文王却耻于对人承认自己被楼缓算计，蔺相如揣测君王的心思，也把这件事装在心里，没对任何人提过，结果在赵国知道楼缓真实嘴脸的，只有惠文王和蔺相如两个人。

如今赵惠文王已经晏驾，赵王丹继位都有六年了，楼缓离开赵国也有二十二年之久，巧的是，上卿蔺相如也在长平之战爆发前病故了。知道楼缓底细的两个人都不在人世，于是楼缓一回赵国，不管平阳君赵豹还是赵王丹，都对这位"武灵王驾下老臣"又敬重又信任。

世间有这么一个楼缓，真是赵国的不幸。

现在赵王把楼缓当成可以推心置腹的老前辈，拿国事来问他，楼缓犹豫半天，才慢吞吞地说："大王问的话，下臣实在不便回答，也不敢回答。"

赵王本来心里就急，听楼缓说这样的话，更是急得冒火："老先生在寡人面前是长辈，有什么话不能说的？"

楼缓咳嗽了两声，又对赵王拱手行礼："臣讲个故事给大王听吧。秦秋末年鲁国有一位大夫名叫公父文伯，与大贤人孔丘交情很深。公父文伯的母亲名叫敬姜，是齐国的女公子，极有贤名。后来孔丘被鲁国的权贵季桓子陷害，离开鲁国，公父文伯曾有心放弃大夫之位追随孔丘，却又反悔，留在鲁国做官。后来公父文伯死了，他的两个妾就追随他自杀了，敬姜听说此事，只是冷笑，再也不为儿子哭泣。身边人问：'哪有儿子死了，母亲却不悲伤的道理？'敬姜说道：'孔夫子是大贤人，他离开鲁国的时候，我儿子不肯追随他。现在我儿子死了，却有两个女人为他而自杀，可见我儿子花在女人身上的工夫远比花在大贤人身上的工夫多。这么个不成器的儿子，我哭他干什么？'后人听了这话都很惊讶，赞叹敬姜之贤，大王知道这个故事吗？"

楼缓所说的故事赵王还真没听过，但细细想来也觉得有理，就点头道："敬姜夫人能说出这样的话来，果然不负贤名。"

楼缓笑道："大王试想一下，倘若这句话并不是敬姜夫人说的，而是公父文伯身边一个妾说的，那么大王还会觉得这个女人贤良吗？"

赵王又想了想，摇摇头："此话若出自妾侍之口，只怕是这女人平时被公父文伯冷落，不及那自杀的侍妾受宠，所以在这里说些妒忌的话吧？"

楼缓要的就是这个回答，忙说："这就对了。同样一句话，从公父文伯母亲嘴里说出来，旁人就以为是贤良之语，从他身边侍妾口中说出来，旁人就以为是嫉妒了。可见，同样的话从不同的人嘴里说出来，旁人听了就会有完全不同的感觉。下臣虽然是侍奉过武灵王的旧臣子，可这么多年一直住在秦国，现在刚刚回到赵国，一旦说出逆耳的话来，大王必定以为臣是在替秦王说话，弄不好还要治臣的罪，所以臣觉得还是不说话为好。"

楼缓说这一大堆话，听起来似乎离题万里，其实此人最工于心计，他所说的每一句话都是有讲究的。

战国时代的纵横家，个个都是打洞的狐鼠，其中楼缓是个第一流的人物，此人虽然心术险诈，可嘴里却几乎没有一句瞎话，专门以"实话"骗人，辩论的时候慷慨激昂，办起事来条理明白，从来不做谄媚之语，总能哄得别人跟着他的思路走，真正把诡辩之术发挥到了极致。

现在楼缓在赵王面前扯公父文伯的故事，一来用些题外话干扰赵王的思路，使其不能凝神思考；二来显示自己的儒雅博学，在赵王面前先卖一个好儿；三来借孔丘、敬姜这些人的名字和喻典提高了自己的身价，向赵王暗示楼缓也是个贤人；四来又给自己打了个伏笔，做了个掩护，万一赵王不听他的意见，有前面这些话放在这里，赵王也不能对楼缓大发脾气。做了这么一大堆巧妙的准备之后，才又用一个圈套来套赵王，逼着赵王不得不老老实实来听楼缓的"逆耳"之言。

果然，此时的赵王心里早没了别的想法，只能说："先生是老臣子，自然会为赵国打算，有话但讲无妨，寡人洗耳恭听。"

到这时，楼缓才又向赵王拱手说道："下臣请问一句：大王以为长平之战赵国能够获胜吗？"

赵王忙说："此战平原君计划已久，联络诸侯共同抗秦，必能获胜。"

"既然联络诸侯抗秦，为何至今不见诸侯发一兵一粮助赵？"

楼缓问的也正是赵王最担心的问题，但平原君已经对他保证过，必能催促魏、楚两国出兵，所以赵王强打精神说道："长平之战与山东各国休戚相关，如今平原君已亲赴魏、楚两国搬兵，想必两国大军不日就到了。"

听了这话，楼缓把几案一拍，高声道："这究竟是何人要害大王！大王竟信了这些话？这么看来，长平一战必败无疑了！"

楼缓忽然说出如此惊人之语，赵王吓了一跳，心里更没底了，忙问："先生怎么说这话？"

楼缓重重地叹了口气："大王怎么不想想，山东诸侯各怀鬼胎，一心只想谋私，哪有半点仁爱公明之心？自从苏秦掌六国相印，组织天下合纵，到现在也有几十年了，哪一次合纵搞成过？今天的山东五国都有一肚子鬼心机：齐国想让赵国垮台，好去掉一个强邻；楚国想让赵国打败仗，好借机灭掉鲁国，杀进中原；魏国希望赵国倒霉，然后和韩国一起做魏王的附庸，趁机合并三晋；韩国快灭亡了，急着拉赵国出来打一仗，缓解秦军加在韩国身上的压力；燕国则虎视眈眈，只等赵国被秦国打败，就纵兵来夺取赵国的土地城池。这五国都是想让赵国打败仗的，大王却想与五国合纵抗秦，这不是痴心妄想吗？"

天下最厉害的谎言，其实就是"实话"本身。只是要把实话当谎言用，还需要楼缓这样的手段才行。

现在楼缓说的句句都是实话，如凿如斧，顿时把天下大势讲了个透彻明白。赵王浑身上下出了一身冷汗，惊得脸色煞白，好半天说不出话来。

眼见赵王被吓成这副样子，楼缓也故意不出声，让赵王自己琢磨了半天，这才又叹息一声："臣来晚了，话也说晚了。现在赵国的局面已是如此，要粮无粮要兵无兵，若继续在长平僵持下去，不用秦军来攻杀，赵军饿也饿死在山里了……可到今天，大王还把希望放在魏国、楚国身上，等着两国发兵救赵？大王这么想，臣还能说什么呢？"说到这里又是一连串的唉声叹气，也不再说别的，冲赵王拱拱手，佝偻着身子慢慢走下殿去了。

这一夜，年轻的赵王丹彻底未眠，到天亮时终于下了决心，发下诏书：命上大夫郑朱赴咸阳向秦国求和。

听说此事，虞卿飞一般跑上殿来："臣听说大王要派使臣到秦国去，有这事吗？"

赵王有气无力地应了一句："确有此事。寡人诏命已下，郑朱今天就去咸阳。"

眼看赵王忽然间改了主意，虞卿急得满脸通红："大王如此做法，岂不是断绝了赵国与山东各国的合纵吗！"

昨天被楼缓狠狠地吓唬了一顿，加之一夜未眠，赵王的神经已经有些绷不住了，瞪起眼来恶声恶气地说："哪有什么合纵！赵军在长平伤亡数万，粮草也用尽了，山东各国都等着看赵国的笑话，平原君就算跑断了腿也借不来一兵一卒！齐国也不会给赵国提供粮食，再不与秦国议和，难道眼看

着几十万大军全军覆没？"

想不到一夜工夫，英气勃发的赵王忽然变成了一个胆怯无用的废物，虞卿又急又气，高声叫道："大王说的是什么话！长平一战正在关键时刻，赵军虽然伤亡数万，秦军的伤亡却是数倍于我军！国内粮食虽然不足，可也尚未用尽！平原君到魏、楚两国借兵还没有消息，大王怎么就失去了信心？如果在这时候派使臣向秦国求和，长平之战还怎么打下去！"

虞卿哪里知道，就这一天一夜工夫，赵王的心完全变了，自己把话说得再强硬，赵王也听不进去了："打不下去，正好不用再打……"

虞卿是个火暴脾气之人，却也极有智谋，知道赵王现在心情不佳，一味急争怒谏，赵王反而听不进去，只得把火气压了压，话头儿也缓了下来："大王以为现在派使臣到秦国，就能使两国罢兵议和吗？"

虞卿平心静气来问，赵王也就反问一句："你觉得呢？"

眼看有了进言的机会，虞卿又把心气平了平："臣觉得秦国发起长平决战，意在歼灭赵国大军，然后逐一灭亡三晋。所以大王派人到咸阳去求和，秦王根本不会和使臣议和。可秦王和应侯都是奸诈之辈，他们一定会利用这个机会大做文章，把赵国的使臣捧在手心里给天下人看，让魏、楚、齐、燕都知道赵国已经放弃合纵，背叛山东各国，独自与秦国议和了。等各国都对赵国失望，坚决不肯发兵救赵，而赵国兵员耗尽，粮食吃光，秦军在长平占了上风，那时秦王就会拒绝与赵国议和，逐走使臣，发倾国之兵猛攻长平，赵国大军必将覆没，大王的霸业也化为尘烟，或许赵国很快就会亡国了……"

虞卿说的话极有道理。可是与楼缓那些不折不扣的"大实话"相比，他的这些话就显得不那么扎实了。

其实在长平开战之前，赵国早已被魏、楚、齐三国所算。赵王早先还看不到这一点，所以任由平原君和虞卿摆布，可昨天楼缓几句话，已经把这层窗户纸捅破了，赵王看清了时势，哪还听得进虞卿的劝谏？更何况赵王已经被楼缓唬得心烦意乱，虞卿偏又用全军覆没、赵国灭亡这些话来吓赵王，若在平时赵王还能容忍这些话，现在却是急气攻心，忍无可忍，猛地掀翻几案，站起身来指着虞卿喝道："汝是何人，竟敢在寡人面前说什么覆没，什么亡国！赵国是寡人的赵国，与你等有什么关系！滚出去！再敢胡言乱语，寡人立刻诛你三族！"

赵王丹虽然年轻，平时却能听言纳谏，与臣下关系和睦，想不到这一次竟然雷霆震怒，发了这么大的脾气，虞卿吓得魂飞魄散，抱头鼠窜逃下殿去了。

这天过午，一辆安车驶出邯郸，出赵长城直奔咸阳去了。

不知不觉间，赵王丹犯下了他一生中最大的错误。

虽然早在开战之前，赵国的战败就已经注定了，可赵王在最不合适的时机向秦国派出求和使臣，却使赵国的败局彻底注定，再也没有挽回的机会了。

听说赵国使臣郑朱已在来咸阳的路上，应侯范雎乐得好像天灵盖开了个口子，三魂七魄都飞出来在半空里转悠，马上一溜小跑进了咸阳宫。秦王正在批阅奏章，见范雎满脸喜色飞跑进来，停了笔问："应侯有什么喜事？"

范雎身子本就虚弱，跑得又太急，一下子竟说不出话来，跪在秦王面前喘了半天气，这才说："大王，天大的好消息！赵国使臣快到咸阳了。"

此时秦赵两国大军正在长平一线恶战，尚未分出胜负，赵国忽然派使

臣赴秦，秦王一时没反应过来，愣头愣脑问了一句："赵国使臣来干什么？"

"赵王必是中了楼缓先生之计，派使臣向秦国求和来了！"范雎翻愣着眼睛又使劲喘了两口气，"孙武子言道：'未战而庙算胜者，得算多也，未战而庙算不胜者，得算少也。'秦国与赵国交锋之前，臣与大王议于王廷，都以为此战可胜，此正是'庙算胜者得算多也'，可毕竟没有十足的把握。自从长平开战以来，臣一直担心山东列国会出兵救赵，心中忐忑，寝食难安，可到今天为止，长平交兵已有数月，秦军连破赵国城塞壁垒，魏、楚、齐三国未发一兵一粮救赵，可见臣先前所算已中。如今赵王又中了臣设下的反间计，派使臣来向秦国求和，如此一来就等于出卖了山东诸国，各国就更有借口不发一兵一卒救赵了！这场大战，赵国已是必败无疑！"

其实对于这场大决战，秦王也和范雎一样，心里只有七八分的把握，日夜都惦记着前线的战事。现在听说赵国派来使臣，秦王一开始没想过来，可被范雎一说，立刻就明白了，也高兴起来："若赵国使臣果然来求和，寡人这一仗就赢定了。"又问："应侯觉得寡人该怎么对付赵国使臣？"

范雎笑道："这个简单，大王先不要急着答应赵使所请，但也不要拒绝，只说要想一想，把赵国使臣留在咸阳城里，然后由臣出面宴请赵使，臣宴罢赵使之后，再请咸阳城中的贵戚重臣、三公九卿轮流出面宴请赵国使臣。秦国是天下最大的国家，咸阳是天下最大的城池，公卿重臣少说也有几百位，每人请赵使吃一顿饭，就够赵国使臣折腾几个月了。等到声势做足了，天下人都知道赵国派使臣到秦国来了，山东各国也有了借口，拒绝向赵国派出救兵了，那时候大王再下一道诏命：不与赵国议和。将赵国使臣逐出咸阳就是了。"

范雎这个主意真是又阴损又厉害。秦王心里暗暗赞叹，脸上也带出笑容来了："就依应侯的意思吧。"

和范雎商定计谋之后，秦王当天就在咸阳宫大殿上召见赵国使臣，言语温和，笑容可掬，对赵国使臣提出的议和请求却不置可否。用一上午的工夫打发了郑朱，把他送回传馆，郑朱刚刚坐定，应侯范雎就派人来请他过府饮宴。

应侯是秦国第一权臣，郑朱也正有求于他，不敢稍有耽搁，急忙到应侯府上赴宴。应侯与郑朱闲话，问长问短，却没有一句涉及国事，更不谈两国议和的事。酒宴已毕，直把郑朱送出府门，又命家宰把自己平时上朝坐的安车给郑朱乘坐，将他送回传馆。刚刚坐下，秦国大庶长的家宰又来请他赴晚宴了。

从这天起，秦国的王孙贵戚、公卿大夫、名将重臣逐一上场，每天午、晚必有贵人邀约，权大名重的就把郑朱请到府里吃酒，官职稍低些的就到传馆来访，总之宴无虚夕，殷勤备至，整整两个月，郑朱在秦国前后拜会了两百多位贵人，吃了一百二十顿酒席，却始终见不到秦王的面，两国议和的事也无从谈起。

就在这美酒佳肴、笑脸承欢之中，赵国正被秦、魏、楚、齐四国联手，一步步推向失败的深渊。

赵国被盟友抛弃

这时的平原君赵胜正在魏楚两国之间苦苦奔走，本以为大战之前已经与山东诸国讲定了合纵大计，可真办起事来，才知道其艰难之处远远超乎平原君的想象。

在平原君想来，秦军灭韩破赵，魏国受到的威胁最大，且魏国的信陵君是平原君的亲妹夫，魏王又昏庸软弱容易对付，所以平原君先奔魏国而来，不想来得很不是时候，魏王正好生了病，不能见他，倒是从宫里传出诏命，让平原君与信陵君去谈国事。平原君只好转到信陵君府上来。

信陵君对平原君一向亲如兄长，听说平原君来了，立刻大开中门，两廊洞乐，带着家宰侯嬴亲自迎出来，把平原君请到正厅酒宴款待。两人说了几句闲话，信陵君主动问起："听说赵军与秦军正在长平激战，不知前线战况如何？"

信陵君主动问起长平战况，当然是有相助之意，平原君十分高兴，放下箸高声笑道："长平一战赵国设下圈套，诱使秦军进入高平关，经光狼城直至丹水岸边，沿途各处凭城固守，设寨筑垒，不断消耗秦军力量，至今秦国三十万精锐大军已全数开进丹水谷地，前后战死十万之众！赵军损失不到四万人，此时魏、楚两国各起精兵到长平助战，必可痛歼秦军三十万！经此一败，秦国必退回函谷关，从此不会再有一兵一卒东进，山东六国就彻底安全了。"

平原君是个政客，平时最多说七分实话，另加三分牛皮。听说赵军在长平歼灭秦军十万，信陵君大喜，忙说："赵国兵马精勇天下无双，秦军这次遇上对手了！"端起爵来向平原君敬酒。平原君饮了酒，立刻问道："战事已到关键时刻，不知魏国大军何时往长平进发？"

一听这话，信陵君顿时皱起眉头："不瞒君上，早在秦军攻打高平关的时候，我王已经调集十万精兵准备北上救赵，可是……唉！君上不知道，眼下魏国又遇上麻烦了。"

平原君忙问："什么麻烦？"

信陵君抬手按着额头，嘴里长吁短叹："想必君上也知道，楚国自从被秦国所败，举国东奔，把都城建在陈邑，一直在觊觎魏国的疆土。早先楚军偷袭魏国，夺了睢阳，就连本君的采邑信陵也被楚人占了，后来靠着秦王的恫吓才迫使楚国退兵。可现在秦赵两国交兵，不管秦王还是赵王，都一时顾不上魏国了，楚人又在南边蠢蠢欲动，调动了十几万人马逼近薛邑。这薛邑是我王灭了田文夺来的城池，十分富庶，已经成了魏国最重要的财赋之地，要是被楚国夺去，魏国的损失就大了，大王不得已，只好把援赵的兵马调到薛邑去了。"

刚才信陵君说得热闹，似乎魏国马上就要往长平调兵，平原君着实高兴了一下子。想不到信陵君话里有鬼，三言两语，十万精兵化为乌有！可信陵君说的话又似乎在理，平原君一时不知真假："楚国伐薛？这是何意？"

平原君这一问是真糊涂，信陵君却只当他是装糊涂。摇头苦笑："君上怎么问出这话来了？难道君上如此精明，还看不出楚国的意图？楚人伐薛是次要的，他们分明是想灭亡鲁国，把手伸进中原！早前楚人取莒城、夺睢阳，都是奔着鲁国去的，现在他们又来取薛城，这是要从三面合围鲁国了。楚人的野心比秦人更大，一旦楚国的势力进了中原，魏国还能有太平日子过吗？"

　　楚国灭鲁，想挤进中原，这个平原君是知道的。可想不到楚王如此愚蠢短视，不识大体，竟在赵、秦两国决战的时候跑到魏国边疆来挑衅，拖住了即将赴长平参战的魏国大军！真把平原君气了个七窍生烟：“暴秦是天下公敌，长平之战要是败了，山东六国都要遭灭顶之灾，这个时候楚国倒来攻打魏国！楚王年轻不懂事，怎么春申君也如此糊涂！这事你不要管了，我这就到陈邑去质问楚王！”

　　平原君义愤填膺，信陵君感动得几乎要掉下眼泪来，忙推开几案向平原君拱手再拜：“君上替魏国仗义执言，无忌在此谢过了。”

　　长平战事紧急，一天也耽误不得，眼看劝不住楚国，魏国兵马就动弹不得，而平原君本来也正要到楚国去搬兵，干脆两件事合成一件事，站起身来：“我今天就去陈邑。”转身要走，却又回头叮嘱信陵君，“请君上奏与大王：魏国兵马务必早日备齐，等我说服楚王，退了楚兵，魏军应该立刻到长平助战才好。”

　　信陵君忙说：“这是一定的。”亲自把平原君送出府来，执手登上安车，一直把平原君送出大梁城三十里才回来。

　　这一边平原君急如星火，片刻不停直奔陈邑而来。一进城，连传馆都没进，直接来求见楚王，却也巧，楚王偏偏到安陵游猎，不在宫中，平原君只好先来拜访春申君黄歇。

　　黄歇与平原君虽然只见过一面，相互之间却极有好感，听说平原君来了，立刻亲自出迎，在正厅中酒宴相待。平原君虽然心急，可礼数上不能有亏，先叙交情，再看歌舞，酒过三巡，这才问道：“本君刚从魏国来，听说楚国调动十几万军马准备攻打薛城，不知有这事吗？”

　　一听这话，春申君满脸惊诧，一爵酒举到嘴边却忘了喝，半天才说：

"哪有这样的事！先王晏驾不久，大王继位才两年，国事千头万绪，哪有工夫去攻打什么薛城？君上这是听了别人的挑拨了吧！"

春申君把话说得如此干脆，竟不由得平原君不信，这一下闹得十分窘迫，不知该说什么是好。半天才说："没有这事就好。"略一沉吟，觉得不妨对春申君提起救赵的事，一来这是正事；二来也借此试试楚人的心意，看他们到底有没有伐魏的企图。就把话锋一转："君上知道赵国与秦国在长平交兵的事吗？"

春申君忙说："这事本君也听说了。赵、秦两国交锋数月，赵国已失了高平关、二漳城、光狼城三处天险，被秦军击退到丹水西岸，看来局势已经很危急了。"说到这里，忧虑之情见于颜色。

见春申君替赵国担心，平原君心中暗喜，忙说："君上误会了。赵国这次是发倾国之兵替山东六国打这一仗，可是秦强赵弱，如果硬碰硬的交战，赵国必落下风，所以在长平一带设下圈套，故意引秦军入彀。现在秦国三十万精锐大军已被赵军引入丹水谷地，损失数以十万计，几十万大军的粮草全靠太行陉运输，十分艰难，进攻的锋芒已被赵军挫败，如果楚、魏两国在此时调大军开进长平，集三国之力，必可歼灭秦军于丹水两岸。秦军大败之后国力尽失，楚国就可以打开黾塞一路西进，重夺郢都、黔中、蜀郡，甚而夺取巴郡、汉中，如此楚国就又是当世第一大国了。"

平原君这话说得极好，春申君本就是个热血激情的人物，听了这话不由得血脉贲张，一拍几案高声道："君上说得对！楚国也到了出兵的时候了！"

春申君是楚国的令尹，楚王驾下第一权臣，他这一句话，已经把楚国救赵的事敲定了。平原君大喜，刚要拜谢，想不到春申君忽然皱起眉

头："哎呀，本君想起一件事来：楚国大军该从何处进入长平呢？"

平原君忙说："楚国在南边，与赵国不相邻，但在魏国的共邑却有一条孟门陉，可以直通丹水西岸，楚军只要南渡黄河到共邑，入孟门陉，就可以直到长平，立刻与秦军交战了。"

赵、魏、韩三国之间是绵延千里的太行山，山高林密，河谷纵横，地势极为复杂，大军难以进入，春秋时代就被称为"表里山河"，天下奇险。但在太行山中却有八条山道，分别是军都陉、蒲阴陉、飞狐陉、滏口陉、轵关陉、井陉、太行陉、孟门陉，合称为"太行八陉"。这其中的太行陉起自韩国野王，经碗子城、天井关直到丹河岸边。如今野王一带早被秦军占领，太行陉也成了秦军进入长平的通道，又是秦军最重要的粮道。而孟门陉起自魏国的共邑，南接黄河，经迤底、乾河直至丹水西岸，楚国大军若想到长平助战，只要穿越孟门陉即可。这条路虽然不太好走，但楚军多是步卒，走这样的山路应该不成问题。

春申君不是个糊涂人，当然知道魏国有一条孟门陉可用。但他现在问的并不是这件事，见平原君答非所问，只得把话说得更明白些："君上说的是，楚军只要走孟门陉即可进入长平。但孟门陉在魏国的河北之地，楚军必须穿越魏国的疆土，北渡黄河，才能到孟门陉。可魏国一向与楚国为敌，早前两国屡次交兵，现在魏王又无故指责楚国调兵攻薛城，这时候楚军想经过魏国的土地，只怕魏王不会答应吧？"

秦申君问的倒是个实在的问题，平原君早前竟没想到这一点，现在被春申君一问，竟有些晕头转向。

但平原君也是个飞扬勇决的人物，片刻工夫就想好了说辞："赵国与秦国的决战关系山东六国安危，假若赵国战败，魏国受害甚深，这种时候魏王一定不会计较与楚国的旧怨，可以敞开大道让楚军北上，这个事包在我的身上，君上可以放心。"

平原君大包大揽，春申君却不能全信，仍然皱着眉头问："就算魏王肯借道让楚军北上，可楚军开进长平，那是千里之遥！道路又难走，几十万人的粮草该如何供给？"

平原君忙说："魏国也已决定派兵助赵，我会与魏王商量，楚军的粮草由楚国提供，由魏国负责运送，魏王一定会答应。"说到这儿，自己也觉得不是很有把握，只好又塞给春申君一颗"定心丸"，说道："秦军已与赵军激战数月之久，伤亡巨大，楚、魏两国大军一到，合三国之力发起反攻，秦军顷刻就会瓦解，我估计这一仗前后不会超过三个月，所以粮草供应不是大问题。"

平原君把话说到这个地步，春申君也觉得果然有理，连连点头："君上说的极是。这么说楚国可以进兵了——只是本君还有一个想法：楚魏两国毕竟不睦，我想先让魏国出兵，等魏军北上进了孟门陉，楚国大军再随后跟进，这样我王心里也踏实，本君担的责任也小些，不知君上可见谅否？"

眼看春申君已经答应出兵，却又节外生枝，一定让魏军先行，楚军才动，平原君不由得面露难色。春申君看了出来，忙问："君上有什么难处吗？"

魏国指责楚国威胁薛邑，因而不愿意立刻向长平派兵；现在楚国不承认有伐薛的企图，反而要求魏军先发，这两国互相扯起皮来了！赵国的战事急得火上了房，哪受得了这样的扯皮？

可平原君也知道，自己和楚国权臣交情不深，倒和魏国的信陵君是亲戚，想说动楚国，不如先说动魏国。

想到这里，平原君把牙一咬，决心再回头去劝说魏王。可临走之前还

有两句话要问春申君:"请问君上,楚国能调多少兵马助赵?"

春申君微笑着说:"楚国是大国,调动二十万大军应该不难。"

二十万大军,真不是个小数目了。平原君点了点头,又犹豫片刻,闪闪缩缩地问:"楚军真的没有伐薛之意吗?"

一听这话,春申君有点不高兴了,沉着脸淡淡地说:"本君已经说了,楚国没有伐薛,何况即将助赵攻秦,更不可能调兵去对付魏国了,君上大可放心。"

春申君把话说到这个地步,平原君也不好再说别的,辞别了春申君,又坐上马车飞一样赶回大梁来了。

好在大梁、陈邑两地相距不远,平原君的马快,几天工夫就能跑个来回。

这时魏王仍然称病不能临朝,也无法召见平原君,平原君只好先到信陵君府上来,却想不到这一次府门前冷冷清清,连一个迎接的人都没有,平原君还以为自己来得太快,信陵君尚未得到消息,急忙命家宰李同送上拜帖。

好半天工夫,信陵君府上的家宰侯嬴走了出来,到车前对平原君行了个礼:"君上安好,信陵君已在府中相候,请君上随我来。"再没一句多余的话,只在前面引路。平原君给弄得莫名其妙,只好跟着侯嬴进了府。信陵君正在厅上坐着,见平原君来了,淡淡地说了句:"君上请坐。"就自顾在主位上坐了,扬着头看也不看平原君一眼。

想不到才几天不见,信陵君对自己的态度竟有了天渊之别,平原君实在摸不着头脑,忙问:"君上如此待我,不知是何意?"

信陵君看了平原君一眼,冷笑道:"我正想要问君上,君上倒用话来问我？敢问一声：赵国如此陷害魏国，究竟是何意？"

信陵君这话真把平原君说糊涂了，急忙起身拱着手高声说道："赵魏两国已经订盟，如今正是抗秦的紧要关头，君上却说赵国'陷害'魏国，我实在不解，请君上明言！"

见平原君急了，信陵君话里也带上了三分火气："赵国与秦国交战是不假，可眼下秦赵两国已经罢兵议和，君上却跑到大梁来口口声声向魏国借兵助战，请问，这是君上要戏弄魏王，还是赵国另有所图？"

信陵君这话真如一个霹雳重重打在平原君头上，忙指天画的高声道："赵国与秦国是死敌，两国正以倾国之兵在长平血战，何来'议和'之说！君上不要听了别人的谣言！"

"谣言？难道赵国上大夫郑朱到了咸阳，是谣言吗？"

郑朱出使秦国的事平原君当然不知道，在他想来，这种事也绝不可能，立刻叫道："谣言！这必是谣言！本君愿以身家性命担保，绝无此事！"

此时郑朱赴秦的事早传得天下皆知，平原君却硬是不认账，甚至用身家性命对信陵君发誓，信陵君顿时被激怒了："赵王无信无义，先与秦王议和，又来骗魏国出兵攻秦，想让秦国抛下赵国，单独与魏国为敌！如今赵王的阴谋天下共知，平原君还在这里说谎，未免欺人太甚了吧！既然如此，君上请便！"把袍袖一拂，转身进后堂去了。

自从在雍丘吃了齐国人的亏，这几年信陵君魏无忌已经变了个人，满肚子阴谋诡计，装龙像龙装虎像虎，嘴里听不到半句实话。可平原君哪知道这些？以为信陵君还是当年那个豪爽热烈、正直无私的好人。现在魏无忌大发脾气，平原君不得不相信赵国那边出了问题。

可要说赵国在这种时候派使臣到秦国去议和，平原君却无论如何不能相信。

眼看已经无法与信陵君商谈，平原君只好回过头来求见魏王，可一连在宫门外等了三天，魏王始终不肯见他。

到这时平原君已经感觉到势头不对了，眼看和魏国谈不拢，只好又回头去找楚王，希望楚国能先发兵，魏国看到楚国派出兵马，或许也能改变主意。至少能借一条路，让楚军穿过魏境开进长平。

平原君又从大梁跑回楚国来了，不等他进陈邑，春申君已经得到了消息，立刻进宫来见楚王。

这时楚王刚从安陵游猎归来，听说平原君到了陈邑，忙问春申君："平原君是来向楚国借兵的吗？"

"是。"

楚王又问："令尹觉得楚国应该发兵助赵吗？"

楚王这话问得有意思，春申君把头一摇，干脆利落地说："当然不助。"

春申君回答得太直爽，倒把楚王逗乐了："寡人听说平原君一直对令尹百般奉承，赵王又送给令尹好大一块养邑，令尹怎么对赵人毫不同情？"

被楚王一问，秦申君也笑了："大王，奉承归奉承，养邑归养邑，可臣若因为几句奉承，一处养邑，就擅动国家兵马，还配做楚国的令尹吗？"

春申君这话回答得很好。楚王也知道黄歇是个忠诚的人，对他极为信任，就不再说那些玩笑话了，只问："令尹说说楚国为什么不用助赵？"

"韩国虽然受秦国威逼，可仔细算起来，国内尚有二十万军队，魏国有四十余万人，赵国也有四十万精兵，总数相加仍有百万之众，所以三晋的局面并不像表面看起来那么危险。现在魏国把赵王推到前面做三晋的挡箭牌，如果秦国和赵国打一场硬仗，双方各自消耗二十万左右的兵力，赵国实力被削弱之后，就会乖乖地与魏、韩合作，三晋之盟反而更加紧密。秦国也至少十年不能全力东进。三晋连为一体守住东部门户，秦国又暂时无力东侵，楚国正好在东方大展拳脚，攻打薛邑、滕邑，北上围攻曲阜，先灭鲁，再伐齐，扩地千里，恢复实力，这种局面对楚国最为有利。"

春申君一番话说得楚王连连点头："这么说楚国应该坐山观虎斗，就让赵国和秦国打一场硬仗。"

春申君忙说："大王说得对。"

"可寡人早先曾答应发兵助赵，现在又该如何拒绝呢？"

春申君笑道："臣听说赵王不知受了什么人的挑唆，竟派了一个叫郑朱的上大夫到秦国去求和，现在郑朱已到咸阳，正和秦国君臣打得火热，大王就以此事为借口大发脾气，立刻把平原君逐出陈邑，派兵助战的事当然从此不提了。"

一句话说得楚王笑了起来："好！寡人明天就当殿驱逐平原君。"说到这儿，又忍不住问了一句："寡人实在想不明白，赵王为什么在这个时候派人向秦王求和？"

春申君摇了摇头："臣得知此事也是百思不得其解，赵国人犯起糊涂来真不得了，办的事简直匪夷所思……"

赵王为什么在这个时候向秦国求和，楚国君臣猜不到原因，也就懒得再猜了。

第二天一早，楚王在王宫大殿召见平原君。平原君行礼已毕还未开口，楚王已经问道："听说君上一连两次到楚国来，要借楚军到长平与秦军作战。

这次还是为此而来吗？"

平原君忙说："下臣正是为此而来。"

一听这话，楚王顿时瞪起眼来："岂有此理！赵王一边派使臣到秦国求和，一边派君上到楚国搬兵，这是在戏耍寡人吗？"

来陈邑的路上平原君也隐约听到了郑朱赴秦国求和的风声，不敢再像以前那样用"身家性命"担保了，只说："赵国与秦国是死敌，楚国与秦国同样是死敌，当年秦军焚烧郢都、鄢陵，毁坏楚王陵寝，与楚人结下深仇，难道大王不想抓住机会大破秦军，报昔日之仇吗？"

平原君话音刚落，楚王已经吼叫起来："住口！赵国与秦国忽战忽和，欺骗诸侯，毫无信义！平原君两番入楚花言巧语欺骗寡人，实是大罪！寡人本该将你扣留在楚地，念在与赵王尚有交情，先放你回去，以后不得再入楚境，否则寡人绝不轻赦！"

楚王一句话，竟把平原君逐出了楚国。

眼看从魏、楚两国借兵助战已经成了泡影，平原君彻底傻了眼，再也没有了平日颐指气使的威风，出了陈邑就命车驾停在路旁，自己在一块石头上坐着发起呆来。这时候家宰李同也说不上话，倒是门客公孙龙上前劝道："眼下战事紧急，君上不能在此久留，还是赶紧另想办法吧。"

到这时平原君仍不敢相信赵王竟不与自己商量就派人到秦国议和："先生觉得郑朱大夫到秦国的事，是真还是假？"

公孙龙叹了一声："想必是真的。"

"大王为何这么做？"

"也许魏、楚两国从头到尾就在欺骗赵国，根本不打算派兵助赵，现在大王想到了这一点，心里慌了，就舍下魏、楚急于向秦国求和。"公孙龙看了平原君一眼，低声说，"不管怎样，大王这样做是欠考虑。可现在看来，君上也是考虑不周，一厢情愿，把两个奸贼当成了盟友。现在赵国精锐已被秦军拖在长平，魏、楚军马不来，赵国危矣！"

正所谓旁观者清，当局者迷。平原君并不是个糊涂人，可他太执迷于权谋诈术，到最后反而自己深陷其中，闭目塞听，不能自拔。倒是公孙龙这个置身事外的人几句话，解开了眼前的谜团。

可公孙龙这些话更让平原君感到绝望，一时心里千思百想，成了一团乱麻，两手攥着拳头，满心惶急，竟不知该如何是好了。还是公孙龙在旁劝了一句："魏、楚两国靠不住，长平这一仗就要做长远打算。现在赵国粮食将尽，君上还是先到齐国商议借粮的事吧。"

粮食！

赵国的存粮只够维持两个月了，没有魏、楚的援兵，再得不到齐国的粮食，赵国的二十万大军就会在长平战场上彻底崩溃！长平的溃败，也就是赵国灭亡的开始……

平原君咬着牙站起身来，钻进车里翻找了半天，寻出一壶酒来，仰着头咕嘟咕嘟全灌进了肚子里，顿时觉得身上热了起来，心里也恢复了几分勇气，吩咐李同："到临淄去，向齐王借粮。"

平原君还没走出齐、楚两国的疆界，在临淄的齐王已经知道了赵国在魏、齐两国借兵遭拒的消息，也知道平原君这次必是到齐国借粮食来了。

至于怎么应付赵国，君王后心里早就有了主意，可太后称制，毕竟不能像齐王专权时那么霸道，国事全由一人说了算，于是在平原君到临淄之前，君王后先请齐王召集群臣，意思是要听听众人的意见。

自齐王法章晏驾之后，君王后临朝称制已有五年，处事明决，治国有方，

而且君王后表面温和谦恭，内里独断强横，臣子们对她又敬又畏，所以齐国的国事多由君王后一言而决，臣子们只是坐在下头当个摆设。现在平原君已相继被魏、楚两国逐出，即将到齐国来借粮，齐国臣子们有一小半认定齐王必然不肯借粮，一多半却不知道君王后打的什么主意，或低头默坐，或交头接耳窃窃私语，却没一个人愿意上前进言。

齐王高居王位，君王后坐在齐王身边，两位主子都等着群臣上奏，可群臣偏偏都不肯说话，看起来实在有些冷场。没办法，相国貂勃只好替君王后说话："齐国的国事向来是君臣共商，今天商讨的又是大事，还请众位畅所欲言才好。"

有了相国的鼓励，齐国臣子们好歹振作了些。上大夫周颐第一个拱手奏道："大王，臣闻左传有云：'辅车相依，唇亡齿寒。'暴秦素有兼并六国的野心，现在秦、赵两国各以倾国之兵战于长平，赵国若胜，秦国至少三十年不能东侵；秦国若胜，赵国只怕要被秦国灭掉！赵国一亡，韩、魏都会相继灭亡，秦国下一个要攻打的怕就是齐国了。"

终于有人出来说话，主张借粮于赵，君王后不由得面露微笑。貂勃最懂得君王后的心思，也就笑着问："周颐大夫觉得齐国应该借粮？"

听相国这一句反问，显然并不认同自己的意见，周颐有些急了，又对齐王拱手奏道："孔子云：'人无远虑，必有近忧。'臣觉得大王应该看得长远些，筹措一批粮食借给赵国，助赵国打赢这一仗，不然赵国一败，齐国也将深受其害！"

貂勃冷笑道："大夫以为赵国打胜了这一仗，齐国就不会受害吗？"

貂勃这句话意思很深，周颐却没听懂，抢着说道："相国听我把话说完！听说长平之战赵国连连败退，局面已经十分危急，此时救赵，如同捧漏瓮沃焦釜，稍一犹豫，水涸食焦，荡然无存！再说，暴秦是天下公敌，赵国举兵抗秦是一件义举，齐国也当以仁义为先，救难扶危，实在不应该只吝惜粮食而抛弃了赵国！"

周颐倒是一位直臣，在齐国王廷中有这样的臣子也很难得。可周颐脾气太急，越说越乱，貂勃没办法，只好又一次打断了他："大夫觉得赵国击败暴秦之后会怎么做？"

貂勃这话倒把周颐问住了，半天也琢磨不透，只好反问一句："相国是何意？"

貂勃冷笑道："赵国自武灵王、惠文王以来，一直有称霸的野心，如今赵国兵强马壮，更是野心勃勃不可遏止，可秦国是当世第一强国，即使败于长平，国内仍有五十万大军，又有崤山、函谷为天险，大夫觉得赵国能凭一战之威杀进函谷关，灭了秦国吗？"

周颐忙说："当然不可能……"

貂勃又问："赵国能不能趁着击败秦国的机会吞并韩国呢？"

周颐略想了想："应该不会。韩王奸诈，善用权术，如果赵王攻韩，韩国立刻就会倒向秦国一边，这对赵国没有好处……"

"那赵国会趁机兼并魏国吗？"

周颐又想了想："魏国与赵国疆土参差，又有姻亲，有难则互助，贸然伐魏，对赵国也没多大好处。且魏国正当中原门户，赵国伐魏，魏国也会与秦国勾结，到时秦、韩、魏联合伐赵，赵国反而顶不住了。"

周颐这个人其实并不糊涂，说的话有条有理，貂勃看了他一眼："那么请大夫说说，赵国破秦称霸之后，会率先攻打哪一国？"

到这时周颐心里已经有了感觉，可这个想法连他自己也不能相信："相国总不会认为赵国要伐齐吧？"

"大夫以为不会吗？"貂勃咂咂嘴，把双手抱在胸前，"赵国一旦

破秦称霸，必然与韩、魏两国定盟，使三晋结为一体，借韩、魏之兵阻挡秦国，而赵军腾出手来，必然在中原大伐齐国！夺取齐国的土地城池以扩充赵国势力。齐国把粮食借给赵国，根本就是养虎自噬！所以我觉得齐国不能借给赵国粮食，非得逼着赵国与秦国打一场恶仗、死仗！使秦、赵两国各自耗尽精兵，同时衰落，这样齐国才能过上太平日子，不知大夫觉得如何？"

貂勃这话不但是说给周颐听的，也是说给殿上所有臣子听的。

听了这番话，周颐再低头一想，才算彻底明白过来，忙冲貂勃拱拱手，说了声："受教。"低着头坐了回去。

齐国君臣先商妥大事，共同拿定了主意，剩下的事就好办了。

自从赵国用三座大城换走了惹人厌的权臣田单，齐国与赵国已成莫逆之交，所以齐王对平原君极为看重，先命沿途官员妥为接待，又派相国貂勃领着群臣郊迎三十里，一直把平原君接进王宫。齐王建亲自立于殿外与平原君作礼，执手进殿，请平原君坐在齐王身侧，相国貂勃和王廷重臣在旁相陪，临朝称制的君王后坐在齐王建身后问道："平原君远道而来，所为何事？"

平原君忙拱手答道："臣到临淄来是有求于大王。想必大王也知道，秦国虎狼之性，欲吞并韩国，侵入山东，山东六国皆不自安，赵国不忍看韩国灭亡，乃发兵与秦军战于长平，如今激战三月，秦军伤亡十万！眼看赵国将要获胜，魏、楚两国也已集结军马准备进入长平共击秦军，可惜大军集结尚需数月时间，而赵国粮食将尽，臣特来向齐国借粮，若能赐粮百万斛，则赵军必可破秦于长平，从此山东无忧，亦可惠及齐国，请王三思。"

　　平原君满嘴胡扯，硬说魏、楚两国准备向长平派兵，君王后听了十分高兴，笑道："赵国精兵天下无敌，且又有魏国、楚相助，看来长平一战必能取胜。"说到这里，却把话头儿一转："听说不久前赵王命上大夫郑朱到咸阳向秦国求和，不知可有此事吗？"

　　一提此事，平原君顿时如芒在背，额头直冒冷汗，腆起脸来笑着说："此是我王所设疑兵之计，先在战场上步步后撤，将秦军引入长平谷地，然后派使臣议和，使秦军以为赵国将要屈服，越发骄横起来，进一步引秦人入彀。现在秦军已经中计，在战场上损兵折将，眼看军力难以为继，赵军即将获胜了。"

　　赵胜说的这些鬼话，连他自己听了都不信，君王后却点了点头："原来如此，这就好。"又柔声细气地问："君上刚才说楚国准备发兵救赵，可我听说君上不知因为什么事得罪了楚王，竟被逐出陈邑，不知是我听错了，还是另有什么隐情，君上可以说说吗？"

　　君王后实在是个厉害的人物，说起话来和风细雨，可一句句都刺中要害，平原君早已汗流浃背，张口结舌，真后悔不该对君王后扯谎。

　　眼看齐国人什么都知道了，再欺瞒下去也没意思，平原君干脆把牙一咬，对齐王拱手说道："大王，楚国不仁，竟不肯发兵助赵，且与赵国有决绝之势，臣知楚王心意，必是想趁着赵、秦两军会战无暇东顾之机发兵攻打鲁国，一旦鲁国被楚人兼并，齐、魏两国危矣！臣想请齐国助粮于赵，待赵军击败暴秦之后，立刻与齐国会盟，回师伐楚！助齐国夺回莒城、琅邪，此是我王心意，臣以身家性命担保，绝不食言！"

　　平原君果然有急智，眨眼工夫竟给他想出这么一番话来，把楚国不肯救赵变成了"赵国联齐伐楚"，向齐王许下重惠，齐王建听得心痒难搔，刚要说话，君王后却在身后笑道："多谢君上美意，若能如此，真是齐国

之幸！但齐国今年的年景不好，粮食歉收，加之楚国东侵，齐军正向边境聚集，沿莒城一带修筑长城也需要人手，处处都得囤积粮食，已经没有余粮可以借给赵国了。"

听说齐国不肯借粮，平原君又急又气，抛开齐王直接对君王后说："当年赵胜到齐国出使，正遇上秦国使臣来献玉连环，君王后当着臣的面击碎玉连环，曾对赵胜说过，齐国一定助赵抗秦，要兵有兵，要粮有粮，怎么到了关键时候却又食言，不肯借粮？这是要眼看赵国败亡吗？"

君王后忙说："君上何出此言？齐国与赵国有盟约，是一定要助赵的。大王也绝非不借粮给赵国，只是眼下一时筹措不出，待明年夏熟之时，齐国就有粮食可以借给赵国了。"

君王后一句话把平原君气得无话可回，忍不住发起脾气来："长平之战急如星火，齐国明年借粮！那倒不如不借！"

赵国虽是强国，可齐国也是个大国，现在平原君仗着赵国的势力，竟当着齐王的面发作起来，齐国臣子们顿时坐不住了。相国貂勃在一旁厉声申斥："平原君说的是什么话！君上也是大国君侯，难道不知道君臣之礼！"

给貂勃训斥了一句，平原君这才想起自己正在低三下四地求人，这时候实在不能发脾气，赶紧拱起手来郑重其事地对齐王说道："臣言语无状，请大王见谅。只是赵国与秦国的决战关系天下诸侯的命运，齐国今天不肯救赵，待秦军杀进中原，吞并三晋，那时真不知有谁来救齐国了……"

君王后在齐王身后冷冷地说："齐赵两国本有盟约，可赵国不知会齐国就私下派使臣与秦国议和，已经背弃前盟。但我王仁义，仍然愿意助赵，只是眼下粮草不敷，君上亦当体谅。若君上执意强人所难，我王亦无话可说！"说了这句硬话，对齐王建使个眼色，齐王会意，站起身来退进后殿去了，君王后也随即起身而去。

赵胜呆坐在殿上，眼睁睁看着齐王和君王后离去，只觉得失魂落魄，眼前发黑，脑子里如同一团乱麻，一时竟忘了自己身在何地。

见平原君呆坐着不动，相国貂勃在旁说道：“今天廷议已毕，请君上回传馆歇息。”见平原君还是坐着不动，好像整个人都傻了，只得对廷上侍奉的宦官说：“送君上回去歇息吧。”宦官上前扶起平原君，把他送下殿去了。

商议毫无结果，平原君当然不死心，又带着重礼去拜会相国貂勃，可此时的貂勃哪肯见他？赵胜又把平时打过交道的齐国臣子家都走访了一遍，想不到这些人都把平原君当成瘟神一样看待，竟无一人敢与他相见。眼看在临淄整整耽搁了十天，什么事也办不成，赵胜正在心灰意冷，邯郸方面来了使者，带着赵王的诏命，叫平原君立刻返回赵国。

原来就在平原君出使魏、楚、齐三国的两个月里，长平战场上的秦军已经攻克了光狼城！又趁着赵军在丹水西岸的壁垒尚未完工的机会，分成九路沿草芳河、伞盖河、柳村河，釜山河、西曲河、王报河、市望河、原村河、马村河九条河谷向西疾进，集中近十万兵力猛攻赵军建在原村河、釜山河、伞盖河、草芳河谷口上的四座最大的寨堡，八天之内连续攻克赵军的原村河寨堡、伞盖河寨堡、草芳河寨堡，又用七天时间全线突破了赵军设在丹水西岸的六十里长垒，一直杀到丹水岸边！

从四月初两军交战到七月底丹水西壁垒失守，秦军先突破老马岭，攻克高平关，夺取二漳城、光狼城，破赵军西壁垒。廉颇苦心经营的丹水西岸防线仅维持了四月就土崩瓦解，赵军全部撤到丹水以东，依托最后一道壁垒与三十万秦军周旋，整个长平战场危如累卵，可赵胜跑遍了魏、楚、

齐三国，却未能替赵国借来一兵一粮……

这时正是七月流火，酷热难耐，自从离开临淄以后，赵胜就一直闷坐在马车里，一连几天目不交睫，家宰李同和舍人公孙龙在一旁伺候，送食递水，平原君却不饮不食，也不和身边的人说话，整个人好像傻了一样。眼看车驾已经西渡黄河到了赵国境内，离邯郸越来越近，平原君这副样子怎么去见赵王？公孙龙只好硬想出些话来劝他："秦军三个月进兵数十里，连破数处城寨，估计他们在战场上也已经伤亡惨重。秦国远在千里之外，兵员一旦损失，短时间难以补充，加之天气酷热，士卒连番血战，只怕锐气已失。"

秦军是否"锐气已失"，赵国人哪能知道？可赵军连吃败仗，锐气又能剩下多少？公孙龙也知道自己这话说得牵强，见赵胜双目微合动也不动，显然没把这些话听进去，想了想，又低声劝道："廉颇将军说过，丹水东岸的壁垒才是长平战场的核心，现在东壁垒尚未被秦军攻破，赵军尚有可为……"

好半天，赵胜仍然闭着眼睛，嘴里喃喃念道："秦军到了丹水……赵军兵力不足，进不能破敌，退则被秦人'逐胜'，必覆没于滏口陉内，粮食已尽，又无援兵，先生告诉我，咱们该怎么办？"

公孙龙学的是"名家"，专以诡辩为能事，其实和学"纵横之术"的苏代是一样的货色，文不能治国，武不能统兵，光知道耍弄诡计，浑身上下只长了一条舌头。现在强敌压境，国家危亡，天崩地裂！公孙龙哪有什么主意？一时瞠目结舌，无话可说。

突然间，赵胜一把推开车门跳了出去！这时马车正在疾行，赵胜哪里站得稳，在地上打了一个滚儿，弄得浑身又是泥又是土，头上的金冠也跌落了。可赵胜却已感觉不到疼痛，爬起身来不顾一切地往荒地里乱跑。

李同忙叫马车停住，和公孙龙一起从后边追了上来，只见赵胜跌跌撞撞，如癫似狂，拉也拉不住，一直跑到一处土坎上，赵胜三脚两步爬了上去，哪知脚下一滑，竟从高处一头摔了下来，好半天爬不起身。李同忙上前扶着他："君上不要急，诸事皆有可为，咱们回到邯郸再说！"

"赵国败了！"赵胜尖着嗓子号叫起来，压在心里多日的惊骇、愤怒、恐惧顿时全给勾了起来，只觉得眼前发黑，胸中憋闷难忍，一只手紧紧扯着李同，另一只手撕开衣襟，在自己胸前乱抓乱挠，好半天才喘过这口气来，忽然悲从中来，一把抱住李同放声哭叫起来。

"赵国败了！赵国败了……"

廉颇的胜仗

赵胜的绝望来得太早，在长平的赵军还没有战败，正与秦军在丹水东岸来回拉锯，凭着廉颇的沉稳老辣和赵人的坚韧蛮勇，赵军正一步步扳回劣势。

在丹河西岸的整个防线上，赵军在光狼城的一战打得最漂亮。

光狼城是一座著名的天险，四山环抱三水交流，关城虽曾被白起攻占后摧毁，后来已经按原样重筑起来，甚至比早先的旧城更加高大坚固。守城的上大夫韩徐又是一员老将，用兵沉稳，除了固守城池之外，又在城外的河谷里择险要之地修筑多处堡寨，一步一步迟滞秦军的攻势。以至王龁花了二十天时间，才勉强摸到光狼城下。

此时已是盛夏，暑热难当，秦军顶着火热的日头在"表里山河"之间磕磕绊绊，已经令王龁失去了耐性，加之王龁心里一直有个错觉：攻下光狼城，就打通了直达长平城、三关隘的道路，所以把光狼城一战看得极重，下定决心，不惜伤亡猛攻光狼城，争取速战速决。

面对汹涌而至的秦军，老将韩徐不急不慌，只管多备箭矢，多造砲车，又在城头上布置了数不清的擂石器械，稳守城关，从不出城与秦军交战。为了节省兵力，韩徐将两万多士卒分成四队，每次由三队上城防守，一队躺在藏兵洞里睡觉，每日轮战，让士兵得以休息。秦军来袭时与之死战，秦军稍退，立刻组织人手整固城墙，不露一丝破绽，硬是把秦军拦在原村河口一个多月，一直坚守到七月中旬，眼看赵军损失过半，城池已经残破难以坚守，这才不声不响地退出光狼城，带着八千多赵军沿原村河撤进了刚刚筑就的西壁垒。

光狼城之战是秦军进入长平战场以来最惨烈的一仗，在赵军的严防死守之下，秦人先后战死四万人，加上前面的损失已经超过七万！蒙受如此重大的损失，就连勇猛的王龁也有点吃不住劲了。

可仗打到这个时候，战局已经不允许主帅稍作犹豫，王龁咬咬牙，命令数十万秦军全部铺开，兵分九路，沿着草芳河、伞盖河、柳村河、釜山河、西曲河、王报河、市望河、原村河、马村河九条谷道进发，向赵军发起全线攻击，主攻之处选在原村河口、釜山河口、草芳河口的三处寨堡上。

面对秦军强大的攻势，赵军的防线终于露出了破绽。

以前赵国把全部心思都花在二漳、光狼两座要塞上了，根本没人想过要在丹河西岸的河谷道上筑垒。这次廉颇临危受命率军进入长平，首次规划了这道壁垒，上大夫燕周领兵六万在当地筑垒。可从赵军渡过丹河到秦军袭来，前后只有几个月时间，几万人的赵军要在这么短的时间里筑起一条六十里长的壁垒，其中又有大堡四座，小堡五座，营寨数十座，这个工作实在是难以完成。尤其秦军突破高平关、二漳城、光狼城的速度比预先估计的要快得多，壁垒里的赵军更是没有准备，而这一带地势低平，河谷纵横，秦军可以把几十万人马全部铺开，同时攻打各处壁垒，所投入的兵力是赵军的几倍！这一下，防守壁垒的赵军顾此失彼，防线上到处都是漏洞，每天都有石垒寨墙被秦军突破。一开始赵军还能勉强抽出人力来填补这些漏洞，可十天下来，燕周手里的士卒被这种"添油战法"一点点耗尽了。

仗打到这个时候，王龁也已经失去了耐性，亲自上阵，调集三万精锐向原村河谷口的寨堡猛攻，苦战一天，终于在黄昏时分攻破了寨堡。

赵军壁垒连成一线，处处设防，一地被突破，其他地方仍然在坚守。可是突破原村河口使秦军士气大振，第三天，釜山河寨堡也告失守，秦军开始从几个方向攻打赵军壁垒，又有一路秦军从原村河口直抵丹水岸边，想切断壁垒上赵军与丹水东岸的联系。

到这时燕周已经无力抵挡，眼看整条壁垒濒临崩溃，只好下令全军涉过丹河东撤，几万赵军退出寨堡仓皇渡河东逃，秦军一直追赶到丹河岸边才停下脚步。

丹河西壁垒一战持续十五天，秦军战死万余人，赵军的损失与秦军相当。

秦军在长平战场上五天之内突破了高平关，三个月攻下了二漳城和光狼城，十五天拿下了赵军的西壁垒，大军直抵丹河岸边，其进兵速度竟比当初廉颇的估计快了一倍！

其实秦军能有如此惊人的推进速度，全是因为王龁的鲁莽冒进，代价

就是秦军在前线惊人的损失。突破西壁垒之后，秦军已经战死八万人，歼灭赵军却不足四万。而廉颇已经把手里的十六万人马全部集中起来，其中十万大军沿掘山、寺庄、秋子、箭头、铺上一线排开，死死封住了丹水河岸，又在壁垒南边建立一座大营，把五万生力军屯于营内，做整条防线的总预备队。

这时候，廉颇在丹河东岸亲自督促，前后动用十多万人力花了半年时间筑起的东壁垒也已成形，青石长垒前后三重，背山面河层层加高，石垒上到处是囤堡、箭垛，望楼林立，女墙横出，垒后又修成一条宽阔的道路，车马畅行无阻，士卒调动如飞，一旦壁垒有失，大营中的步骑兵顷刻即至。同时，分布在关和岭上的隘堡以及丹朱岭、郎公山、羊头山、马鞍山、神皇岭、将军岭、白骨岭一带围绕长平城建起的堡垒也已基本竣工，从侧翼护住赵军的东壁垒，封锁了通往三关隘的道路。

依廉颇的计划，丹水东岸这条壁垒才是赵军的核心阵地，秦军进至丹河岸边，看到对面的石垒寨堡，也知道一场真正的硬仗就要打响，于是暂停攻势，积蓄粮草，赵秦两军在丹水岸边形成了对峙。

仗打到这个时候，战场上的两位主帅廉颇和王龁都感觉到了沉重的压力。

依秦国军法，战场上伤亡大于对手的，将军戴罪，即使攻克坚城，伤亡太大，将军也无功。现在王龁虽然夺了赵国几座城池，可光狼城也罢二漳城也罢，都根本算不上名城大邑，为了夺取这几座城，秦军已经付出了八万人阵亡的代价！也就是说这一仗不管怎么打，王龁也立不了军功了。

相对于王龁，廉颇所受到的压力更大。

当初廉颇轻视了秦军的战斗力，以为只靠丹河西岸的城池壁垒就能守上半年，却想不到赵军用尽了力气，仍然只守了三个多月。此时的廉颇还不知道因为前线战事不利，赵王已经做出了错误的决定，派使臣郑朱到秦国求和去了，可自从二漳城失守之后，赵王已经连续几次下诏责备廉颇，偏偏每次被赵王斥责之后，前线的赵军又丢失城池堡寨，损兵折将，于是廉颇一次次被赵王斥责，语气也越来越严厉，到秦军全面突破赵军的西壁垒，大军进至丹河岸边时，赵王已经大发雷霆，诏书中把廉颇骂得狗血淋头，这位老将军知道，再这么打下去，只怕赵王就要临阵换将了。

这种时候，不管是眼前的战局，还是赵王的愤怒，都逼迫廉颇必须尽快打一场胜仗，只有打了胜仗，才能破掉秦军的锐气，保住手中最后的防线，同时，也保住廉颇自己的地位和体面。

于是趁着秦军在丹河西岸休整的短暂时机，廉颇亲自乘上战车出了大营，花了一天工夫沿着赵军整个壁垒走了一遭，终于在小东仓河北岸的掘山附近找到了一处合适的战场，经过一番仔细勘察，算定了这一仗的打法，回到大营，立刻把韩徐、燕周、贾偃、庆舍、董叔、徒父祺等人召集起来，指着地图对众将说："想必诸位也知道，长平这一仗打得很不好！高平关只守了五天，二漳城守了二十来天，光狼城守了一个多月，整条东壁垒，六十里寨墙，六万人马，总共才守了十五天！照这么打下去，用不了半年工夫，连邯郸都完了，诸位觉得咱们这仗还能打吗？"

廉颇几句话说得赵军众将一个个面红耳赤。廉颇把众将依次看了看，这才又说："好在赵军伤亡不算太大，咱们手里还凑得出十六七万人来，从邯郸补充的兵员也快到了，东壁垒全长不过二十多里，每一里都有七八千人驻守，若再有一处堡寨被秦军突破，就算别人不说，诸位自己也不好意思吧？"

在前面的战斗中，赵军将领的表现都不算出色，其中最"不好意思"

的是徒父祺和燕周。现在听廉颇用话点他，燕周立刻挺身而出："失守西壁是我之过，上将军但有驱使，末将愿意舍死争先！"

燕周是一员出名的猛将，丹河西壁垒失守也不全是他的过失。现在廉颇准备在丹河东岸打一场硬仗，正想用燕周，见他斗志旺盛心里也很满意，只是先不说破："从前头的打法看，秦军最擅长集中兵力攻其一点，咱们的东壁垒不敢说处处稳固，可大致还是不错的。在防线北边有一座掘山，向东几里外是一道沟谷，当地人叫它大白沟，这条沟长六七里，深处有十余丈，距咱们的壁垒约有三里，谷壁上到处都是石头，又陡又险，人想从沟里爬上来很不容易，我想在这里设伏，先歼灭秦军一部，打掉他们的锐气，后头的仗就好打了。"

燕周忙说："亚卿的意思是把秦军放进壁垒，然后诱入大白沟，再聚而歼之。"

廉颇点点头："大白沟离咱们的壁垒还有几里地，沟谷隐蔽，秦军难以察觉，咱们就在壁垒后面修一条道路，直通进大白沟内，在壁垒上放开口子让秦军攻进来，诱使他们顺着'道路'一直走到沟底，然后伏兵齐出，三面合围，必能将秦军歼灭于沟谷之内。"

韩徐在旁问道："廉卿怎么知道秦军要攻掘山？"

韩徐这一问很有道理，因为秦赵两军沿河对峙，战线长达几十里，掘山对面是草芳河寨堡，秦军主力却驻扎在南边的原村河寨堡处，倘若秦军不从北边渡河，而是从原村河方向渡河攻打东壁垒南边的箭头、铺上，廉颇布置的伏兵就用不上了。

在这上头廉颇早已想到，笑着说："秦军远道而来，不熟悉道路，打起仗来像个没头的苍蝇，只管乱撞，王龁又急着打胜仗，当然是挑近路走。掘山离长平城最近，秦军若能从此渡河破垒，立刻就可以攻打长平，所以我料定秦军必攻掘山。"

廉颇的分析很有道理，众将没有异议，于是廉颇下令："从大营调三万兵力增援掘山壁垒，韩徐大夫严守壁垒，燕周率军两万在大白沟内外布防，准备合围秦军，徒父祺领兵一万在壁垒东边五里外埋伏，待秦军入彀，就从侧面杀出，切断渡河秦军与被困兵马之间的联系。"

廉颇一声令下，赵军各将领依计行事，一共出动五万兵力在大白沟口布下了埋伏。

廉颇的估计是准确的，此时王龁正率领秦军精锐向草芳河寨堡进发。

秦军对长平地区的道路远近、险易都不了解，王龁只知道自己此战的目标是攻克长平城，拿下三关隘。在夺取西壁垒之后，他从俘获的赵军和当地百姓口中打听长平城的位置，知道长平在掘山村以南十几里外，由草芳河寨堡渡河取掘山、攻长平是最近的路径，立刻调整部署，把最精锐的秦军从原村河寨堡调到了北边的草芳河寨堡内，准备从靖居、窑沟向丹水对岸的掘山发起攻击。

为了隐蔽攻击重点，分散赵军的兵力，王龁先命王陵率五万秦军从王报河口寨堡出发，拦腰攻打赵军的东壁垒。接令之后，王陵立刻亲率秦军涉过丹水，对赵军壁垒发起了攻击。

想不到秦军既不攻南边的铺上、箭头，也没有攻打掘山，却在赵军防线中腰部的秋子寨堡发动了攻势，且兵马众多，来势汹汹，大出廉颇意料之外！好在赵军壁垒处处防守稳固，秦军一时无隙可乘，但秦军后续兵马源源而至，日夜不停地狂冲猛打，赵军也已感到吃力，坐镇秋子，负责防守壁垒中段的上大夫董叔不得不向廉颇请求援兵。

廉颇是一员沉稳的老将，对自己制定的计划很有信心，虽然秦军攻势

很猛，他并不急于分兵去救董叔，只从铺上一带壁垒中抽调了几千人到秋子归董叔调遣，仍然把几万重兵放在毫无战事的掘山壁垒一线。

廉颇的耐心很快有了回报。

就在秦军对丹河东垒发起猛攻的第四天深夜，公乘张唐亲率三万精锐军马悄悄涉过丹水，往掘山壁垒摸了过来。冲在最前面的是从咸阳城里调集的一万屯兵。

屯兵是咸阳城里的禁军，也是秦军的核心精锐，皆由敢死之士组成，平时秦人与六国作战之时极少调动屯兵，这次与赵国的决战关系重大，所用的又都是秦王的心腹爱将，秦王从咸阳城里调了一万屯兵交给张唐带到了长平前线，这样一支军马王龁爱如珍宝，平时不敢使用，直到秦军进至丹水，对岸的长平城隐约在望，王龁以为战事到了关键时刻，为了提振士气，一鼓攻破赵军东垒，才咬着牙把这支精兵调了上来。

为了策应对掘山的攻势，秦军早先在南边下足了血本，用三昼夜的猛攻吸引赵军注意力，王龁以为此时赵军必然把重兵调到秋子一线去了，这才命屯兵趁夜渡河，想对赵军壁垒发起一场奇袭。哪知赵军主力正在掘山等着，几万双眼睛一眨不眨地盯着河面，秦军刚出动，立刻被壁垒上的赵军察觉，趁秦军正在半渡之中，无数赵军摸出长垒沿丹水岸边阻击秦军，顿时箭如雨下，秦军头顶盾牌不顾一切抢涉丹水，黑夜之中，两军在河岸上一场混战，到天亮时，已有两千秦军死在河里，丹河中漂满了秦人的尸首，血流汩汩，被初升的旭日一照，整条河水全成了一片刺眼的猩红。

这时秦军已将冲出壁垒的赵人击退，在丹水东岸占据了立足点，开始猛攻长垒。也正如王龁估计的那样，赵军虽然死战，可因为重点已被秦军的佯攻"吸引南撤"，长垒上的兵力似乎颇显不足，在秦军猛烈攻击之下渐渐力不能支。到中午时分，秦军已经在壁垒上打开了一道几十丈宽的缺口，大队秦兵蜂拥而入。

　　眼看屯兵一战突破了赵军壁垒，丹水两岸的秦人齐声欢呼，山鸣谷应，气势如雷，更多的秦人拼命渡河而来，同时，张唐亲领屯兵撞开壁垒，沿着一条平坦的大道向赵军纵深猛冲。眨眼工夫已经向前冲出几里地，却发现这条路越走越低，上万秦军似乎正冲进一条深深的沟谷之中，两边峭壁陡立，树木阴森，怪石横卧，也没有大队赵军迎面截杀。

　　到这时张唐已经感觉不对，这支秦军似乎并未冲向赵军侧翼，反而正在一步步远离战场，且所经之地山势险恶，沟谷越走越深，正在犹豫，却听得背后杀声四起，大队赵军从密林之中冲了出来，弓箭雨点般射向山谷中的秦军，又有无数滚木巨石从谷壁上抛落下来，显然是要封闭谷口，围歼秦军！张唐大吃一惊，忙命众军速退，自己冒着矢石亲自从中军赶到后队，督促屯兵回身向壁垒方向冲击。

　　可此时才发现中计，已经晚了。

　　随着廉颇一声令下，早已埋伏在大白沟口的燕周、徒父祺两路军马蜂拥而出，燕周所部向东，阻截想撤出沟谷的屯兵，徒父祺所部向西，直冲入秦军后队，歼灭被围秦军的后援。刚才诈败退走的韩徐所部也已回到壁垒，沿着垒墙从南北两个方向往秦军的突破口猛冲，力图将壁垒后的屯兵和丹水岸边的秦军分割开来。三支赵军并力攻杀，顿时把秦军切成了三段，丹水边的秦军重新被阻止在壁垒之下；张唐带着两千多人从大白沟里冲了出来，却被徒父祺和燕周两路军马夹在中间，前不能接近壁垒，后面也与围在沟底的秦军断了联系。好在张唐是一员猛将，知道此时生死一线，丝毫不敢犹豫，领着仅有的军马向壁垒方向狂冲狠打，竟从赵军缝隙中钻了

过去！从背后杀上壁垒。

这时壁垒上的赵军刚刚勉强封住秦人冲开的口子，忽然几百秦人不要命地从背后冲上来，顿时把刚堵上的口子又冲了个窟窿，趁着赵人混乱的时候，公乘张唐连滚带爬逃下壁垒，终于回到了秦军队伍中，可他带出来的一万屯兵，却只冲出来一百多人。

此时徒父祺已将大白沟外的秦军歼灭殆尽，立刻赶上壁垒与韩徐军会合，在壁垒间重新固防。同时，东壁垒后喊杀震天，燕周所部两万余人已将大白沟的出口堵死，正对沟中的上万秦军展开绞杀！

想不到千算万算，最终竟被赵人所算！王龁气得暴跳如雷，加之被围的是屯兵，一旦被歼灭，王龁也担不起这个责任，急得心胆俱裂，立刻命令秦军重新列队向赵军壁垒猛扑！可此时徒父祺的一万部下已经全部登上壁垒，赵军力量大增，秦军因为前面吃了败仗，仓促整军，乱了章法，攻不成攻，战不成战，直打到天黑，也不能挫动赵军分毫。

这一夜，只见赵军壁垒之后火光冲天，听得阵阵狼嚎鬼叫，被围的秦军困兽犹斗，不断地沿着沟谷向外冲杀，两万赵军居高临下，举起无数火把，用弓弩不断射杀秦军，恶战整夜不歇。在丹水西岸的王龁也被刺激得发起狂来，亲自督军渡河东进，连夜向赵军猛攻，同时命令王陵停止攻击，立刻率军从王报河谷北上支援掘山。

天亮时分，王陵所部赶到，立刻涉水而来，投入了战斗。

面对秦军不要命的狂攻猛打，壁垒上的赵军有些吃不住劲了，廉颇急忙下令把大营中仅剩的两万生力军全部调到掘山来，同时命各处壁垒抽调兵员北上增援。

整整一天，秦赵两军所有精锐都被调到小小的掘山附近，二十余万人在丹河边死战不休，整条丹河又被鲜血染成一片赤红，从清晨直杀到太阳西斜，壁垒上下陈尸累累，秦赵两军各自伤亡过万人。赵军筑起的壁垒早被尸体填平了，只剩一道几尺高的残墙隐约可见。

可惜，秦军虽然用尽了力气，终于没能突破壁垒。

入夜时分，浑身鲜血的秦人终于退下河岸，涉水西去了。

在东壁垒后，那惊天动地的厮杀声也停止了。经过两天一夜苦战，进入陷阱的一万屯兵被赵军全部击杀于大白沟内。

三
血
祭
长
平

楼缓反间败赵

秦军在丹水西岸的战斗中付出了惊人的代价，攻打丹水东岸赵军壁垒又屡屡失利，廉颇趁机使出诱敌之计，在的大白沟歼灭秦国精锐万余人，此战对秦军士气造成了极大的打击。

至此，王龁手下的三十多万大军已经折损十万！虽然陆续得到来自汉中郡、南阳郡兵马的补充，可补上来的兵员没有消耗得快，秦军的战斗力已经明显被削弱，再也无法像早前那样对赵军发起雷霆般的攻势，王龁只好命大军在丹水西岸驻扎，与赵军隔河对峙，同时派人把军报飞送咸阳，向秦王求援。

就在丹河战场陷入胶着的时候，平原君赵胜垂头丧气地回到了邯郸。

到这时赵胜还不敢相信，一向以"仁义"立国的堂堂赵国竟然被魏、楚、齐三位盟友同时叛卖了！现在的赵胜简直不知道该如何面对赵王，一回到邯郸，连家也没回，急忙赶到王宫向赵王请罪。本以为赵王听说此事必然大发脾气，想不到赵王只是叹了口气："寡人已料到是这个结果，早知如此，当初真该听平阳君的主意，不接收韩国的上党郡就好了。"

其实无论今天的战况如何，也不能证明当初平阳君赵豹"不接收韩上党"的主张正确。可平原君犯了这样的大错，在赵王面前哪还敢辩论一句？

眼看平原君一声不吭，赵王也知道平原君羞愧难当，不忍过多责备他，只问："仲父觉得下面的仗该怎么打？"

半晌，平原君结结巴巴地问："臣听说大王命上大夫郑朱去和秦王议和，不知结果如何？"

"秦王已经拒绝议和，把郑朱逐出咸阳了。"

派郑朱到咸阳去，是赵王犯了糊涂，秦王和范雎抓住这个机会把郑朱留在咸阳两个月，让天下人都看到赵王已向秦国求和，等得到确切消息，知道魏、楚、齐三国已经相继与赵国反目之后，立刻拒绝和谈，把郑朱逐出咸阳。

这个结果上大夫虞卿早就算到了，平原君赵胜也估计到了。可赵胜自己犯的错比赵王更大，这种时候哪敢指责赵王？只是叹了口气，又不吱声了。

见平原君脸色晦暗，呆愣愣地坐着不动，赵王也知道面对如此困局，平原君一时拿不出主意，现在赵国全靠平原君一人，把他逼得太急也不是办法，只好说："君上出使三国，奔波良久，也累了，先去歇息吧。等有了主意再来与寡人商议。"

事已至此，赵胜也没有别的办法，只好退出王宫。刚回到府里，下人来报：楼缓求见。

听说楼缓先生回到赵国来了，平原君不由得精神一振。

赵胜和楼缓以前打过交道，那一次楼缓用计挑起赵、魏两国冲突，秦国趁机大败赵军，夺取石城、光狼城，把赵国搞得好不狼狈，赵胜只得到魏国出使，低三下四向魏王求和，又被楼缓暗中设计，派人密报"秦赵两国即将会盟，魏王要扣留平原君"，把平原君吓得急忙出逃，半路上被魏国大夫范痤追了回来，真是颜面扫地，赵、魏两国也差点因此翻脸。

可惜，虽然在楼缓手里吃了几个大亏，平原君却始终没有识破楼缓的真面目，还把他当成武灵王驾下重臣和足智多谋的长者一般敬重。现在赵国被魏、楚、齐三国算计，陷入了天大的危机之中，平原君正不知该如何是好，却从天下掉下这么一位老先生来，跑到府里帮他出主意，平原君大喜过望，忙亲自出迎，把楼缓接到正厅落座，躬身行礼："老先生是我的前辈，目光如炬，见识超卓，若能指教一二，赵胜感激不尽。"

见平原君对自己这么恭敬，楼缓也有几分感慨，叹了口气："老夫本是赵国人，可这一生大半时间却荒废在了秦国，这些年岁数大了，身体又不好，本想隐居荒村，老死也就算了，却听说赵国联络魏、楚两国，在长平与秦国决战，老夫听说此事，立刻料定魏楚两国是要陷害赵国，星夜赶来想劝大王罢兵，可惜来晚了一步，赵国战端已开。那时我也有个妄想，希望自己错了，魏国、楚国真的能发兵助赵，可天不遂人愿，赵国还是被出卖了。老夫想问一句：仗打到这个地步，君上打算怎么办"

此时的平原君正在焦头烂额之际，听楼缓问他今后的打算，一时无言以对，只能反问道："先生有主意吗？"

楼缓低头想了想："赵军精锐，将士英勇，毫不逊色于秦军，亚卿廉颇沉稳多谋，长平一带又有坚固的壁垒。秦军远道而来，几十万大军的粮食只能从太行陉运送，只要赵军粮草充足，两军在长平相持下去，用不了一年时间就可以把秦军拖垮。老夫估计秦军粮草匮乏之时就会逐步撤军，廉颇将军只要待机而动，这一仗虽然不能全胜，把秦军逐出赵上党应该办

得到吧。"

楼缓说的倒是安慰人的话，可这些话却有个前提，那就是赵军必须"粮草充足"。

听了这话，平原君脸上不禁露出几分尴尬，楼缓立刻看了出来，小心地问："难道赵国的粮草已经不足了？"

赵国岂止粮草不足，而是粮食已尽！在齐国又没能借到一粒粮食，现在赵王把官仓的底子都掏空了，才勉强供应前线大军食用，再这么下去，最多两个月赵国就垮了。可这天大的秘密赵胜实在不能告诉楼缓，只好强笑道："赵国尚有半年存粮可以支用。"说到这里却又把话锋一转："老先生以为赵国应该对秦军发起反击，借机夺取战场上的主动权吗？"

平原君这话说得很虚，楼缓是什么人？立刻感觉出来了："君上还是说实话吧，赵国到底剩下多少粮食？"

楼缓是平原君信任的人，现在平原君又急着想听他的主意，一味骗人也不是办法，又支吾半天，终于低声说道："先生千万不要把这话传出去！赵国如今只剩两月的军粮了。"

楼缓吃了一惊，半天才喃喃地说："哎呀，这可怎么好……"一抬头，见平原君正眼巴巴地瞪着他，又低头沉思良久，终于缓缓说道："我只是个布衣，按说不该过问赵国的国事。可君上既然把大事告诉我了，老夫就在这里斗胆胡说一句：秦军已深入长平，而赵军无兵无粮，所谓'纸里包不住火'，这事早晚被秦人侦知，那时赵国必遭大败！现在只有一个办法，就时趁着秦国还不知道赵军的虚实，悄悄向长平增兵，然后突然对秦军发起反击，一鼓作气把秦军从丹水击退，夺回光狼城，高平关，重新封闭赵上党的门户，然后派出使臣与秦国议和。"

楼缓是个专说"实话"的骗子。他给赵胜出的都是扎扎实实的主意。

赵国人的脾气孤僻，本就长于攻而不擅守，每到急处就想蛮干。这次被困长平，赵胜也早就想过，与其坐以待毙，不如全力反扑。可他是赵国的执政重臣，不敢随便提出这么冒险的主意。现在楼缓的想法竟与自己相同，平原君受了鼓舞，忙凑近前来问道："先生觉得这样一场硬仗赵军有多少胜算？"

楼缓又沉吟半晌，这才慢吞吞地说："孙武子有言：'主孰有道？将孰有能？天地孰得？法令孰行？兵众孰强？士卒孰练？赏罚孰明？'秦王嬴则杀母害舅，为天下人所不齿，赵王仁义宽厚，百姓拥戴，此是'有道'；秦将王龁蛮勇之夫，不识变通，亚卿廉颇沉稳干练，谋略过人，此是'有能'；长平在赵地，离秦国千里之遥，地利之便亦在我，此是'有得'；若论法令赏罚，自然是秦法严明，但秦赵两军兵众皆强，士卒皆练，战力在伯仲之间。如此算来，孙子所言'必胜七法'中秦国得其二，赵国得其三，秦赵相类者二，赵国若能倾力反击，当有六成胜算。"

楼缓的话句句都有道理，赵胜越听越觉得赵国的胜算不小，这一下真像是落水的人抓住了稻草一样，急忙问道："先生这些话可以说给大王听吗？"

其实楼缓今天来访平原君，目的就是要借平原君的嘴把自己想说的话送到赵王耳朵里去。现在平原君要带他去见赵王，正中下怀，略一琢磨，微笑着说："君上这是难为老夫呀……"

见楼缓答应了，平原君大喜，忙吩咐下人备车，与楼缓共乘一车进了王宫。

这时赵王正在宫里坐着生闷气，既恨魏、楚、齐三国不义，欺骗赵国，又恨平原君无能，把赵国拖进这样一场大战之中，弄到现在无法收场。听

说平原君和楼缓一起进宫来了，赵王估计平原君可能想出了什么补救的办法，忙命两人入宫见驾。

片刻工夫，平原君和楼缓一起走上殿来冲赵王行礼。赵王冲着楼缓的面子，对平原君也像往常一样客气，让两人在殿上坐了，这才问平原君："仲父此时进宫，是有什么好主意了吗？"

平原君忙笑道："刚才楼缓先生来见臣，说了一个主意，臣觉得此计甚好，就请先生把计策说给大王听听。"

平原君倒也滑头，关键时刻把楼缓往前推，自己躲在后头撇清。赵王也不理他，只问楼缓："先生有什么好主意？"

平原君把话推到楼缓身上，楼缓只能硬着头皮接下来，对赵王拱手奏道："下臣是这么想的：赵国粮草不济，又无援兵，与秦国议和又被拒绝，秦赵两军在长平僵持太久于国不利，不如趁着秦人尚未发现赵军的短处，向长平增调一些军马，然后对秦国发起反击，若能一鼓而胜，收复光狼城、高平关，那时大王再派使臣与秦国媾和，事情就好办了。"

楼缓的主意听起来十分刚猛，赵王倒是一愣："先生的意思是让赵军出战？"

赵王问得太直，楼缓一时不便回答，平原君忙在旁笑道："这事臣与先生一起商量过，也觉得可行。"

虽然这件大事平原君没有办好，可他毕竟是赵王的亲叔父，在赵国臣子中，赵王最信任的还是平原君。现在楼缓提出一个打硬仗的主意，平原君也在旁附议，赵王深思良久，终于问道："先生觉得这一仗有几成胜算？"

楼缓忙说："下臣觉得只要赵军兵员充足，攻势迅猛，当成八成胜算吧。"

刚才楼缓对平原君说的是"六成胜算"，在赵王面前却变成了"八成胜算"，这明显是欺赵王年轻，话里掺了水分。平原君倒是听出来了，可这种时候他是不肯多嘴的。

赵王又想了半天，问了一句："万一战事不利，赵国又当如何？"

俗话说"欲思胜，先忧败"。赵王能问出这么一句话来，说明他在经历一场风浪之后已经比早先成熟了不少。在这上头楼缓早有想法："下臣以为赵、秦两军在长平交锋数月，秦军累破赵军，廉颇将军坚壁不出，秦军难免会有骄纵之气，此时赵国若能更换一员猛将，增加几万精兵，突然从河东向秦军反击，胜算甚大。就算一时不胜，秦军也会被打得晕头转向，不敢过分逼近丹河，赵军仍可退回丹河东岸，然后逐次由三关隘经滏口陉撤回邯郸，在武安、邯郸一带重新布防，依托坚城与秦军再战，局面也不会比现在更糟。"

楼缓的主意倒是越来越有意思了。赵王又想了半天，问楼缓："先生说要更换一员猛将，此话怎讲？"

楼缓笑道："臣这话有两个意思：一来，亚卿廉颇是赵国第一名将，万一在长平之战中吃了败仗，必然挫动赵军的军威；二来，臣觉得廉颇将军虽然威名赫赫，其实论起战功也平常得很，这次在长平战场上，他布置的几道防线前后只守了四个月，就被秦军击退到丹水东岸，甚至不敢出战，似乎是守有余，而攻不足。"

其实廉颇早先布置防线的时候，本就是以丹河东岸的壁垒为核心阵地，这一点平原君是知道的。可惜此时的平原君一心要支持楼缓的主意，有些话说不出口，听楼缓指责廉颇"守有余，攻不足"，平原君也只能低头不语，没有替廉颇说一句话。

楼缓当殿责备廉颇无能，平原君又不说话，赵王已经信了楼缓，再一

琢磨，也觉得廉颇在长平的作为确实不尽如人意。可要说用一员猛将换下廉颇，却又不知该用何人："先生觉得赵国有哪一个将领可以替换亚卿？"

赵王这一问，楼缓一时也答不上来，低头想了好半天才说："臣觉得马服君或许可当大任。"

楼缓提出的人选竟是赵奢之子——马服君赵括！赵王着实一愣："马服君年纪尚轻，而且没打过几场大仗，用他替换亚卿，未免草率了吧？"

楼缓忙说："大王，用马服君替换亚卿，下臣也有几个考虑：一来亚卿廉颇名重爵显，俨然是赵国武将之首，大王要向长平增兵，对秦军发起反击，将领官爵太低不足以服众，必须用一位名爵比廉颇将军更高的人才好，可比亚卿更高的爵位就是君侯了，在赵国，既是名臣上将又位列君侯的只有马服君一人；二来，在赵国，若论勇猛善战，屡败秦军，只有当年的马服君赵奢，阏与一战破秦军十万，斩了中更胡阳，威震天下，秦人提起'马服君'三个字无不畏惧。赵括虽然年轻，毕竟是赵奢之子，孔子言道：'有此父斯有此子，人道之常也。'马服君是名将之后，其勇猛当不在赵奢将军之下。所以下臣斗胆举荐马服君出战。"

楼缓说的仍然句句都是实话。

赵国本是个穷国，丰收的年份尚且不能足食，现在二十万大军与秦人会战数月，已经把国库都吃空了，到了无法维持的程度，一旦粮尽，赵军必败！而秦国却是天下第一富国，关中、成都沃野千里，仓库中的粮食堆积如山。且秦国早前占领了魏国的大片疆土，尤其温县、轵县都是富裕之地，秦人又可以从这里筹措大批军粮，加之秦国占了韩国在黄河北岸的土地，也可以夺百姓之食以充军用。所以秦国虽远，秦军虽多，长平战场上秦军的粮食供应却比赵军宽裕得多。

赵国本有四十万精锐，投入长平战场的兵力就达到全国兵马的一半。而秦国有七十万大军，投入长平的不过三十万，秦人还有的是人力物力可以投入这场消耗战。现在赵国已经失去了盟国的支持，这一仗再打下去就会变成一个"无底洞"，赵国全国兵员都投进去怕也不够……

至于用马服君赵括替换亚卿廉颇指挥长平之战，也正像楼缓说的：马服君爵位比亚卿高，换他上战场指挥反攻，可以服众；马服君确实战场经验不足，可廉颇自己又何尝不是第一次指挥如此大战？且廉颇战法保守，已令赵王不满，换一个年轻人，或许会让战场上多几分活力，赵军反攻之时，确实需要这样一股活力。

最后还有一点，是赵王想到了却不能说出来的：廉颇是两代赵王最信任的将领，也是赵国的柱石之臣，万一长平战败，廉颇阵亡，对赵国的冲击太大，赵军从此失去了斗志。而赵括不过是个默默无闻的年轻人，万一战败，赵王可以把责任全推在赵括身上，别人也只会说"赵括无能"，而不会对整个赵国、整支赵军失去信心，此时赵王再重新起用廉颇统军，赵国尚有可为。

一番深思熟虑之后，赵王渐渐下了决心。回头问平原君："仲父觉得以马服君替换廉卿，在长平发起反击，此计可行吗？"

在长平对秦军发起反击，以解脱眼下的困局，平原君也早有了这个想法。至于用赵括替换廉颇，其中的诸多好处赵胜也都想到了。现在赵王问他，赵胜沉吟良久，终于点头道："臣以为此计可行。"

眼看赵国君臣接受了自己的主意，楼缓心中暗喜，脸上也露出了一丝难以察觉的笑容。

天下最厉害的计谋，莫过于用"实话"杀人。

孙武子说过："用间有五：有因间，有内间，有反间，有死间，有生间。五间俱起，莫知其道，是谓神纪，人君之宝也。"在这"五间"之中，反间计最难，就因为施展"反间计"的人，总是针对人性的弱点下手，击中人的私欲要害，用利益引诱，以"实话"杀人。世间能用此计的人并不多，可是像楼缓这样深通"实话杀人"技巧的纵横之辈，却能办成别人办不成的大事。

赵括被推上战场

商定了以马服君赵括替换亚卿廉颇的计划之后，楼缓先退下了，赵王立刻命人去叫赵括。

片刻工夫，赵括已经进了王宫，见赵王和平原君都坐在大殿上，面色凝重，已经感觉到必是前线有事，向赵王行礼已毕，在平原君对面坐下，立刻问："大王召见臣下，是为了长平之事吗？"

赵括年轻，没有多少临敌的实战经验，可他的脑子倒比父亲赵奢好使，这一问正在要紧之处，赵王忙问："长平战事不利，马服君已经知道了吗？"

其实赵括并不知道长平战事的具体进展，可他却知道大战爆发之前，平原君赵胜花了两年时间游走山东各国，组织合纵，已经与魏、楚、齐、燕定下共抗强秦的盟约，可长平之战打了四个月，与赵国定盟的四国却没派一兵一卒助阵。早先平原君悄悄离开邯郸到各国求援，虽然是对外称病，偷着走的，可平原君是赵国的相国，执政重臣，却在赵国展开决战的关键时刻无缘无故"病了"一个多月，赵国臣子早就私下议论纷纷，赵括更是隐约猜到平原君可能到魏、楚去搬救兵了。

现在平原君空着两只手回到邯郸，魏、楚兵马仍然毫无音信，赵王派使臣郑朱到咸阳求和，又被秦王逐了回来，赵括是个聪明人，已经估计到赵国上了"盟友"们的当！这种时候赵王忽然召见他，又说出"长平战事不利"的话，赵括心里隐隐有些不安，试探着问了一句："魏、楚两国是不是出了什么意外？"

在赵括面前赵王不必丝毫隐瞒，咬着牙恨恨地说："魏王、楚王都欺骗了寡人，两国兵马不会来了，现在赵国只能靠自己的力量与秦国决战。"

一听这话，赵括倒吸一口冷气。半晌又说："臣记得当年大王用高唐、平原诸城换回安平君田单，帮了齐国一个大忙，如果魏、楚兵马指望不上，大王可以先向齐国借粮，只要有了粮食赵军就可以固守长平，再拖上半年，秦军的势头会越来越弱，到那时魏国或许会改变主意……"

听了这话，赵王忍不住狠狠地瞪了平原君一眼，平原君吓得急忙缩头。赵王鼻子里哼了一声，对赵括说："平原君到齐国去过了，齐王也背信弃义，不肯借粮。"

到这时赵王已经把话挑明了：赵国被所有盟友抛弃，现在无兵无粮，长平之战已经维持不下去了。赵括心里的隐忧全被证实了，低着头坐在那里一言不发。赵王和平原君也不说话，只是默默地看着赵括，等他表态。

好半晌，赵括抬起头来缓缓说道："臣父子两代受大王厚恩，无以为报，大王但有所命，下臣粉身碎骨，死不旋踵！"

孔夫子认为"有此父斯有此子，人道之常也"，这话果然有道理。赵

括的忠勇豪爽与他父亲赵奢倒是一般无二。

可赵奢是百战将军，赵括却是个没怎么上过战场的年轻人，让他担当如此重任，连赵王都有些难以启齿："寡人与平原君商议，都觉得长平的战事已经维持不下去了，现在只有一个办法，就是全军向秦人反扑，收复光狼城、二漳城，把秦军逐出高平关，收复赵国上党的全部失地，隔高平关与秦人对峙，然后再设法与秦国议和。寡人想请马服君到长平接替亚卿的兵权，打这一场反击战，不知马服君意下如何？"

虽然赵括已经猜到了赵王的意图，可现在听赵王亲口说出这些话来，赵括还是觉得接受不了，皱着眉头想了好久，才问："大王想在何时对秦军发起反攻？"

"越快越好，如果能在四十日内开战，用一个月时间把秦军逐出高平关，对赵国最有利。"

"此事至关机密，除臣以外，大王不可以告诉任何人。"

赵王忙说："这是自然。"

赵括又沉吟良久，问赵王："长平有秦军三十余万，赵军只有不到二十万人，以寡敌众毫无胜算，大王能否再向长平增兵？"

长平战场上，秦军比赵军多出十万人，现在赵军想发起反击，二十万攻三十万，谈何容易？所以赵括的请求并不过分。可赵王也有自己的难处："长平开战已来，前线已损折五万人，廉卿向寡人请求援兵，寡人也派了兵马增援，现在投入战场的兵力累计已有二十五万了……"犹豫半天，终于说："这样吧，寡人再调五万兵马由马服君带到长平去。"

加上这五万人，赵国在长平已经投入了三十万兵力，整个国家总共只剩十万兵马，再想抽调一个人，也办不到了。

赵括也知道赵王已经尽了力，不好再提更多的要求了，只有最后一句话："请大王先将二十五万大军一月所需之粮送到长平，同时传下诏命，就说魏、楚两国即将出兵，以此鼓励士气。"

"好，寡人会将粮草运到长平，诏命也可以立刻拟就。"

赵括又说："韩徐、贾偃、庆舍、徒父祺都是赵国名将，臣资历浅薄，恐怕调不动他们，请大王将这四位大夫与廉卿一起撤换下来。"

"撤换这几位大夫之后，马服君想以何人为副将？"

赵括想了想："臣想以赵累、许历二位大夫为副将。"

赵王点点头："就依你。马服君何时可以起程？"

"大王发下诏命之后，臣三日之内就可动身赶赴长平。"

到这时赵括把该要的都要到手了，该说的话也说完了，向赵王行了礼，退下去了。

当天，赵王悄悄召见了大夫赵累、许历，把长平的战事对他们大致说了，命这二人追随马服君赵括去和秦军作战，两位大夫当即奉命。

第二天，赵王召集群臣，当殿宣布：魏、楚两国已答应发兵救赵。同时给了赵括一道密诏：亚卿廉颇作战不利，连失城池，因循保守不能任事，改以马服君赵括为上将军，接掌长平的兵权。

魏、楚两国即将发兵救赵，这个谎言让赵国臣子们精神一振，只有赵王一个人打不起精神，下朝之后刚回到宫里，宦官来报："马服君夫人求见大王。"

宦官嘴里说的"马服君夫人"是赵奢的夫人，赵括的母亲。赵王不能不见，只得说道："请君夫人上殿吧。"

片刻工夫，赵括的母亲走上殿来向赵王行礼，赵王忙问："君夫人到此所为何事？"

赵王其实明知故问，赵母叹了口气："老妇听说大王任命赵括为上将军，替换亚卿廉颇指挥长平战事，老妇窃以为不可，特来劝谏大王。"

赵王忙笑着说："君夫人请说。"

"当年我夫君在赵国做将军的时候赵括年纪尚幼，常与其父讲论兵法，言语滔滔似有所知，但夫君却不以为然，对我说：孙子以兵事为'诡道'，吴子论战，则言'兵战之所，立尸之地'，可知非同小可。而赵括口若悬河，以为此事易与，此人不可以为将，否则必致大败！老妇记得夫君之言，特来说与大王知道，请大王收回成命。"

赵母以赵奢在世时说过的话来劝赵王，赵王听了却不以为然，笑着说："马服君两代英雄，皆是寡人信任的忠臣名将，寡人信得过他，君夫人不必担心。"

见赵王不听劝，赵母又是连声叹气："大王还要三思。老妇亲眼见到夫君做将军时，士卒有病，夫君亲手侍奉汤药，与军中将士交朋友，日常来往的有一百多，平易近人，将士爱戴；可赵括做了将军之后，却东面而坐接受部下参拜，颐指气使，部将皆仰其鼻息。夫君当年战胜之后得了赏赐，全部分给手下将士们，自己一文不取；赵括这次任上将军，得了大王赏赐却全都搬回家里收藏起来。夫君在世前，大半时间在军营度过，闲时操练士卒，战时指挥兵马，根本没时间管家里的事；可赵括拜为将军以后，却在邯郸城里访察良田美宅，急着给自己置办产业。如此不肖之人怎能委以重任，请大王为了国家利益着想，还是罢了赵括的上将军之职吧。"

做母亲的人说出来的话，和一般人是不一样的，这些话有时候别人听得懂，有时别人却听不懂。

赵王是个聪明人，也知道赵括这次出战长平，担的是怎样的风险，所以听得懂赵母这话的意思。可现在战事急如星火，不用赵括不行，只好狠下心来对赵母说："老人家不要再说了，寡人心意已决，不会改变。"

听了这话，赵母满脸戚容，泫然欲泣。可总不能当着赵王的面大哭一场。好半天才稳住心神，又对赵王拜了拜，这才说："既然大王下了决心，我也不敢多说什么。只有一事相求：万一赵括战败，请大王只责罚他一人，勿使家人连坐。大王若能应允，老妇感激不尽。"

赵母保不住自己的儿子，只能设法保护家人了。赵王明白赵母的苦心，心里也有些伤感，忙说："君夫人放心，此战若胜，寡人必重赏马服君，若不能胜，也绝不牵连马服君的家人。"

赵母来见赵王，根本不是要责备自己的儿子，而是知道这一仗极其凶险，凭着一个做母亲的本能，不顾一切来向赵王求情，希望救下儿子一命。可国事为大，在国家利益面前，赵括的一条性命又算得什么？

现在赵王虽然不肯放过赵括，总算给了赵母一个"不牵连家人"的承诺，赵母也没别的话可说，又冲赵王拜了几拜，转身退下殿去，刚走到殿门前，就忍不住哭出声来。

母亲到宫里去求赵王的事，赵括已经知道了，虽然觉得有些丢脸，可面对母亲这一番爱子之心，赵括又能说什么呢？只说了一句："母亲不该到宫里去。"

半晌，赵母喃喃说道："你父亲一生只想着为国尽忠，到你这一代……"想说两句忠君效主的面子话儿，却又实在说不出来，只是叹了口气，默默地端详着赵括。

见母亲为自己担心，赵括忙笑道："母亲不要多想，赵国精兵天下无敌，且此战集兵二十五万，与秦人旗鼓相当，只要突破一垒，攻克三城，将秦军逐出高平关，就算胜了。"

虽然明知道赵括是在安慰自己，赵母也只得强颜欢笑："那就好。"抬手抚摸着赵括的头发，越想越难过，忍不住又落下泪来。

八月末，赵括带着从邯郸、武城集结起来的五万精锐大军和两位大夫赵累、许历赶到长平战场，在丹水东壁垒的大营中与廉颇相见，拜了赵王亲赐的虎符、节杖，取出诏书当众宣读，立刻免去廉颇的上将军之职，由马服君赵括接掌上将军一职。调廉颇、韩徐、燕周、庆舍、徒父祺回邯郸，另有任命。

接了这道诏命，廉颇大吃一惊，仗着自己是赵括的长辈，急忙问道："请问君上，大王为何临阵换将，难道是我统率大军有什么疏失吗？"

赵括这次替换廉颇指挥大军，角色十分尴尬，有三不能言：一不能说赵国已遭盟友背弃；二不能说赵国粮草将尽；三不能说出赵王决心孤注一掷将秦军击退，然后再与秦人议和的主意。这三件要命的大事有一件泄露出来，赵国军心动摇，立刻就要垮台！

可这三件事都不能说，赵括对廉颇也就无话可说了，只好硬着头皮冷起一张脸来："大王对廉卿最为信任，把全国兵马交给你一人统率。可廉卿自到长平以来，屡战屡败，损兵折将，丹水西岸的雄关险塞丧失殆尽！如今二十余万赵军躲在壁垒之中不敢出战，徒耗粮草，挫我军威，大王对此很不满意，也曾屡次催促廉卿进兵，可廉卿不遵王命，至今不能出战，所以大王命我接替廉卿的兵权。"

一听这话，廉颇倒吸一口冷气："这么说马服君是要率军渡过丹水向秦人反击？"

"本君正有此意。"

　　廉颇忙说："大王要撤换廉颇，我不敢多言，可秦军兵员众多，粮草充足，士气犀利，虽然与赵军苦战数月，伤亡甚众，可锐气仍在，现在咱们好不容易把秦人阻击在丹水岸边，应该再拖上半年，等秦军锐气消磨，粮草供应也跟不上了，那时大王再向魏、楚两国调兵，集三国兵马歼灭秦军于太行腹地。可君上不等援兵赶到，立刻就要对秦人发起反击，就算全力以赴，突然袭击，我看这一仗的胜算最多也只有六成，而且不能歼灭秦军，最多是将秦人逐退，可这一场硬仗打下来，赵军要付出多大的损失？这么打太不划算了！"

　　廉颇不计个人得失，只关心战场上的胜负，果然是个忠勇之人，他所说的话句句都对。可惜，廉颇并不知道赵国粮食已尽，不可能再和秦军对峙下去，更不知道魏、楚两国已拒绝援助赵国，不知道这两点，廉颇说的话就没意义了。

　　对赵括而言，赵王在这时候把他推上战场已经够难为他了，再和廉颇说理，只能越说越乱，只好冷下脸来："战场上的事本君心里有数，大王在这时候招廉卿回邯郸必有别的任命，廉卿还当早日动身，不可在战场上耽搁。"

　　赵括这话明显是在逐客，廉颇心里本就不高兴，听了这话更是逆耳："老夫与君上的父亲是至交，有些话君上虽不爱听，老夫还是要唠叨几句：赵军不可轻易渡河西进，以免有失，请君上在前线等十天，老夫回邯郸去与大王商量，若十日后不见诏命，君上再渡河攻击秦军，如何？"

　　廉颇去见赵王，既不能替赵王求得援兵，也不能为赵国弄到粮食，所以见了也没用。赵括一心要让廉颇赶紧动身，随口说："好吧，我就在这里等几天。"

廉颇也知道和赵括多说无益，出了大帐立刻乘上战车飞一样往邯郸去了。

廉颇刚离开大营，赵括就开始调动军马，除原本部署在丹水东岸的十几万赵军之外，又把刚从邯郸带来的援兵也布置在第一线，南面加强箭头、铺上两处寨堡的兵力，准备渡河攻打王降，由此直入原村河谷去取光狼城；北面加强掘山一带寨堡的兵力，准备渡河攻打草芳河谷的秦军寨堡，摆出进袭高平关断秦军退路的架势，逼秦军从光狼城退却；中路加强寺庄一带寨堡的兵力，准备渡河攻打王报河谷中的秦军寨堡，从侧翼配合主力攻打光狼城。

为了集中兵力，赵括下了狠心，不但把东壁垒里的兵马全部调动起来，又下令抽调丹朱岭、郎公山、羊头山、马鞍山、神皇岭、将军岭、白骨岭、关和岭各处寨堡中的驻军到前线集结，只在关和岭下的寨堡中留了一万人守卫粮草辎重。

至于长平城里冯亭指挥的几万韩军，早先廉颇在丹水边和秦人死斗之时，这支军马就一直没有参战，现在赵括也知道自己指挥不动冯亭的人马，就没有理会冯亭，任他在长平城里困守。

自从廉颇离开赵军大营，只不过七八天时间，赵括已经全盘改变了廉颇早先的部署，将一个稳如磐石的防守态势转换成了不顾一切的进攻态势。看着赵括在前线任性使气，胡乱用兵，赵军中一批有见识的将领们人心惶惶，都不知像这样胡闹下去，长平这二十多万大军会落个什么下场。

此时和廉颇一起派到长平的大将韩徐、燕周、庆舍、徒父祺都和廉颇一起被调回邯郸去了，换上来的是一批赵括信得过的年轻将军，众将之中只剩一个董叔留任。眼看赵括任性使气，军马调动毫无章法可言，董叔急忙到大帐来见赵括，张口就问："君上这些天连续调动兵力，是不是要对秦军发起反攻了？"

董叔早先和赵括的父亲赵奢过从甚密，在赵括面前也算个长辈。见他来问，赵括只得说："不错，本君出征之时，大王命我务必尽快击破秦军，所以本君打算在一月之内对秦军发起反击，估计此战当可收复光狼城，如果战事顺利，北路军马经草芳河西进，先于秦军夺取高平关，就可将秦军包围在丹水西岸聚而歼之。若不能顺利袭取高平关，就收复光狼城，二漳城，攻克高平关，把秦军逐出赵上党。"

赵括说的不是实话，董叔越听越觉得不对："秦军兵力多于我军，又有寨堡城池为依托，其后续兵员更是源源不绝，我军仅有二十五万，想把秦军就地包围歼灭，不但兵力不足，手边囤积的粮草也不够用。如果只是收复光狼城、高平关，把秦军逐出赵上党，大王与廉卿策划的'将秦军诱入长平，集三国之军歼灭秦人'的计划岂不是没有意义了！那赵军前面几个月的浴血苦战又是为了什么？"

董叔几句话把赵括问得哑口无言，只得强辩道："此一时也彼一时也，大王既已决心速战速决，我等只有奉命行事，哪有这么多道理可讲？"

董叔忙说："君上这话不对！孙武子说：'地有所不争，君命有所不受！'君上统率数十万将士，赵国的国运系于你身，岂能不顾战场情况，一味要与强敌决战？倘若这一仗打败了，赵国将是什么局面，君上想过吗？"

这一仗为什么要这么打，赵括知道；这一战真的打败了，赵国是什么局面，赵括也知道。可偏偏董叔不知内情，只管一味指责赵括。赵括被问得理屈词穷，又急又气，忍不住发作起来："本君奉大王诏命行事！不论战胜战败都不与你相干！将军只知道倚老卖老，在这里和本君胡搅

蛮缠，有什么用！还不如回前线去调派兵马，将来反攻之时也能打得漂亮些！"

赵括这些话实在浑不讲理。董叔是赵括的长辈，却被他一顿斥骂，气得跳了起来："君上实在不可理喻！"

赵括年轻气盛，又压着满肚子火气，见董叔冲他咆哮，忍不住也跳起来吼道："你是何人，本君与你有什么理可讲！给我滚出去，不然本君先让你尝一顿鞭子！"董叔脾气也倔，忍不住冲上来要揪扯赵括，帐中军士赶紧过来拦住，死拉活拽把董叔弄出大帐去了。

董叔走了，赵括却还怒气不息，正在帐中坐着生闷气，忽然一个中军跑了进来："君上，不好了，董叔大夫在帐外自刎而死！"

想不到自己几句恶言恶语，竟把董叔气得自杀了，赵括又惊又悔，起身就要往外走，可又一想，这次到前线指挥大军向秦军反击，前线将领大多责备他轻敌冒进，心有不服，现在董叔以死相劝，这时候如果出去对董叔的尸身哭上一场，或者说几句软话，必然有更多将军来劝他，不但自己难堪，赵军的士气也会因此受挫……

想到这里，赵括只能把牙一咬，冷冷地说："董叔言语无状，可本君并未治他的罪，现在他一怒自刎，我有什么办法？备一口棺木，将董叔的尸身送回邯郸，交给家人处置。"只说了这一句话，别的再没说什么了。

虽然赵括对董叔之死未做任何表示，可董叔以死劝谏的事还是在军中传开了，赵人脾气倔强，蛮勇好争，多有慷慨悲歌之士。现在赵括用兵不合法度，很多将军都觉得情况不对，既有董叔死谏的榜样在前面，就有人出来效仿，一夜之间，又有七位将领自尽于军中，对马服君赵括以死劝谏。

听说大军未动，前后已有八位将军死谏，赵括心里说不出是伤感还是气恼。可他知道，赵国和秦国的这场决战，战死的赵国将士可能会有十万，二十万，甚至三十万！为了赵国，这些人非死不可。甚至连赵括自己，必要时也准备牺牲性命。

和十万将死之人相比，八名将领实在微不足道。于是赵括把众将召进大帐，当着众人的面吼道："诸位也知道，本君奉大王诏命，即将率众对秦军发起反击，董叔等八人固执己见，宁可一死也不愿意为国效命，这样的人不足为鉴！我今就将这八人的骸骨葬在丹水东岸，让他们眼看着赵军渡河打这场大仗，胜了，足可告慰亡魂；若不幸败了，我与诸位皆死于此，与这八位将军做伴。"

当天，赵括在丹水东岸择一处高岗葬了八位将军，同时，赵军开始最后的集结，准备渡过丹河，向秦人发起决死的反扑。

白起排兵布阵

就在赵括被任命为大军统帅替换廉颇的同时，远在咸阳的秦王也得到来自邯郸的密报，知道赵国已经中计，即将对秦军发起反击，大破赵军的机会到了。于是秦王下了一道诏命：由五大夫嬴摎接替白起，领十万大军驻守缑氏，威胁韩国。武安君白起立刻北上长平，代替王龁接掌兵权，统率三十万秦军与赵军对垒。

范雎这样的江湖骗子平时摇唇鼓舌哄骗秦王，可到了关键时刻却顶不上大用，秦王到底离不开以武安君为首的这批能征惯战的旧臣，这些白起

早就算到了。现在秦王一道诏命把白起调到长平，白起心里暗喜，立刻开始筹划击破赵军的战法。可嘴上却找了个借口，说自己身体不好，一时不能起程。

这几年秦王只知道宠着范雎，对待白起这些旧臣实在有些凉薄。现在白起在秦王面前撒娇，秦王也只得加意抚慰，又下诏命，详细述说长平之战的重要，同时把王龁责备了一顿，又极力称赞白起在伊阙、鄢郢、华阳、韩国的战功，最后用商量的口气询问白起何时可以动身。白起觉得面子挣得差不多了，这才答应起程。

这时白起已对长平战场的态势有了大致的了解，心里也有了打算，临动身前又上奏秦王，认为赵国任用赵括为上将军，准备在长平对秦军发起反击，赵军的兵马一定会得到加强，秦军虽有三十万众，可前期作战损失惨重，面对赵军已经没有明显的优势，请秦王立刻从咸阳和南阳郡抽调精兵，向前线补充兵员，另调汉中郡兵马五万至长平，汉中郡守蒙武随军同行。将蜀郡守司马靳调往长平，做白起的副将。

白起这个人深通兵法，在战场上总能做到"侵略如火，不动如山"，每每突袭疾攻，奇计克敌，布局时却又稳健沉着，绝不弄险。现在他向秦王提出增兵，又把平时用着顺手的将领讨要过来，带在身边，都是出于求稳的考虑。

既然用了白起，秦王也就用人不疑，对白起的一切要求全部准奏。于是武安君白起带了一千亲军南渡黄河，从野王入太行陉，直奔长平战场而来。

听说秦王命武安君到长平统率全军，失了兵权的王龁不由得灰心丧气。自从得到秦王重用，升了左庶长，王龁一直受到秦王的栽培，左提右挈，要让他立功。可早先王廷中有穰侯、华阳君这批重臣，军政大权都被他们把持，王龁被安置在函谷关，手掌十万兵马，却一直当不上统帅，捞不到战功。后来范雎、王稽这帮新宠爬上来，扳倒了穰侯，范雎最会看秦王的眼色，也刻意与王龁结交，用王龁打压白起，王龁总算得到机会接了白起的兵权，想不到长平一战偏又遇上了老辣沉稳的廉颇，从高平关、二漳城、光狼城以至草芳河、伞盖河、釜山河、原村河……一连气打了几十场硬仗，好不容易杀到丹水岸边，想不到又中了廉颇的计，一万最精锐的屯兵被诱入大白沟，弄了个全军覆没，公乘张唐也差点送了命，这一下搞得秦军士气低迷，军无战心，再也无力攻破赵垒，一直拖到现在，秦王又起用了武安君白起，王龁不但失去了兵权，更要命的是，秦王临阵换将，显然已经失去了对王龁的信任。

可仗打成这样，王龁也无话可说，只好带了一群将领亲自赶到光狼城，低三下四来奉承白起。

对王龁，白起连起码的客气都没有，只和他见了个礼，简单地问了问前线战况，立刻乘上战车沿原村河谷东下，来查看秦军的阵地布防。

此时秦军进至丹水西岸已经有一段时间了，可前期的连番恶战死人太多，尸体还没全部掩埋，沿河谷往东走了不远，就看到河床上倒毙的秦军尸首，越往前走死人越多，到了河口的寨堡下，只见堡垒下、石壁间到处尸骸枕藉，秦赵两军的士卒互相杂错，时值盛夏，数以万计的尸首都已腐坏，恶臭熏人。白起黑着一张脸问王龁："为什么不掩埋尸体？"

王龁忙说："这一向战事太急，抽不出人手……"

"秦军将士都是为国家战死，却不能入土，且与赵军混杂，使秦卒魂魄难安，你做将军的心里过意得去吗！立刻从前线调两万人手过来，把这些尸首好好葬了，就在河谷里建炉烧制陶坛，那些身首异处的将士，按规

矩把头颅装进陶坛，与尸身合葬。"

"可丹水东岸赵军正在增兵，咱们补充的兵员还没到齐，前线吃紧……"

不等王龁把话说完，白起已经恶狠狠地斥道："死者为大，忠义为先！有什么事比安葬战死的将士更要紧？你先把这件事办好再说！"一声断喝，吓得王龁不敢吭声了。

其实白起说这些话，既是挫折王龁的威风，也是故意说给身边这些将军听的。

白起在秦军中威望最高，即使王龁帐下的将领也都敬重他的威名，现在白起拿"掩埋秦军将士"的事斥问王龁，既是立威，也是立德。

王龁率军从高平关一路杀到丹水，打的全是硬仗恶仗，那些追随王龁的将领对统帅多有不满，觉得王龁根本不拿士卒的性命当回事。现在白起刚到军前，第一关心的就是将士，这些人心里都暗暗叹服。

说话间，车马已经过了原村河寨堡，直奔丹水而来。眼看离秦军大营已经不远，白起忽然吩咐王龁："你且带着众将回营，我自己去查看阵地，撤下全部旌旗，不要让将士们知道我已到了大营。"说到这里又想了想，嘱咐王龁："本君到前敌之事务必保密，绝不能让赵军得到风声，告诉你身边这些将军，谁敢泄露'武安君已到长平'的消息，本君立刻诛他三族！"王龁不知白起搞什么名堂，只好一一奉命。就当着白起的面对身边将士下了严令，然后带着人马径自回大营去了。

见王龁走了，白起也下了战车，脱去盔甲同身边的亲随换了装束，扮作一个不更——这是个不高不低丝毫不惹人注意的军衔，这才登上一乘轻车，只带着十几个亲随，不声不响地往丹河岸边而来。

　　其后一连五天，白起都在秦军各处营地间奔驰，不动声色，细心查看秦军各处营盘，渴了随便在小河里找一口凉水喝，饿了就到秦营里找几块锅盔来啃，把丹水西岸连绵几十里的秦军营盘都转了个遍，又兜转身往西走，视察草芳河、伞盖河、釜山河三地早先由赵军筑起的大堡以及沿路所经的石垒木寨，接着查看了秦川河谷地，也不再回大营，一口气跑回了光狼城，这才命亲随传令，叫王龁、王陵、张唐等人到光狼城来听候将令。

　　白起这么做，既是避免惊扰士卒，泄露行踪，也有故意折腾王龁的意思。

　　王龁在秦军大营等了五天，始终不见白起回来，还以为武安君视察丹水时出了事，吓得魂儿都掉了。又奉了武安君的严令，不敢对部下提及白起到了前线的事，只能派知情的将军们暗中去查，却查不到一点消息，正急得要死，忽然接了将令，才知道白起已经折回光狼城去了。

　　白起这一招真把王龁气了个半死，一个人躲在大帐里破口大骂，从白起的祖宗公子白一直骂到白起的孙子辈儿才住口。可生气归生气，将令却不敢不从，只好和王陵、张唐一起赶赴光狼城。

　　这时秦王从各地调来的补充兵源已经沿太行陉北上，一队队经过光狼城向东开进，从汉中郡增拨的大军也全部到了野王，正准备进入太行陉。白起手下的两员爱将蒙武和司马靳风餐露宿，日行百里，先后到了光狼城，又等了一天，王龁、王陵、张唐带着十几位将军也赶到了。

　　见了王龁等人，白起的脸色着实难看，忍不住立刻就要发作。

　　若说刚到长平时，白起只是对王龁没有好感，现在武安君却真的发怒了，手指着王龁的鼻子厉声斥喝道："左庶长在丹水边筑营也有一两个月了吧？为什么只筑营盘，却不建壁垒！你就不怕赵军忽然渡过丹水向秦军

反扑吗？"

白起威名太重，所以发起脾气来谁都怕他。现在白起一怒，王龁也慌了神，忙说："自打秦军攻入高平关，一直在取攻势，到丹水之后，我已连续数次率军渡河攻打赵垒，赵军只有招架之力，根本不敢反击，所以……"

"所以你就不肯筑垒，把三十万大军扔在丹水西岸，等着赵国人缓过劲来，渡河偷袭，一战把你打垮！"白起铁青着脸恶狠狠地瞪着王龁，吓得王龁、王陵等人连头也不敢抬。半天才又吼道："从今天起，不要再提渡河的事了！召集所有人力在丹河西岸筑起壁垒，先把各处大营围好，再用石墙把这些堡寨连接起来。二十天后我再到丹河去看，若还看不到像样的营垒，看我怎么治你！"王龁赶紧连声答应，立刻命身边的官大夫赶回丹河岸边传令去了。

把王龁臭骂了一顿，白起的火气没有那么大了，这才又在马扎子上坐了下来。

见白起脸色和缓些了，众将也都悄悄松了口气，一一就座。白起又把脾气压了压，这才对王龁说道："不是我说你，长平之战是秦赵两国的决战，赵军把秦军一路引到丹水，就是想消耗秦国的力量，等魏、楚大军赶到就全力反击，所以这个反击早晚要来，而且来得越晚，力量就越强，势头就越凶，你却不知防守，只管一味强攻，这个打法不对。"

眼看白起一味训斥王龁，在一旁的王陵、张唐二人有些坐不住了，张唐抢先说道："末将听到消息，应侯用了巧计，已经骗得赵王派使臣到咸阳求和，楚、魏两国都恨赵王不守信用，这两国的军马不会来助战了。"

听了张唐这话，白起转过头来："公乘说得对，魏、楚两军不会来救赵国了。那么赵国会怎么做呢？以本君估计，赵国现在已经耗尽了粮草，用尽了兵员，二十多万大军全被困在长平，如果退却，这几十万人只能出三关陉，走滏口陉回邯郸，咱们从后面一赶，二十万赵军全得死在滏口陉里！所以赵军退无可退，必然不顾一切回头反扑，希望把秦军从丹水河边击退，然后一鼓作气夺回光狼城、高平关，封住秦军进入赵上党的门户，再和秦国议和。所以不用猜也知道，赵军即将反扑！且这一战必是倾尽全力，投入所有兵马。"说到这里略停了停，把王龁、王陵、张唐都看了一眼："和赵国人苦战了几个月，想必诸位也知道了，赵人孤倔蛮勇，个个都是敢死之士，如果二十万赵军全都下了必死的决心，一股劲从丹水东岸冲过河来，你们能挡住赵人的攻势吗？"

白起这一问，张唐顿时哑口无言。

大战将临，白起也不想一味责备这些将军，免得影响士气，就把前面的话都略过不提了："我已得到消息，赵王任命马服君赵括为大军统帅，替换了亚卿廉颇，这是赵军即将反扑的信号。赵国全国共有四十万大军，部署在长平的军马有二十万，在前面的战斗中已经损失五万，因为这次反攻关系赵国的国运，赵王又从邯郸向长平前线补充了十万生力军，总兵力达到二十五万！长平城里还有八万韩军，总计三十三万人，与我军兵力相当。虽然冯亭归顺赵国并非出于真心，韩军也未必肯和赵军一起出战，可咱们还是要做这方面的准备。从今天起，秦军全面转入守势，准备在丹河西岸迎战赵军。"

赵军在长平的兵力，战场上损失的人数，以及补充新军的数量，这些精准的数字，全都来自那个要命的楼缓。

王龁任上将军时，秦军一味强攻猛打，可武安君一来，秦军立刻转入

了守势，这倒真是有趣得很。可白起刚才大发虎威，把众将都吓住了，现在谁也不敢问他。

白起走到地图跟前，手指丹水一线："赵军已经易帅，兵力得到了补充，随时可能发起反攻，丹水岸边的营盘太薄弱，此时筑垒怕也来不及了，干脆把这些营盘全部放弃，大军一律撤至山地。我去前线的路上看到赵军沿河谷修筑的寨堡和壁垒，虽然多处被秦军摧毁，剩下的仍然颇有规模，命五大夫蒙武率精兵七万进驻赵军西壁垒，抓紧时间修复各处寨堡石垒。"

说到这里，白起回身走到蒙武面前："赵军凶猛如虎，反扑之时必然不计兵员，不惜代价，用人海战法冲击西垒，蒙大夫务必坚守西垒五日，五天之内绝不准后撤一步，五天之后准你退却，可要是守不到五天就败退下来，不但蒙将军难逃死罪，你军中大夫以上全部处死，家人连坐！大夫以下，每十人中斩首一人，余者一律褫夺军爵，当众鞭笞！"

秦国本就军法森严，白起下的命令更是不近人情。

蒙武也知道赵军反扑的势头必然极其凶猛，全靠这道西壁垒瓦解赵军的锐气，所以这一仗最为残酷，白起把这道壁垒交给他来防守，是信不过王龁那帮人，也是器重蒙武的意思。这种时候无论如何也要撑住场面，起身拱手道："末将遵命！"

见蒙武把最重的一副担子挑起来了，白起点点头，问左右："哪位将军愿意做蒙大夫的副将？"

西壁垒将是秦赵决战中最惨烈的一处战场，白起把这条防线交给了刚到长平的蒙武，已经令王龁、王陵等人脸上无光。现在听白起问，公乘张唐立刻挺身站起："末将愿为蒙将军副车！"

张唐沉稳干练，倒是个打阻击战的人才，白起点点头，又转向王龁：

"赵军夺了西壁垒之后，一定会顺着河道向光狼城方向冲杀，但这一带的地势西高东低，赵军从东面杀来，正好是仰攻，地势对他们不利。左庶长带二十万人沿河谷后撤十五里，寻找险要之地筑起壁垒，这道壁垒南北纵向，全长六十里，将九条河谷全部遮断，沿垒多筑囤堡，军中多备滚木礌石，修造抛石机千架，再修建几千座箭垛，把全军所有弩手都调上去，守寨堡的士卒中，每十名军士要配手擘弩、蹶张弩七张以上，每张弩备矢不少于五百，赵军若来，你的二十万人只要据守囤堡，用弩箭把赵人射退，不必出战，以免有失。"

自从白起到了长平，就一直挫折王龁，故意在众人面前伤他的面子，王龁本以为白起不会让他带兵了，想不到武安君却把二十万人交给他来带，心里还是有几分感激，忙起身道："末将领命。"

白起不是个糊涂人，知道王龁是秦王亲手提拔起来的将领，范雎也很看重他，对这个人不能过分冷落，所以把最重要的一道壁垒交给王龁。可他对王龁的能耐有些不放心，又叮嘱道："想必左庶长也明白，你防守的这道壁垒是秦军整个防线的关键，守住了，赵军必败无疑，万一守不住，赵军冲出河谷就到光狼城了。光狼城里没有多少兵马，真给赵人冲上来，关城是守不住的，如此一来，咱们秦国三十五万大军就被二十万赵军打败了，本君没脸去见大王，只好自杀了……"

白起这么说是故意刺激王龁。

这几天王龁已经把脸丢够了，咬着牙说道："武安君放心，末将一定守住壁垒，若放过赵军一兵一卒，用不着武安君治罪，末将立刻拔剑自刎！"

王龁说的是气话，但白起现在要的就是这股气。

安排好了丹河东岸的两道防线，白起从怀里取出一块白绢在众将面前

展开，原来是一幅地图，图上清楚地标出了赵军丹河东壁垒以及大粮山、营房岭、关和岭、长平关、白骨岭、将军岭、神皇岭、丹朱岭、郎公山、羊头山、马鞍山、长平城、小东仓河、秦川河各处地形地势，甚至简单标出了赵军在山上所建的寨堡位置和兵员数量。

这张图，是楼缓在赵王宫里对着地图眼看心计，回来之后照样画下来的。有了这样一张地图，白起这一仗如何不胜？

现在白起当众挂出这张图来，抬眼看着坐在王龁下首的五大夫王陵："长平这一战正中有奇，奇中有正，攻即是守，守即是攻。早先廉颇取守势，其实是在诱敌，如今我军转取守势，同样是为了诱敌深入，然后反守为攻。我已安排下一南一北两路奇兵，准备去抄赵军的后路，只是这两路奇兵都危险至极，不知王陵大夫愿意指挥北路轻兵吗？"

在秦王提拔起来的几员将领之中，王陵是个能打硬仗的将军，勇猛顽强，颇堪大用。刚才白起用了张唐、王龁，王陵已经有些急了，现在白起要让他统率"奇兵"，王陵当即起身说道："武安君但有差遣，末将必舍死争先！"

白起点点头："这就好。"把王陵领到地图跟前，手指着丹水旁的一条细线："将军请看，这里是秦川河谷地，在我军丹水防线的最北边，并不通向光狼城，所以赵军不会来攻此地。这里地形复杂，十分隐蔽，将军可以率两万五千精兵埋伏在秦川河谷，待赵军攻破东壁垒，被阻于左庶长新建的秦垒之时，你就率领兵马出秦川河，偷渡丹水，从长平关北侧登上丹朱岭，抢占丹朱岭、郎公山、羊头山、马鞍山一带的赵军寨堡。此时赵军已经倾巢出动渡过丹水西去，这些寨堡中所剩兵马一定不多，秦军必能得手。等将军攻下马鞍山的寨堡，立刻派飞骑来报知本君，然后就在这些寨堡之间加筑壁垒，堵住三关隘，防止赵国援兵从邯郸方向袭来。"看了王陵一眼，见他脸上略有犹疑之色，又加上一句："赵国举国兵马不过四十万，却已把三十万人投入了长平，我估计从邯郸派来的援兵最多不会超过五万，你凭高临险，以两万五千人迎击五万赵军，应该守得住吧？"

这种时候王陵也没有别的话说了："末将一定守住城关，就算全军战死，也绝不会把赵军援兵放进长平！"

安排好王陵这路人马，白起又转头望身司马靳。

白起这次到长平是来立功的，要想立功，就要弄险，所以他把最难打的仗都留给自己的亲信将领了。

现在白起打算把整个战场上最艰难最危险的任务交给五大夫司马靳："司马将军，在丹水东岸的赵军本身又分为两军，精兵驻扎在河边壁垒中，粮草辎重则囤于大营东面。这次赵军倾巢而出向我军反扑，是抱着必胜、速胜的决心，所以他们只会携带随身干粮轻装来袭，粮草辎重大半仍然留在丹水以东。你率五千骑兵埋伏在原村河谷道深处，等赵军突破东壁垒，来攻左庶长的秦垒，你就领兵渡过丹水，从铺上一带绕过赵军的东壁垒，登上关和岭，取岭上隘堡，然后一直向北猛插，取白骨岭、将军岭、神皇岭，直至马鞍山与王陵所部会师，切断赵国渡河大军与后军之间的联系。一旦你部得手，我就会派出援兵来巩固你夺取的阵地，同时纵兵攻打赵军营盘，烧毁他们的粮草辎重。如此一来，二十余万赵军就被我军合围在丹水两岸的谷地之中，必然全军覆没。"

司马靳一边看着地图一边听白起解说，到这时额上已经冒出汗珠子来了。

长平这一仗白起共安排下两道壁垒，两路奇兵，其中司马靳这一支骑

兵要从赵国大军的身边儿偷渡丹水，过河之后在赵军东壁垒和粮草大营之间穿插几十里，夺取数处关隘，直到马鞍山，不但拿下这些关隘，还要守住城关，阻击留在丹河东岸的赵军。虽然赵军大部分渡过丹河向秦军反扑，可留在丹河东岸守护粮草的军马至少还有两三万人，一旦发现阵地被秦军切断，这些人就会冲上来和司马靳拼命……

白起也知道自己这个安排太弄险了，实在有些难为司马靳，见他犹豫，忙说："你在丹河东岸只需坚守两昼夜，援兵一定赶到。"

富贵从险中求，天下都是一个理儿。司马靳也知道不卖死力，难立大功，狠了狠心："末将遵命。"

把前线的事安排妥当，白起遣散部将，自己又坐在地图前发起愣来。

孙武子说过："知己知彼，百战不殆；不知彼而知己，一胜一负。"在长平战场上，赵括是"不知彼而知己"，白起却是既知己又知彼，所以长平之战秦国稳操胜券。现在白起担心的不是秦军两道壁垒能不能守得住，而是赵、韩两军共计三十多万人马，凭自己手中的力量，能不能把这一大块肥肉连皮带骨整个吞下去。

铁打的秦垒

就在武安君白起部署兵马的同时，马服君赵括也已将手下二十五万大军调派停当。

赵括上战场之前对赵王提了两个条件，一是向长平增兵，二是迅速调拨大军一月所需粮草，这两个条件赵王都答应了。现在五万精兵已跟随赵括到了长平，大军一月之粮也送上了前线，可这批粮食到了长平之后，邯郸方面就再也无力向长平输送军粮了。

因为整个赵国的存粮已经基本耗尽了。

此时赵括到长平将近一个月，赵军的二十五万张嘴巴也将大营中的存粮吃掉了三分之一，赵括知道不能再耽搁时间，就以最快的速度调动兵马，取消了廉颇设在铺上以南的大营，将营中五万将士全部调到铺上、箭头两处寨堡，一共集结了近十万兵力，准备渡过丹水直取原村河口的秦军长垒，攻破秦军防线后立刻沿着河谷向光狼城发起攻击。在秋子的寨堡里集中了六万兵力，准备攻打对岸王报河口，一旦得手，就从侧翼迂回，协助主力攻打光狼城。另外掘山寨堡中也集结了六万人马，渡河后将攻打秦军设在草芳河口的寨堡，攻克寨堡后立刻向西突击，摆出一副"抢占高平关"的架势，逼迫秦人从光狼城、二漳城撤退。

为了集中兵力打赢这场疯狂的反击，赵括下了两道命令：一是放弃廉颇早先修筑的各处营寨，把掩护赵军侧翼的关和岭、将军岭、白骨岭、神仙岭以及保护三关隘的丹朱岭、羊头山、郎公山、马鞍山各处营寨的兵员全部抽调出来，同前线大军一起渡河发起进攻；二是所有参战士卒尽可能多带干粮，以备在战场上食用。因为赵括估计突破丹水西壁垒、攻克光狼城、二漳城，拿下高平关，前后需要作战一个月，在这期间，前线的赵军不管兵员还是粮草都得不到任何补充。

对这场即将发动的大反扑，赵括下的决心不可谓不大，做的准备不可谓不充分，可惜有三个问题是他不知道的：一是秦军的兵员已经增至三十五万，比赵军多出了十万人；二是秦军早在丹河西壁垒后面筑起了一道新垒，调动二十万重兵固守新垒；三是，赵军的反扑计划以及兵力、粮

草一切情况，秦人早已全盘掌握了。

"只知己不知彼，一胜一负。"就算赵括的对手不是武安君白起，而秦军对赵军的一切动向全然无知，对赵括而言，这一战的胜算也仅有五成。而在目前这种情况下，这一仗，赵括手里连一成胜算也没有。

九月初，赵军在丹水东岸全部集结完毕，于初三凌晨涉过丹河对西壁垒发起进攻。赵括也随军渡河，带着两万亲军在丹水西岸扎营，就近指挥赵军攻打西壁垒。

丹水西壁垒本是廉颇在长平设防的时候修筑起来的，共有大堡四座，小堡五座，石垒绵延六十余里。早前赵军曾以六万人防守这六十里壁垒，而王龁因为对长平地势不熟，把兵员铺得太散，未能集中兵力攻其一点，以至于六万赵军防守西壁垒十五日，才被秦军击退。

现在赵括所要攻打的同一道壁垒，垒上布防的秦军有七万人，但赵括是个赵国人，对这一带的山河地势比较了解，所以清楚地选定了原村河口、王报河口、草芳河口三点展开突击，兵员相对集中，力量比王龁指挥的秦军要强大得多。

天刚蒙蒙亮，睡在石垒后的秦军士卒忽然同时被惊醒，爬起身来惊慌失措地向壁垒外面张望。住在原村河寨堡里的五大夫蒙武也醒了过来，听得滚滚雷声从东面传来，脚下的地面隐隐震动，蒙武大吃一惊，飞跑出来登上望楼向东看去，只见山坡下平地冒出了一片黑压压的人海，数不清的赵人排成一个紧密的阵列，洪水般汹涌而来，前锋已经到了距寨堡不足一里之处，后队却还在渡河不止。

此时秦军还未与赵人交锋，只听得山坡下赵军号令连天，步伐如雷，壁垒上的石墙都被震得瑟瑟作响，光是看了这个阵势，身经百战的秦军已经忍不住浑身颤抖。蒙武也觉得心里一阵发慌，忙抽出长剑在空中挥舞，冲着士卒们高叫："愣着干什么，赵人上来了！放箭，把他们压下去！"

随着蒙武的一声吆喝，赵人队列中也传来响亮的号令，赵军前锋齐声呐喊，挺起长矛对着壁垒猛冲过来。到这时秦军才醒过神来，端起弓弩冲着赵军放箭，赵人顶着箭雨冲到近前，前队立刻架起长梯向寨堡顶上攀爬。

也在此时，壁垒南面也隐约传来喊杀声，另两路赵军同时渡过丹水，向王报河、草芳河两座寨堡发起了强攻。

面对坚固的壁垒，赵括的战法几乎与早先王龁的打法一模一样，就是把占优势的兵员分成几队轮番冲击，用士卒的尸体填平石垒，以舍生忘死的疯狂斗志压倒敌人。这样的战术也许是最快和最有效的，对兵员的消耗也最大。

眼看着成千的赵军战死在壁垒下，听着战场上鬼哭狼嚎般的惨叫声，第一次统率大军的赵括不禁心惊肉跳。但作为大军统帅，他不能对士卒的生死表现出一丝一毫怜悯，赵括只能把视线跳过正在恶战的壁垒，向西张望，琢磨赵军拿下西壁垒之后，如何攻打光狼城。

赵括可以不去想士卒的生死，在壁垒后的蒙武却不能不面对血腥的现实。

在赵军昼夜不停近乎疯狂的连续进攻面前，蒙武把所有能调动的秦军全部送上了壁垒，可在赵军的人海面前，几千秦军往往支持不到一个时辰就伤亡过半。苦战两昼夜之后，蒙武手中已渐渐无兵可用，不得不向远在光狼城的白起请求援兵。

蒙武是一员勇将，连他都来求救，说明西壁垒的战事确实紧急，白起

勉强调了一万人马到前线助战。想不到第二天蒙武又派人来讨援兵，这一次白起狠下心来，再也不肯派给蒙武一兵一卒了。

在后面的三天里，壁垒后的秦军每天都有上万人战死！蒙武实在支持不住，先后四次向白起求救，两次请求放弃壁垒提前后撤，都被白起严词拒绝，只有一句话：西壁垒务必坚守五日，否则大夫以上全部处死，大夫以下每十人斩首一人！

在白起不近人情的严厉督促下，蒙武不得不拼上了自己的性命，亲自提着长戈上阵与赵军搏斗，以此激励秦军士气。

直战到第六天拂晓，西壁垒上的秦军已经人人上阵，个个带伤，实在熬不过去了。眼看天色微明，忽然间，秦军中有人发一声喊，壁垒后面所有还能走动的秦人弃甲抛戈一起退出长垒，沿着河谷向西溃逃而去。

白起命蒙武坚守壁垒五日，现在五日期限已到，守卫西壁垒的八万秦军已战死四万余人，活着的也全都丧胆，不顾一切地向西奔逃，连蒙武也没心思约束部下，跳上战车跑在所有秦军前面。赵军一拥而上，顿时夺占了西壁垒。

一连五昼夜的恶战，赵军伤亡远远大于秦军。可是秦军的顽强阻击也造成了一个假象：西壁垒是光狼城以西秦军最重要的阵地。现在这处阵地已被赵军突破，光狼城已经在望，赵括毫不犹豫，立刻下令前军"逐胜"，一路向西追杀败退的秦人。

转眼工夫，赵军已经沿着河道向前冲杀了十几里，忽然，所有赵人都停下了脚步，在他们面前出现了一道宽阔的壁垒，从南到北沿谷口山坡绵延数十里，一眼看不到尽头，垒顶的箭垛后面站满了秦人，强弓劲弩一起指向挤在狭窄河谷中的赵军。

有楼缓在邯郸做奸细，秦人对赵国的一举一动了如指掌，所以白起一早就命秦军转入守势，合左庶长王龁领二十万人在西壁垒后加筑新垒，到赵军突破西壁垒的时候，秦军所筑新垒已经完成。

王龁这个人平时稳重寡言，谦逊有礼，甚而略显沉闷，和白起、司马错这些暴烈刚直的将军很不一样，而这略显沉闷的稳重也正是秦人所欣赏的个性，所以秦王对王龁十分青睐，认为他诚信可靠，总想提拔他。早年王龁上战场的机会不多，虽然因此而升迁缓慢，倒没有什么破绽可寻，但随着秦王亲自掌权，开始真正重用王龁，让他在战场上独当一面，王龁性格上的问题就越来越清楚地暴露出来了。

王龁这个人虽然不笨，可他办起事来却实在有些迟钝，想事做事都是一根筋。早先秦王命他攻赵，他就一股劲只知道进攻，结果使秦军伤亡惨重；现在武安君白起命他死守壁垒，王龁就依着将令一味死守，虽然手中的兵力与赵军相当，却从来没有动过"反扑"的念头。

王龁这个人天生做不了统帅，可他却非常适合做一个将军。遇上这么一个僵化机械的对手，赵括想要冲破秦垒向光狼城方向进攻，就更显艰难了。

除了将军的脾气、士卒的性格不同，秦人筑起的壁垒也和赵人的壁垒很不一样。

秦人生在黄土高原，最擅长的是筑土垒，可长平一带土少石多，于是秦军的壁垒土石间杂，显得格外结实，由于秦军配备了大量精准的弩机，在取守势的时候，他们通常会集中用弩杀伤敌人，而尽量避免与对手面对面的格斗，所以秦垒通常筑成三层，外层宽厚低平，高只齐胸，宽却有一丈，秦军弩手蹲下身可以上弦布矢，站起身正好持弩发射，一起一伏，迅捷灵便。外垒后面是一道一丈二尺高的垒墙，不算很高，却同样筑得很厚，宽度足

有三丈，士卒可以在墙顶上左右驰援，奔跑如飞，垒墙上每隔十五步设一箭垛，每五百步修建一处坚固的堞楼，箭矢、粮食都存放在堞楼之内。壁垒之后又建起木寨数十处，囤积粮草兵器，士卒平时也可以在木寨中休息，伤员从垒墙上抬下来，立刻在此救治。

由于秦军足有二十万众，壁垒又筑得不高，所以比赵军的西壁垒筑得又快又好，当赵括领着二十多万赵军拼命冲破西壁垒，到达秦垒的时候，这道铁打的壁垒已经全部筑成，二十万秦军精锐严阵以待，只等着赵括大军撞入罗网。

虽然这条完全出乎意料的庞大壁垒令赵括大吃一惊，可此时的赵括纯是做困兽之斗，根本没有多想，立刻命令当先的赵军对秦垒发起攻击。随着赵括一声令下，赵军先锋两万多人齐声咆哮，沿着原村河谷向秦垒发起了冲击。

面对洪水般奔腾而来的赵军，壁垒后的秦人却毫无声息，两道石墙上都看不到一个人影，直到赵卒冲到壁垒跟前三百步内，秦垒后射出一支鸣镝，顿时，外垒之后立起无数秦卒，每人手中都端着一张劲弩，号令声中，几万支利箭同时射向赵军。冲在前面的赵人顿时死伤遍野，后面的仍然踏着尸体不顾一切向前冲锋。

孙武子曾说过："疾如风，徐如林，侵掠如火，不动如山。"这四句话用在秦军身上是最合适的。这些久经训练的秦军锐卒可以连续几昼夜急行军后立刻投入战斗，也专能布阵折冲，以寡敌众，杀人屠城的时候凶悍无比，筑城防守之时又真能冷静如山。

面对赵军完全没有理性的狂冲猛打，秦卒不慌不乱，像一群上了发条的人偶一般，只管坐在地上双脚蹬住弩背，双手扣弦"上弯"开弩，从箭箙中抽箭布矢，然后立起身，平端弩机，寻找自己要射杀的目标，以"望山"瞄准，扣动"悬刀"，一箭射倒一个敌人，又重新坐倒，上弯布矢，起身再射，就这么一轮接一轮地向赵军放箭。

在这道壁垒中，秦军集结了数以十万计的弩手，每一个寨堡下都有几千支劲弩齐射，眼看秦军放一轮箭，赵军就被射倒整整一层！冲阵的士卒越来越少，再这么打下去，只怕赵军还没冲到外垒跟前就全死光了！赵括大吃一惊，急忙下令鸣钲！

顿时，赵军阵后金钲急鸣，正在冲锋的士卒转身回撤。在后面的尚能全身而退，可冲在前面的人已在秦弩射程之内，扭头往回跑如同送死，情急之下，这些人不管不顾地顺着河岸往上乱爬，有些聪明的干脆扔了手中兵器，把圆盾背在背上狂奔而回，运气不好的，跑不到半路就被一箭射倒在地。

只这一轮狂冲，赵军就在原村河谷道上折损了数千之众！赵括连一口气也没歇，立刻下令：第二队上前，以长牌当先，再次冲垒！

片刻工夫，又一万赵军开始向秦垒迫近。

这次赵军的打法和上次不同，再也不是狂冲乱撞，而是每千人一队，布成了十个紧密的方阵，阵前的赵军手中推着坚固的长牌，其后士卒每人携一面圆盾，持一根长矛，整个阵势井然有序，缓缓逼近秦垒。

赵军的长牌能挡住秦人的劲弩，所以秦军不像刚才那样急着放箭了，只等赵军进至外垒前两百步内，秦垒后忽然传出节奏分明的鼓声，随着鼓点儿，只见无数碗大的石块漫天飞砸下来。

这一次秦人用的，是赵人守城时最常用的"石砲"。

秦军和赵军以前很少交战，互相都不了解，这次秦军夺取赵国城池以

后，第一次见到了赵人改进过的"石砲"，觉得这东西有用，立刻仿造了数百具，遍布秦垒。

所谓石砲，其实就是各国都有的抛石车。这种抛石车上有一根木杆，杆顶上固定着一只巨大的铜盆，铜盆里可以放置石块，也可以抛投油坛一类的引火之物，一次可投出两百多步。偏偏赵国人对抛石车做了改进，在木杆顶上又置一横杆，上面一排安着五只铜盘，可以同时投出五块石头，虽然抛出的石头小一些，可数十上百座石砲一起发射，抛出来的石块到处乱飞，真像下雨一样！现在这些石砲一起发动，赵军头顶圆盾只能防住弩箭，却挡不住从天而降的石头，被飞石一砸，顿时阵脚大乱。

但赵人以固执倔强著称，虽然被满天飞石打倒了无数，剩下的人仍然推着长牌咬紧牙关向前突进，却想不到秦军营垒后一声令下，秦卒五人一组，扛起上百根粗大的滚木，顺着外垒前的斜坡放了下来，骨碌碌地滚下山坡，顿时把赵军阵前的长牌撞了个七零八落。

赵军被飞石乱打，阵形已乱，再被滚木破了当先的长牌，整个队伍顿时又暴露在秦人的弩箭之下，于是外垒里的秦卒万箭齐发，当先冲阵的一千赵卒全被射倒在外垒前的坡地上，竟无一人生还。后面的赵军眼看阵法无效，干脆丢开长牌，散了队形向秦垒猛扑过来。此时赵军距秦垒不过两百步，这些赵人发起狠来，冒着箭雨矢石不要命地往前一冲，竟然直冲到外垒跟前，却见壁垒上的寨门忽然打开，弩手们根本不与赵人纠缠，而是转身就退。

这些弩手当然要退，因为他们手里只有一张弩机，背后箭簌里插着两百支箭矢，既无矛戟又无短剑，连盔甲都没穿，根本无法与赵军格斗。

与此同时，秦垒之后吼声如雷，成群秦军锐卒挺着长戟冲出营寨，跳过外垒的矮墙面对面与赵卒拼杀在一起，又有两队秦卒分从左右高地向赵军侧后插了过来，顿时把一万赵军围在了秦垒下。

秦人天性僵化，可这僵化的性格却使他们摸索出了天下最严密、最冷静、最有效率的战术。赵人倔强蛮勇，这倔强使他们不畏生死，但赵人的阵法战术却不如秦军精细实用。

眼看前军危急，赵括大惊失色，忙命后队继进！可此时秦军的弩手已经从外垒撤进了后面的高垒之中，登上垒墙，依托垛口向冲上来的赵军放箭。由于秦军弩手根本不与赵军格斗，几乎毫无损失，秦垒后射出的箭雨和刚才一样密集凶狠，赵军的援兵一时跟不上来，冲在前面的赵军在矢石交攻之下本就已经损失惨重，又遭数倍于己的秦军三面围攻，后援不至，实在支撑不住，转身就退，最终只有两千多人从秦军的人缝里钻了出来，丢盔弃甲落荒而逃，几千敢死之士全被秦军围杀在壁垒下。

在原村河谷的秦垒跟前攻了一整天，赵括手下伤亡万人！秦垒却完好无损。

孤注一掷

就在赵军渡过丹水向秦军发起反扑的同时，白起安排在秦川河谷和原村河谷里的两路奇兵已经同时出动，一北一南，飞快地向赵军壁垒侧后穿插过来。然而这两支军马所遭遇的敌情却是完全不同。

五大夫王陵率领两万五千秦军精锐从秦川河谷出发，偷渡丹水，从长平关北侧绕过赵军壁垒，迅速登上了丹朱岭，这里屹立着一座庞大的寨堡，

看起来足能容纳三千人，可秦军登上山顶才发现，丹朱岭寨堡中只有十几个老卒。于是秦军兵不血刃夺了丹朱岭寨堡，由此向西又连续夺战了郎公山、羊头山、马鞍山，所到之处，赵军的营寨中有的仅剩少量戍卒，更多的干脆空无一人。于是秦军仅用一天一夜就拿下赵军营垒二十多座，夺取寨堡七处，彻底切断了赵军从三关隘通向邯郸的退路，而秦军的损失却微乎其微。

秦军的胜利并不是侥幸。

其实白起也算到赵军为了加强反扑的力量，必然集中一切可以调动的兵力。可是白起还是算错了一点：赵括太年轻，太缺乏临敌的经验，而他指挥的这一仗风险实在太大了。结果赵括急躁起来，为了能打赢这一仗，他把所有人都调到丹河西岸，对自己身后这条重要的防线却完全疏忽了，甚至连起码的防卫力量也没有留下。

攻下马鞍山寨堡之后，眼看赵军退路已断，王陵急忙派飞骑向白起报捷。此时王陵最担心的是赵军清醒过来之后，会集中兵力攻打他的部属，以便重新打通往邯郸方面的道路，为了应付赵军可能发起的"反击"，王陵一刻也没闲着，立刻命令秦军在所占据的各处山岭上修筑长垒，准备迎敌。

就在王陵所部渡河西进的同时，埋伏在原村河谷里的司马靳所部五千轻骑也渡过丹水，绕过曾经屯驻五万精兵、现在已经空无一人的赵军大营向东飞驰，准备冲过山隘来夺关和岭上的寨堡。

关和岭后正是赵军囤粮之地，虽然赵军的粮食本来就快吃光了，赵括出征之时又吩咐士卒们尽可能随身多带干粮，囤粮的营盘早就空了一大半，可这里仍然是个紧要所在，赵括在此处留了一万人马驻守。

对司马靳来说，这一万赵军是他在进兵路上遇到的唯一障碍。可司马靳手里只有五千骑兵，正是赵军的一半。好在秦军占着突袭之利，几千骑兵趁着夜色突然冲杀过来，打了赵人一个措手不及，竟然毫不费力地攻进了大营。司马靳立刻命秦军四处放火，眼看囤积的粮食草料被焚，赵军更是大乱，顾不得堵截秦人，只管忙着救火，司马靳留下一千人与赵军混战，剩下的骑兵趁乱冲出隘口，登上关和岭，占据了筑在岭上的寨堡，接着飞骑北进，迅速夺下无人驻守的神皇岭、白骨岭、将军岭。

到天色大亮的时候，秦军骑兵的前哨已经到了马鞍山下，往半山腰看去，只见无数黑盔黑甲的秦人正挑土担石，忙着抢筑长垒。

出战之时，王陵和司马靳都以为自己这一路人马必经恶战，九死一生，谁知真正打起来才明白，原来整条战线上，唯独这两路"奇兵"肩上的担子最轻。

切断赵军后路之后，司马靳急忙向白起报捷。得知两路奇兵均已到位，白起大喜，也担心这两支军马与赵军恶战伤亡太大，急忙调了两万五千人渡过丹水来救司马靳。这支秦军沿着无人的大路一直冲到赵军的营盘附近，这时赵军刚把秦军轻骑放的火救灭，想不到秦军大至，一拥而上，顿时冲进大营，一把火将赵军仅存的粮草烧了个干干净净。

直到这时赵括才得到消息：秦军已经分两路偷渡丹水，切断了赵军的后路。

前不能攻克秦垒，后路又被秦军遮断，屯在关和岭以东的少量军粮辎重也被秦军焚毁，二十万赵军进退失据，军中只剩下士卒随身携带的干粮可吃，对赵军来说，长平之战打到这里，已经败了。

可赵国人出了名的孤倔，赵括也是这么个倔强死硬的人物，把仗打到这个程度，仍然不肯承认自己战败，不肯将一兵一卒调回丹河东岸去收复

被秦军占领的寨堡，打通与长平城、三关隘之间的通道，反而下定了必胜必死的决心，孤注一掷，将手中一切能战之兵全部集结在秦垒正面，对王龁驻守的壁垒发起了最后一轮冲击。

赵括的战法实在有些疯狂，可他身边的两位将军赵累、许历都明白赵括的苦衷，知道赵国的难处，也明白，眼前这一仗必须硬来，不拼命不行——虽然拼了命也未必就有希望，可总要拼一次才肯罢休。

接下来的一天里，赵括调整了丹河西岸整条防线的兵力部署，将最精锐的八万赵军全部调到原村河口，埋伏在丘陵谷地之中，只等天黑以后，就对秦垒发起决死的突击。这场没有退路的疯狂进攻由赵括指挥，上大夫赵累亲自上阵统率前军，为了激励士气，赵括叫将领们逐一告诉手下的士卒：魏、楚两国军马已经渡过黄河，正往长平而来，为了证明赵国人比魏国人、楚国人更能打仗，更有本事，赵军务必在魏、楚两军赶到之前，凭一军之力击败秦军！

倔脾气的人大多好炫耀，爱争执，喜攀比，赵国人都是这么一副牛脾气，所以最喜听这种话。现在赵括的几句瞎话，真比秦人上阵以前喝的烈酒更有效力，赵军士卒一个个兴奋得满脸通红，浑身热血沸腾，都想着怎么在战场上显显本事，一时间连"死"都忘了。

入夜时分，八万赵军从藏身之处摸了出来，沿着河谷两岸的高地悄无声息地向秦军堡垒潜行。

与赵军交锋的这些日子，秦人个个衣不解甲，枕戈待旦，就连左庶长王龁也一样披坚执锐，枕颐而眠，正在似睡非睡之时，忽听壁垒上的秦军齐声惊叫，接着金钲鸣响，战鼓如雷，王龁急忙爬起身，顺手抓了一条长矛钻出屯兵洞，飞步登上垒顶的望台，借着黯淡的月影，只见数不清的赵军排成了一个绵延近十里的巨大方阵，铺满了谷道和两岸的坡地。

眼看秦军已经察觉，随着阵中一声令下，赵人顿时吼声如雷，不顾一切地往秦垒面前猛冲。秦垒中的数千名弩手早就严阵以待，面对这样一片人海，秦人根本不必瞄准，只管进弩，放箭，顿时万弩齐发，雨点般的箭矢铺天盖地射向赵军，冲在前面的赵人像割倒的麦子一片片倒了下去，后面的人仍然踩着满地尸体向前狂冲猛撞，整个赵人的军阵仿佛变成了一只巨大的车轮，既缓慢迟钝，又固执倔强，轰隆隆地向前滚动着，逐渐逼近秦军的壁垒。

面对如此疯狂的进攻，训练有素的秦军弩手也禁不住胆寒，没能像往常一样坚持到最后一刻，在赵人距壁垒还有一百步远的时候就已经转身向壁垒后退却。守在垒后的格斗之士也不敢像平时那样冲下长垒面对面与赵人格斗，而是端着长矛大戟伏在壁垒顶上，等着迎击赵人的猛攻。

只听得轰然一声巨响，赵军的人海像潮水般猛撞在秦壁上，被这一撞，巨石筑起的壁垒也猛烈地摇晃了几下，赵军立刻跳过外垒，直扑到石墙跟前，不顾一切地向垒顶攀爬，站在垒上的秦军长矛乱捅，戈戟劈砍，将无数赵人打落下去，在他们身后却有更多士卒沿着石垒爬上来，挺着兵刃与秦军面对面地格斗，黑暗中只能隐约看到一片蚂蚁般的人潮逐渐登上石垒，越爬越高，长枪如林，箭矢横飞，所有人都在狂呼死战，杀人者的呐喊和被杀者的哀号充斥山谷，声传数十里，整条壁垒上的秦人都被这疯狂的厮杀声惊醒，连远在光狼城的武安君白起也清楚地听到了喊杀之声。

面对赵人不要命的突击，壁垒上的秦军终于开始退却了。

只一转眼工夫，赵军已经在秦垒上站住了脚，冲在前面的赵人跃过秦垒，冲向纵深处的营寨。眼看攻破秦垒就在顷刻之间，却听得四周围山坡

上吼声连天，黑暗中，无数秦军从北面沿着坡地沟谷杀了过来。

站在箭楼上的王龁眼看赵军布下如此阵势，已经知道对手这是孤注一掷来和自己拼命了，立刻派人到附近的壁垒寨堡中传令，命附近十里之内所有秦军全部向原村河寨堡集结，其余寨堡留一半人马守住营寨，剩下的全部赶到南边来协防。这时秦军早已被喊杀声惊起，一得将令，大队秦军立刻沿着壁垒赶来助阵。

秦人的壁垒筑得低矮宽阔，本就非常有利于部队调动，现在秦军奉命向南集结，不到一个时辰，大队人马已经赶到原村河寨堡，王龁立刻命新到的秦军分成两队，一队沿垒道来救寨堡，另一半跳出壁垒，向赵军的大阵拦腰冲击，打乱赵人进攻的势头。

面对赵军铺天盖地的巨大军阵，冲进敌阵的秦军就像撒进水里的盐，顷刻消失得无影无踪，可壁垒后的秦军也拥有足够的兵力，不断有大队秦军从北面赶到，所有到位的秦军都毫不畏惧地向赵军发起反击，经过数十次的不断突击，秦人终于在赵军方阵中间钉进了一个楔子，两万秦军在一块坡地上站稳了脚跟，阻滞了赵军对壁垒的攻势。

与此同时，壁垒上的秦军也在不断增兵，人数越聚越多，赵军的攻击势头逐步被秦人遏止。

随着天光放亮，壁垒上秦赵两军的混战已成胶着局面，壁垒上、壁垒前的坡谷之间、壁垒后的秦军营寨附近，到处都是拼命死战的士卒。随着太阳升起，早前退下去的秦军弩手也重新回到阵前，瞄准赵人集中之处放箭，恶战一直到中午，随着秦军越聚越多，赵人在数量上的优势逐渐被秦军化解了。

仗打到这个地步，赵军却仍然死战不退。

眼看进攻难以奏效，赵括也急了眼。过午之后，赵括亲自率领一万锐卒向原村河壁垒扑来，见有生力军支援，赵军的士气重又振作，前队士卒鼓勇而进，经过一夜半天的恶斗，很多人手中的矛戟已经折断，短剑也破崩了口儿，就捡起遍地皆是的石头当武器，用石头砸，用拳头打，用牙齿去撕咬，战场上的每一个人都暂时忘掉了人性，变成一群红了眼的猛兽，从黄昏一直撕咬到深夜，又从黎明战到黄昏，两军各自向原村河寨堡附近投入了近十万兵力，赵军终于未能突破秦垒，没有一兵一卒能够冲向光狼城。

当黑夜又一次降临的时候，耗尽了力气的赵军终于从秦垒上缓缓退却了。在他们身后，河谷间，山坡上，秦垒壁间到处尸积如山，几万条性命就这么白白葬送在这片根本不知其名的荒地上。

见浑身是血的赵括从秦垒撤了下来，许历叹了口气："君上已经尽力了。"

到这时赵括也已经无法可想，只能下令："今夜全军渡河北上，到长平城与冯亭所部会合，然后集中兵力打通进入三关隘的道路，准备撤回邯郸。"

经过两天两夜的死斗，赵军终于无法突破秦军铁筑的壁垒，丹水西岸大半被秦军控制，地域狭窄无法防守，赵军只得趁夜撤下阵地，打算全军涉过丹水退回到早先筑起的东壁垒。

然而赵军面对的是身经百战经验丰富的秦军，这些秦人对战争太熟悉了，当赵军集中兵力不顾一切猛扑原村河壁垒时，王龁已经意识到这可能是赵人最后一轮反扑，而当赵军的攻击戛然而止，王龁马上预感到赵人可能要退，立刻派人潜出秦垒刺探消息，果然发现赵军趁夜渡河东归，王龁

急忙派人向白起请示：是否冲出壁垒从背后攻击赵军。

此时白起早就得知王陵、司马靳两路奇兵都已得手，本以为赵军必然退回河东巩固防线，为防两路奇兵有失，急忙派遣留守在光狼城的部队涉丹河东进，增援司马靳所部。想不到增援部队赶到之后，顺利击退留在丹河东岸的赵军，一举焚毁了赵军的粮草辎重，丹河西岸的赵括大军竟不回撤，反而不要命地猛攻秦垒！这一下有些出乎白起意料之外。

秦人和赵人脾气大不一样，秦人沉稳刻板，纪律严明，有些僵化；赵人倔强死硬，蛮冲狠撞，有些嚣躁，在战场上秦人摸不清赵人的打法，赵人也摸不透秦人的心思，两边打的都是没头没脑的乱仗。

其实赵括这个打法没什么道理，但有时候，蛮勇本身就是一种"道理"，对白起来说，唯一担心的只是秦垒中的王龁守不住防线。待得知王龁已将赵军击退，白起的心彻底定了下来，又得到军报，赵军正在渡河东归，白起立刻知道赵军已经被拖垮了，马上下令王龁率所部秦军倾巢而起，由背后向渡河的赵军发起冲击。

可惜，王龁这个人做事太死板，如果他不向白起请示就立刻出兵，击赵军于半渡，赵括的大军也许在丹水西岸就被秦军打垮了。可王龁偏偏要得了白起的将令才肯出击，结果等秦军杀到丹水岸边时，赵军已经有一大半渡河东去，只有几万人还留在丹水西岸的王降村一带，顿时被二十万秦军团团围住。王龁立刻调集数万之众抢渡丹水，过河之后没有发现一兵一卒，王龁马上判断出赵括已经率军北上，往长平城方向与冯亭所部会合去了。这一次王龁没有犹豫，亲自率军向北猛插，在韩王山附近与赵军遭遇，两军激战一昼夜，赵军终于未能北上长平城，十四五万人马被堵截在韩王山下的一片丘陵之中。

至此，赵、韩两军三十多万人马被秦军分割成了三大块，冯亭的八万韩军被围在了长平城里，赵括的十几万人被困在长平城东南从韩王山到三军村一块长宽各十几里的狭窄地带，未能东渡丹水的几万赵军被秦军包围在丹河西岸，濒临绝境。另有两三万赵军东渡丹水之后有的走得太急，冲到了大军的前面，有的没能跟上队伍，也都被秦军分散包围在方圆二三十里之内的丘陵谷地间，眼看难以维持了。

长平之战，武安君白起在战场上创造出了一个奇迹，在五十多里的纵深之内，以三十多万秦军围住了兵力与之相当的敌军，并且对赵军完成了穿插分割，成功地把赵军切成了几块，又烧其粮草，断其退路，把赵军彻底逼入了绝境。

然而白起心里也清楚，秦军在丹水东岸的包围圈异常薄弱，插到长平城背后截断赵军退路的王陵所部只有两万五千人，司马靳所部虽然得到了增援，兵力也仅有三万左右，王龁手下兵马一多半正在王降村附近围歼赵军，带到河东岸的不足八万，却要死死截住十多万赵军，围困长平城的秦军不过四五万，而长平城里冯亭手下却有八万韩军……

对白起来说，眼前这一仗真是如履薄冰，稍有不慎，赵括的军马就可能和冯亭的韩军在长平会合，一旦出现这种情况，战场上的情况就更复杂了。

白起这个人生性谨慎，从不打无把握之仗，眼看前线兵力不足，赵军、韩军都有可能冲破包围圈脱身而去，急忙调集手边一切力量，率军亲自赶到前线，督促秦军尽快歼灭留在丹水西岸的赵军，好抽出兵力支援河东战场，又命王龁在赵军大营北边就地筑垒，一旦赵军北上冲向长平，务必尽力阻截，同时写了战报向秦王报捷，同时请求援兵。

　　听说武安君在长平大破赵军，将敌军合围在丹水两岸，秦王大喜过望，真不知该怎么奖赏白起。可看了求援的信，秦王不禁皱起了眉头。

　　秦国是天下最强大的军国，国内有七十万大军可用。但秦国北面有北地、上郡，那一带长城之外常有胡人活动，布防的秦军不可轻动；南边有巫郡、黔中郡，东南有南阳郡，都是从楚、魏两国手里夺取的地盘，当地百姓还不肯完全臣服，秦国在那里的驻军也调不出来，又有十万大军放在了韩国的缑氏，用来盯住韩王，这支军马也动不得，如此算来，整个大秦国已经无兵可用，到哪里去找一支人马增援长平？

　　幸好秦王身边还有一位足智多谋的应侯范雎，早就想好了主意："大王，秦国现在还有一个地方可以调动十几万兵员。"

　　秦王忙问："什么地方？"

　　"河东郡。"范雎走到地图跟前，手指着河东郡，"自从三十年前大王从魏国手里夺取了安邑，河东郡就完全纳入了秦国的版图。这么多年来，秦国只在河东郡征粮征税，却并没有把河东郡的百姓当秦人看待，不许当地人'傅籍'，不让他们去立军功，只把这几十万人当成农奴使唤罢了。河东郡百姓比秦人低了一等，心中也不平。大王不如就趁这次机会发下诏命，凡河东郡当地百姓必须'傅籍'，然后将十五岁以上的青壮年全部征召入伍，发给粮食兵器，立刻把这些人派到长平战场上去，这不就有十几万兵马了吗？"

　　所谓"傅籍"，是秦国对青年男子的登记制度。凡男丁年满十七岁都要到官府登记姓名，称为"傅籍"，傅籍之后要在本郡当兵一年，接受训练，之后按照需要派到外地去参战，不管被派去何处作战，都要自带衣服，自备盘缠，而兵器、铠甲、粮食则由国家统一发放，如果没有战事，则回家务农。秦国的男丁一旦"傅籍"，就要一直准备为国家效命，直到六十岁为止。运气好的可以立军功，得爵位，甚至升官发财，封妻荫子；运气不好的，战死在异国他乡，家里人可能连他死于何地、因何而死都不知道，也无从打听。

范雎请秦王把这"傅籍"之制用在河东郡百姓身上，在他想来，这是秦王对河东郡百姓的恩德。因为在秦国做农奴，比当兵打仗的人命运更加凄惨。

现在秦王满心考虑的是怎么搞到一支军队，好打赢长平这一仗，对范雎的提议大喜过望，立刻说："应侯这个主意好！寡人这就下诏，在河东郡征招新军。"

听秦王准了自己的意见，范雎又说："长平之战是一场恶仗，臣担心赵军勇悍，难以全歼，河东郡新兵虽然人数不少，可未经训练，并不善战，臣觉得大王应该亲自赶到野王，就近指挥这一仗。有大王亲临，秦军士气必然大振，这一仗就更有胜算了。"

范雎在这里耍了个心眼儿，表面是让秦王亲自出征鼓舞士气，其实是要借秦王的势，暗中削减白起的军功。将来长平一战打赢了，臣子们一定会上贺表颂扬秦王，说是秦王亲征才打赢了这一仗，那白起的战功就要打个六折了。

范雎动的鬼心眼儿秦王哪里想得到？但亲征之事非同小可，没有立刻答应，只说："让寡人想想吧。"

当天，秦王发下诏命：赐河东郡百姓民爵一级，征召十五岁以上全部男子从军。

第二天过午，秦王终于下了决心，亲自赶到野王督战，留太子嬴柱在咸阳监国。

五天后，秦王嬴则出了咸阳，在一万屯兵的护卫下直奔韩国的野王

城而来。与此同时，秦人开始在河东郡征兵，一个月之内，河东郡的十几万百姓被迫加入秦军，拿起武器，穿上征衣，准备到战场上去给秦王做炮灰。

赵括全军覆没

就在秦王紧急征调河东郡百姓组成新军，准备赶赴长平作战之时，在长平战场上，武安君白起的担心变成了事实。韩王山下的赵军和长平城里的韩军同时开始突围，打算冲出秦军的包围圈。

到这时为止，秦军设在丹水东岸的包围圈仍然薄弱。王龁亲率八万人迎面拦住赵括和十四万赵军的去路，张唐率五万人挡在冯亭和八万韩军面前，面对突围的赵、韩军马，两路秦军都不占优势。可让秦人想不到的是，赵韩两军突围的方向竟是一致的！也就是说，赵军向北冲杀的同时，冯亭的军马并没有南下接应赵括，反而自作主张出长平城北去，向防守丹朱岭的秦军发起了进攻。

冯亭本是韩国的臣子，他率领的是一支韩军，从归附赵国的那天起，冯亭就从没把自己当成一个赵人。现在局势危急，冯亭却不肯接应赵括，反而想趁着赵括军北进，秦军主力被牵制的机会带着自己的人马突破丹朱岭，抢先从三关隘撤军。

冯亭的主意实在不高明，因为秦人打的恶仗多了，极有经验，驻守丹朱岭的五大夫王陵从东渡丹河之后一刻也没有闲着，在丹朱岭一线修起了一道坚固的石墙，冯亭所部北上的时候正撞上这堵石垒，苦战一天，未能突破，只好败退回长平城里去了。

与此同时，赵括的十几万军马全部北上，在永禄、寺庄一带与王龁率领的八万秦军遭遇，又一场残酷的血战就此爆发了。

秦、赵两军都是不可思议的队伍，在此之前，这两支军马已经连续作战半年，秦军战死近三分之一，死在战场上的赵军已近半数！可如此惨烈的激战，如此巨大的伤亡，居然丝毫没有挫伤两军的士气，当他们在黑暗中再次遭遇的时候，搏杀起来还像第一天上战场时那样兽性十足，毫不畏惧。此时赵军在兵力上占据优势，靠着不要命的凶猛终于取得进展，在永禄突破秦军合围，向前推进了七八里地，本以为即将与冯亭会合，却想不到韩军无影无踪，赵军反而与张唐率领的一路秦军撞在了一起。

赵军的突围终于被阻止住了，而且赵军的整个攻势也到此为止，因为此时在丹河西岸的秦军已经歼灭了赵军残部，迅速渡河东进，恰在这个时候出现在永禄附近，彻底切断了赵军的退路。

至此，长平一带的战事渐渐稳定下来了。赵括的军马攻不破秦垒，突不破重围，兵力也从最初的二十五万人锐减到十万人左右，其他的或者消耗在一次又一次疯狂的进攻之中，或者在退却中打散，被秦军一块一块地吃掉了，向长平城突围时又有两三万人被秦军歼灭。而秦军则已全部渡过丹水，三十多万人从长平城北的掘山到丹水东岸的铺上、秋子、永禄、寺庄、泉则头，布下了两个巨大的包围圈，将赵、韩两军残部团团围住。

眼看北进通道已被彻底堵塞，赵括知道自己走不了了，只得下令仅存的赵军也学着秦人的样子就地筑垒，摆出一副死守待援的架势。其实赵括分明知道，赵国早已无兵可用，魏、楚、齐也公然叛卖了赵国，所以不会有一兵一卒来救他。现在赵括原地死守，只有一个盼头，就是能把这几

十万秦军死死拖在长平战场。因为赵括知道，长平之战只是整场伐赵之战的序幕，一旦秦军在长平全歼赵国主力军马，白起必然率军直取邯郸，就算不能一战灭亡赵国，至少也会攻下赵国的都城，从国力和心理上把赵人彻底打垮。现在赵括只能拿十万赵军的性命拖住秦军，好腾出时间让邯郸方面调动兵员，整固城防。

于是在这绝望关头，赵军中又一次传出了谣言：魏、楚两国军马三十万即将到长平加入会战。赵军只要在原地死守一个月，魏、楚军马一到，秦军必然大败！

其实早前向秦军发起反扑的时候赵括就放出过类似的谣言，现在他又开始撒同样的谎了。可赵国士卒还是又一次相信了他的话。一来老百姓天性愚蠢，容易被骗；二来赵人一直坚信魏、楚两军会赶来和他们并肩抗秦。所以戳不破赵括的谎言。他们唯一抱怨的是魏、楚两军行动太慢，让赵军在前线吃了这么大的亏。

天下有两个办法最能安定人心：一是让人们有个盼头；二是让大家有个目标可以咒骂。现在赵括撒了一个谎就办成了两件事，既让赵国人有了个虚假的"盼头儿"，又给了他们咒骂魏军、楚军的机会。于是在重围之中，赵军的人心却令人惊讶地安定了下来，十万士卒稳稳地守着一道临时筑起来的土围子，不急不慌，只等"援兵"赶到，大破秦军。为了能把防守的时间拖得更久些，赵括又下令将士卒们随身的干粮全部收集起来，规定每人每天只能吃一点粮食，其他的则用树皮草根或者其他什么东西充饥。

至于十万赵军每天到什么地方去找"充饥"的东西，赵括当然不管。

面对赵军的坚守，白起一点也不着急，因为白起知道赵军精锐已被秦国摧毁，赵国无力向长平派出援兵了，至于诸侯的救援更加不必担心。加之前面几个月连番恶战，赵军凶狠的战法已经给秦军造成了从未有过的巨大伤亡，现在十万赵军已成笼中困兽，秦军要想迅速歼灭这支赵军，自己也要蒙受巨大的损失。

秦国的目标是兼并六国，一统天下，可长平之战虽然大胜，秦军却也伤了元气，伤亡越大，恢复元气所需要的时间就越长，所以白起下定决心，要把战场上的损失减到最小。

于是白起一声令下，秦军在赵军长垒对面也筑起垒来，不过十天时间，长垒已成，于是秦军不向赵军挑战，赵军也不轻易突围，两支大军各依长围，面对面地耗起时间来了。

但这样的对耗并没持续太久，因为白起得到了来自国内的消息：秦军正在河东郡征招新兵，准备增援长平，秦王已经离开咸阳，亲自赶到野王督战。

听了这个消息，白起略一琢磨，已经明白了范雎的诡计。

长平之战是一场震动天下的大战，秦军战果之大超过了早年破魏的华阳之战，而与伐楚的鄢郢之战不相上下，这一战开局打得不好，秦王不得不临阵易帅，整个战局也因为白起而改观，可以说长平之战的全部功劳都在白起一人手里。现在范雎挑唆秦王出征，想借秦王的手来抢夺战胜赵国的"果子"，白起哪能甘心？于是下了决心，提前对赵军发起攻势，抢在秦王进驻野王之前结束战役。

随着白起一声令下，早先固守长围的秦军又行动起来了。这一次秦人分成两万人一队，从几个方向不间断地向赵军发起攻击，试探赵军的虚实，为总攻做着准备，同时也不断消耗赵军的兵员，打击赵人的士气。

此时赵秦两军对峙已近一个月，赵军早已断粮了。

赵国的粮食早就耗尽了，前线的军粮一半被偷渡丹河的秦军骑兵，另一半带在赵国士兵身上，虽然极力节省，可一个月下来，这点干粮也早就吃得一粒不剩了。为了活下去，赵人杀光了战马，阵地内外的草根树皮也全被剥光吃尽了，实在饿得不行，有些士卒开始偷着吃战死者的尸体，将领们虽然发觉，却也并不制止。

重围之内，生死只差一线，那些想活下去又有办法活下去的人，也算有本事了。

这种时候士气比什么都要紧，赵括也知道，只有不断反击才能保持军队的士气，于是又一次晓谕全军："魏、楚两国军马已经开进孟门陉，正兼程赶往长平，赵军只要再坚持十天，即可突破重围，大败秦军！"

"庙算胜者得算多，庙算不胜者得算少，多算胜，少算不胜，而况于无算乎？"孙武这话说得多好！天下最惨烈的事，莫过于倾尽国力去打一场"无算之战"，几十万活生生的人都被赵王、平原君、赵括以及许历、赵累这些人骗了，然后推上战场送死。即使到了这样绝望的境地，他们仍然不知道自己的性命早已被君王出卖。

和往常一样，赵国士卒完全相信了赵括的话，那些即将饿死的人们眼里又有了一丝生气，每个人都在相互鼓励："十天！再坚持十天，援兵就到了！"

眼看赵军又有了活力，赵括立刻下令，将全军分成五队，每次以两万人的规模向秦军发起反攻，以免秦军有时间加固壁垒，同时派人潜往长平城去联络冯亭，准备发起最后一轮决死的突围。

就这样，赵秦两军此来彼去互相攻打，来回试探，又熬了七天，冯亭终于从长平城里送来消息，即将率领仅剩的五万韩军南下接应赵军。得到这个消息，赵括立把赵累、许历叫到大帐，吩咐他们："在长平守了四十天，也算替赵国尽力了，咱们该走了。"

听赵括说"该走了"，赵累、许历一下子都站起身来，赵累拔出剑来，眼里透出老虎一样的凶光，恶狠狠地说："马服君说得对，这四十多天都快把人憋疯了！该是和秦人拼命的时候了！"

入夜时分，大营中的赵军已经秘密集结起来，赵括把所有能找到的食物都分给士卒，虽然每人分到的一点东西根本填不饱肚子，好歹也能勉强垫底。这一次赵括不能再用"魏、楚大军将至"的谎话来欺骗这些已经快要饿死的士卒了，只好换了一个说辞，下令赵军分成五队向永禄方向突围，争取冲进长平城。

——进了长平城，就有粮食！

仗打到这个时候，赵人已经顾不得什么"援军"了，他们想要的只有粮食！于是最后仅存的赵军又一次发起狠来，不顾一切地向外冲杀。

可惜，此时的赵军已经没有破围的机会了。因为他们已经饿得没有力气了，在他们身边，三十万秦军前后筑起了七八道长围，布下了严密的防线，武安君白起也从光狼城亲自赶到丹水东岸督战。眼看赵军不顾一切向北突围，长平城里的韩军也出城接应，白起立刻明白，这是赵人的最后一轮冲击，于是命王龁驻守永禄，正面迎击赵军，张唐死守寺庄，迎战从南面而来的韩军，蒙武率五万秦军从长平城和马家沟之间穿插进去，切断了冯亭所部回到长平城的退路，将韩军全部合围在马家沟与寺庄之间的一片丘陵之中。

白起的战法很清楚，先集中优势兵力歼灭冯亭这支韩军，回头再来对付赵括。面对秦军的重兵围攻，同样断粮多日的韩军远没有赵军强韧，经

过一昼夜恶战，五万韩军被十万秦军彻底击溃，冯亭也死在乱军之中。

到这时，被堵在永禄的赵军付出了两三万人阵亡的代价，却只突破了秦军的一道长围。听得南面的喊杀声逐渐消失，赵括知道冯亭已经完了，不得不下令残余的赵军回撤。

天亮前，最后几万赵军又退回早先据守的旧营垒中去了。

此时赵军气力用尽，兵员已竭，到了败亡的边缘，白起召集众将，商量对赵军发起最后的进攻，正在议事，中军来报："赵军大营里来了个大夫，求见武安君。"

赵军已被打得走投无路，这时派人来见白起，八成是来请降的。白起坐直了身子，把脸扬得高高的，这才吩咐："叫他进来。"

片刻工夫，上大夫赵累走了进来。白起问道："你有何事？"

在白起面前，赵累尽量摆出一副不卑不亢的架势来："马服君命末将来与武安君商量一事：只要武安君答应将来攻破邯郸之后不会屠城，马服君愿意率众归降。"

赵累的话真让王龁、王陵等人又惊又喜，王龁正要说话，白起却已冷冷地说出了四个字："必屠邯郸。"

白起说的是实话，他实在没必要欺骗一个战败了的对手。

秦人活在世上唯一的目的就是立军功，而军功是要用敌人的首级来换取的，像白起这样的人，每场大战之后上报的首级少则数万，多则数十万，其中既有杀死的敌军，也有残害的百姓，现在白起在秦国的地位岌岌可危，要巩固自己的地位，甚而找机会扳倒范雎，就必须立下盖世奇功，而这惊天动地的功劳，是要用邯郸百姓的首级来换取的。所以白起不打算接受赵括的投降，他早已把赵括和最后两万赵军的脑袋写在自己的"功劳簿"上了，而邯郸城里三十万百姓的人头，也将成为白起升迁之路上的踏脚石。

秦国，这个吃人的鬼国，用它的严刑酷法和军功之赏不知养出了多少食人的厉鬼，武安君白起，更是一个生吃人肉的鬼王。

逐走了赵累，白起回身看着大帐中的将军们，一字一句地说："赵军已经山穷水尽，依着赵人的脾气，今夜一定会出营与我军厮杀，为了节省兵力，各位将军不要出战，只以弩箭射杀赵人，到天亮的时候，长平这一仗就可以见分晓了。"众将一起领命而去。

这一夜，二十多万秦军谁也不敢入睡，弩手们端着弩机半跪在地上，无数双眼睛一起盯着黑暗中隐约可见的赵军土垒，等着迎接赵人的最后一轮冲杀。

暗夜中，二十万秦军鸦雀无声，对面赵营中，几万赵军同样无声无息，这压抑的氛围似乎把空气也凝固成了一种沉甸甸的东西，压得所有人都喘不过气来。冷风吹过，带来一股吓人的血腥味儿，那是赵军大营中得不到救治的伤员正在流血不止，随着血腥气越来越浓，黑暗中传来一片轻微的沙沙声，越来越响，越来越近。

忽然，一个眼尖的秦人叫了起来："赵国人，他们上来了！"

随着这声尖叫，黑暗中传来一片猛兽般的呐喊，最后的几万赵军从南、北、西三个方向同时对秦军发起了冲锋。

此时的赵人早已无力再战，他们的冲击也显得毫无章法。秦军得了严令，并不出击，只是端起弩机对着黑暗中模糊的人影乱射，到处都是垂死的惨叫和愤怒的咆哮，成千上万的赵人倒在秦军的弩箭之下，活着的咬紧牙关沿着永远看不到尽头的黑暗向前狂冲不止。终于，最后一群赵军冲进

了秦军队列之中，挺起长戟和秦人面对面地格斗起来，随即像一片洒进水里的盐花儿，消失得无影无踪。

四更时分，赵军的冲击忽然停止了。秦人不知道这些不知死活的凶狠对手又要耍什么诡计，只是挺起长矛端起弩机忐忑不安地等待着，看下一批敌人会从什么地方冒出来。

天，终于亮了。秦军大阵前尸横遍野，持续一整夜的疯狂冲击过后，最后的四万赵军大多倒在了秦人的弩机之下。在这几万具尸骨中已经看不见马服君赵括的尸首，因为发起进攻的时候，赵括率先冲出大营，几乎立刻就被秦人射倒，他的尸体被成千上万的尸骸掩埋起来，再也找不到了。

长平之战，终于结束了。

这场疯狂的血战从四月初爆发，整整打了半年，赵、秦两军先后动员了百万兵力，其中秦军累计向战场投入了四十多万精锐和十几万新兵，战死者多达二十万人；赵军三十万全军覆没，冯亭指挥的八万韩军也无一生还，西起老马岭、高平关，南至太行陉、大粮山，北到掘山、长平、白骨岭这一片荒凉的山地间，六十万具尸首横陈，在这六十万死者中，几乎没有一个人知道自己为什么来到这里，为什么要打这一仗，又为什么会白白葬身此地。

看着尸横遍野的战场，闻着刺鼻的血腥味儿，连杀人如麻的武安君白起都悚然而惊。司马靳在一旁低声道："君上，大战已经结束，咱们该如何向大王报捷？"

听了这话，白起的脑子总算转回现实中来了："你估计这一战歼灭了多少赵军？"

司马靳看了白起一眼，悄声说："估计我军斩首当在三十五万以上，俘获也有两万余人。"

司马靳知道白起的脾气，战胜之后经常冒功请赏。可是在赵国打了这么大的胜仗，夸大战果向秦王请赏也讲得过去。只是不知道白起想把战果夸大到什么程度，所以不敢把话说死，只多报了几万首级，算是露了个"话头儿"出来，具体数字还要看白起的意思来定。

白起略想了想，又问："秦军损失多少？"

"我军战死在十万上下……"

白起抬起头看着司马靳："这么说一共是四十五万人？"

想不到白起竟要把战死的秦军也当成"首功"报上去，司马靳有点犹豫。白起连眼也不眨，只管自说自话："立刻报知大王：长平一战，我军前后斩首四十五万……"也不理司马靳，自己略一沉吟，又加上一句："赵军暴烈蛮横，俘获之人不易处置，一律斩首！把首级都堆在三关隘前，就在当地筑起一座高台，台顶树起巨木，张挂白帛，将长平战事书于其上，叫天下人都知道秦军威武！"

听了这话司马靳暗吃一惊，忙说："君上这是要筑'京观'吗？我听说周天子讨伐叛臣得胜之后，每每收集叛军尸骨堆积成丘，以土覆之，名为'京观'，大书叛臣谋反之罪以儆世人。春秋战国天下大乱，诸侯僭越用天子之制，擅筑'京观'，改其名为'阬杀'。当年楚庄王击败晋国军队，部将劝他树立'京观'，楚庄王却认为楚、晋交兵无关叛乱之事，阬杀晋卒树立'京观'只能让天下人骂楚人残暴，所以不立'京观'。这次长平之战与当年晋楚之战相似，秦国不是天子，赵国也不是叛臣。君上想在长平阬杀赵人，只怕不合适吧？"

古人认为生死循环无止无休，所以视死如生，甚而"重死轻生"，可以不在乎自己的性命，却把死者看得极重。天子战胜后树立"京观"，使

敌方死难者不能入土掩埋，既是向天下人展现武功，也是在用巫术诅咒战败士卒的魂魄，在当时人看来，诅咒亡魂比屠杀战俘更加残忍十倍！司马靳虽然是个聪明人，可他并不能完全理解白起的心思，不忍用这残暴的"阬杀"之法侮辱死去的赵国士卒，故而有此一劝。

白起叹了口气："你懂什么？这一仗咱们打赢了，可咸阳城里还有一帮恶狗，都等着分咱们的功劳，占不到便宜就会跳出来咬人！我在长平阬杀赵人，立下'京观'，就是要让天下人知道长平之战是白起一个人的功劳，斩首四十五万是无可抹杀的战功。有了这个'京观'，你我才能不遭小人的暗算。"

白起这么一说，司马靳才恍然大悟："还是君上想得周到。只是咱们上报斩首四十五万，会不会太多了些？"

白起冷笑一声："秦国人只恨自己的功劳不大，你却嫌'首功'太多，我看你这人是不是疯了？"

对白起的所作所为，司马靳心里实在没底，可司马靳从小就在军中长大，早就习惯了听命于人，心里虽有不满，嘴上却不敢和白起争辩，嘟嘟囔囔地走开了。

四　赵国重新振作

赵国还有救吗

长平一战，赵国三十万精锐大军全军覆没！得知这个消息，赵国举国震动，邯郸城里家家沮丧，户户痛哭，接着谣言四起，都说秦军马上就要攻打邯郸，一旦入城，所有百姓都难活命！于是百姓们纷纷出城向乡下逃难，局面乱作一团。

其实邯郸城里的谣言一半是百姓们心里害怕胡乱猜疑，另一半是秦国的奸细在搞鬼。此时长平的秦军伤亡惨重，粮草也已耗尽，武安君白起正在等待增援，大军并未向邯郸进发。

白起虽然尚未进犯，可秦国大军距邯郸只有百余里，随时都可能挥戈东进，赵王忧心如焚，急忙招重臣入宫议事。偏偏平原君早前已被战事折磨得心力交瘁，屡屡受到刺激，现在听说长平战败，全军覆没！平原君顿时一头栽倒，浑身烧得火热，满嘴都是胡话，别说进宫议事，简直连死活都难讲了。

平原君垮了，赵王只好先把平阳君赵豹和上大夫虞卿叫进宫来，对这两个人说："现在赵军败于长平，损失三十万大军，'表里山河'已被秦军攻克，邯郸西面门户洞开，赵国实在没有力量阻击秦军，平原君又病了，寡人打算亲到咸阳去朝拜秦王，虞大夫以为如何？"

对年轻的赵王来说，眼前这一场大败实在难以承受。但在虞卿看来，赵国虽然战败，却还没到亡国灭种的时候，赵王这时候去朝拜秦王也太急了些。

赵王丹也许不是个精明的君王，可他至少还是个有骨气的人，面对国家利益的时候，尚能做出一个正确的选择。现在已经到了要紧关头，虞卿也就直言不讳："大王愿意为了保全赵国而身犯险境，臣十分感动，可臣觉得现在还不到求和的时候。臣想请问大王，赵国在长平损失三十万大军，秦军的损失又有多少？"

赵、秦两军的长平决战，前半段由廉颇指挥，赵军步步为营，逐渐拖垮秦军，歼敌已在十万上下；后半段由赵括率军向秦军猛烈反击，虽然最终兵败身死，却也给秦军造成了近十万人的损失。现在虞卿问起此事，赵王略想了想，缓缓答道："若寡人估计不错，秦军的损失也在二十万上下。"

赵、秦两军各自的伤亡数字，虞卿也是心里有数的。听赵王说了这话，忙接过话头："大王说得没错！臣再问一句：秦国攻克长平、占据三关隘之后，却没有立刻向邯郸进兵，这是因为秦军兵力已尽，无力再战，还是因为武安君白起敬爱大王，不敢来冒犯大王，所以不愿意进兵呢？"

虞卿问的纯是一句废话，赵王心里有点不高兴，可又不好发作，只说："秦军当然是耗尽了兵力，用尽了粮草，一时得不到补充，所以停止进攻了。"

虞卿点点头："大王说得对，秦军是因为兵力损失严重，粮草一时用尽，无力再战，才停止向邯郸进犯。秦国这些年费尽心机攻打天下各国，目的只有一个，就是吞并疆土，夺取城池，奴役百姓，现在秦军从千里之外攻打赵国，也是为了夺赵国的城池百姓，可他们打了一场恶仗，也没能从赵国手里攻克多少土地，现在他们已经力尽粮绝无力再战，大王却要到咸阳去朝拜秦王，一旦到了咸阳，难免割地求和，把秦国用武力得不到的土地城池白白送给秦王，这不是在纵容秦王的贪欲吗？秦王从赵国得了这么大的便宜，等明年他们的力量恢复了，一定会立刻来攻打赵国，那时候赵国就真要亡国啦。"

虞卿这番话说得很有道理，赵王仔细一想，也有些动心："大夫之意，是让寡人召集赵国军民百姓固守邯郸，若秦军来犯，就与之死战？"

虞卿忙说："臣正是此意。"

一听这话，平阳君赵豹大惊失色，急慌慌地说道："请问大夫，你怎么知道秦国已经用尽了兵力？如果我没有算错，在长平的秦军当有五六十万！虽然损失不小，却还有四十余万！秦国是天下最富庶的国家，粮草充足，以前他们能让六十万大军填饱肚子，用这些粮食供应四十万人，更是够用！现在虞大夫不让大王割地求和，到明年春天秦军恢复了力量，必来攻打赵国，赵国用什么来抵挡秦人的攻势？到时只怕邯郸也会失守，大王只有放弃都城向北退却，赵国的损失就更大了！"

平阳君说出这样的话来，不但虞卿听不下去，就连赵王也对自己这位叔父有了几分鄙夷，冷笑着说："既然平阳君这么说，寡人就依你的意思，赶紧割地议和，侍奉秦王。可平阳君能不能保证寡人割地之后，明年秦军不来攻打赵国？"

赵王话里分明带着讥讽之意，可赵豹是个老实人，居然一点也没听出来，只听到赵王让他保证"秦国不来攻赵"，这事他当然不敢保证，忙说："秦国是否来攻打赵国，臣实在不敢保证。臣只知道秦国跨过韩、魏专门

来攻打赵国，是因为大王一心与秦国相争，对秦王的态度不够恭顺。早前臣也曾劝大王不接受韩国上党，可大王不听，造成今天这样的局面。现在大王想免除兵祸，只能亲自到秦国去朝拜，割让土地，请秦王息怒，如果明年秦国再来攻赵，只能说明大王对秦国的态度依然过于强硬，若是如此，臣就没有办法了。"

平阳君赵豹是赵国的国戚，可他说的话实在让赵王觉得恶心。但赵豹提起早前阻止赵王接收韩上党，避免与秦国为敌的话来，却又让赵王无法驳他，只得扭头看着虞卿。

到这时虞卿已经看出来，赵王并不甘心向秦国割地求和，倒是颇有拼死一战的决心。

赵王有勇气，虞卿也就有了主心骨，对平阳君笑道："君上刚才说大王若不割地求和，明年秦军必来攻打邯郸；现在又不敢保证割地之后，秦军不来攻赵，这么说来，赵国平白无故割地给秦国，到底有什么益处？"不等赵豹开口，又接着说："赵国虽然弱小，可赵人还有骨气，赵国的城池没有这么容易攻打，秦军确实强大，可他们以前和赵军交战也不是没吃过败仗。现在秦军虽然在长平之战获胜，自己的损失也着实不小，如果他们真想灭亡赵国，也好，就让秦军到邯郸城来打一仗试试，看是秦军的矛戟锐利，还是赵人的骨头硬朗！"说了几句狠话，又对平阳君笑道："既然平阳君一心要割让城池，我这里倒有个好办法，不如请平阳君带着大王的诏命符节和赵国的地图到魏、楚、齐三国去，把你本来想割给秦国的土地城池分别送给这三国，请他们派兵来支援赵国，三国若肯发兵，自然是好，就算不肯发兵，至少于赵国无害，比白送城池给秦国强些。"

虞卿公然拿平阳君打趣，赵王忍不住一笑。平阳君脸上有些挂不住了，斥了一句："虞大夫这是什么话！"

这种时候虞卿也没心情拿平阳君取笑了，转身对赵王说："大王，割地求和不是好办法，我们割地给秦王，秦国会攻赵，不割地，秦国也无非是来攻赵。大王越是割地求和，赵国越弱，而秦国越强，山东各国看到赵国如此软弱无用，也都会抛弃赵国去讨好秦国，长此下去，几年工夫赵国就把土地割光了，国家也灭亡了。所以臣觉得大王不可割地，不必求和，咬紧牙关坚持下去，和秦国作战到底！等秦国坚持不住了，赵国就有转机了。"

经过一番商量之后，赵王最终接受了虞卿的建议，不与秦国媾和，而是将所有尚能调集的军马全部集中到邯郸，共得精兵五万余人，同时在全国范围内征召青壮，将这些人编成卒伍，从军中挑选有经验的将士到新军担任屯长、百将，一个月工夫已经凑集新军八万余人。

这时，早前病得要死的平原君经过一番调养，身子好了一些，赵王也仍然信任平原君，召他进宫商议军情。可平原君知道长平惨败都是他的责任，满心羞愧，躲在府里装病，不敢出来见人。

没办法，赵王只好任命廉颇为上将军，统率赵国仅存的精锐之师，以贾偃为廉颇副将，命上大夫韩徐统领新军，以庆舍为韩徐副将，集中十万兵马于邯郸城内，同时命乐乘领精兵一万、新军两万防守武安，准备应对秦军的进攻。

可赵王和虞卿都知道，武安君白起手中握有数十万虎狼之师！凭赵王手里这十几万杂凑的人马想对付这秦国的精锐大军，胜算实在不高。

赵国就要亡了，所有人都在准备迎接秦军对邯郸的最后一击，垂死的

气氛弥漫在邯郸上空。就在这个绝望的时刻，虞卿忽然跑到平原君府里，告诉赵胜：鲁仲连又到赵国来了。

三年前鲁仲连到赵国来，警告平原君小心秦人的进犯，可平原君根本没把这警告当一回事。其后鲁仲连驳倒了荀况，把这个赵国急着想用的大贤人逐出赵国，赵胜嘴上没说，心里却对鲁连子颇有些不满。后来鲁仲连不告而别离开了赵国，平原君听说后也并不觉得可惜。

现在赵国经历了一场大败，局面正如鲁仲连所预言的那样，平原君痛定思痛，这才知道谁是真正的大贤！也明白鲁仲连此时到赵国，必是来解危救难的，顾不得身子虚弱，挣扎着爬起身来迎接鲁仲连，一见面纳头便拜，口中叫道："赵国将亡，请先生看在百姓的面上，救救赵国吧！"

曾子说过："鸟之将死，其鸣也哀；人之将死，其言也善。"赵胜这个人一辈子只知道雄图霸业，嘴里从没提起过"百姓"二字，如今却为了"百姓"向鲁仲连叩拜，虽然未必出自真心，可比起平时称王称霸的狂样儿来，已经有天壤之别了。鲁仲连淡淡一笑，问赵胜："君上觉得赵国为什么会打这么大的败仗？"

说起长平之战，赵胜最恨的不是秦王和白起，倒是魏、楚、齐三国，听鲁仲连问起，顿时从病榻上坐起身来，攥着拳头恶狠狠地说："赵国遭此惨败，不是败于秦军之手，而是被那些'盟友'叛卖！有朝一日有了机会，我必兴兵讨伐魏、楚，以报今日之仇！"

鲁仲连活了八十多岁，像赵胜这样愚顽的人实在见得太多了，长叹了一口气："君上真是至死不悟！我看赵国亡国在即，无法可想了，老夫告辞。"冲赵胜拱拱手起身就要走。虞卿却知道这位老先生是天下智者，这时候赵国最需要这样的智囊，急忙上前拱手作礼："先生是当今高士，我等不过平庸之辈，先生只管教训就是了，还请不要动气。"说着冲赵胜连使眼色。

　　若在平时，依着平原君的脾气，这么个狂傲的老头子要走只管走，平原君绝不会留他。可现在的平原君已经没有了从前的气焰，忙从榻上挣扎起来，上前拉着鲁仲连的衣袖赔笑道："虞大夫说得对，我等后学晚辈在先生面前难免说些蠢话，先生只管责备就是了，还请先生看在赵国三百万子民的分上，多包涵吧。"

　　前有虞卿挡路，后有平原君扯着，鲁仲连到底又坐了下来："君上认为这次惨败不是败于秦军之手，却是被魏、楚、齐三国所害，这话也不是全无道理。可君上有没有想过，当年渑池之会，赵国是怎样出卖楚国？华阳之战，邢丘之役，赵国又怎样出卖了魏国？至于齐国嘛，自从五国伐破强齐，赵国对齐国用兵一共有多少次？占了齐国多少土地城池？这次赵国与秦人决战于长平，说穿了，到底是为了替山东六国抗击暴秦，还是想借击败秦军的威势压服山东各国，达成赵国的霸业？君上在赵国执政也三十年了，时时处处都是私心，一思一谋皆是私利，到如今天下人都知道赵国君臣奸诈，野心勃勃，魏、楚、齐三国防备赵国甚于防秦，他们又怎么会助赵抗秦呢？"

　　鲁仲连这话说得一点不假。可赵胜听了却有些不服气："先生责备在下有私心私欲，这我承认，可秦王就没有私心吗？魏、楚、齐、燕就没有私欲吗？韩国送出上党嫁祸于赵，又何尝不是私心使然呢？"

　　赵胜说的虽是一句气话，却也是一句有用的话。能说出这话，表明他的心思至少比刚才明白多了。鲁仲连微微笑道："君上说得对，天下的君王权臣，个个私欲熏天，皆欲夺人疆土，掠人百姓，有利则图，无利则毁，所以老子才说：'绝圣弃智，民利百倍。'这里说的'圣'就是君王权臣，'智'就是指这些私心邪欲。天下祸乱，无不出于君王权臣的私心，只有'绝

圣弃智'，百姓才会有好日子过，这叫作：'圣人常无心，以百姓心为心。'君上能明白这个道理吗？"

若在几个月前，平原君无论如何不会认同这样的道理。可现在遭了这么大的挫败，受了这么大的刺激，回头再看，平原君隐约明白了老子箴言的高明之处。一时低头不语，若有所思。

到这时，鲁仲连知道平原君这个人有救了："刚才君上问我：赵国还有救吗？现在我可以告诉君上：赵国还有救。只要君上能彻底悟到'圣人常无心，以百姓心为心'的道理，就一定能救赵国于危难之中。"

老子说的这句话表面平淡无奇，内里却大有玄机，平原君恍惚觉得自己懂了，忙说："先生有话请讲，只要是利国利民的好事，赵胜尽力去做。"

平原君话说得诚恳，可鲁仲连知道赵胜在经过一轮惨败之后，虽然断绝了几分私心邪念，生出了几丝正直之心，却还远不能悟到"以百姓心为心"的真谛。也不着急，只管因势利导，笑着说："我刚到邯郸就听人说起，如今赵国臣子分成了两派，一派劝大王向秦国割地求和，另一派却要死守邯郸，与秦军战斗到底，不知君上是哪一派？"

在这件事上平原君和虞卿想法一样，都是不肯求和，一心要与秦国斗到底的。可平原君在前头的大战中拿错了主意，现在已经不敢说话了。听鲁仲连问他，一时低头不语。半天才说："这件事上本君并没有主意。"

鲁仲连呵呵地笑了起来："君上是赵国的相国，遇上大事怎么能没有主意？"

鲁仲连这位道家高士身上有一种与众不同的亲切，在他面前，赵胜似乎没有早前那么压抑焦虑了，可说出话来仍然带着几分颓废："长平一战，赵国丧失百万之众，皆我一人之罪，到今天我哪里还敢说话？"

其实鲁仲连明白赵胜的心思，见他说出这么伤感的话来，也不好再问下去，只说："老夫也不讳言，赵国已经危如累卵，这种时候，割地求和不是办法，不割地求和也不是办法，只有在两者之间取一个折中，找到一个最有利于赵国的点。老子有句名言，叫作：'道生一，一生二，二生三，三生万物。'只有找到这一个点，才能想出第一个主意，第二个主意，第三个主意……至最后打赢这一仗。"

鲁仲连说的话十分玄妙，虞卿忙问："先生说的这个'点'到底是什么？"

虞卿问得很急，鲁仲连却不急于回答，而是反问了一句："眼下赵国怕不怕秦国？"

虞卿本能地答了一句："不怕！"说完这话又觉得有些莽撞，偷看鲁仲连一眼，见这位老先生也正笑眯眯地看着他，不觉收起了这份鲁莽的蛮勇，半天，结结巴巴地说："眼下赵国的兵马太少，粮食也不多，对燕国、齐国和胡人都未设防……这时候还是有些……怕。"

虞卿这个刚强的人嘴里居然吐出一个"怕"字，实在不容易。鲁仲连笑着说："这就对了！想办法让赵国生存下去，这就是咱们的'道'，而眼下赵国没有实力对抗秦国，这就是'一'，明白了'道'，找到了'一'，咱们就知道该怎么对付秦人了。首先，要派使臣到秦国去向秦王求和，先把局面缓和下来。等局面缓和了，咱们再来找这个'二'。"说到这里，转身问平原君："君上觉得秦国的君臣将相之间有没有什么私心私利可以被赵国利用的？"

说到秦国君臣之间的纷争，平原君倒是很了解："据我所知，秦国内部分成旧臣、新臣两派，新臣以应侯范雎为首，正在秦王面前得宠，旧臣则以武安君白起为首，多是统兵的大将，这次白起在长平一战立下大功，

看来秦国旧臣的风头要压过新臣了。"

鲁仲连面露微笑，慢慢地问了句："范雎就这么心甘情愿被白起压服吗？"

听了这话，平原君眼前一亮："对呀！咱们可以派个能言善辩之士到秦国去，以利害说动范雎，让他在秦王面前进言，逼着白起从长平撤军！"随即又想到："可这事该派谁去办呢？"

鲁仲连皱着眉头说："老夫听说有个叫苏代的人颇有辩才，只是不知此人在何处，算来他年纪也不小了，不知是死了还是活着……"

一句话点醒梦中人，平原君把手在大腿上重重一拍："苏代就在赵国！当年他不得志的时候，我替他在邯郸城下建了一处庄院，这些年一直是本君养活着他！"

其实鲁仲连知道苏代在赵国，他故意这么说是想刺激赵胜一下，免得这位平原君总是一脸颓丧，满心焦虑。见这一下刺激果然有效，就笑着伸出两根手指："这么说，咱们又找到这个'二'了。下面就看一看'三'在何处吧。"

鲁仲连言语奥妙，智计深沉，只几句话，竟把赵国面对的一盘死棋渐渐解开了。平原君也来了精神，忙问："先生说的'三'又是什么？"

鲁仲连并不回答，倒反问一句："君上觉得与秦国的关系暂时缓和了，白起大军也从长平退走了，这时候赵国最需要的是什么？"

平原君还没想到，虞卿已经抢着答道："赵国在长平损失了三十万军马，眼下邯郸、武安两处仅剩十来万人，一多半是新兵，必须抓紧时间多征募些军马，立即操练。而且赵国的存粮也用尽了，必须设法筹集粮草……"

"时间！"不等虞卿再说下去，赵胜已经叫了出来，"赵国最需要的就是时间！如果能拖上半年，或者一年，赵国就能再练十万新军，庄稼成熟之后，也能屯集一年的粮食，有兵有粮，就有了与秦军再战的本钱。"

"君上说得对。"鲁仲连伸出手掌，逐一掰动手指，"赵国的百姓要生存下去，这就是'道'；与秦国缓和关系，这是'一'；用计使白起从长平撤军，这是'二'；想尽一切办法为赵国争取时间，就是'三'，有了'道'，就生出了这一，二，三，赵国的局面渐渐稳住了，剩下的就是君臣百姓万众一心，联络诸侯共同抗秦，在邯郸城下再打一场大仗，这就是'三生万物'。老夫料定这一次魏、楚等国都会出兵救赵，秦军肯定会吃一场大败仗。"

这时候的平原君再也不敢相信魏国、楚国了，听鲁仲连说魏、楚会出兵来救邯郸，忙问："先生怎么知道魏、楚两国会来救邯郸呢？"

鲁仲连笑着说："这还不简单？赵国和魏、韩合称三晋，三国都是中原的门户，赵国要是被秦国灭了，中原各国就会被秦国逐一攻破。长平之战是赵国想称霸天下，所以各国都背弃赵国，可邯郸这一仗却是赵国要自救图存，赵国存，则山东各国皆活；赵国亡，山东诸国皆死，所以各国为了自己的利益，一定会来救赵。"

鲁仲连一席话顿时让平原君和虞卿茅塞顿开，恍然而悟。虞卿笑道："真是想不到，原来道家的哲理也可以用来打仗！"

鲁仲连微微一笑："道家思想当然能用来打仗，可这天下正道是用来救人，不是用来杀人的。孟轲夫子说过一句话，叫作：'得道多助，失道寡助。'救亡图存就是'道'，自然天下多助；称王称霸不是'道'，当然失道寡助，君上明白了吗？"

鲁仲连这话如同醍醐灌顶，平原君又惊讶又佩服，抢上前来拜伏于地：

"前辈高论使吾等获益匪浅，若非身为王孙，赵胜真想追随先生左右，朝夕受教。"

鲁仲连忙伸手扶起平原君："君上不必如此，身为王孙公子虽然没什么了不起，可毕竟是一种富贵缘分，只要有一颗正直之心，反而能为百姓做更多的好事。"

鲁仲连一番话说动了平原君和虞卿，两人立刻行动起来。虞卿去见赵王，把鲁仲连"缓和局势，拖延时间，练兵囤粮，以图再战"的计划报知赵王，赵王本来也是要与秦人决战到底的，听了这个主意觉得不错，就接受下来。虞卿又刻意嘱咐赵王：赵国局势危急，所订的计划皆是死里求生，险中图存，万万不可泄露消息。除赵王、平原君、虞卿三人之外，绝不能让第四个人知道。

虞卿这一句看似不经意的嘱咐，竟使赵王避过了身边那个可怕的内奸……

与此同时，平原君赵胜亲自跑到堵山脚下的庄院里去访苏代，再三哀求，请苏代冒险去一趟咸阳，替赵国的三百万子民求一条活路。

自从在魏王驾前失宠，苏代在赵国做了十多年农夫，早已不再是个什么"纵横家"，而变成了一个朴素的百姓。现在赵国将亡，一旦秦军杀进邯郸，几十万百姓要做秦人的刀下鬼，其中也包括苏代和他的朋友、邻里，所以救赵国，就是救苏代自己，义不容辞。于是慨然答应，替平原君到咸阳去走一趟。

苏代的反间计

受鲁仲连和平原君之托，也为了救邯郸全城百姓的性命，已经在邯郸城外做了多年农夫的苏代不得不放下手里的锄头，又穿起锦绣深衣，坐上四马高车，带着千两黄金直奔咸阳而来。

苏代这人前半辈子练的都是打洞的本事，最知道如何行贿，怎么钻营。动身之前已经把整个计划都琢磨透了，一到咸阳，根本不与范雎照面儿，先去拜访上大夫王稽。

王稽早年只是秦国一个不起眼的中大夫，在秦王身边当个专管上传下达的"谒者"，能力平庸得很，可此人运气极好，出使魏国的时候居然救了范雎，又把范雎捧到秦王面前，这才使范雎飞黄腾达。范雎掌权之后也没忘了王稽的搭救之恩，引荐之情，把他提拔成了上大夫，对王稽特别信任，在范雎这个"新宠"圈子里，王稽的地位远高于任固、苏涓、蔡泽之辈，甚至比范雎的救命恩人郑安平更受器重。可惜王稽并没有因为范雎的器重就长了本事，仍然是个平庸无能之辈，他身上另一个特点却显露出来，那就是贪财。

其实贫苦出身的范雎也是个贪财的货色，可范雎贪得精明，知道金银财货应该有进有出，所以左手贪贿，右手花钱，拿出大笔金钱勾引别人替他做事。这次楼缓冒着生命危险到赵国去行反间计，就是范雎拿出千金收买了楼缓。

像范雎这样一只手贪钱，另一只手又往外撒钱，撒出去的多，贪进来的更多，而且靠着金钱笼络，范雎的同伙越来越多，势力越来越大，那些

喜欢钻营的人都拿钱孝敬范雎，求他给自己买官，办事，厌恶范雎的臣子虽然知道他贪赃枉法，却迫于范雎的滔天势力，谁也不敢出来指责他，于是范雎掌权十多年，也把秦王嬴则骗了十多年，在秦王面前一直保持着"廉洁淡泊"的好名声。

范雎贪财贪得聪明，王稽却没有范雎这份头脑。这个人把金银当成自己的命根子一样，只要能搂到手的，不论多寡，照单全收，而且又独又狠，绝不肯把一分一厘分给身边的人，就算王稽的亲信们，从他手里也占不到一点便宜，连这些人都在暗中咒骂王稽，对他恨之入骨。

王稽这种贪毒愚蠢的小人，正是苏代这些狐鼠最喜欢钻的"窟窿"。于是带着一箱金子来拜见王稽。

王稽和苏代没打过交道，只知道苏代是个天下闻名的舌辩之士，可苏代早年和兄长苏秦在山东六国大搞合纵，与秦国为敌，王稽是个秦人，当然对苏代十分厌恶，看在苏代的名声和那百两黄金的分儿上才把他请进府来，问苏代："先生从何而来？到咸阳有何事？"

苏代忙赔笑拱手："小人早先在齐国、燕国、魏国做官，都不顺利，这些年一直住在赵国，可眼下秦军即将攻打邯郸，眼看赵国待不得了，小人带着毕生积蓄到咸阳来，是想求应侯帮忙，赏给小人一个官做，好歹能有个吃饭的地方，别死在乱军之中就行了。"

苏代这话说得十分谦卑，其实说穿了，无非是到秦国求官来的，这样的人王稽一个月里最少也要接见十个八个，丝毫不以为奇，点点头，问苏代："先生想讨个什么官职？"

苏代忙说："小人早先在齐国、燕国、魏国都是上大夫，这次到秦国来，也想谋个差不多的爵位吧。"

苏代这条舌头十分厉害，随便一句话都是套子，多少精明的人都栽在他手里，何况王稽还谈不上"精明"，听苏代说想做秦国的上大夫，立刻进了套儿，冷笑一声："秦国与别国不同，法令森严，大王英明，有功之臣才能受赏，无能之辈立遭罢黜，我在秦国这么多年也不过做一个上大夫，先生对秦国并无尺寸之功，一来就想做个大夫，只怕没这么容易。"

苏代说想做"上大夫"，就是要逗王稽生气，这才好下说辞。现在王稽果然说出酸话儿来了，苏代嘿嘿一笑："大人说得对，苏某对秦国确无尺寸之功。可功劳都是要人去建立的，只要大人能在应侯面前引荐小人，几年之内必然建功，这有何难。"说到这里偷瞄了王稽一眼，又说："其实以大人的功劳，不该只做个大夫，我若是大人的话，这些年怎么也熬到卿位了，可大人太老实，结果做来做去，只是一个上大夫……"

苏代这话说得含蓄，王稽没有听懂，忙问："先生是何意？"

苏代笑道："听说当年应侯在魏国落难，几乎死去，是大人救了应侯一命，又把应侯带到秦国，在大王面前举荐应侯，才使应侯有了今天的地位。如今应侯做了秦国的相邦，封了关内侯，荣耀无比！大人的职位却还是一个'谒者'，与应侯比相差天地，真是太可惜了。"

苏代话里带着挑拨的意思，王稽暗吃一惊，冷眼看着苏代。苏代知道王稽没弄懂自己的意思，赶紧赔笑道："大人不要误会，我只是说应侯这个人恩怨分明，魏国相国魏齐与应侯有仇，应侯就要追杀魏齐，大人对应侯有恩，应侯自然也会向大人报恩，只是大人过于谦逊，从不在应侯面前提出要求，应侯事忙，也就把这些事忘在脑后了，时间一长，大人的荣华富贵都被耽误，岂不可惜？"

到这时王稽才勉强明白了苏代的意思，皱着眉头说："先生是让我向

应侯请赏？"

苏代把两手一摊："有何不可？"

"应侯待我不薄……"

苏代连连摆手："远远不够！我也做过官，知道天下最肥的差事一是卿相，二是郡守，三是财赋，以大人的功劳大可做一任郡守，可现在只是个'谒者'，这算什么？"

苏代这个人眼尖嘴毒，看不错人，说不错话，几句话就说到了王稽的痒处，低头琢磨半天，越想越觉得范雎有些亏待了他。而苏代一到秦国就肯替自己着想，不管是真是假，毕竟是巴结自己的意思，这人将来若真做了官，肯定能和自己穿一条裤子。

既然收了苏代的钱，又得了苏代的好主意，王稽当然愿意举荐苏代了："先生在此宽坐，我现在就去应侯府上举荐先生。"

见王稽中了计，苏代赶紧再三道谢，就在王稽府里坐等消息。

也就一顿饭工夫，王稽从范雎府上回来，告诉苏代，范雎请苏代到府一叙，苏代急忙坐上马车赶到应侯府上来。

对苏代这个老滑头，范雎可比王稽了解得多，一见苏代的面就笑着说："早年我在魏国时见过先生，那时先生在魏国做上大夫，也有五十出头了吧？想不到十几年没见，先生身子骨还是这么硬朗，真是难得。只是先生早年何等威仪，今天手里不捧玉圭，腰间不悬长剑，又换上这布衣布鞋，乍一看还真认不出了。"

范雎早年在须贾府里做门客的时候苏代正在魏国当官，时常拜访须贾，所以范雎和苏代隐约碰过几面。可那时的苏代正混得风生水起，官拜魏国上大夫，范雎却是个卑贱的舍人，苏代连正眼也没看过他一下，哪还会记得呢？

苏代是个水晶猴子，立刻听出范雎说这些风凉话是夸耀他今天的富贵，笑话苏代的落魄，这就叫作趾高气扬。

既然范雎自矜自贵，讽刺苏代，苏代干脆借着这个劲儿弓着腰儿对范雎连连拱手："应侯说得对，所谓'三十年河东，三十年河西'，苏某当年在魏国得志的时候，眼里看不见应侯，现在应侯成了天下第一大贵人，苏代却成了个要饭的花子，真是造物弄人，有趣得很。"说到这里连连摇头，斜眼看着范雎，忽然说了一句："苏代在魏国做大夫的时候，也想不到会被魏王抛弃，哪知一夜工夫富贵荣华皆成泡影，被困赵国十几年，土里刨食，衣食不周，日子过得好不清苦！不知十年后，应侯还能不能保住手中的富贵？倘若也被秦王抛弃，又该去何处安身？"

苏代这话说得十分辛辣，范雎大怒，瞪起眼来厉声喝道："先生这是在诅咒范雎吗！"

苏代敢说这话，本意就是要激怒范雎。现在范雎果然急了，苏代心里暗笑，脸上却装出一副惊慌失措的样子，站起身来双手连摇："苏某怎敢诅咒应侯！只是觉得应侯在秦国树敌甚多，局势不好，十分担心，一时说漏了嘴，还请恕罪。"

范雎在秦国爬得太快，树敌太多，这倒是真的。可苏代是外头来的人，他说这话必有深意，范雎心里暗暗戒备，也不答话，只问："听说先生是来秦国求官的？"

苏代咧嘴一笑："应侯看看我，已经老糟了！还做什么官呀？不瞒应侯，此番小人是奉平原君之命来做说客的。"

苏代这话真把范雎吓了一跳。

对付非常之人，必用非常之计，苏代今天这一招叫做先声夺人。因为

范雎是个聪明透顶的人，心里有大主意，一般的花招儿很难骗过他，苏代干脆冒一次险，来个直话直说。

果然，听了苏代的话，范雎并没有立刻翻脸，略一沉吟，对苏代冷笑道："先生一生都在做说客，并不稀奇，只是想三言两语说动范某，还要看先生的本事了。"

眼看刚才的冒险侥幸成功，苏代松了口气，抬眼望着范雎慢吞吞地问了句："听说应侯与武安君不睦，是真的吗？"

范雎冷冰冰地回了一句："绝无此事。"

苏代赶紧点头："那就好，那就好。"又好像自言自语地说道："武安君是秦国第一名将，自成名以来，战伊阙，破鄢郢，伐华阳，取韩武遂，破赵长平，攻取天下名城七十余座，斩首敌军百万有余，真是勇不可当！尤其长平一战，斩杀赵军四十五万，实在是自有中华以来，天下最大的战功！现在武安君挟长平之战的余威，率三十万虎狼之师北上，必可一举扫平邯郸，甚而就此灭亡赵国！赵国灭亡之后，韩、魏两国自然是秦国口中之食，取了三晋，再攻燕、齐，破楚国，也都不难。这些胜仗打下来，武安君功劳之大震古铄今，待到天下一统之时，武安君必是天下第一功臣，真不知秦王该怎么赏他？"说到这儿看了范雎一眼，见他的脸色已经十分难看，也就不客气地再加上一句："那时只要武安君随便说一句话，亲信们飞黄腾达，政敌们人头落地，唉，想想都让人毛骨悚然……"

到这里，苏代已经把话说完，范雎果然觉得毛骨悚然。

早先范雎推倒穰侯魏冉的时候，白起主动脱离魏冉投靠了秦王，那时范雎和白起还算不上政敌。可是魏冉死后，秦国的旧臣、新臣之争并未平息，反而因为争夺军功而愈演愈烈，范雎力挺王龁、王陵这些人，不断打压白起，白起却藏而不露，表面不与范雎冲突，暗里等着看范雎等人的好戏，到这时，应侯和武安君不但是政敌，而且成了死对头。白起成事之时，就是范雎失势之日，这是明摆着的。

长平一战，左庶长王龁打了个一团糟，秦王不得不换上白起，白起果然打胜了这一仗，立了天大的功劳，更凭着一句谎言夸大了自己的战功，若再让白起攻下邯郸，灭了赵国，秦国真就没有范雎的立足之地了。

人心里多多少少都会有私心，而且权力越大的人，私欲就会越强，这私心，往往成为他们败事的起点。

范雎不但是秦国第一号权臣，范雎最看重的就是手里的权柄，而对权欲的贪婪就成了他的命门。苏代是个惯会咀嚼人性的"狐鼠"，眼看自己咬住了范雎的痛处，立刻在范雎的伤口上下起蛆来："我听说白起是公子嬴白之后，秦王对他极为宠信，白起这个人也不明智，长平之战获胜后，不依应侯'远交近攻'之策行事，却一心要攻打邯郸，如果惹怒了魏、楚、齐、燕发兵救赵，秦军岂不危险？退一步讲，就算武安君灭了赵国，秦国也未必得到什么好处，应侯也知道，早先秦国伐韩之时，韩国百姓全都逃入赵国，可知天下人不愿意被秦国统治，一旦秦军灭赵，赵国北部的城池必归于燕国，东部城池则被齐国取得，而秦国所得却极有限，这对秦国有什么好处呢？倒不如命赵国割地向秦国求和，压服赵国之后，秦军仍然南渡黄河攻伐韩国，先灭韩，再灭魏，次灭赵，这才是明智之举。"

苏代说这些话是想提点范雎，帮他找几个"不攻邯郸"的借口，其实范雎根本用不着他苏代"提点"，冷笑一声："先生已经完成使命，至于秦国的事，就不用先生管了，请回吧。"

范雎是个阴冷的家伙，现在他既收了苏代的贿赂，又说苏代"已经完成了使命"，苏代知道自己的话也只能说到这个程度，再说下去就全是废话了，只得拱手告辞。

苏代走后，范雎坐在房里仔细想了半宿，终于拿定了主意，第二天一早进宫来见秦王，张口便说："臣听说武安君在长平大破赵军之后，杀死赵国战俘万余人，在滏口陉外筑起一座'京观'，臣以为此事不妥！天子御驾亲征剿灭叛臣，战胜后立下'京观'以儆世人，可秦赵之战并非讨逆伐恶，秦国也不是天子之国，立此'京观'只是羞辱了赵人，也令诸侯痛恨秦国的残暴，臣以为此是武安君一大过失！大王应该立刻下诏责备武安君，命他拆毁京观，以免引来天下共愤。"

白起在长平之战后阬杀赵国降卒，擅立"京观"，确实做得过分了，秦王当即点头："应侯这话在理，寡人今天就传诏：命武安君拆毁'京观'，掩埋赵人尸首。"

范雎对秦王说"京观"之事，其实只是个话引子。现在秦王准他所请，范雎抓住机会立刻说道："武安君已经上奏，请求大王增拨粮草，补充士卒，准备立刻攻打邯郸。可臣以为武安君战胜之后得意忘形，行事狂悖，军中多有不祥之事，大王应该命武安君暂停攻打邯郸，全军就地休整。"

听范雎说秦军就地休整，不攻邯郸，秦王的脸色顿时难看起来。

秦人的脾气沉闷严厉，不善言辞，但做事每每一做到底，有始有终。以前魏冉和秦王商议国事，虽然话里时常藏私，有些烦人，可魏冉制定战争方略总是一气呵成，前后连贯，从没有这种朝三暮四忽战忽和的毛病。早先范雎一力促成秦军攻打韩国，又鼓动秦王攻入上党与赵国决战，现在秦军在长平大败赵军，正准备补充粮草之后北上袭击邯郸，给赵国致命一击，范雎忽然跑来劝秦王停战，真是大煞风景。秦王冷冷地问："应侯早先力劝寡人与赵国决战，现在决战已获决胜，应侯怎么反而休战？寡人实在不解！"

秦王对范雎一向言听计从，说起话来也十分客气，今天用这样的语气责问范雎，是极少见的事。范雎也知道秦王是一头老虎，让他放弃到口的猎物并不容易。好在昨晚想了一夜，已经准备下一篇说辞可以拿来对付秦王。就拱手奏道："臣刚才说了，武安君战胜后得意忘形，军中多有不祥之事……"

"何谓'不祥'之事？"

"武安君擅筑'京观'，侮辱赵人，使赵人同仇敌忾，又令天下愤恨……"

不等范雎说完，秦王已经拦住他的话头："此事寡人已经知道，还有别的吗？"

秦王本来正在兴头上，范雎却跑来说这些扫兴的话，秦王的脾气本就暴躁，现在已经不由自主地发起火来了。

见秦王怒气冲冲，范雎心里也有点慌，忙拱手奏道："大王可知道秦军在长平一战中损失了多少兵马？"

秦王略想了想："十万上下吧？"

"赵军战死多少？"

范雎明知故问，可他问的话却让秦王不太好答，双臂抱在胸前想了半天才说："武安君战报上说前后斩获首虏四十五万人……"

其实秦王分明知道白起上报的"战报"是假的，里面掺了很多水分。只是白起在长平立下盖世功劳，秦王也不好为了"谎报战功"的事与武安君为难。而且斩获赵军四十五万，这个数字足以震慑天下诸侯，对秦国在山东立威极有好处，所以秦王也就默认了白起的"战功"。

白起的谎言秦王肯默认，范雎却不肯认，故意压低了声音："大王，赵国是个北地穷国，全国子民三百万，军马不过四十万，加上冯亭麾下的几万人，全都死光了，才勉强有四十五万'首功'，难道大王真的以为赵王为了在长平与秦军交战，就不顾燕国、齐国和长城外胡人的威胁，也不理邯郸、武城、武安各处防卫，将全国兵马一个不差尽数调到长平了吗？若真如此，赵王一定会御驾亲征，赵国那些名臣上将也会悉数进入长平。实际上赵王却只用了一个马服君赵括，亚卿廉颇、武安守乐乘、列人守燕周、武城守贾偃都没有上战场。依臣估算，单这四名大将麾下兵员就在十万以上，代郡、雁门、云中尚有数万精兵，这么算下来，武安君在长平歼灭的赵军无论如何不会达到四十余万。"

范雎揭穿白起，在秦王看来纯属多事，阴沉着脸一声不吭。范雎也知道秦王不爱听这些话，急忙转了话题："刚才大王说秦军在长平的损失在十万上下，臣想请问大王，这个数字是何人告知大王的？"

"这是寡人的估计。"

其实这并不是秦王的"估计"，因为秦王用白起替换王龁的时候，白起报上了前线的伤亡数字，请求秦王迅速补充兵员，从这份战报里秦王知道了，王龁在长平作战不足半年，已经损失十万士卒。现在秦王说秦军损失十万，是只提王龁，不问白起，揣着明白在装糊涂。

秦王的话范雎都听懂了，可他今天来就是故意要揭白起的短儿，微微点头，嘴里"哦"了一声："原来如此，这就难怪了……"

范雎故意不把话说尽，要引得秦王发问。话说到这儿，秦王也不得不问他一句："应侯怎么看？"

范雎又把身子向秦王身边凑了凑，皱着眉撇着嘴，做出一脸神秘中略带惊恐的古怪表情，声音也压得更低了："长平战胜之后，大王命上大夫任固到长平劳军，臣就去见了任固，让他多与将士们见面，尽量摸清长平一战敌我双方的损失情况。现在任固已回到咸阳，私下与臣说：长平一战，秦军前后战死约二十万人，斩获赵军二十五万，韩军八万，共计三十三万。"

听说秦军共损失了二十万精兵，秦王暗吃一惊，下意识地问："不会吧？"

范雎忙说："想必大王也听过一句俗话，叫作'杀敌一千，自损八百'。任固对臣说，赵括领兵之后，二十余万赵军倾巢而起向秦军反扑，渡过丹河，突破长垒，单是这一仗就击杀秦军四万余人，其后赵军虽然被围，却困兽犹斗，在丹水两岸与秦军激战四十六天，秦军先后击杀赵军十余万，韩军七八万，可自身损失也超过了六万，前后相加就是十万！再算上王龁前期在长平的损失，就有二十万了。"

听说秦国损失了二十万精锐之士，秦王心里一阵刺痛。

秦国共有军马七十余万，其中精锐之师约有五十万，这次在长平一下就损失了二十万精兵，这是秦王在位四十七年来从未遇到过的巨大损失！一时觉得难以承受。

范雎一直偷看秦王的脸色，见他脸色阴沉，怒气冲冲，知道秦王心痛了，这时候不能再刺激他，免得秦王发作，急忙又换了个话头儿："大王继位以来励精图治，屡破强敌，山东六国之中唯赵国还有强兵，可长平一战歼灭赵军三十万，赵国已经被打垮了，从此再没有一个国家可以阻挡秦国统一天下的大业。从这上头看，秦国的损失倒也值得。只是武安君在长平获胜之后却想一鼓作气拿下邯郸，臣以为此举不妥。"

被范雎哄了两句，秦王心情好了许多，听范雎说攻克邯郸不妥，却又

有些败兴，淡淡地说："邯郸离长平不过百里之遥，武安君直捣邯郸，破城当在反掌之间，邯郸一破，赵国就彻底垮了，寡人以为这是好事。"

范雎忙说："大王这么说倒也在理，可大王还记得当年齐威王'围魏救赵'的故事吗？魏国强大之时曾命庞涓为上将军围困邯郸，赵国向齐国求救，齐威王不救邯郸，反而去攻魏国都城大梁，此时魏军攻赵已久，兵力已疲，听说大梁赶紧回援，被齐军大败于桂陵，此战之后魏国一蹶不振，齐国趁机成为中原的霸主。"说到这里看了秦王一眼，见他听得认真，脸上也有了几分忧色，这才又说："今天秦、赵两国的情况与当年魏国围攻邯郸时相似。武安君手中尚有二十余万精兵，赵国也有兵马十余万，经长平一战，双方皆是疲残之师，倘若武安君领兵出滏口陉围攻邯郸，也必久攻不克，那时赵国必向齐、魏两国借兵，倘若齐国发兵助赵，而魏军北渡黄河攻打野王，遮绝太行陉，断秦军粮道，在邯郸城下的秦军就危险了。"

范雎的话是有道理的。可秦王却不能全信，反问一句："记得应侯向寡人保证过，秦赵之战，魏、楚、齐不会出一兵一卒，为何现在又觉得齐、魏会出兵救赵呢？"

范雎早料到秦王有这一问，微笑着说："臣早前说的是：秦赵战于长平，魏、楚、齐不会助赵。因为赵国与秦国争霸，无论胜负都对山东各国不利。可现在赵军已破，局势和早前完全不同了，秦军若攻邯郸，就是要灭亡赵国的意思，赵国一亡，齐、魏、韩、燕皆处险境，这种时候魏国、齐国就极有可能出兵救赵了。现在秦军在上党一带立足未稳，欲攻邯郸，只有滏口陉一条路，深山绝壑，道路难行，进退不便，粮草难以接济，倘若久攻不克，齐、魏出兵来救，只怕胜局变成了败局，那就真是得不偿失了。"

范雎真是个说服人的高手，思路细密，逻辑清楚，舌灿莲花，说得秦王无话可驳。

眼看秦王不说话了，范雎知道秦王的心思已经由怒转而为忧，可要彻底说服秦王，还要再想办法让秦王由忧转喜。咳嗽一声，换上一张笑脸儿：“长平获胜之后，韩上党、赵上党尽为秦军所得，破了三晋所依仗的‘表里山河’，从此韩、赵、魏三国再也无险可守，只能任凭秦人宰割，司马梗又攻克晋阳，兼并了赵国的太原郡，所得土地也有千里，这场胜仗已经不小了。现在楼缓从赵国送来消息，说赵王愿意割让六县之地向秦国求和，大王何不顺势而为，允许赵王割地求和，抽出在长平的精兵南下，先灭韩国，然后伐魏。灭了韩、魏两国之后，赵国就被秦军三面包围，那时灭赵易如反掌。此正合秦国‘远交近攻’的国策，大王以为如何？”

“远交近攻”这四个字实在有趣，范雎每次提起它，总能哄得秦王团团转。

现在范雎祭起“远交近攻”的法宝，以灭韩、魏的利益来引诱秦王，让秦王觉得灭韩容易，伐赵艰难，不由得动了心。沉思良久，却又说：“赵王险诈，赵人倔强，说是求和，只怕并无诚意吧。”

到这时，范雎知道秦王已被说动了八成，赶紧再加一把劲儿：“大王担心赵国没有媾和的诚意？这好办，请大王派一介之使到赵国去，命赵王送平原君到咸阳来做人质，平原君是赵国的相国，赵王尊为‘仲父’，此人在咸阳，赵王就不敢耍花招了。”

秦王琢磨良久，终于点了点头：“命武安君率部在长平休整，暂不向邯郸进发。中大夫苏涓为使臣到邯郸去，召平原君赵胜赴咸阳。若平原君肯来，则准许赵国求和，平原君不来，武安君即攻邯郸！”

眼看劝动了秦王，阻止了白起再立大功，范雎心里暗暗窃喜。

从范雎府里出来后，苏代就在咸阳城里找了个不起眼的地方住下，等着打听消息。几天后消息来了，秦王已经下了诏命，秦军原地停止了进攻，苏代知道自己做说客的事办成了，于是坐上马车离开咸阳，打算回家去继续过他的轻闲日子。

出了秦国东行就是韩国的故土，这里已被秦军占领，城池化为废墟，田地大半荒芜，逃过兵劫的百姓们又因为秦国要和赵国打仗，对他们课以重税，一个个穷得身无蔽寒之衣，家无隔夜之粮，有时候用钱都买不到粮食，好不容易穿过韩国进了魏国，局面才好了起来，眼看过了宁邑，马车转而向北驶往邯郸，苏代年纪大了，又赶了这么长的路，已经有些支撑不住，觉得疲累欲死，归心似箭，只想着早点回到家里，好好睡上它几天几夜。

这天马车走到荒郊野外，四处无人，苏代正在车里似睡非睡，车子忽然停了下来，只听驭手在前面叫道："先生，有个人说是你的旧交，想请先生下车相见。"

想不到荒野之中竟能遇到故人，苏代也觉得有趣，推开车门下了车，只见车前站着一条黑瘦的汉子，穿着一身破烂的麻衣，脚下是两只散了一半的旧草鞋，左袖空空的，少了一条臂膀，脸上也有两道深深的伤疤，腰上插着一柄生了锈的铁剑，看了半天才认出来，此人竟是薛公田文的家宰冯谖！

自从薛邑被魏军攻破，田氏灭族，亲信都被杀光了，冯谖也失了踪，都以为此人早就死了，想不到今天冯谖竟拦住了苏代的去路！苏代真给吓了一跳，但很快就稳下神来，冲冯谖一拱手，笑着说："果然是故人，冯兄别来无恙？"

冯谖冲苏代点点头，冷笑道："冯某命硬，没死在薛邑，这些年到处打听苏先生的下落，却一直查访不到，最近才知道先生到秦国求官去了，我本想赶到秦国去，哪知先生竟没能在秦国得手，这么快就回来了，害得我拼命追赶，几天几夜没睡觉，好歹算是赶上了。"

"冯兄追我做什么？"

冯谖拨出腰间的铁剑，踏上前两步："先生明知故问，我是专为薛公报仇来了。"

苏代冷笑一声："以薛公的所作所为，也配让人替他报仇吗？"

"薛公这一生作恶不少，可苏先生这一辈子又做过什么好事？"

一听这话，苏代忍不住笑了出来："有趣得很，苏代刚刚为天下做了一件好事。"

"敢问是什么事？"

"武安君白起准备进兵邯郸，夺下城池之后就要屠城杀人，我听说此事心里不忍，专程赶到咸阳说服了应侯范雎，阻止秦军会攻邯郸，救了邯郸城里几十万条人命，这也算是一件好事吧？"苏代看了冯谖一眼，"苏某也知道，人生在世，善归善，恶归恶，不能以善掩恶，可就像冯先生说的，苏某本是个恶人，一辈子游走列国，只求功名富贵，不问善恶是非，坏事做得太多，难得做一件好事，忍不住就想炫耀一下。"

苏代的奸猾冯谖早领教过了，根本不接他的话，只恶狠狠地说："先生还是别费口舌了，冯某不认识邯郸人，也不会为了他们就饶过先生。"

面对这个凶恶的亡命之徒，苏代已经知道自己难逃一死了，可不知为什么，他心里并无惧意，只对冯谖说道："苏某在这里表功，并不是为了活命，而是想求两件事：请大人只杀苏代一人，不要难为我的驭手；另外，

希望能给苏代留个全尸。"

冯谖与苏代打了多年交道，在他眼里，苏代是个奸猾无耻、胆小如鼠的卑鄙之徒，哪知十几年不见，已经老朽了的苏代身上竟有了一股视死如归的凛然风度，冯谖实在无法相信。冷冷地说："苏先生已经这般年纪了，你说的两条我都可以答应，只希望先生不要在冯谖面前搞鬼！"

被魏王抛弃的时候，苏代看破了富贵，从"纵横家"变成了一个农夫；被平原君利用的时候，苏代又勘破了荣辱，从"狗"变成了人；今天的苏代已过七旬，终于看透了生死。回顾自己这一生，从善少，作恶多，且所作之恶大多不能挽回。现在遇上这么个要"报仇"的恶人，苏代忽然觉得冥冥中似有天意，让自己用一死洗去罪孽，得个清白。

想到这里，苏代对冯谖微笑道："我今日一死，并不是为了薛公，可我早年助燕国破齐，害死无数百姓；为了私利谋杀巨子，罪不可恕；后来为了避祸又鼓动魏王攻打薛邑，害了无数人，今日一死，是向这些人谢罪。"搬过放在马车上的脚踏，走到就近的一棵树下，解了腰带系上树枝，又想起一件事来，回头吩咐驭手："我死后，你到前面镇上买口棺材把我成殓起来，送回堵山下的庄院里安葬，对外人就说我是病死的，以免牵连别人。"说完这话，再没犹豫，把脖颈伸进绳套中，双脚一抬踢翻了脚踏，整个人顿时悬在了半空中。

到这时，冯谖还是不相信苏代竟能慷慨赴死，站在树下呆呆地看着，直到苏代断了气，才上前亲手把苏代的尸身放下来，见苏代真就这么死了，只觉得心里乱糟糟的，也不知是快活、难过，还是后悔。把苏代的尸首放在马车上，对车夫摆摆手。车夫早就吓坏了，急忙扬鞭打马，飞一样跑掉了。

眼看苏代的马车走远了，冯谖又在路当中站了半天，忽然抬手扯开麻衣，露出伤痕累累的胸膛和一条骨肉狰狞的断臂，右手抽出长剑，嘴里高声唱道："长铗归来乎，食无鱼！长铗归来乎，出无车！长铗归来乎，无以为家……"唱到这里，不由得仰天狂笑，把剑身拄地，抬脚拦腰踹去，当啷一声，一柄剑折成了两半，右臂一甩，把半截锈迹斑斑的铁剑扔进树丛，赤着上身，趿拉着两只破鞋子，摇摇晃晃地顺着大路走掉了。

软弱与糊涂

就在天下人都以为秦军即将攻打邯郸的时候，秦王忽然下诏：停止向长平增派兵马，命武安君白起回咸阳述职。王龁、司马梗各自率军攻取赵国的上党、太原两郡。接了秦王诏命，白起虽然满肚子不满，也不得不离开长平回咸阳去了。

与此同时，一直驻扎在汾城的五大夫司马梗率军出陉城，夺取皮牢关，一路杀进太原郡，几乎未经恶战就夺下了赵国的旧都晋阳，既而占领了太原郡。王龁也从长平回师占领了整个赵上党。

震惊天下的长平决战终于结束了。在这场大战中，秦、赵两国累计投入兵力达到一百万人，其中秦国共投入精兵四十五万，河东新军十五万，前后损失了二十万精锐士卒，赵军在长平一共战死三十万人，另有八万韩军做了秦人的刀下鬼。刚刚在东方崛起的赵国经此一败，武灵王、惠文王两代积累起来的强大军力顿时化为乌有，从山东第一强国变成了七雄中最弱小的国家。

强国之间的势力此消彼长，秦国损兵折将之后，对山东诸侯的威胁减弱了，赵国更是不值一提，反而一度被秦国打得抬不起头来的魏国，因为仍拥有广阔富庶的土地和三十多万训练有素的大军，在长平之战后重新成为了魏、赵、韩三晋之中最强大的国家。这正是魏无忌当年定下"李代桃僵"之计所想要得到的结果。

事实上，赵国战败之后，魏、楚、燕、齐四国都在庆祝赵国的失败，只是庆祝的办法各不相同。

楚国迅速调动军队，准备对鲁国展开全面进攻；燕国集中了十万精兵，磨刀霍霍，随时打算从背后偷袭赵国；齐国在这时候站出来假装仁义，替赵国的战败感到"惋惜"；而魏王则准备了一场规模盛大的田猎，庆祝赵国的惨败，秦国的削弱和魏国的重新强大。

自从邢丘、怀邑的百里长城被秦军突破，魏国上下如丧考妣，已经好多年没举办过热闹的庆典了，此时正值周赧王五十六年的初春，暖风初起，万物复苏，正是田猎的好时机，于是魏王下令出动五千军士在圃田泽拓出二百里围场，魏国凡有功名爵禄的贵人皆可参与射猎，这一下，奉命随王田猎的贵人达到了千人之众。

在出猎的前三天，魏王圉心血来潮，兴冲冲跑到石玉的住处，问她愿不愿意披甲持戈，做魏王的"车右"。

战国时的车驾通常可乘三人，驭手居前，主公居左，车右站着一名勇悍的战士，手持长戟，随时准备与敌人格斗，这名勇士被称为"戎右"，也叫"车右"，最得主将信任。可田猎毕竟不是上战场，没必要与敌人格斗，"车右"虽然也带长兵，只是用来防御猛兽突袭，这种事很罕见。由于射箭的时候左手挽弓，右手张弦，站在车子右侧的人不方便射箭，所以射猎的乐趣都归了坐在车左的贵人，在"六艺"之中便有"逐禽左"一说，指的就是贵人稳立于"车左"之位，用弓箭射落天上的飞鸟。

"车右"虽然只是给魏王助兴的角色，毕竟能够贴身保护魏王，旁人要是得了这个职位，都会认为是一份极大的荣耀。可石玉出身草莽，根本没和贵人一起打过猎，也不知道这里边的讲究，只是这些年困在深宫，闷得头上都快长出草来了，现在有机会出去游玩，高兴得像个孩子一样，忙不迭地连声答应。

第二天魏王亲自给石玉拿来了一套战士们穿的窄袖胡装，还有精致的盔甲，长戟，佩剑，弓矢之类，叫石玉穿戴起来。石玉天生喜欢这些东西，立刻挽起发髻换了男装，披上盔甲，佩剑持戟，顿时变成了一位英俊的战士，魏王看了连声称赞。石玉又放下兵刃拿起弓箭来，一开始有些生疏，但射了十几箭，也慢慢找回了早年的感觉。

自从得了弓箭，石玉就像遇到了多年不见的老朋友，后面两天每天清早就起床试射，到后来已能箭不虚发，只是感觉臂力已经不如从前。想起自己待在深宫里，真是把一辈子白白耽误掉了，不觉心中有些怅然。

第三天一早，石玉陪着魏王登上战车，出了宫门，只见大梁城里已经聚集了千余名臣子，一起向魏王叩拜，山呼万岁。信陵君的战车在前引路，魏王的战车在禁军扈从之下随后进发，贵人们也纷纷登车，千车万骑离开大梁，浩浩荡荡向西而去。

传说水神共工撞倒不周山，天降洪水淹没大地，虽有女娲补天，可低洼之处积水难退，形成了雷夏泽、大野泽、彭蠡泽、云梦泽、震泽、菏泽、孟潴泽、溁泽、圃田泽九处大泽。其中圃田泽就在魏国境内，方圆数百里，由于多年泥沙淤积，圃田泽越来越浅，注入的水量减少，没有了早先擎天

盖地的宏大气势，可也正因为水浅，圃田泽周边河滩低回，沙丘环绕，芦苇丛生，花鹿红獐、鸿雁白鹤、狐狼猪兔数不胜数，狩猎的人马一进围场，惊得猎物四处乱窜，依例，所有贵人都停下车来，只有魏王的驭手驱车向前，魏王立在车左，瞄准一头在车前狂奔的雄鹿一箭射去，却没射中，驭手忙扬鞭打马驱车疾行，眼看离那头鹿越来越近，魏王张弓搭箭正要再射，忽听身边一声弓弦响，那头大鹿脖颈中箭，前蹄一卧滚倒在地上。

这一箭却是石玉射的。

御苑射猎之时，第一只猎物必须由君王亲手射中，可石玉虽然嫁给魏王多年，宫中规矩一点不懂，连这么要紧的忌讳也不知道，人又天真直爽，想也不想，当着众臣的面抢先射鹿！魏王的脸色顿时有些不好看，好在脾气温和，倒没发作。一边的臣子们大多没看到是谁射中了猎物，就算有人看出来了，也不敢声张，只能随着众人一起高呼："大王万岁！"

魏王已经射中了头彩，臣下也就不再等待了，千乘战车一起驰进苇荡沙丘，把那些野鹿野猪惊得四处乱窜，眼看猎物如此之多，众人也都来了兴致，马车疾驰，弓箭乱射。一场围猎直到黄昏，打到的猎物堆积如山，单石玉一人就射倒了大鹿十一头，野猪三头。

眼看自己打到的猎物比大多数人都多，石玉心里很得意，脱了铠甲，仍然穿着那身男装来到魏王帐中，只见大帐里摆着一只炭盆，烤着新鲜的鹿肉，魏王居中而坐，在他身边坐着一位年轻的贵人，穿一件朱红绣仙鹤纹深衣，右手端着酒爵，正在魏王耳边低声细语，见石玉进来也丝毫没有回避的意思，只向她拱拱手，石玉也行了一礼，坐在魏王右手边，正与那位年轻贵人对坐。不经意间抬头看了他一眼，这一看，却不由得呆住了。

只见这位贵人中等身材，生得面容清俊，齿白唇红，鼻梁高挺，肌肤白皙柔滑，手指细长如春葱一般，若不是穿着一身男装，简直就是个绝色佳人。

石玉生在江湖，见的世面不多，这一辈子面对面见过的美男子大概只有一个魏无忌，那也是多少年前的事了。可眼前这个男人实在生得太美，而且言笑举止间带着一股说不出的妩媚气质，石玉忍不住把他多看了几眼。

魏王在旁说："这位是龙阳君。"又对龙阳君笑道："如姬是寡人宫中的美人，虽然是个女子，却是墨者出身，箭法如神，勇力堪比男子。"龙阳君忙对石玉拱手笑道："早听大王提过君夫人的名字，今天见了夫人的神箭，真是佩服得很。"

这个龙阳君不但长得像个女子，就连说话的语气腔调也有种说不出的暧昧，石玉也不知怎么回答，只笑着点点头，没作声。

魏王对石玉说："今天围猎一整天，卿也累了，明天就由龙阳君做寡人的'戎右'，卿可以好好休息。"

石玉正在兴头上，本想和魏王商量明天狩猎的事儿，想不到魏王却换了车右，不用她了，这一下不禁扫兴。魏王又说："寡人还要和龙阳君说些别的事，卿先去吧。"石玉无法，只好行礼而退。

第二天，魏王带着人向前移营二十里继续围猎，石玉却被冷落在一旁，再也没有了与魏王同行的机会，闷闷不乐，也没带弓箭兵刃，一个人走进树林中，闲逛了半天，越走越没意思，眼看快到中午，却闻到前面有烤肉的香气，就跟着味道走过来，只见一棵树上拴着几匹马，树底下生着一堆火，几个衣着华丽的舍人蹲在火前烤肉热酒，树底下坐着个穿黑锦袍的贵人，正是信陵君魏无忌。

想不到在这里遇上了信陵君，石玉心里有些慌乱，可已经遇见了，总不能扭头就走吧，只好上前问道："君上怎么没去打猎？"

信陵君是个大忙人，随时随刻都在琢磨心事，并没看见石玉过来，直到石玉主动上前搭话才瞧见，乐得直跳起来："你怎么在这儿？"

石玉笑道："我是闻到香味儿才找过来的，不想遇上了君上。"

一听这话，信陵君忙说："要知道能把你引来，我该叫他们早点烤肉才是。"

信陵君办起大事来精明无比，可在石玉面前却总是这么半傻半疯的，说出来的话着实唐突，石玉脸上一红，扭过头去不理他。信陵君也觉出刚才的话不对路，忙问："昨天我看见你做大王的戎右，今天怎么没有随王出猎？"

石玉撇撇嘴："大王叫龙阳君做他的戎右，不用我了。"

一听"龙阳君"三个字，信陵君脸色微变，偷看石玉一眼，没有说话。石玉倒没心机，只问："这个龙阳君是谁？我怎么没听说过朝堂上有这么一位君侯？"

石玉脾气直爽，一句话问得信陵君无法回答，几个在旁服侍的舍人虽然不敢说话，却都在旁挤眉弄眼的。信陵君不愿意当着这些人说话，就对石玉说："我看这肉一时烤不好，前面风景不错，咱们随便走走吧。"说着在前引路，石玉只得跟在后头。就这么走出了一里多地，眼看左右无人，信陵君才站住脚，回头问石玉："你在宫里这些年，难道不知道龙阳君何人吗？"

石玉愣愣地摇头："我怎么会知道？"

石玉的回答让魏无忌觉得不可思议，也不知该怎么对她解释，闷了好半天才强笑道："我想大王是有点不高兴了吧。听说昨天射猎之时，你抢在大王之前发箭射倒了一头鹿？"

其实石玉抢先射鹿信陵君是亲眼看见的，但他不好直接说出来，只能先问一句。石玉点点头："我看大王没有射中，才补了一箭……"

石玉这话说得轻巧，信陵君不禁笑了出来："从周天子封建天下起就立下了规矩，凡射猎之时，第一头猎物必须由君王亲手射中，若君王不能驱驰，则由太子代猎，下臣若抢先射得猎物就是'欺君'的罪名。你怎么连这个也不懂？当着众人的面射倒了大王的猎物。好在你不是公卿大夫，大王脾气又随和，没生气，不然你的罪过不小。"

其实魏王不肯和石玉同车，并不是因为这个缘故，可信陵君实在不忍当着石玉的面说出实话来，就用这些话来搪塞。

对这些无聊的礼仪规矩石玉本来就不懂，也不想费那个脑子琢磨，听信陵君一说，心里也就释然了，笑着说："这些贵人真无趣，比谷子粒儿还小的事也这么在意。整天和你们这些人在一起真是烦透了，有时候真想跳出宫墙离开大梁，再也不到魏国来了。"

魏无忌忍不住笑了起来："你就这么恨魏国吗？"

石玉横了魏无忌一眼："当然恨！我本不欠魏国什么，倒是你们对不起我。所以我想走就走，谁也别想留我。"

石玉说的是孩子话，却也是句实话。魏无忌悄悄地叹了口气："离开王宫容易得很，就像你说的，跳墙出去就是了。可跳过这堵墙又能怎样？以前你是个墨者，天下有一群和你志同道合的朋友，虽然未必做得成什么事，大家凑在一起至少还有点事做。可这些年墨家已经绝迹，墨者早就散了，你一个人走进乱世之中，到何处安身，以后的三十年，又怎么打发那数也数不清的寂寞时光？待在宫里，好歹也算有个家……"

魏无忌说的也是实话，每个人的一辈子都有自己的活法，可有一点是

相同的，那就是每个人都要给自己安个"家"。石玉心里已经把王宫当成自己的家，哪能说走就走呢。

石玉是个爽快人，不愿意说这些伤感的话，强打起精神对魏无忌笑道："君上崇拜的那位孔圣人是不是也害怕寂寞？"

魏无忌略想了想："孔子五十多岁被鲁国贵族驱逐，周游列国，到六十八岁又回到鲁国，做了一位'国老'，年高德劭，学问又深，鲁国上自国君下至大夫都很尊敬他，却没一个人肯听他的劝，只是把孔子当成摆设。后来孔子绝望了，对他的弟子仲由说：想造一条大船，漂到海岛上去生活。可说归说，却没有动身，最后还是老死在曲阜。"

听了这话，石玉悄悄叹了口气，半晌低声说："原来圣人也这么软弱无用……"

石玉只随口说了一句玩笑话，可在魏无忌听来却是心弦颤动，引起多少感慨。回头想想，天下的贵人没几个能活出人样儿来的，而自己大概是所有贵人里面最软弱无用的一个，以前还能躲在家里孤芳自赏，自比孔子门生南宫适，每以"道德君子"自居，可现在每天只是低着头琢磨诡计，所思所想皆不可告人，孔夫子若在世，不要说收他为弟子，只怕早就一口唾沫啐在他脸上了……

想到这儿，魏无忌心里满是委屈酸楚，用言语无法倾诉，只觉得自己像个落水鬼，眼前这个昼夜苦心热盼的人儿却是一根救命的稻草，也不知怎么的，忽然上前一步拦腰把石玉紧紧抱住，石玉吓了一跳，忙伸手推他，低声斥道："你疯了吗？小心给人看见！"

魏无忌本来只是发傻，可被石玉一说，却真的发起疯来，两手紧紧抱着石玉，把嘴凑在她耳边低声说："放心吧，这里没人，就算看见也不怕，哪个奴才敢多嘴，我就诛他三族！"嘴里说着狠话，手上也越发放肆起来，伸手在她身上乱摸，嘴唇在脖颈耳畔亲吻，石玉急忙要躲开，哪知脚下被土坎儿一绊，咕咚一声摔倒地上。魏无忌像疯了一样不管不顾地趴上来，骑在石玉腰间，伸手来解她的衣带，石玉又气又急，生怕给宫人看到，让信陵君怎么下台？一声也不敢喊叫，只是咬着牙红着脸双手拼命撑拒。

若是别的男人，这种时候也许就得手了，可压在石玉身上的偏偏是个手无缚鸡之力的信陵君，石玉倒比他有力气些，纠缠了好一会儿，到底一下子把魏无忌掀了下来，石玉急忙爬起身，回头见魏无忌还坐在地上，气得走上去在他身上踢了两脚，又没头没脑地打了几巴掌。魏无忌刚才一时头脑发热做了傻事，现在也知道错了，不敢还手，抱着头任石玉乱打。

见魏无忌不敢动了，石玉的火气也消了一些，一边整理鬓发，收拾衣襟，一边气呼呼地斥道："我把君上当朋友，想不到你是如此不堪之人！君上身边有的是女人，为什么还要来纠缠我？"

石玉虽然恼了，可是嘴里说出来的仍非决绝之言，看来虽然生了气，却并未翻脸。

魏无忌从地上爬起身，拍拍身上的土，不敢去看石玉，低着头缓缓地说："先王继位那年，正好韩王咎也继位为王，先王就与韩王定了姻亲，命我娶韩国女公子为夫人，那年我只有十岁。十三年后夫人故去了，那一年秦军正好偷袭安城，围攻大梁……其后本君并未续弦，也无子嗣，这事魏国人都知道。"

信陵君这句话听起来没头没脑，可任谁稍一琢磨，也会明白他的意思。

作为魏王的公子，魏无忌十岁成亲倒不奇怪，可他二十三岁时夫人亡故，正在那时候，秦军围困大梁，石玉保护魏无忌到赵国搬兵，在黄河里救了他一命。那一年是周赧王三十二年，可现在已经是周赧王五十六年，也就是说，只为了守着一曲《流水操》，信陵君魏无忌整整二十四年没有续弦！

正像魏无忌说的，他的事魏国的公卿大夫无人不知，可石玉自从早年和魏无忌交往起，就从没问过他家里的事，这些年人在宫里，内外隔绝，更不可能知道这些。现在忽然听信陵君说出这话来，石玉整个人都呆住了。

天下应该没有这样痴情的男人吧？何况这人还是个王孙贵胄，就算石玉真的碰上了一个，她也不信。再说事情过了这么多年，其间又有这么多变化，就算魏无忌心里有情，石玉也觉得没什么意思了，只能努力压住心里的酸楚，咬着牙说："君上的事与我无关，我只想在宫里过几天清静的日子。"

"什么清静日子？你这不过是骗自己罢了。大王做太子时倒生了几个儿女，刚继位也还养育了几位公子，可这些年他身边再也没有受宠的女子。你入宫这么多年也没替大王生养，难道还不明白？大王是永远不会临幸你的！"

天下再也没有比这话更让石玉伤心的了："什么'临幸'！'临幸'什么？我跟随大王本就不是邀宠……"

魏无忌冷冷地说："不为邀宠，你为何嫁进宫来？"

到这时石玉才明白，原来进宫这些年，魏无忌竟把自己误会到这种程度！亏这男人早年还与自己纠缠不清，弹什么《高山流水》，说什么"伯牙子期"，原来一切都是假的，男人的心天生就是这么污浊，这么可恨！

想到这里，石玉忍不住哭了出来："因为大王替我报了杀父之仇！我与大王有约，发下的誓言难道不算数吗？你也知道此事，何必还要问我！"

石玉是个刚强洒脱的人，现在这一哭，登时把魏无忌的心哭软了，也不敢像刚才那样厉声质问，半天问了一句："大王替你报了什么仇？"

"田文是我的仇人，大王攻下薛邑，替我杀了田文……"

听了这话，魏无忌倒吸一口冷气："这是什么话！田文是我命人去杀的！大王只是碰巧发兵攻打薛邑，从棺椁里割了田文的首级！"

"真的吗？"

"那年苏代到大梁来，拿了一封巨子所写的信给我看，我知道杀害巨子的是田文，就命侯嬴去杀了田文，你若不信，可以去问侯嬴！"

石玉根本不必再去问人了，因为侯嬴当年就对她说过此事，只可惜侯嬴急着办事，竟没提起信陵君的名字，后来他虽然杀了田文，可田文的首级却落在魏王手里了……

到今天石玉才知道事情的真相，又惊又气："你怎么不早点跟我说？"

"我本来是要说的，可当时兵荒马乱，道路阻隔，侯嬴他们还没回来，我只想等他回来了再跟你说，哪知你一声不响就进宫做了大王身边的'良人'，让我到哪里说去？"

魏无忌和石玉面面相对，都呆住了。

傻啊，真是太傻了，天下还有两个比他们更实心眼的傻瓜吗？只因为少说了一句话，就这么前前后后把十多年的青春岁月都搭进去了，到现在两人面对面站着，脚下却已经隔了一道永远跨不过去的深渊。

愣了半天，石玉低着头转身走开了。

现在的她，已经没有话和信陵君说了。

赵胜入秦

长平战败之后，赵国的太原、上党两郡都被秦军占据，北至灵寿、番吾，南到武安、邯郸，整个赵国狭长的侧翼全部暴露在秦军面前。虽然秦军暂时停止了进攻，可此时的赵国就像一只被剥了壳的乌龟，浑身都有破绽，处处皆是软肋，无险可守，也无军可用。由于从南到北数百里防线全被秦军撕裂，就算想要筑城防守也来不及。

在天下人看来，此时的赵国只有向秦国称臣一条路可走了。于是秦王嬴则毫不客气，派使臣到邯郸来，邀请赵王去咸阳与秦国会盟。

接了秦王的邀请，赵王丹心乱如麻。

咸阳是个狼窝虎穴，就算赵国强盛之时，赵王也不敢轻履险地，何况如今赵国衰弱至此，赵王一旦赴秦，极有可能被秦王软禁于咸阳。一旦扣押了赵王，秦国更加有恃无恐，不但要令赵国向秦国称臣，更会逼着赵王割地于秦。赵国地势狭长，如果被秦国拦腰割上一刀，南北阻断，那时秦军出长平来攻邯郸，燕军出武阳夺取中山之地，赵国顷刻就会灭亡。所以赵王无论如何不敢去咸阳。

赵王的难处臣子们都能体谅，何况赵国搞成今天这个样子，权臣的责任其实比君王还大，平原君赵胜早先大病一场，现在身子刚好起来，听说秦使到邯郸威逼赵王，立刻进宫求见，自告奋勇替赵王到咸阳走一趟。

赵王对平原君十分信赖，实在舍不得他走："秦王残暴不仁，仲父孤身犯险，寡人心中不安。且赵国的国政全赖仲父一人谋划，仲父走后，寡人该向何人问计？不如另派一人到咸阳去吧。"

赵王嘴里说的"另一人"其实暗指平阳君赵豹。

赵豹也是惠文王的亲弟弟，和赵胜一样位列君侯，可这个人在朝堂上毫无用处，关键时刻倒常出来搅局，现在赵王想把赵豹送到咸阳去，一来赵豹身份尊贵，秦王说不出什么来；二来此人在赵国多余，就算被秦王扣在咸阳住一辈子，对国家也没什么损失。但赵豹也是赵王的叔父，这些话赵王说不出口，点到即止。

赵王的意思平原君全明白，也知道这是赵王维护自己的一番心意。可平原君也知道以平阳君的软弱糊涂，到了秦国，被秦王和范雎吓唬几句，只怕会把赵国给卖了。连忙笑道："大王体恤下臣的心意臣都明白，只是咸阳之行颇多凶险，臣是国戚，受君恩最重，这样的事臣不去，让谁去呢？"停了停，又说："至于国政，臣觉得上大夫虞卿忠诚勤谨，能言敢谏，是个谋国之臣，臣不在邯郸的时候，请大王将相位交给虞卿，相信虞卿必能辅佐大王重兴社稷。"

虞卿确实是个能臣，尤其长平大战前后，虞卿屡屡劝谏赵王，与赵豹、楼缓等人争辩，虽然不能拯救赵国的败局，毕竟显出了卓尔不群的本事。

事已至此，赵王也知道必须让平原君到咸阳去了："既然仲父举荐，寡人就封虞卿为赵国上卿，拜为相国，执掌国政。"又嘱咐平原君："仲父到了咸阳一定要保重身体，凡事不要与秦人硬顶，寡人宁可失去半个赵国，也不愿看到仲父遇害。"

赵王说的是真心话，平原君感激涕零，冲赵王拜了几拜，下殿去了。

三天后，平原君赵胜乘上四马安车随着秦国使臣往咸阳去了。同时，赵王下诏，拜虞卿为赵国上卿，执相国之印。

赵王丹不敢来咸阳，却派了一个平原君来凑数，这事早在秦王意料

之中。眼下赵王已被秦军打垮了，急于和秦国议和，平原君是赵国头号权臣，一只手撑着赵国的半个天，秦王大可以从他身上打开个口子，逼着赵国向秦国割地称臣。于是在咸阳宫的正殿里大会群臣，郑重其事地接见平原君。

平原君这次赴秦是来巴结秦王的，所以客气得很，在秦王面前行了君臣之礼，立刻笑道："臣在赵国时听说秦国之祖非子与赵国之祖造父是同宗，两国君王本有血亲，今天有幸得见大王，果然觉得亲切异常。又见秦国江山壮美，子民富庶，皆与别国不同，下臣心中羡慕至极，此皆大王仁治之功也。"

赵胜这话说得十分动听，秦王忍不住微微一笑，嘴里说道："既然平原君喜欢秦国的江山子民，干脆就由寡人替你在咸阳造一座府第，拨给万户采邑，从此住在秦国吧。"

秦王说得正是赵胜最害怕的事，心里不由得一阵慌乱，可当着秦国君臣的面又不能示弱，抬起头来笑道："大王美意下臣感激不尽。不知大王要将何处划作臣的采邑？"

秦王说的是句戏言，平原君却顺着杆儿爬了上来，立刻要让秦王划定采邑，这倒让秦王有些尴尬。范雎忙在旁笑道："诚如平原君所言，秦赵两国本是血亲，现在君上不远千里而来，想必是赵王有心向秦国示好吧？"

范雎一句话，把秦王的窘态遮了过去。平原君忙又笑着说："自大王继位以来，对内施以仁政，对外威加海内，我王久仰秦王威德，情愿联络韩、魏、齐、燕拥戴大王称帝，从此各国皆以君臣之礼侍奉大王。"

平原君这话听上去恭顺异常，里面却藏着一点诡计。

赵国被秦国打得大败，不得不向秦国称臣，这是躲不过去的事。可平原君却说赵王要联络韩、魏、齐、燕四国一起向秦国称臣，表面说得热闹，其实以今天赵国的实力和声望，哪能说动四国君王？所以平原君的一句大话，倒把一件实事变成了虚词。秦王何等精明，早就听了出来，淡淡地说："寡人并无称帝之心，山东诸侯反复无常，寡人心里也厌恶他们，不想和他们打交道，只与赵王会盟即可。"

听秦王提到会盟，平原君忙说："我王正有意与大王会盟。"

一听这话，范雎立刻在旁说道："两国会盟是大事，必以国礼相赠。我王欲以玉璧百双为礼，不知赵王欲以何为礼，以谢秦王？"

赵胜忙说："我王也愿献玉璧百双、黄金千镒为国礼。"

范雎冷笑一声："秦国虽穷，倒不在乎这些金子。我看赵王不如把屯留、黄碾、橑阳、武乡、阏与、马陵六县之地献与我王，以表诚意。"

想不到范雎当着秦王的面向平原君索要六县之地。且这六县皆在赵上党和邯郸之间，赵国如果割让六县，西面的大门就彻底向秦人敞开，邯郸将处于无法防守的境地！赵胜吓了一跳，忙说："大王以玉璧为礼，却要赵国割地事秦，这也太强人所难了吧？"

范雎仰起脸来笑道："君上这话不对。三十万秦军已攻入上党、太原两郡，取此六县之地不过反掌之间，我王尊敬赵王，不忍妄动刀兵，可君上要是一味舍不得土地，只怕引来一场兵祸。"

范雎在大殿上公然威胁，赵胜气得额头青筋直暴。可人在矮檐下，不得不低头，只好忍气吞声，硬挤出一丝笑容："此事太大，下臣不敢自作主张，还须请示我王方可决断。"

范雎笑着说："君上这话也对。刚才君上说喜欢秦国的山水风物，我王天性好客，想留君上在咸阳住几个月，赏景观花，与贵人同游，至于割地之事，我王自会派臣子到邯郸与赵王商议。"

范雎这话是要扣留平原君的意思。

平原君也知道这次到咸阳易进难出，在赵国答应割地称臣以前，自己被扣做人质是难免的，不急不忙，笑着对秦王说："多谢大王美意，臣就在咸阳住些日子吧。"

被秦王召见之后，平原君就在咸阳的传馆里住了下来，大事一律不问，只管过他的逍遥日子。哪知三天之后，应侯范雎找上门来，平原君忙设宴款待。喝了几碗酒，范雎笑容可掬地问平原君："听说魏国的公子魏齐失势之后逃到赵国，这几年一直在君上府里住着，不知有没有这回事？"

魏齐因为得罪范雎被秦王逼迫，弃了相国之位逃到赵国，托庇于平原君门下。那时候赵国势力正强，不畏秦国，所以平原君故意收留魏齐，做个样子给秦王看看。后来赵国大败，平原君自己跑到秦国来当人质，却已经忘了魏齐这回事。现在范雎忽然提起，平原君一愣，放下酒碗眨巴着眼儿想了半天才说："魏齐？是不是在魏国做过一回相国的那位公子？我和他没有交情，此人也不在我府里。"

平原君瞪着两眼耍赖，不承认收留魏齐，范雎也不急不恼，慢慢地说："君上和魏齐确实没什么交情，以君上的名声，也没必要收留一个魏国的叛臣，可我听说魏齐确实在君上府里，也许是下面的人收了贿赂，私自收留此人，倒把君上也瞒过了？"

范雎这么说，表面上是给平原君留了面子，让他有个退步，其实分明伸着手向平原君要人，言辞咄咄逼人。平原君虽然困在秦国，毕竟是个赵国人，脾气大，性子倔，给范雎用言语威逼，一下子恼了，抬眼看着范雎冷冷地说："应侯说得对，本君也想起来了，魏齐确实在我府里住着。可应侯是秦国的大贵人，为何如此在意这个不起眼的小人物？"

平原君明知故问，范雎冷笑一声："想必君上也知道，我本是魏国人，后来被魏齐所害，逃到秦国，才有了今天的富贵。魏齐是我不共戴天的死仇，君上不知内情，收留了他，我也不敢说什么，只求君上将此人交给我来处置，君上若肯成全，范雎感激之至。"说着向平原君深深一揖。

平原君看也不看范雎一眼，只说："魏齐与应侯有什么私仇，本君并不知道，可我一生交游甚广，略有微名，旁人都将本君与齐国的孟尝君、魏国的信陵君、楚国的春申君相提并论。现在应侯让我把府上的贵客交出来任由别人处置，有点强人所难了吧？"

在范雎面前，平原君一直摆出一副高傲的姿态，故意刺激范雎。现在又把话说得这么生硬，范雎忍不住心里冒火，冷笑道："记得君上说过，尊敬秦王，也敬重在下，现在我向君上讨一个仇人，君上却推三阻四，这是不给范某面子吗？"

面对范雎的威胁，平原君面无表情，嘴里淡淡地说："也许应侯听过一个故事：当年我门下舍人中有个人腿有残疾，行走不便，有一天我和美人在楼上饮酒，此人正好从楼下经过，美人见了他的残疾就在楼上取笑，赵胜一怒杀了美人。这就是平原君府中的待客之道！赵胜尊敬应侯是不假，但事情有可为，有不可为，如果应侯向我讨要千金，赵胜立刻照办。要我出卖朋友，绝对办不到！"

想不到赵胜这个人骨头这么硬，话说得丝毫不留余地，范雎混了一辈子，还没碰到过这样的王孙，一时竟不知该说什么，半天才说了句："平原君还是再想想吧……"

不等范雎把话说完，平原君已经站起身来："今天这顿酒已经尽兴，我也有些累了，应侯请便吧。"对家宰李同说了句："送送应侯。"转身进内室去了。

赵国人这副又臭又硬的倔脾气真让人无可奈何。

平原君虽然在秦国做人质，一条命都攥在秦王手里，可他硬是不怕范雎，来了个硬碰硬，一下子把话说死了，搞得范雎无法可想，生了一肚子闷气，回到府里刚坐下，下人来报：上大夫王稽上门拜访。

王稽是范雎身边最亲信的人，范雎立刻请他进来，两人说了几件杂事，王稽已经看出范雎神色有异，就问："应侯最近有什么烦心的事吗？"

范雎叹了口气："大夫也知道，我在这世上的仇人只有须贾、魏齐二人，上次我借故逐走魏齐，让须贾做了魏国的相国，后来得知魏齐逃到赵国，投靠了平原君。这次平原君到秦国来做人质，我就向他讨要魏齐，平原君竟不肯把魏齐交出来，可平原君毕竟是个贵人，我也不能把他怎么样，想起这事心里总有些别扭。"

听了这话，王稽低头略想了想，忽然笑道："这事好办，我听说赵王对平原君极为宠信，现在应侯唬不住平原君，难道还唬不住赵王吗？不如派个使者去见赵王，索要魏齐的人头，就说魏齐不死，平原君永远回不了邯郸，我看赵王一定会杀了魏齐，把首级送给应侯。"

范雎略想了想，微微摇头："我与魏齐是私仇，派使者去见赵王，就成了国事。若因私仇而牵连国事，大王知道了一定不高兴……"

范雎想事情比王稽深刻得多，一句话打断了王稽的兴头儿。可王稽略一琢磨又笑了起来："应侯以为国事和私仇不能混为一谈，我却觉得应侯的私仇也是秦国的国事。应侯想一想，赵国和魏国一向勾结得很紧，这次赵国被秦国打垮，要向魏国求助，魏国也想拉拢赵国对抗秦国，他们之间的勾结比以往更紧密了。此时应侯若叫赵王杀了魏齐，赵、魏两国岂不就此失和？赵、魏两国失和，对秦国大为有利，如此一来，私仇与国事不就合二为一了吗？"

王稽这个主意一石二鸟，果然高明。

王稽这个人能力平庸，平时只能替范雎办事，从来想不出什么好点子。这次忽然给范雎出个好主意，也算千载难逢。范雎和王稽最亲近，开玩笑地说："昔日齐桓公身边不可一日无管仲，现在我身边也不可一日无王稽也。"

王稽本是秦国一个混不出头来的普通臣子，后来搭上了范雎，这才混得风生水起，上得秦王宠信，下被众臣巴结，每日受贿不绝，家财已有数千金。早前他也满足于现状，可上次苏代到咸阳，在王稽耳边敲了几下"边鼓儿"，给他心里种了毒，越想越觉得范雎有些亏待了他。今天王稽多喝了点儿酒，范雎又当面说出这样的话，把王稽比作管仲，王稽脑子一热，顺嘴就说："应侯的威望远胜齐桓公，在下却不敢自比管仲。"

王稽这话虽然说得挺客气，范雎却从中听出一点酸溜溜的味道，心里一愣，笑着问王稽："大夫有什么事要对我说吗？"

"应侯知道天下事有三不可知，又有三种无可奈何吗？"

王稽这话说得莫名其妙，范雎完全听不懂，只好问："什么叫'三不可知'？"

王稽大着胆子往前凑了凑，腆起脸来对范雎笑道："大王在位已有四十八年，虽然身体健壮，可哪一天忽然晏驾，谁能知道？应侯正在秦国掌权，威势天下无双，可应侯哪一天发生意外，谁又能知道？我今年也有五十出头了，身体又不争气，哪一天死在外头，谁又能知道？这就是所谓'三不可知'。这三件大事倒不容易发生，可一旦发生了，那时候应侯再觉得有什么对不住在下的地方，也就无可奈何啦。"说到这里又腆着脸问了一句，"应侯觉得有对不住在下的地方吗？"

听了这话，范雎的脸色顿时难看起来。

君王和权臣有一点很相似，就是他们的私心都比天还大，最恨的就是别人抱怨他们功大赏薄。现在王稽借着酒劲公然在范雎面前抱怨，说出这么难听的话来，范雎差一点当场发作，可闪念之间，他已经把什么都想清楚了，顿时把满腔怒气收拾起来，脸上露出了一丝笑容。

范雎不能对王稽发作。因为范雎只是个外头来的谋士，在秦国没有根基，虽然扶植了几个大夫，可这些人原本就是秦国的臣子，未必肯真心替他卖命，虽然笼络了几个将军，可这些将军都是秦王的亲信，只对秦王唯命是从。真正能给范雎卖命的只有两个人，一个是王稽，另一个是郑安平。王稽这人虽然没什么本事，好在心狠手辣，能铁下心来替范雎办事，郑安平的本事还不如王稽，可他勉强能带兵打仗，笼络住这两个人对范雎太重要了。

想到这儿，范雎呵呵地笑了起来："大夫这话有道理，我这些年光想着国事，真有些对不起大夫，好！大夫就说说，想做个什么官。"

范雎这么一问，王稽倒有些不好意思起来，忙说："哎呀，在下只是开个玩笑，应侯不必当真……"

不等王稽说完，范雎早把手一摆："以你的才干，早该委以重任，这样吧，我在大王面前说说，让你做个郡守如何？"

郡守是秦国的封疆大吏，肥得流油！王稽大喜过望，急忙向范雎再三道谢。

拿定主意之后，范雎立刻进宫来见秦王，把"逼迫赵王杀死魏国公子，使赵国与魏国失和"的主意在秦王面前说了一遍。

听了这个主意，秦王十分高兴，立刻说道："寡人与应侯是'师友之谊'，应侯的仇人就是寡人的仇人！赵王不肯交出魏齐，就是同寡人作对！

应侯觉得该派何人去见赵王？"

"臣以为中大夫苏涓能当此任。"

在长平打垮了赵国这个最后的强敌，秦王嬴则已经成了天下的半个"皇帝"，心情极好，对范雎更是又宠又信，爱不释手。现在范雎又给他出了这么个好主意，秦王乐得合不拢嘴，顺口说道："应侯还有什么仇家，不妨都说出来，寡人把他们全都杀了，给应侯报仇！"

范雎忙笑道："臣生平只有两个仇人，一个是魏齐，另一个是须贾。可须贾活着还有用，现在不能杀他。"说到这里偷看秦王的脸色，见秦王兴致极高，这才笑着说："其实除了仇人之外，臣还有两个恩人，如今臣得大王恩宠，富贵至极，却一直没有机会向他们报恩，心里有愧。"

听范雎说还有两个恩人，秦王把几案一拍，高声笑道："这两个人是谁，应侯想怎么报恩？只管说出来，寡人一定好好赏赐他们！"

范雎笑道："这两位恩人一个是上大夫王稽，没有王稽大夫相助，臣到不了秦国，见不到大王；另一位是官大夫郑安平，若不是他救我一命，臣早已死去十多年，也没机会来辅佐大王了。"

秦王连眼也没眨，立刻对宦者令申录说："传诏：封上大夫王稽为河东郡守，河东郡三年赋税不必上报，都赏给王稽！郑安平封为五大夫，命他到蕞城领兵，拱卫咸阳！"

秦王随口一句话，给了王稽和郑安平两份天大的恩赏，范雎知道秦王如此重赏臣下，是当着天下人给他范雎一份天大的面子！想到自己出身卑贱，半世受苦，被人迫害几乎丧命，到后来得遇恩主，竟有如此的荣耀体面，心里感激莫名，跪在秦王脚下，忍不住呜呜地哭了起来。

虞卿奔魏

　　十日后，秦国使臣苏涓到了赵国，知会赵王：藏匿在平原君府里的舍人魏齐是秦国相邦范雎的仇人，请赵王立刻割取魏齐的首级送往咸阳。不然平原君就将长住咸阳，归期难定。

　　在赵王眼里，平原君赵胜格外要紧，魏齐却是个无足轻重的货色。现在秦国以平原君的安危胁迫赵王，赵王想也没想，立刻答应由赵国负责捕杀魏齐，把首级交给秦国。

　　见赵王这么听话，苏涓倒也满意，就回传馆去等待消息，赵王这里已经安排人手准备捉人，相国虞卿走上殿来："大王，听说秦国派使臣到邯郸来，所为何事？"

　　赵王忙说："应侯范雎知道仇人魏齐躲在平原君府上，就让秦王派使臣到赵国来要人，寡人已经决定把魏齐交给秦王了。"

　　一听这话，虞卿顿时皱起眉头："这件事没这么简单，大王不要急，让臣想一想。"琢磨了半晌，抬起头来问赵王："大王是否当面答应秦国使臣要交出魏齐了？"

　　"寡人已经答应了。"

　　虞卿把两手一拍，叫了一声："哎呀不好！大王中了范雎的计了！"

　　虞卿一惊一乍的，倒把赵王吓了一跳："范雎有什么诡计，相国慢慢说给寡人听。"

　　虞卿重重地叹了口气："大王，范雎是个狡诈阴冷的家伙，他哪里是要索取什么仇人，分明是在设计孤立赵国！大王想一想，魏齐本是魏国的公子，与魏王、信陵君是同胞手足，又当过一任相国，这样一位重臣，赵国一声不吭就杀了他，把首级送往秦国，岂不是与魏国伤了和气？大王在魏王面前也不好交代，赵、魏两国以后再想联手订盟也难了！"

虞卿一句话说破了范雎的奸计，赵王苦着脸说："可不杀魏齐，秦王就要扣留平原君，赵国不能没有平原君呀。"

事已至此，虞卿只能说："看来大王既不能杀魏齐来取悦秦王，也不能收留魏齐，免得平原君受害……"

"这么说寡人应该放出消息，让魏齐自己逃走？"

虞卿摇摇头："也不妥。大王已经答应秦国使臣，要派兵捉拿魏齐，现在又放风声让魏齐逃脱，仍有庇护魏齐之嫌，秦王照样有借口扣留平原君。"

想不到一件看似不大的事，其中竟藏着这么多玄机，赵王毕竟年轻，被范雎远隔千里逼了个进退两难，只得问虞卿："相国觉得该怎么办？"

虞卿闭目沉吟良久，终于想出了一个办法："现在既不能让魏齐死在赵国，又不能让秦王挑出赵国的毛病来，为今之计，只有做一个假象给天下人看。臣早先也在平原君府里做过舍人，和魏齐有一面之交，就让臣去见魏齐，告诉他：应侯范雎命人来取他的首级。然后带着魏齐逃到大梁去避难。魏齐是信陵君的弟弟，我就把魏齐送到信陵君府上去，若信陵君肯收留魏齐，就表明魏国也有心与秦国为敌，赵、魏两国就可以择机定盟了。就算信陵君不肯收留魏齐，毕竟魏齐已经不在赵国，而臣抛弃相印与魏齐一起逃走，秦王也不能责备大王私放魏齐了。"

虞卿说到这儿，赵王已经听明白了："如此一来，赵国岂不是没有了相国？"

虞卿伏在地上对赵王拜了几拜，坦然说道："臣本是个布衣，因为

受大王器重，几年工夫就升任大夫、上大夫，又被大王拜为上卿，做了赵国的相国，臣心中感念大王的知遇之恩，粉身碎骨也难报答。现在赵国已经下定决心与秦国决战，最重要的就是拖延时间。为了替赵国争取时间，平原君冒着生命危险到秦国去做人质，臣也该学平原君的榜样，为大王、为赵国做点事。这次臣带着魏齐逃到魏国，若能说动信陵君收留魏齐，赵、魏两国就可定盟共抗强秦，就算信陵君不肯收留魏齐，这一来一去也可以为赵国争取几个月时间，能多征几万新兵，多囤十几万斛粮食，邯郸城墙也可以加高一丈。"

虞卿如此忠勇，赵王感动得几乎落泪："寡人身边没有几个知心的臣子，平原君不在，相国又要走，以后赵国有事，让寡人去问谁呢？"

虞卿忙说："大王是个英明仁爱的君主，只要做事稳重些，就不会有什么过失。现在赵国最重要的是整军经武，有廉颇、乐乘、燕周、贾偃这些人在邯郸布置，城防、兵马都会越来越强固，等到赵国与秦国决战之时，臣也会回到大王身边，继续为赵国效力。"

眼下赵王实在舍不得让虞卿走，眼中含泪问道："实在没有别的办法吗？"

虞卿摇摇头："没有别的办法。此事急如星火，臣马上就要带魏齐出逃，大王一个时辰后就可以派兵到平原君府上去抓人——到时不妨请秦国使臣跟着一起去看……"说到此处，心里也涌起一阵没来由的伤感，又对赵王拜了几拜，起身下殿去了。

一个时辰后，大夫徒父祺领着五百禁军包围了平原君府第，秦国使臣苏涓也一起赶到。徒父祺立刻命平原君的家宰李同交出魏齐。李同忙说相国虞卿刚刚来过，和魏齐一起出府去了。徒父祺哪里肯信，派兵进府搜了一遍，果然不见魏齐踪影，又仔细把李同审问了半天，确信魏齐真的和相国虞卿一起出府，急忙把此事回报赵王。

听说虞卿私下放走了魏齐，赵王大怒，立刻关闭城门全城大搜，又派人到虞卿府上去搜找，结果发现虞卿留书一封，声明自己和魏齐是故友，不忍看着魏齐被秦人杀害，弃了相位与魏齐一同逃走了。

见了此信，赵王越发愤怒，下令将虞卿的父母妻儿全部下狱，又派骑兵出城去追捕虞卿、魏齐。

可惜，邯郸离魏国边境太近，等赵军赶到安阳，虞卿已经带着魏齐出了城关，逃到魏国去了。

虞卿带着魏齐逃到大梁的时候，魏王还不知道赵国出了这样的怪事。虞卿也知道魏国实际的当家人是信陵君，所以先不去见魏王，而是悄悄来拜见信陵君。

虞卿是赵国的相国，如此要紧的人物除非奉王命出使，否则绝不会到别国去。现在虞卿忽然孤身到访，信陵君一时摸不着头脑，勉强把虞卿迎进府内，立刻问他："相国是否奉了赵王诏命而来？"

虞卿忙笑着说："不瞒君上，小人已经不是赵国的相国，手里更没有什么诏命，此番是到君上这里寻求庇护来了。"

虞卿这话说得十分糊涂，信陵君皱着眉头问："相国究竟是何意？"

虞卿笑道："君上还记得公子魏齐吗？早前公子被范雎迫害，不得不逃离魏国，寄居于平原君府上，想不到这次平原君出使秦国，范雎竟借机扣押君上，向赵国索要公子！我与公子是莫逆之交，怎能眼看秦人杀害公子？就抛弃相位带着公子回到魏国，想在君上的府里躲一阵子，等风头过了，再想其他的办法。"

为了保护魏齐，虞卿竟然抛弃相位逃离邯郸，这事真有些不可思议，

魏无忌初一听说也大吃一惊。可信陵君是什么样的人物？低头再一深思，已经明白了虞卿的嫁祸之计。

魏齐和范雎有仇，这事天下皆知。现在范雎公然向赵国索要魏齐，既是向赵国示威，也是想挑起赵、魏两国失和。此时虞卿把魏齐送回大梁，既为赵国避祸，又要挑拨魏国和秦国的关系，用心十分险恶。可话说回来，公子魏齐是魏王和信陵君同父异母的弟弟，又曾是魏国的相国，信陵君若不收留魏齐，于情于理都不合……

若在早年，信陵君想也不想就会立刻收留魏齐，连虞卿也会留在府里加以庇护。可现在的信陵君满肚子都是权谋心术，顷刻间权衡利弊，已经算到，收留魏齐祸害甚大，逐走魏齐和虞卿虽然于自己名声有损，对魏国却更有利。

国家利益面前，个人荣辱不值一提。信陵君拿定了主意，顿时虎起脸来："相国说的是什么话！魏齐与范雎有什么瓜葛本君不管，可魏齐早年在魏国为相，却不报大王，挂印私逃，到赵国之后又寄人篱下，使魏国蒙羞！大王恼怒不已，早就要治他的死罪！现在你把魏齐带到大梁来，居然让本君收留这个罪人，实在岂有此理！"

信陵君说出这么狠的话来，虞卿立刻猜到信陵君已经识破了他的计策，忙赔笑说："君上这话就不对了。公子齐虽然有私逃之罪，也不至死，且公子是魏国的王孙，就算君上不肯收留，也该禀明魏王妥善安置公子才是。"

虞卿想把这事捅到魏王面前去，更说明他确实存了坏心眼儿。魏无忌知道魏齐的事一旦报与魏王，魏王制裁魏齐会被天下人耻笑，不制裁魏齐又与秦国结怨，事情就麻烦了。现在必须立刻把虞卿和魏齐逐出大梁，才能让魏国躲过这场麻烦，于是推开几案手指虞卿厉声喝道："住口！魏齐是个罪人，本君尚且不肯收留他，大王更不愿意见他！你本是赵国的相国，却抛弃相位私逃到大梁，看来也是个不忠不信之人！你二人今天就离开魏国，否则本君就派人捉了你送回赵国去！"

信陵君果然厉害，不但不让虞卿见魏王，还逼着他离开魏国，甚至说要把他送回赵国去，这正是虞卿最害怕的结果，眼看在信陵君面前蒙混不过去了，急忙告辞出来。

这时魏齐还在等着消息，见虞卿回来，忙问："信陵君肯收留我吗？"

虞卿摇了摇头："真想不到，名动天下的信陵君竟丝毫不念手足之情，不肯收留公子，限公子明早之前离开大梁，否则就要派兵马来捉拿公子，送到咸阳。我看公子在魏国待不得了，趁着信陵君没来捉人，咱们还是到楚国去吧。"说到这里自己又叹了口气："楚国是南蛮之国，毫无信义，与魏国又有仇，只怕公子到了楚国局面会更加凶险，我看公子还是隐姓埋名的好。"

一听这话，魏齐勃然大怒："我是魏国公子，尊贵之人，岂能隐姓埋名逃到荒山野岭，做个平民百姓！"

虞卿又是一番摇头叹气："公子是范雎的仇人，连你的兄长都不敢收留你，山东各国有哪个贵人敢收留公子？事到如今，不隐姓埋名又能怎样？难道等着信陵君来捉拿，把你送到咸阳让范雎凌辱吗？"说到这里，斜眼看着魏齐，酸溜溜地说："想不到魏国王族毫无血性，连亲骨肉也不肯庇护，现在连我都被公子连累，无处容身，只好逃到楚国去做个农夫了。"

其实从信陵君府出来的时候，虞卿已经想到，既然魏国不肯收留魏齐，那么魏齐这个人留着也就没用了。与其让魏齐逃走，使平原君在咸阳担着

风险，倒不如说几句狠话，激死魏齐，用他的脑袋去换回平原君。

现在虞卿说了一堆狠毒的话，字字句句都在刺激魏齐。魏齐本就是个暴烈的人，听不得这样的话，气得两眼血红，冲虞卿一拱手："是我连累先生失去了富贵，现在魏齐两手空空，只有一颗头可以报答先生了，请你拿着我的头到咸阳去请赏吧！"回身进了内室。

虞卿本就想让魏齐速死，现在魏齐急了，虞卿一句话也不劝，只在外头坐着，等了好一会儿，听着屋里没有动静了，这才推门进来，只见满地是血，魏齐手中握着宝剑，双目圆睁，已经死在地上。

知道魏齐自杀的消息后，魏王那里根本无动于衷，信陵君也只是落了几滴眼泪，连尸首都没有收。倒是虞卿买了一副棺木把魏齐草草葬了，却又命人悄悄割了魏齐的首级送回赵国，让赵王用这颗头颅去咸阳换回平原君。

污泥中的莲藕

魏国公子魏齐就这么死了，很快，天下人都在传说：赵国的虞卿为救魏齐甘愿抛弃相位，魏王和信陵君却因为惧怕秦国，不肯收留魏齐，终于逼死了自己的手足兄弟。

王公贵人的心都不是肉长的，他们的喜怒哀乐都与常人不同。知道魏齐死了，魏王心中只难过了一小会儿，就把这件事丢在一边，仍旧沉湎于酒色之中，而且比以前沉得更深了。王宫里的生活又恢复成了一潭静水，温暖而腐臭。浸泡在这潭死水中，所有人都变得安静麻木，无欲无思了。

这天吃过午饭，石玉闲着没事，到宫里的御园中闲逛。

这处园子其实不小，可对那些一辈子待在宫墙后的人来说还是小得可怜，走在亭榭廊阁间总能遇上几个宫人。这些日子石玉的性子越发孤僻，一心想要避人，就大着胆子顺着池塘边的湖石走下去，坐在一块石头上，整个身子都隐在树丛之内，脚边就是池水，四周静悄悄的听不到人声，只有蝉鸣哑哑，鱼儿浮在水面上对着树叶喋喋不休，忽然受了惊吓，打个滚儿沉进水底去了。

在这深宫之内居然能找到一处别人"看不见"的安静去处，倒也难得。石玉就在这里静静坐着，脑子里空荡荡的，什么也想不起，只是发呆。

不知过了多久，头顶上方传来人声，宦官尖着嗓子说："这里路不好走，大王小心。"石玉知道是魏王到了，可身子实在懒怠，不想走动，只往树荫深处挪了挪，把自己藏得更严实些，本以为魏王几步就走过去了，想不到这群人却站在身后不走，片刻工夫，魏王挽着一个人走到水边，正好在石玉脚边十步开外的一块石头上坐下。随即吩咐宦官："你等退下去吧。"

几个宦官都退到几十步外站着，只剩那个穿红衣的年轻男子坐在池边，看着魏王垂纶而钓，透过树叶的缝隙石玉也看清楚了，这红衣人正是早前狩猎时见过一面的那个俊秀妩媚的龙阳君。

这水池里鱼倒不大，可是数量极多，放下钓饵后片刻工夫就有鱼儿咬钩，钓起来都是不到一拃长的金鳞鲫鱼，魏王每钓到一条鱼，龙阳君就在边上拍手赞叹，帮着魏王捉鱼卸钩，双手捧着鱼儿放在身边的木盆里。石玉虽然对垂钓没兴趣，看着也觉得有意思，就在树荫下静静坐着，眼看魏

王把鱼儿一条条地钓起来。

钓了十几条鱼，魏王大概有些累了，放下钓竿，一伸手，竟把龙阳君搂在怀里！这倒把石玉吓了一跳，只听龙阳君细声细气地说："大王这是做什么，给人看到不好。"魏王嘿嘿地笑了起来，倒把龙阳君搂得更紧了。

想不到无意中遇到这么一档子事，石玉窘得满脸通红，现在起身走开又怕给魏王看见，就算魏王不羞，自己也要给羞死了。坐在这里也不是办法，听着那两人在池边调笑，肉麻麻的，简直让人如坐针毡，正不知如何是好，却听得龙阳君像个女人似的嘤嘤地哭了起来。

龙阳君忽然哭了，魏王这才放开他，问："你怎么了？"

龙阳君抹了把眼泪，低声说："没有什么……"

龙阳君哭成这样，却说自己没事，魏王哪里肯信，又问："没有心事为什么哭？你有什么烦恼只管告诉寡人，有什么要求，寡人都替你办成。"

龙阳君哽咽了半天才低声说："臣确实没有什么烦恼，只是看到大王钓起的这些鱼儿，觉得可怜，所以落泪。"

魏王笑道："这好办，寡人把鱼放回池子里就是了。"

龙阳君忙说："臣就是想到这个才更伤心。大王钓鱼的时候，钓到第一条鱼觉得可爱，就养在盆里，可是钓到更大更美的鱼，就嫌弃前面的鱼了，于是把小鱼扔回池塘里，只留下大鱼。臣自知相貌丑陋，才智平庸，只是一条普通的鱼儿，因为爱慕大王才到大王身边来，不想竟得到大王的宠幸，被封为君侯，魏国的臣子都来奉承我。可魏国是个大国，有的是美人，这些美人听说我得了大王宠幸，自然会想办法进宫里来向大王争宠，那时大王就会嫌弃臣了，就像这些小鱼一样，顺手把臣扔在一边不管。想到这里，臣怎么会不伤心呢？"

听一个男人在魏王面前说出这样的话来，石玉只觉得浑身打了个冷战，胃里一阵翻腾，急忙抬手紧紧捂住嘴巴。却听魏王笑道："原来卿是为此事烦恼，这好办，寡人今天就颁下诏命，以后魏国臣子敢向寡人进献美人的，一律诛其九族！卿觉得如何？"

龙阳君嘻嘻笑道："大王果然是好人。"

魏王也笑着说："寡人自然是个好人，咱们把这些没用的鱼都放了，寡人只留龙阳君这一条'金鱼'就够了……"说着把盆里的鱼都倒进池塘，和龙阳君拉着手儿有说有笑地走开了。

魏王走了，石玉却还呆呆地坐在树荫下，整个人都愣住了。

难怪魏王身边没有一个受宠的嫔妃，难怪打猎那天魏无忌会说"大王永远不会临幸你"的怪话，原来魏王身上竟有这样的癖好……

既然是这样，当年魏王又为什么千方百计来迎合石玉，几次派臣子说媒想召她入宫，甚至为了替她报仇，派兵马攻打薛邑，最后终于把石玉弄上了手，迎娶到宫里来，却又扔在一边不闻不问，这不是故意害她吗？

石玉是以墨者身份来魏国的，她的父亲替魏国奔走，被恶人杀害，石玉自己也替魏国尽过力，受过伤，虽不敢说有什么功劳，可自问实在没有得罪过魏王，魏王为什么非要设下这样的毒计害她？

女人的头脑其实比男人聪明，想事情也细腻，石玉静静坐了一会儿，已经慢慢想到，魏王应该没有害人之心。这个人或许庸碌无能，心地却还不坏，他当年喜欢石玉，只是因为石玉在一些事上与众不同。

是啊，石玉是个出身江湖之间的墨者，自幼在豪杰群里长大，性情直爽，从来不懂得忸怩作态，又喜穿男装，勇力过人，箭法如神，浑身上下不带半分脂粉味儿，倒透出一股阳刚的男子气来。

这就是魏王一直喜欢她的原因吗？只因为石玉有些时候看起来像个男人……

想到这里，石玉觉得又气恼又伤感，还有一点说不出来的恶心。

老天爷真是开了个大玩笑，自己这算什么呢？做墨者没办成过一件大事，做女人却没得到应得的疼爱，现在落了这么个尴尬的下场，被人"骗"进深宫，再也走不掉了。如果不知道魏王的这些事，就这么糊涂一辈子也好，可偏偏她已经知道了，从此以后，石玉怎么再和魏王见面，又怎么度过那已经注定孤寂凄苦的下半生？

石玉不是个轻易落泪的人，可这天她着实哭了一整夜，到天快亮才拿定一个主意：与其踩进这一潭污泥浊水，不如自己躲个清静。于是来见魏王，只说深秋多雨，自己住的宫殿潮湿，弄得筋骨酸痛，想离开宫院搬到如茵馆去住。

魏王对石玉倒比别的嫔妃亲近些，可他现在一颗心都放在龙阳君身上，只大概问了石玉几句话，也就把她放在一旁不问了。

跟魏王说过之后，石玉立刻把自己的东西搬到东宫之侧的如茵馆，从此躲在绿竹林中那几间旧屋里，身边只留了一个宫人，每天不过茶饭而已，但求心如止水，再也不与旁人打交道了。

然而天意冥冥，未必是人心能掌握得住的。石玉搬回东宫之侧的闲馆废院，是心境使然，想求一个"静"字，却不知道这么一来，她离信陵君反而近了。

早年魏王立公子增为太子，拜信陵君为太傅，专门教导太子的学业，所以信陵君每天都要到东宫走一趟，来回都从如茵馆的竹林边经过，远远能看到房舍的一角。虽然相隔仅在咫尺，信陵君却从没到如茵馆去过，生怕物是人非，看了徒增伤感。

这天信陵君考究了太子的功课，从东宫出来，走到如茵馆附近，忽见一个宫女捧着铜盆从竹林里走出来，与信陵君撞了个对面，忙低头退开了。

见如茵馆里走出个人来，魏无忌立刻留了神，一句话也没说，一直走出老远，才装出一副漫不经心的样子问身边陪伴的宦官："东宫边的闲馆已经很久没人住了吧？"

信陵君心里有鬼，故意把话说得很含糊，宦官一时没听明白，想了半天才说："君上说的是竹林后边那处闲馆吗？那地方荒废多年了，听说最近有位叫如姬的贵人失了宠，大王把她逐到这里来闲住，身边只有一个人服侍，闲馆里破破烂烂的也没人收拾。"说到这里，想起宫闱中的阴森冷酷，君王的凉薄寡恩，不觉生了"兔死狐悲"之感，自己也叹了口气。

听说石玉得罪魏王被逐了出来，魏无忌大吃一惊，也顾不得避嫌，瞪着眼问宦官："如姬因何故被逐？"这宦官却是太子身边的人，并不知道缘故，说不出什么来。魏无忌也不敢多问，把这事闷在肚子里，回府去了。

自从知道石玉回了如茵馆，信陵君的心里就像长了草一样，慌慌张张的整天惦记这事，每天急着到东宫来，太子的功课也无心过问，只想抓个机会到如茵馆去，问问石玉到底受了什么委屈。可惜进进出出身边总有宦官陪着，抓不住空子，如茵馆虽仅一步之隔，却一连两个月也进不去。实在忍不住了，只好硬着头皮去问魏王身边的宦者令，这才知道石玉并非被逐，而是自愿搬到闲馆去住的。

知道石玉不是被逐，魏无忌稍稍放了心，可石玉从宫里搬去如茵馆，过这清苦寂寞的日子，想必还是受了什么委屈，只是宫墙隔断，魏无忌再

也打听不到别的消息，心中怅然若失，只想找个机会到如茵馆里去看一眼，问候一声，偏偏就找不到这么个机会。

自从魏齐死在大梁，信陵君就有些灰溜溜的，最近这些日子看上去更是神不守舍，满脸颓唐，饮食也不如以前了，人也更瘦了。家宰侯嬴看在眼里，心里实在过意不去。

这年侯嬴已经七十多岁，在信陵君身边做家宰也有十年了。这十年正是魏国最衰弱的时候，与秦、楚两国交锋每战必败，又遭赵国的欺压，西边丢了邢丘、怀邑，东边失了睢阳，薛邑也被楚人围住，眼看保不住了，真是国不成国，军不成军，整个国家只靠信陵君一个人使尽权术诡计支撑局面。

长平大战时信陵君不肯救赵，已遭天下人非议，这次抛弃魏齐，任由自己的兄弟手足死在大梁城里，信陵君更成了千夫所指的罪人。可侯嬴却知道信陵君做这些事都有自己的苦衷，不愿意看他如此孤苦，就热了一盏酒捧上来，笑着说："主公这些日子辛苦太甚，现在秦赵罢兵言和，天下无事，主公也该歇歇了。"

信陵君心里正有一团乱麻解不开，听不进侯嬴的话，只淡淡地说了句："天下怎么会无事呢？"

侯嬴并不知道信陵君内心里真正的隐痛，只以为他被国事纠缠，就笑着说："天下事都看人的心，动心则有，不动心则无。主公的心一向太软，喝了酒也许会变硬些。"一边说笑着一边倒了酒送到魏无忌面前。

侯嬴这话说得好，天下事动心则有，不动心则无。

信陵君如此烦恼，就因为遇上了动心之人，关心之事，侯嬴不知内情，反用这话劝他，信陵君心里更乱了。有些话他不愿意说给别人听，可不说出来心里又憋得难受，就打了个哑谜："其实是那个把先生引荐给我的人遇到了难处，我却帮不上她，心里有些难过。"看了侯嬴一眼，故意问："想来先生并不知道向我引荐你的是何人吧？"

这时候侯嬴若说"不知道"，信陵君就可以把他打发走了。可侯嬴偏偏什么都知道，淡淡一笑："举荐我的人是位墨者，此人与主公有缘，只是内里太多波折……"说到这里，想起信陵君与石玉这段坎坷姻缘，忍不住叹了口气。见魏无忌有些惊讶，就坦然说道："主公还不知道，其实侯嬴也是个墨者，可十多年前墨家散了，我也没有归处，就被'那人'举荐在主公这里落脚，算是找个混饭养老的地方吧。"

侯嬴原来是个墨者，这事他不说，信陵君实在想不到，可侯嬴说了出来，魏无忌回头一想，也不觉得有什么奇怪。至于侯嬴说自己到君府里来"混饭养老"，却是自谦之词，魏无忌忙笑道："先生说哪里话？你是个智者，也是个勇者，我若早知道先生是位墨者，也不敢用你做家宰，只求与先生做个朋友就够了。"

魏无忌说这话，在旁人听了未免要多心，可侯嬴却知道他说的是肺腑之言，拿起盂来替信陵君倒酒，缓缓说道："天下最痛苦的事莫过于掌权，因为稍有人性的，就做不成权臣。可人这东西到底舍不掉人性，尤其主公这样的人，兽性比别人少，人性倒比旁人多，学道，学儒，或者干脆做个墨者都好，却偏偏投生在君王之家——就像一根莲藕，虽然质白如玉，却掩埋在烂泥里。现在不想掌权也掌了，且一掌权就是三十年，结果遭了这么多罪，头发都熬白了，骨血也熬干了，这么下去只怕不能长久。"

权臣身边大多找不到知心的朋友，信陵君身边却有个侯嬴，也算难得。听了这些知心的话，魏无忌不由得长叹一声："我早年深爱儒家，

推崇孔子，一心要做个'邦有道，不废，邦无道，免于刑戮'的南宫适，可我天生是个糊涂东西，一直以为魏国'有道'，拼着命做事，做到后来才发现，原来不但魏国是个无道之国，就连天下七雄个个都是无道的豺狼。可事情已经做了，又不能半途而废，只好硬着头皮做下去。越做，离孔夫子的儒道越远，越觉得孔孟之道行不通。眼看国家已经耗得不像样子了，没办法，只好放下孔子之教，回过头来琢磨权术，设下圈套陷害赵国，一下就害了几十万条人命！这才不到一年，又亲手逼死了自己的弟弟，只这两件事，已经罪无可恕。可国事还没完，我还要留在大梁城里接着害人！老子说过：'强梁者不得其死。'我现在什么也不敢想了，只能走一看一步，且看我这个'强梁者'是怎样的下场吧。"

信陵君说出这么伤感的话来，侯嬴心里也难过，强笑道："'强梁者不得其死'是实话，主公喜欢的那位南宫适不也说过'羿善射，奡荡舟，俱不得其死然'的话吗？可主公能以'强梁'自责，却说明你并不是个'强梁'。老子说：'人之恶者，唯孤、寡、不谷，而王公以为称。故物或损之而益，或益之而损。'这是称颂古代圣王的话。孤者，刚愎自用；寡者，寡德不仁；不谷者，不存正气，不做正事。这都是辱骂人的话，那些有道的圣王却让臣下用这些来称呼他们，这是自警，自惕，也是自责，能够自警自责的君王，再坏也坏不到哪里去。今天君上自称'强梁'，承认自己弄权害人，并以此为耻，正合老子'损而有益'的道理，能说出这些话来，证明主公还是个好人。"

自从公子魏齐死后，信陵君心里就一直过意不去，现在石玉受了天大的委屈，他这里一点忙也帮不上，心里更是难过，加上酒有些过了，再被侯嬴一说，心里酸涩难忍，忽然落下泪来，赶紧抬手遮掩，哪知泪水如泉越流越多，竟忍不住哭出声来："老天爷实在不公道！为什么把我生在这个肮脏的泥坑里！到今天我已成了孤家寡人，成了‘不谷’之辈，想死都死不成，只能在这烂泥坑里泡着！要是有人能救我脱离这苦海，无忌愿意给他为奴为仆，做牛做马！”

天下人都好救，因为人总能变个身份，换个活法儿。做夫妻的可以离异，做臣子的可以辞官，不想做买卖的可以去种田，不想学手艺的可以去读书，再怎么都有一步退路，偏偏信陵君却天生富贵，骨头上刻着“王孙公子”四个字，既无路可退，也没人能救他。

也就片刻工夫，魏无忌已经收了泪水，想起刚才失态，倒有些不好意思。侯嬴也没话可以劝他了，只得端起盉来高声道：“不说这些了，今天我陪主公好好喝一顿酒，天大的事也等酒醒后再说！”

这一天，魏无忌喝了个酩酊大醉，后来这些日子，这位君上似乎看出了喝酒的“好处”，只要有空总是喝酒，且每饮必醉。

眼看自己一番劝说不但没让魏无忌振作，反而弄得信陵君比比以前更颓唐了，侯嬴不禁有些后悔，正不知用什么话来劝他，想不到就在这些日子里，天下大势忽然发生了变化。

强暴的大秦国，陷入了从未有过的困境之中。

五五十年霸業成空

范雎哄住秦王

周赧王五十六年，也就是秦王在位的第四十七年，七月初，魏齐的人头被送到了咸阳。几天后，赵国使臣郑朱也到了咸阳，禀报秦王，赵国愿意献出六座城池向秦国求和。

与此同时，应侯范雎也接到了楼缓从邯郸送来的密报：平原君赴咸阳之后，一力主战的相国虞卿也挂印而去，赵王已经无计可施，此番是真心向秦国割地求和。见了楼缓的密报，范雎的心里总算踏实了，于是上奏秦王，接受赵国献地议和，放平原君赵胜回邯郸，秦、赵两国准备会盟。

七月末，平原君赵胜终于离开咸阳返回邯郸。刚出秦国边境，赵胜就派人赶往大梁去接虞卿。

就在赵胜回到邯郸的第四天，虞卿也秘密回到邯郸，立刻来见赵王，请求背弃与秦国的和约，在邯郸一带布防，准备迎战秦军。

从年初秦军停止进攻，到现在已经过了八个月，在这八个月时间里赵国一直在积极备战，前后练成新军十万，面对燕国、齐国、胡地的边防也都做了调整，当年收获的粮食全部运进邯郸储备起来，邯郸的城墙也得到了加固。现在平原君和虞卿都回到了赵国，赵王立刻开始在邯郸周边调兵遣将。

邯郸城里的忙乱惊动了楼缓，赶紧入宫来见赵王。走上大殿，赫然只见已经"挂印而逃"的虞卿坐在殿上，楼缓大惊失色，立刻感觉到情况不妙。只好硬着头皮拜了赵王，立刻问："臣听说大王正在邯郸城内备战，不知是为了什么缘故？"

赵王还没回话，虞卿在一旁笑道："先生还不知道吗？大王已经下定决心，不与秦国割地议和，准备在邯郸与秦军再战一场！"

听了这话，楼缓只觉得一股冷气从脊梁沟里钻出来，一直蹿进了后脑勺儿，眼前发黑，浑身冷汗直冒，忙稳了稳神，瞪着眼问虞卿："赵军已被击溃，国内无兵可用，拿什么和秦军交锋？"

"赵国虽败，可秦军在长平阬杀赵国士卒，立'京观'侮辱赵人，赵国子民三百万人人愤慨，时时思谋与秦人死战。孙武子说：'道者，令民于上同意，可与之死，可与之生。'秦国虎狼之师又如何！能胜赵国三百万愤慨之众吗？"

虞卿这话说得掷地有声，楼缓一时语塞，马上换了个话题："山东诸侯各怀鬼胎，上次他们不肯救赵，这次更不会来，以赵国一国之力能抗衡强秦吗？"

若在几个月前，楼缓这一问虞卿答不出来。可鲁仲连说的一番话早已点醒了虞卿："早年赵国为了争霸，与诸侯结下宿怨，所以长平之战诸侯不来救赵，以至大败。如今赵国为救百姓而与秦人死战，山东诸侯感赵国之义，必然助赵，此正应古人'与王同仇，敌王所忾'之语，我料定魏、楚、齐、燕都会助赵抗秦，难道先生不这么看吗？"

楼缓冷笑道："这话说起来容易，做起来就难了。"

虞卿也不和楼缓争吵，转向赵王："大王，赵国已经失去太原、上党两郡，再割让六城之地向秦国称臣，实在是亡国之道！臣以为与其示弱于虎狼，倒不如派一介之使与山东诸国定盟，只要大王敢战，臣立刻到临淄去，先与齐王定盟，以此告知天下：赵国不与秦国妥协。唤醒天下正道，一同与秦国死战，大王以为如何？"

虞卿说得对，赵国割地事秦，实在是取死之道，这一点赵王也看得清清楚楚。几个月来邯郸城内筑城囤粮，重练新兵，做了这么多准备，也是为了与秦国一战的。若肯屈服，赵王早就向秦国臣服了，何必等到今天？现在赵国有平原君、虞卿这样的大臣，有廉颇、乐乘、韩徐、燕周这样的将军，有几百万同心同德的百姓，赵王也没什么可犹豫的："虞卿即日赴齐商议定盟，共抗强秦。"

一听这话，楼缓吓得脸都白了，忙叫道："兹事体大，请王三思！"

赵王把手一摆："寡人心意已决，先生不必再说了。"

此时的楼缓浑身都被冷汗浸透了，他知道，赵国一旦与齐国定盟，秦国就将陷入极大被动。而自己早前一直向秦王保证赵王愿意割地称臣，正是看了他的密报，秦王才把平原君放回赵国，现在事态突变，楼缓真是闯了大祸了！

楼缓的脑子极快，转眼工夫已经想出了一条脱身之计，忙说："既然大王下了决心，臣也愿为赵国尽一份力。臣这就回秦国去替大王打探消息，如果秦王调兵攻赵，臣立刻派人告知大王。"

说实话，以前虞卿对楼缓只是反感，倒并没有怀疑。现在赵王刚下了与秦交战的决心，楼缓立刻要回秦国，虞卿不由得一愣，斜眼打量着楼缓。楼缓也知道自己话说得太急，难免惹人疑心，硬着头皮满脸赔笑看着赵王，故意不看虞卿一眼。

赵王却对楼缓毫不生疑，笑着说："先生愿意为赵国尽力，这是好事。寡人就赐你黄金百两，到秦国去打探消息。"又嘱咐一句："先生到秦国后诸事小心，以免有失。"楼缓忙再三拜谢，急匆匆地下殿去了。

虞卿又把楼缓的背影看了几眼，压低声音对赵王说："臣心里有个疑问难决：楼缓虽是武灵王驾下旧臣，可隐居秦国三十年，偏在长平大战之时他却回赵国来了，自从楼缓一来，赵国屡遭大败，形势急转直下，现在大王重新振作，准备再与秦国交兵，楼缓忽然又要回秦国去，这里面会不会有什么隐情？"

虞卿这话问得犀利，可赵王丹是个坦诚直率的人，没有他父亲惠文王那样的城府，并不相信虞卿的话，甚至没有细想，只说："虞卿多虑了。寡人既已用了楼缓，就当用人不疑，此事不必再说。"

赵王发了话，虞卿自己一想，不管楼缓是不是奸细，反正已经走了，眼下赵国有多少大事要办，也就不再理他，立刻赶到临淄与齐王商议会盟的事去了。

赵国忽然拒绝割让六城，不肯向秦国称臣，反而与齐国会盟，消息传到咸阳，应侯范雎大惊，急忙命人到邯郸去见楼缓询问此事，十几天后，派去的人回报：楼缓已经离开邯郸，不知去向了。

楼缓跑了！可整个秦国却落进了赵国的圈套。

赵国背弃前盟，不向秦国割地求和，反而与齐国会盟，这是公然向秦国挑战！秦国若想应战，就必须不惜一切代价攻打邯郸；若不敢应战，就是向山东六国示弱，秦王颜面无存，六国也可能因为秦国的示弱而重新合纵，天下大势就会变得对秦国不利。如此严重的局面都是应侯范雎一手造成，是他阻止白起攻邯郸于前，答应赵国割地求和于后，屡次失算，害得秦王进退两难。

秦王嬴则重用范雎十几年，这还是第一次对应侯大为不满，可看在范雎往日的功劳，以及秦王和应侯之间那段为天下传颂的"师友之谊"的情分上，也不好公然责备范雎，只是悄悄把武安君白起找来，商量攻打邯郸的可能性。

听秦王说打算调动大军再攻邯郸，白起大吃一惊，忙说："大王，臣以为眼下的邯郸城实在难以攻克，这一仗最好不要打。"

武安君是秦国第一名将，威震天下，单是提起他的名字就足以令六国丧胆。想不到这样一位将军居然说出"邯郸难克"的话来，秦王悚然而惊，忙问："武安君以为邯郸难克？"

白起点了点头："请大王想一想，当年穰侯曾率雄兵三十万出韩国华阳攻大梁，苦战半年不能破城，邯郸与大梁同是中原的名城大邑，城池方广数十里，人口不下三十万，且距秦国有千里之遥，中间又隔着一座太行山，道路险窄，兵马粮草运输不便，大王就算调三十万军马攻打邯郸也难有必胜的把握。且邯郸周边魏、楚、齐、燕四国环伺，一旦秦军攻城到了紧急关头，诸侯必然出兵救赵，到时赵军应于内，诸侯攻其外，秦军必败！"

白起一番话把秦王的心都说凉了。可是白起退下之后，秦王又觉得不攻邯郸对秦国统一天下的大业不利，也实在有损秦王的颜面，独坐宫中左思右想，始终拿不定主意，不得不把应侯范雎找来，问他："应侯觉得现在攻打邯郸能取胜吗？"

听秦王动问，范雎忙说："赵国失了精锐，国内能战之兵所剩无几，已是不堪一击，邯郸虽是一国之都，可赵国本来就穷，邯郸城的规模也不

能与咸阳、郢都、大梁、临淄相比，以秦国威武之师攻此残破之国，秦军必胜，大王可以放心。"

范雎说得似乎条条有理，其实全是他一厢情愿的设想，秦王虽然经常被范雎哄得晕头转向，可他毕竟是个明白人，一时皱眉不语。范雎赶紧又说："赵国称霸之时屡次伐齐，与齐国积怨最深，秦赵战于长平之时，齐国不肯借粮于赵，逼得赵人不得不急战死战，以至大败，这次齐国又和赵国会盟，其实是想让赵国再遭受一次秦军的打击，使之永远不能振作，所以齐国虽然与赵会盟，却并不会出一兵一卒助赵。至于魏、楚两国，早先也一样出卖了赵国，现在楚国一心灭鲁，别的事无暇兼顾，魏国国力衰落，魏王软弱昏庸，又有须贾为秦国内应，绝不致发兵救赵。"

范雎这话也有道理。齐国的君王后精通权谋，却不谙兵事，上次齐国不肯借粮，出卖了赵国，这一次齐国与赵国会盟，也非真心实意。至于楚国即将灭鲁，魏王胆怯不敢出战，都是真的。秦王想了半天，问了句："燕国会如何？"

说到燕国，范雎立刻提高了嗓门儿："燕国在赵国北边，南下中原的通道被赵国阻断，一直想找机会攻破赵国，取道南下，现在赵国大败，秦军再围邯郸，一旦得手，不必大王操心，燕国必会从背后袭击赵国。到时秦、燕两国前后夹攻，足可以灭赵。"

范雎这个人太精于舌辩之术了，在他嘴里，黑白颠倒，根本就是平常事。

其实燕国虽然有破赵南下的野心，可燕王毕竟不是疯子，哪会在赵国即将被秦国灭掉的危急时刻来袭击赵国？范雎也知道燕国不会助秦击赵，所以才说了那句"不必大王操心"，表面听来似乎无关紧要，其实有这句话放在此处，秦王就不会立刻派使臣去联络燕国，范雎的瞎话也就不会当场拆穿。

秦王对攻打邯郸本来心存疑虑，可现在被范雎一说，也觉得赵国已经垮了，邯郸城当可手到擒来，心眼儿又活动起来，嘴里却说："邯郸离秦国甚远，我军千里征伐，不合'远交近攻'之策吧？"

范雎忙笑道："大王这话不对。长平战后，秦国先后取了太原、上党两郡，加之早先夺取的韩国野王，魏国温县，已经从西、南两面围住了邯郸，长平之军出三关隘即可直捣邯郸城下，何来'千里征伐'一说？何况邯郸是中原门户，此城一破，黄河北岸千里之地皆在秦人掌中，那时秦军雄踞中原，虎视燕、齐，再回师灭韩，伐魏，都容易得手。"

"远交近攻"本身就是个笑话，可这四个字的"国策"却被范雎玩得炉火纯青，熟极而流，只要把这四个字拿出来，一定可以哄住秦王，这一招真是屡试不爽。

果然，听了范雎一番解释，秦王彻底下定了决心："应侯以为攻打邯郸需要多少兵马，当以何人为将？"

眼看秦王下了攻打邯郸的决心，自己这个相邦之位也算保住了，范雎心里窃喜，忙说："臣觉得攻打邯郸用二十万人就够了，至于将领，五大夫王陵勇猛善战，赵人对他十分畏惧，臣以为可用王陵为将。"

想攻打邯郸这样的名城大邑，仅调用二十万兵力是比较紧张的。可范雎知道上次自己阻止白起攻邯郸，现在事情弄坏了，秦王心里不悦，这种时候多调兵马等于强调了自己早先的错误，会惹秦王不高兴，所以只说二十万人。至于将领，范雎知道白起、蒙武、司马靳那些人都不能用，王龁在长平的表现又令秦王失望，所以把牙一咬，举荐了位居王龁之下的王陵。

秦王嬴则大半辈子都是个明白人，可自从遇上范雎之后，也不知怎么的，越来越糊涂，现在干脆被范雎牵着鼻子走了："也好，就让王陵去打

这一仗吧。"

就在五大夫王陵带着二十万大军直奔邯郸而来的同时，邯郸城里的亚卿廉颇也已做好了迎战的准备。

长平战败之后，赵国以割地议和为借口和秦国周旋了整整九个月，在这期间赵王调集人力对邯郸的城墙加以整固。由于赵军大半战死在长平，邯郸城里的精兵仅剩五万人，虽然临时征招了十多万新军，可这些人训练不足，衣甲不全，手里连一件兵器都没有，赵王只得下令在邯郸城里建起几百个打铁的作坊，昼夜打造矛戈，浇铸箭镞，好歹给这些新兵每人配备了一条长矛，可置办弓弩却费时费力，结果到秦军来攻之时，赵军手中所配的弓弩加起来也不足三万张。

就凭这十来万没上过战场、连铠甲都没有的士卒，想正面抗击秦国的二十万精锐大军，真是以卵击石。加之赵军缺乏弩机，就算想要固守城池也很困难。且秦军都是百战精兵，临敌经验丰富，战法既凶悍又绵密，攻城器械又多，赵人一味守城，必然难以支持。于是廉颇提出了两个主意：一是放弃邯郸周边的武安、武城、番吾、葛孽，将整个南长城弃于不顾，集中一切兵力于邯郸城内；二是秦军攻城之时，赵军不惜一切代价出城反击，绝不让秦军随心所欲地攻打城池。

就在赵军依命部署兵力的同时，秦军已经穿越太行山进抵赵长城外。由于重镇武安已被赵军放弃，秦人未受丝毫阻挡直入长城，于周赧王五十六年九月初五日围住了邯郸。

五大夫王陵是个勇猛的将军，虽然在长平之战中也领教过赵军的厉害，可他却一厢情愿地认为赵军主力已失，邯郸城里不过一群乌合之众。而赵人放弃长城，退出武安，任秦军围住邯郸，更助长了王陵的骄横之气，亲率大军直逼城下，立刻开始攻城。

面对秦军凌厉的攻势，赵军表现得有气无力。由于缺少弓弩，面对秦军泼天般的箭雨，赵人虽然居高临下，却丝毫占不到便宜，只能用滚木礌石对付登城的秦军，以至一天之内秦军两度登上城头，虽然很快又被赵人集中力量打退，但秦军初次攻城，邯郸城防就险象环生，也让王陵十分得意。

王陵哪里知道，此时的赵人已经下定了必死的决心，准备趁夜出城向秦军反扑。

天黑之后，秦军后撤十里回营休息，赵军侦骑悄悄潜出城外监视着秦人的一举一动。二更时分，邯郸城头上人影乱晃，无数条长绳垂了下来，上大夫贾偃亲率五千精锐士卒，每人带着一条长戟，把铠甲打成包袱背在身上，顺着长绳缒下城来，悄悄在城下列好阵势，披起甲胄，口中衔枚向秦军大营摸了过来，直到近前，贾偃一声令下，赵军齐声呐喊，推倒寨口的鹿砦刀车杀进秦军大营。

这五千赵人个个都是精选的死士，出城之时就已经绝了回城的念头，进了秦军大营之后不分东西南北，只管向前冲杀，见帐篷就进，见人就刺，见了粮草辎重立刻放火，秦营中顿时火光四起，杀声震天。好在秦人久经战阵极有经验，很快判明赵人进攻的方向，集中数万之众四面围杀，一直战到天亮，赵军四面都被秦军围住，却毫无惧意，只管横冲直撞拼死搏杀。一直杀到天黑，眼看冲营的赵军即将被歼灭，忽然又有一支两万余人的赵军从城里杀出，赶来冲营，秦军措手不及，竟被赵人从背后冲出一个缺口，接应残兵退回城里去了。

这场疯狂的血战，赵军损失了三千多人，上大夫贾偃也死在阵前，秦军被杀死七千有余！

眼看折了锐气，王陵大怒，不等全军部署妥当，立刻调起五万人马前来攻城。廉颇在城上看出秦人并非全军而来，当即命上大夫韩徐、庆舍各领兵一万五千打开城门从南北两翼对秦军发起反击，双方在城下一场恶战，赵军虽然无法取胜，秦军也始终不能攻城，直到黄昏时分，秦赵两军各自后撤，可天一黑，廉颇又命上大夫徒父祺率五千人缒下城墙，来劫秦军的营寨。

就这样，赵军与秦军在邯郸城下反复拉锯，日夜厮杀，连续激战一个月，秦军折损了两万精锐！邯郸城却岿然不动。

到这时五大夫王陵才明白，想攻破这座像赵国人一样孤倔蛮勇的邯郸城，只用二十万兵力远远不够。眼看攻势已经维持不下去，不得不向咸阳请求援兵。

这时的秦王嬴则已经被范雎拉上了船，想下也下不来了，只好咬紧牙关在咸阳一带征兵十万派往赵国前线，同时在全国征集粮食，把这些粮食通过太行山中的险道千里迢迢运到邯郸。

得到增援之后，秦军的气焰又盛，王陵率大军逼近邯郸扎下大营，哪知赵人毫不畏惧，廉颇仍用以前的战法，乘着黑夜，在城中调集精兵一万，新军三万，分成四队，分别由上大夫乐乘、韩徐、燕周、庆舍率领，从四个方向同时杀进秦军大营，一场恶战，直打到第二天中午，韩徐所部一万人全部战死，老将韩徐阵亡，其余三路兵马也都伤亡过半，勉强撤回城里，而秦军仅这一仗，又战死三万余人。

秦国深陷泥潭

仗打到这个时候，大秦国已经深陷泥潭，拔不出脚来了。

秦国是天下最富庶的国家，拥有关中、汉中、巴蜀、南阳，沃野千里，仓廪充足。可从周赧王五十一年秦军攻打韩国开始，到周赧王五十四年长平之战爆发，再到周赧王五十六年邯郸之战打响，秦军在韩国、赵国连续征战了五年之久，登山涉水跨越千里，打了无数硬仗恶仗，全国所有能战之兵都已投入战场，损失兵马多达三十余万！耗费的粮草无法计算。虽然五年内秦军夺取了几十座大城，上千里疆土，却既没能灭韩，也不能灭赵，反而把所有精锐都耗尽了，把国库几十年积累的粮食都搬空了。

自从立国以来，秦军还从没打过这样的仗，表面看起来似乎威风凛凛，震撼天下，其实就在这一场接一场的恶仗之中，秦国自商鞅变法以来苦心积攒的家底子，正被秦王和范雎一口口吃尽，一点点败光……

当秦王再一次下令征兵征粮的时候，臣子们不得不壮着胆子出来提醒他：秦国已经无兵可征，无粮可调，仗要是再这么打下去，大秦国就真要被战争拖垮了。

这一年秦王嬴则已经年过七旬，在位四十九年，是所有秦王之中年龄最大、在位时间最长的。七十岁的老人难免有些昏聩固执，可秦王还不糊涂，知道邯郸一战不能再无限期地拖延下去了，就命宦者令亲自到武安君府上去，召白起进宫见驾。

眼看秦王终于有所醒悟，背着应侯范雎召见自己，白起知道眼前是个机会，如果能够劝住秦王，不但能使秦国避免一场无法挽回的大败仗，也能提升自己在秦国的地位，甚至有可能利用这个机会压倒范雎。

白起是秦国的武将之首，其权力与范雎在伯仲之间，可惜白起没有魏冉那样的本事，政治上是个莽夫，只有一手打仗的本事。也就因此，几年来他一直被范雎压着，翻不过身来。可现在战场上的形势已经证明了：应侯范雎空有一张利嘴，一肚子诡计，战场谋略却平常得很，就连他对秦王提出的"远交近攻"的国策也是假的。如此算来，白起和范雎各具神通，也各有不能，其实平起平坐，这两人谁最终能得到重用，只看秦王更信任谁了。

白起是秦国的旧臣子，他从军的时候嬴则就是大王，这三十多年，白起一直在为秦王打仗，眼睁睁看着秦国一步步壮大，一步步强盛。在白起看来，秦王嬴则是位英明的君主，也是个不能欺骗的人，要想取信于秦王，就必须把眼前的真实情况告诉他。

想到这里，白起鼓起勇气对秦王奏道："臣以为大王出兵攻打邯郸，已经犯了兵家大忌。孙武子有言：'其用战也胜，久则钝兵挫锐，攻城则力屈，久暴师则国用不足。夫钝兵挫锐，屈力殚货，则诸侯乘其弊而起，虽有智者不能善其后。'如今秦军三十余万远离本土，到千里之外去攻打赵国的都城，当面是一座铁打的邯郸，背后魏、楚两国几十万大军虎视眈眈！秦军早前兵精将勇士气旺盛，可从去年九月打到现在，根本不能对邯郸构成任何威胁，而秦军锐气已经挫尽！秦国兵马众多，粮草充足，国家尚有余力，将士勇猛，有大破魏、楚两军的余威，所以魏、楚两国仍然对秦国雌伏，假装顺从，可这样的仗要是再打一年，秦国的军马就用光了，粮食就耗尽了，那时魏、楚两国一定会出兵从背后袭击秦军，赵国也会倾尽力量发起反击，秦军必败。"

白起说的句句都是实话。听了这些实话，秦王汗流浃背，只觉得心里一阵阵发冷。

看着秦王的神色，白起知道秦王把这些话都听进去了，就悄悄把话锋一转，指向了应侯范雎："孙子有句名言：'上兵伐谋，其次伐交，其次伐兵，其下攻城。攻城之法为不得已。'这话说得极有道理！自大王继位以来，秦国一直在奉行孙武子之道：早年山东六国合纵攻秦，秦国就退入函谷关，用一座铁打的雄关挡住六国兵马，结果是集六国之力也不能破一座函谷。而秦国在与韩、魏、楚、齐交战之时，每每奇兵奔袭，或战于夏山，或战于伊阙，或战于济水，或战于华阳，都是避开坚城，野战破敌。尤其长平之战，一开始赵军设下坚城壁垒，将秦军诱入太行险道，结果王龁大军伤亡十万之众！其后赵国粮尽，不得不转守为攻，我军反而筑壁垒而守，歼灭赵军四十余万！太行山中的几座石垒尚有如此威力，可以扭转战局，决定胜负，赵国的邯郸城比长平的石垒坚固十倍！且地远道险，诸侯环伺，我军怎能跨越千里去攻打邯郸？这是应侯不智，大王应该趁着赵人尚处守势，无力反扑，而魏、楚两军不敢轻动之时，果断从邯郸撤军，大军在上党郡休养一年，然后挥师渡过黄河，取荥阳、成皋，先灭韩国，臣以为这才是最好的办法。"

白起说得确实有道理。可他却忽略了一个最要紧的问题，那就是秦王的面子。

秦王并不是不知道攻打邯郸的危险，他不顾一切发兵攻打邯郸，是因为赵国先答应割地称臣，却又出尔反尔，不肯割地，以一个战败的小国，竟敢使出这样的手段耍弄强大的秦国，此时若不灭赵，秦王实在没有面子。

可以说，是赵王硬逼着秦军来灭赵国。

现在白起把邯郸之战的风险全摆在秦王面前了，回头一想，秦王终于明白赵国为什么会"逼着秦军灭赵"。原来这里面早就有一个天大的圈套，可秦王却没看出来，就这么傻乎乎地钻了进去。

白起提出秦军从邯郸退兵，休养一段之后转回头去灭韩，秦王知道这是个不错的主意，可问题是：丢了的面子怎么找回来？

白起偷看秦王的脸色，已经猜出了他的心事。而白起今天说了这么多实话，其中也不乏恐吓秦王的言语，既是想保全秦军的实力，也是要避免自己被卷入这场几乎注定要失败的大战，另一个目的，就是想趁机扳倒应侯范雎。

眼下秦国只有两条路：一是不顾一切硬把邯郸攻下来；二是找一条替罪羊祭出来杀掉，然后以此为借口从邯郸退兵。

硬攻邯郸，要付出十万条人命的代价；杀一只替罪羊，不过是一个人罢了。在白起想来，秦王当然会杀一个人，而救十万人。于是凑近秦王身边压低了声音："大王，早先命秦军暂缓攻打邯郸的是应侯，命平原君到秦国做人质的是应侯，撺掇大王接受赵国城池，允许赵国向秦国称臣的也是应侯。现在邯郸的战局都在大王嘴里，只要大王说一句话，罢了应侯，秦军就可以从邯郸撤回了。"

白起是个武夫，虽然在武夫之中算是个精细人儿，可是与政客们相比，他的思路还是太直率，言语也粗糙，这番话说得未免太急了些。

在秦王听来，白起的话里分明是在指责秦王处处听信范雎之言，先是失去了攻打邯郸的最好机会，又耽误了攻打邯郸的时间，最后又愚蠢地中了赵王诡计。虽然白起这些话句句在理，可听起来不但刺耳，而且刺心，脸色顿时显得不太好看了。

白起也瞧出秦王脸色难看，可他却没猜到秦王的脸色为什么会难看，反以为自己这些话说动了秦王，心里暗暗得意。于是缩头缩脑坐在下面，等着秦王拿个大主意。

沉默了好半天，秦王终于缓缓问道：“依武安君看来，邯郸城是一定攻不下来的？”

白起忙说：“臣以为邯郸实在难克。”

白起回答得这么干脆，秦王心里更不痛快了。可眼前要用白起，没办法，只好把一口气咽回肚子里：“五大夫王陵有勇无谋，实在不成才，如果武安君肯去攻邯郸，寡人马上招回王陵，邯郸城下大军悉听武安君调遣，再给你增拨十万兵马，只要攻克邯郸，寡人就将邯郸城封给武安君，你看如何？”

想不到秦王只字不提收拾范雎的话，反而许下重利，仍然命白起去攻邯郸。可白起知道邯郸之战不是换一员将领或者增加几万兵马就能解决的。现在只能把话说得更直一些，希望能够劝住秦王，拯救秦国，同时也救一救白起自己。

于是白起推开面前几案拜伏于地：“大王，邯郸之战胜败不在将帅，不在兵马，而在大势！秦军攻城越急，损失也就越大；秦国发兵越多，诸侯救赵越快！孙子言道；‘主不可以怒而兴师，将不可以愠而攻战。合于利而动，不合于利而止。怒可以复喜，愠可以复悦，亡国不可以复存，死者不可以复生。故明主慎之，良将警之，此安国全军之道也！’秦国之所以比六国更强大，就是因为历代秦王都懂得‘合于利而动，不合于利而止’的道理！大王若能早一天从邯郸撤军，就是救了秦军几十万士卒，省下秦国几十万石粮食，有这些士卒，有这些粮食，秦国就仍是天下第一强国，以后还有灭六国的机会，大王千万不能‘怒而兴师’，犯下难

以挽回的大错！"

白起这话说得十分坦率，秦王听了也不禁动容。

到这时秦王也知道白起是下决心不肯去邯郸了，这样一位名将，功臣，秦王也不能过分逼迫他。何况白起说得有理，秦王也必须好好琢磨一番，叹了口气缓缓说道："武安君去吧，让寡人想想。"白起忙起身告退了。

白起走后，秦王一个人想了好久，始终拿不定主意。

此时的秦王也感觉到邯郸之战实在是个错误，可秦国几十万大军已在邯郸城下，打了这么久，伤亡惨重，想从赵国撤军谈何容易？秦军一旦退却，就等于把前面长平之战的成果一笔抹去，在天下人面前丢了面子。

君王的体面很要紧，在别国面前丢脸会引来强国的攻伐，在本国权贵和百姓面前失了尊严更可怕，因为这可能引起别人对秦国王位的觊觎。

对此白起倒教给秦王一个办法：把应侯范雎拉出来做替罪羊。可秦王知道白起这么说纯粹出于私心，想要打击政敌。

范雎是秦王身边"新宠"的首领，打掉一个范雎，秦王就必须把王稽、郑安平、任固、苏涓这些人都收拾干净，统军的将领中，攻邯郸不利的王陵也必被制裁，这么一来，秦王在驱逐穰侯之后用十年时间苦心培植起来的文臣武将顿时去了一大半，王廷中没有了可用的心腹。不得不回过头去重用白起、蒙骜、司马梗、司马靳、蒙武这些穰侯提拔的亲信将领，这对秦王在国内的威信又是一个巨大的打击。

老子曾说过："圣人常无心，以百姓心为心。"可惜治理国家的并不是老子，而是君王，君王这个东西是最"多心"的，他们每天琢磨的，全都是私心私欲。

自从天下有了国家，有了君主，君王治国从来不是凭道理，而是看利益。

于己有利即用，于己不利则废。所以很多时候，真正的好主意并不能被君王采纳，那些祸国殃民的暴政恶行，却可能得到君王的支持而沿用下去。百姓之所以世世受苦，国家之所以时常倾覆，都是君王以私心治国造成的恶果。

现在秦王嬴则任着自己的私心，把白起"从邯郸撤兵"的提议抛在脑后，此时他心里想的，就只是怎么才能打赢这一仗，以最快的速度和最小的代价攻克邯郸城了。

秦王是坐在咸阳宫里治国的孤家寡人，并不知道怎样用最快的速度攻下一座城池，他也不需要去琢磨攻城略地的办法，只要把要求提出来，自有臣子们替他卖命。

于是秦王嬴则在大殿上高坐，摆出一脸怒容，命应侯范雎立刻进见。

不大会儿工夫，应侯范雎慌慌张张地走进殿来。

范雎是个手眼通天的人物，已经知道秦王早前悄悄召见了白起，虽然不知道秦王和白起说了什么，可凭着范雎的机灵，也猜得出白起会对秦王说什么话了。

现在范雎被秦王叫来，大殿上已经没有了白起的影子，秦王的脸色也很难看，范雎心里更慌了，上前拜了秦王，勉强笑着说："恭喜大王，臣听说五大夫王陵在赵国尽取武安、武城、番吾、葛孽，已经扫平赵国南长城，将邯郸彻底合围，想来破城指日可待了。"

其实范雎早知道王陵两次攻打邯郸都被赵军挫败，可他却在秦王面前装糊涂，有实话不说，瞪着眼说瞎话。秦王心里本来就不痛快，听了这些话更是不爽，从鼻子里哼了一声，根本不理范雎，沉声说道："寡人今天召见了武安君，武安君认为邯郸之战早晚必败，催寡人从邯郸撤军，应侯

对此事怎么看？"

秦王淡淡的一句话儿，顿时把范雎吓出一身冷汗。

秦国从邯郸撤军，就等于承认对赵国作战失利，如此一来秦国在山东六国面前丢尽了脸面，主持此事的范雎就必须出来承担责任，花十年工夫拼到手的相邦之位就坐不稳了，应侯的爵禄也保不住，弄不好，连这条命也要搭上。

范雎是个精明透顶的人，只片刻工夫就从震惊中缓过劲儿来，再一想，秦王若真要用白起之计，又哪会把这些话当着自己的面说出来？现在秦王做这个脸色给自己看，正说明他不打算采纳白起的意见，仍然要把邯郸这一仗打到底。

要说到打仗，秦国所有将军都比不上白起，秦王一心想让白起去攻邯郸。而白起既然献了"撤兵"之计，当然是不愿意替秦王打这一仗了。现在秦王用这些硬话敲打范雎，其意有三层：一是让范雎找个继续攻打邯郸的理由；二是命范雎做出一个"攻打邯郸绝无危险"的保证；至于第三层意思，当然是要让范雎想办法说服白起，由这员天下无双的名将亲自指挥邯郸之战。

范雎到秦国来已有十三年，在秦王手底下混事也有十二年了，早就把这位强横霸道的主子从里到外全吃透了。也就眨眼工夫，他已经猜出了秦王的心意，立刻也摆出一副气冲冲的样子来："臣早听说武安君平时好高骛远，言语虚滑，而且自恃有功，每每谎报军功，大话欺人，想不到武安君现在连大王也敢欺骗！邯郸之战是赵王欺骗大王在先，大王挥师北进，乃是讨伐背信不义之君，这一仗是打给天下人看的，如今邯郸未克，大王怎能撤兵？"

在秦王面前，白起说的是实话，范雎说的是瞎话。可白起的实话句句逆耳，范雎的瞎话却全是顺着秦王的心思，虽然未必有理，却让秦王爱听。脸上的神色不由得缓和了几分："话虽如此，可邯郸城防坚固，守军顽强，王陵军马多有损失，若再增兵，损耗只会更大，秦国以统一天下为己任，总不能把国力都消耗在邯郸城下吧？"

一听这话，范雎更加气恼，忍不住提高了声音："说起此事，大王就更应该责备武安君了！天下人都知道，赵国总共只有四十万精兵，可长平一战，武安君竟对大王说他'前后斩首虏四十五万'！算起来，武安君已经把每一个赵国士卒都杀了一遍。若真如此，邯郸城里又怎么会有这么多精兵勇将，以至王陵大夫在城下战死五六万人！亏得武安君还好意思用赵军首级筑起'京观'，仗着这些功劳受了大王的重赏，又替自己扬了名，却害得秦军误以为邯郸无兵无将，可以手到擒来，结果打出这么一场仗来！到现在收不了场了，武安君居然不知道羞愧，倒跳出来说这些便宜话儿，鼓动大王撤军，让大王在天下人面前丢脸！臣实在不知武安君要干什么！"

范雎真是铁嘴钢牙，这一口咬得好狠！把邯郸之战的所有责任都推到白起的身上，倒把他自己择了个干净。

贸然发动邯郸之战虽是范雎的过错，可秦王已经被范雎裹胁，现在范雎大骂白起"谎报军功"，把自己择了出来，也就等于把秦王从这个烂泥坑里拉了出来，心里暗喜，嘴上也就顺着范雎，气呼呼地说了句："武安君确实有本事，可为人实在不厚道。"

到这时，范雎虽然并没给邯郸之战找出一个好的理由来，可他却靠着巧言舌辩打击了白起，把秦王哄得晕头转向，不知不觉又和范雎坐到同一条船上来了。

　　拉拢住秦王，范雎就什么都不怕了。话头儿一转，又笑着说："邯郸之战虽然拖延了时间，可大王也不必担心，从现在的情况看，燕国丝毫没有援助赵国的意思，且臣已料定，如果秦军攻克邯郸，燕王必然发兵从北面攻打赵国的巨鹿，以瓜分赵地，给燕国打开一条进入中原的通道。楚国在莒城、郯城一带调集了二十多万兵马，兵锋直指鲁国的费县，同时楚将景阳又调十万精兵逼近薛邑、滕邑，准备从魏国和齐国手里夺下这两处城邑，进逼鲁国都城曲阜，眼看灭鲁的布局已有了八成，这时候楚军绝不会北上来救邯郸。齐国本来就仇恨赵国，现在赵国精兵损失殆尽，秦军数十万众围攻邯郸，齐国既不愿来，也不敢来，何况楚国即将伐鲁，齐、鲁唇齿相依，齐王防范楚国还忙不过来，哪有心思救赵？至于魏国嘛，臣早先已经收服了魏国的相国须贾，这几年须贾一直与臣暗通消息，所以臣知道，魏王早已被秦国的兵威吓破了胆，根本没有救赵的勇气，反而一心想向秦国称臣。所以臣准备派人带千金到魏国去，命须贾想办法说动魏王，使魏国尽快向秦国称臣。一旦魏国臣服，不但魏军不可能去救邯郸，赵国人知道魏国的动向，军心士气也就散了，那时邯郸城指日可破。"

　　听范雎这一番说辞，似乎邯郸真的已经成了秦人的口中食，只要秦王再加一把火，不但能攻克邯郸，而且可以乘势灭亡赵国。秦王沉吟良久，问范雎："应侯觉得楚国何时会对鲁国用兵？"

　　秦王问这话，其实是把范雎的话信了九成，只剩下小小的疑虑，所以用话敲定。范雎心里暗喜，忙说："臣估计楚国伐薛就在今年，攻鲁，大概在明年吧。"

　　楚国何时对鲁国用兵，范雎哪里知道？可他现在急着给秦王吃定心丸，只要哄得住秦王，什么话都敢说。

秦王又想了想，缓缓说道："魏国那里……"只说了四个字，一时不知如何措辞，没再说下去。

不等秦王把话说完，范雎就笑着答道："魏国的相国已经成了秦国的细作，魏王那里有什么风吹草动，须贾一定会立刻报知下臣，臣也会督促须贾尽快说服魏王来咸阳朝拜。"

半天，秦王终于说了一句："甚好。"

有秦王这句话，范雎彻底放下心来，知道今天要办的三件事已经完成了两件，给攻打邯郸找了个理由，又向秦王保证此战必胜。现在该是办最后一件事的时候了。于是对秦王拱手笑道："大王，臣以为邯郸之战早晚获胜，只是王陵在城下指挥不力，以致军马多有折损，这样下去也不好，大王可以派一员得力将领替下王陵，再加派一支生力军，重新鼓舞士气，则邯郸城指日可破。"

"应侯以为何人可以替换王陵？"

"左庶长王龁勇谋兼备，堪当大任。"

一听这话，秦王不禁眉头微皱。

在秦国，最善战的将军是白起，不是什么王龁。秦王想用的也是白起，可范雎处处聪明，偏在这一件事上糊涂，竟提出用王龁接替王陵，颇让秦王有些不满。

其实范雎这个水晶猴子什么不明白？可范雎知道，秦王想让他去劝说白起到邯郸指挥作战，这是秦王的一厢情愿。

白起早先是穰侯魏冉的亲信，可范雎扳倒了魏冉；白起指挥伐韩的时候，范雎出面夺了他的军权；白起在长平打了胜仗，准备直取邯郸，又是范雎在秦王面前进言，阻止白起到邯郸立功。秦国这两大权臣早已闹得势如水火，现在让范雎去劝白起？白起肯给范雎这个面子吗？

范雎这条舌头很厉害，能劝动天下人，可他绝对劝不动白起。

所以范雎故意装傻，先在秦王面前说出一个"王龁"来，就是在给自己找后路。万一说服不了白起，有这句话垫底，秦王不至于因此冲范雎发脾气。

至于白起如果奉命，会怎样攻打邯郸，如果白起不肯奉命，王龁到了邯郸又该如何攻城？说实话，范雎根本就不知道，也不想知道。

因为范雎只是个政客，并不是将军。

秦王嬴则和臣子们打了五十年交道，这帮人耍什么手段，他大半看得出来，偏偏范雎的鬼心思总能瞒过秦王。现在范雎这一番话又把秦王唬住了，只觉得用王龁并不顺手，还是武安君白起更让人放心。可白起已经表态，不愿意攻打邯郸，这时候秦王再去用他，就有点"求人"的味道了。

秦王当然不肯求人，眯起眼睛缓缓说："王龁这个人太死板……"只说了半句话就停住不说了。

秦王欲言又止，是出个题目给范雎去做。早在秦王出题之前，范雎就已猜到秦王必会让他去劝白起，更算到自己根本劝不动白起，于是微笑道："左庶长用兵沉稳，大王说他死板也有理。"假装皱眉想了想："邯郸之战是大战，不妨由臣去拜见武安君，听听他的意见。"

范雎果然是个聪明人，破开了秦王出的谜题，秦王心里高兴，脸上却丝毫不带出来，只说了两个字："也好。"范雎急忙告退。

正如范雎所料，白起对他衔怨极深，勉强见了范雎一面，口口声声只说自己有病在身，行动不便，胡乱应付了几句，就把范雎打发出来了。

眼看白起不肯替秦国出力，秦王心里也恼了，就把白起扔在一边，命左庶长王龁率军赶赴邯郸援助王陵。

平原君会盟楚魏

　　周赧王五十八年，也就是秦王在位的第五十年正月，左庶长王龁、五大夫郑安平率领从各地征调的新军十万抵达邯郸城下。

　　王龁带来的军马人数虽然不少，可这是一支临时征募的新军，战斗力不能与早前的秦军同日而语。面对铁打的邯郸城和不断出城反击的赵军，王龁实在拿不出什么好主意来，郑安平本是个驭手出身，对行军打仗一窍不通，更是说不出一句有用的话，秦军在邯郸城下的僵局只能日复一日地继续下去。

　　可王龁也知道，秦王正在咸阳城里眼巴巴地等着战胜的消息，自己拿不出战果是不行的，没办法只好硬想个办法，一方面以数十万大军死死围困邯郸，希望把城里的百姓困死饿死，同时派公乘张唐率五万人马去攻打位于邯郸东南的邺城。

　　邺城是魏国的城池，夹在赵国南长城和安阳大城之间，早年赵军夺取安阳以后，邺城已经被孤立起来，只因赵军取了安阳以后心满意足，没有攻打邺城，这座城池才得以保全。

　　邺城就在赵长城外，离邯郸战场太近，眼瞅着赵军与秦军疯狂厮杀，城里的魏国守军早就心惊胆战，日夜担心秦军来攻。现在秦军果然到了，守邺城的魏国大夫蔡尉吓掉了魂儿，竟然未与秦军一战就弃城而逃，张唐军兵不血刃占领了邺城。

　　听说蔡尉临阵脱逃，在大梁的信陵君怒不可遏，立刻命人到河北逮捕蔡尉，拿到大梁斩首示众！

当秦军抽调围困邯郸的兵马攻打魏国的邺城时，邯郸城里的平原君已经察觉形势发生了变化，待秦军取了邺城，魏国杀了蔡尉，平原君更加敏锐地感觉到，秦军的力量正在削弱，而魏国对这一战的态度开始变得明朗了。

邯郸破围，必须先使秦军疲惫，再请魏、楚两国救赵，集三国之力才能大败秦军。现在秦军已经疲惫，魏国的态度转而强硬，平原君知道，该是联络魏、楚共同抗秦的时候了。立刻与赵王商定行程，回到府里正在准备行装，一个人从外头走了进来。赵胜看了这人一眼，似乎有些眼熟，却想不起他的名字，只问："你是何人？"

那人冲平原君拱拱手："小人毛遂，是府里的舍人。听说主公要到楚、魏两国去求救兵，小人也想为国家尽点力，愿意追随主公出使。"

平原君皱着眉头问："你是新到我府里的舍人吗？"

毛遂忙说："小人在主公府里已经三年了。"

出使是大事，何况这次平原君肩负的使命十分重要，必须挑选精干的人随行才好。毛遂已经在平原君府里待了三年，平原君却连他的名字也记不住，可见是个平庸之辈。平原君摆摆手："出使魏、楚两国是大事，就不劳先生追随了。"

平原君瞧不上毛遂，毛遂却不肯走，反而在平原君面前坐了下来："主公不用小人，大概是因为不了解小人的本事吧？小人自幼苦读，博学多闻，有舌辩之能，最适合出使。"

毛遂的口气这么大，倒让平原君觉得好笑："既然你这么有本事，为什么我从没听过你的名字？"

听了这话，毛遂坐直了身子郑重其事地说："人与人各不相同，平庸之辈好比一根柴草，有才能的人好比一只锥子，如果把柴草跟锥子都放在口袋里，柴草永远不会冒头，可锥子早晚会露出尖儿来。主公身边门客众多，大半都是柴草，像我这样的锥子没有几只。可主公早先一直看重那些柴草，却把我这只锥子扔在一边。现在主公出使魏、楚，身边的随从不少，就好像背着一口袋柴草，小人请主公给个机会，把我放在口袋里背到楚国去，看看小人这个锥子会不会从口袋里露出尖儿来。"

毛遂这话倒把平原君逗笑了，也觉得此人不俗。正像毛遂说的，平原君出使带的随从不少，多一个毛遂也无妨，不如带上他，让毛遂显显本事吧。

第二天，平原君离开邯郸，渡过黄河直奔楚国都城陈邑而来。

平原君还在半路上，楚国令尹黄歇已经知道了消息，急忙进宫来见楚王："大王，平原君渡河南下，想来又是到楚、魏两国借兵来了。"

楚王忙问："令尹觉得楚国应该出兵助赵吗？"

春申君拱手对楚王奏道："秦国在长平之战歼灭赵军数十万，已经把赵国打残了，但赵国故意出尔反尔，公然拒绝向秦国割地称臣，逼着秦军来攻打邯郸，其实是以邯郸为诱饵，骗秦军孤军深入中原腹地，好给各国创造一个聚歼秦国精锐的机会。臣不得不佩服平原君的胆略。现在邯郸之战已经到了关键时刻，赵秦两国各自耗尽了国力军力，生死皆在一线，赵军若胜，秦国二十年内无力东侵；秦国若胜，赵国势必迅速灭亡，那时秦国势力暴增十倍，借灭赵的威势伐韩攻魏，三晋一破，楚国孤单力孤，不得不正面与秦人对抗，这对楚国来说是最不利的态势。"

楚王忙问："春申君的意思是：楚国应该出兵助赵？"

春申君点点头："出兵是一定要出兵的，可出兵的时机还需斟酌。依臣估计，赵国虽然艰难，还未到山穷水尽的地步，秦国也还有精兵可用，此时楚国出兵尚嫌太早，最好再拖个半年看看。"说到这里略缓了口气，

又说"另外楚国与赵国并不相邻，楚军必须越过魏国疆土才能到达邯郸，邯郸门口的邺城已被秦军占据，要拔下这根钉子也是一场恶战，所以楚国出兵应在魏国之后，一来魏军已行，楚国穿越魏国疆土就不会有风险；二来让魏军去攻打邺城，楚军随后而进，也能减少一些损失。"

春申君这笔账实在算得太细了。面对这么一位精打细算面面俱到的令尹，楚王只有言听计从："这么说寡人此次要把话说得模棱两可，既不答应出兵，也不拒绝助赵，且让平原君空手而回，等看清形势再说。"

楚国君臣商定对策之后，楚王在宫中设宴招待平原君。

此时的平原君早已心急如焚："大王也知道，秦军攻打邯郸已经一年有余，邯郸城内粮食将尽，百姓啼饥号寒困顿不堪，秦军也已成了疲残之师，此时楚国若纵兵击之，秦军必败，但楚国再不发兵救赵，邯郸一破，赵国只能割地议和，那时秦军直入中原，楚国危矣！请大王速下决心，发兵救赵！"

楚王早就打定了主意，故意皱起眉头："平原君说得在理，山东各国合纵抗秦，楚国应该发兵助赵。可楚国也有楚国的难处，今年雨水太多，粮食歉收，国内支用不足，且楚国与魏、齐两国都有纷争，一时不能抽调兵马，助赵之事还需缓议。"

楚王说的全是推托之词，平原君急道："楚军再不救赵，数月之内邯郸必破！"

楚王叹了口气："可楚军北上要穿越魏国的疆土，魏王一向视楚国为仇敌，寡人以为要救赵，必须魏军先发，楚国才好进兵。"

长平之战的时候楚国就用这些借口应付赵胜，现在楚王嘴里还是这些话，平原君急忙说："大王可否先与下臣定盟，然后臣好去说服魏王发兵。"

　　楚王沉吟半晌，慢吞吞地说：“寡人觉得君上还是先和魏国定盟，再来与楚国定盟吧。”

　　平原君把话都说尽了，可楚王还是不紧不慢地拖延时间，眼看这么商量下去实在没有结果，平原君急得满头大汗。忽见一个人沿着殿阶飞步走了上来，平原君一愣，才认出正是自己的门客毛遂。

　　楚王正与平原君议事，忽然走上这么个人来，楚王也是一愣：“这是何人？”平原君忙说：“这是下臣的门客。”

　　楚王本是个暴烈的人，现在又一心想拖延救赵，正找借口，平原君的门客忽然冲上殿来，楚王正好借势发作，指着毛遂厉声喝道：“我与平原君商议国事，你是什么东西，还不滚下去！”

　　楚王雷霆震怒，毛遂却毫无惧色，反而踏上两步按剑而立，慨然说道：“小人是平原君门客，现在大王与我的主人说话，小人就算无礼，也要由我的主人来呵斥，大王却公然斥骂小人，这是大王不顾礼节了！大王之所以斥骂小人，不过是因为殿上有楚国的铁甲武士，可小人距大王仅十步，若小人受辱之后竟来犯上，大王如之奈何！”

　　毛遂竟然当殿恫吓楚王！真把平原君吓了一跳。楚王也被毛遂这股不要命的气势震慑，一时说不出话来。毛遂看到机会，忙说：“小人听说当初商汤仅有七十里土地，却击败夏桀得了天下；周武王也只有数百里疆土，却能灭商纣，建周朝。这些圣王之所以成事，都是因为他们看清了天下大势，这才一战成功！可楚国有地方五千里，执戟之士百余万，是霸主之国，天下没有一国可与之比肩。白起是什么东西？仅凭几万兵马进攻楚地，一战破鄢郢，再战烧夷陵，三战焚毁历代楚王陵寝，使楚国先人蒙羞！楚国与秦国实有百世难解的深仇，连我们赵国人都替楚人觉得羞耻！现在赵国独抗强秦，是替天下人与暴秦抗争，楚国要是知耻，

就该发倾国之兵与秦人死战，大王却不肯出兵救赵，反而当殿呵斥小人，这是什么意思！"

毛遂一番话，问得楚王半天答不上话来。

见楚王动了心，毛遂忙跪倒在楚王面前："大王是楚庄王后裔，明断千里，楚军是威武之师，天下无敌！现在秦军已被赵人拖垮，此时不灭秦兴楚更待何时？请大王立刻下诏举兵攻秦，复仇雪耻，扬国威于天下！"

楚人天性最有激情，楚王年纪尚轻，且早与春申君商定，一定会发兵救赵。现在被毛遂当殿一激，再也忍不住了，高声道："你说得好，寡人必率倾国之兵与秦人一战！"

一听这话毛遂大喜，赶紧冲着楚王身边的随从叫道："楚王有诏：即刻与赵国会盟，举倾国之兵攻秦！尔等还不奉上祭礼！"

到这时，殿上的楚人全被毛遂唬住了。既然楚王确实说了与秦国交战的话，这些人也没细想，急忙在殿前杀了三牲，用铜敦捧血送上殿来。此时楚王已经没有退路，只好当殿与平原君歃血为盟，答应出兵助赵。

与楚国定盟之后，平原君立刻辞行，赶往魏国去了。这时候楚王才清醒过来，不禁有些后悔。春申君也觉得好笑，只能安慰楚王："楚国本来也打算助赵，大王只是答应得太快了些，这也没什么。大王可以立刻调动兵马，但时局还是要看一看，等魏国出兵了，楚军再北渡黄河不迟。"

"此战当以何人为将？"

春申君笑道："赵王送给臣一座灵丘，臣也不能白拿赵王的好处，这一战就由臣统兵吧。"一句话说得楚王也笑了起来。

楚国开始调集兵马的时候，平原君赵胜已经飞一般赶到大梁，先来拜见信陵君魏无忌。

秦军围困邯郸这一年多，魏无忌时刻都在注意战事的进展，知道秦军屡次攻城不克，反而被赵军痛击，吃了几个败仗，逼得秦王屡次增兵，临阵易帅，势头越来越弱，反攻的机会已经出现了。现在平原君到了大梁，魏无忌当然知道他是来求援的。可如今的信陵君已经是个老谋深算之人，在答应赵国的请求之前必须把所有问题都考虑到："三晋出于一家，理当互助，只是眼下秦军在西面夺取了魏国的温县、枳县、邢丘，南面取了魏国的南阳郡，又有十万秦军驻扎在韩国的缑氏，离魏国也不远，魏国三面受敌，实在抽不出兵力救赵。"

平原君忙说："秦军虽然占了温、枳、邢丘，夺了南阳郡，可秦国主力已全部到了邯郸，在这两处的秦军兵力有限，绝不可能攻打魏国。缑氏的十万秦军被韩军牵制，也无力攻魏。君上不必顾虑这些。"

平原君说的句句是实话，可信陵君却不急着接他的话头儿："君上还不知道吧？秦国已经派使臣到大梁来，答应把韩国的垣雍城送给魏国。"

秦国把垣雍送给魏国，实在是个欺人的伎俩，做奸细的须贾曾劝魏王接受垣雍，但信陵君早看破秦人的诡计，拒绝了此事。现在信陵君在平原君面前提起垣雍来，只是找个借口哄骗平原君罢了。

可赵胜并不知道其中内情，听说秦国用垣雍城贿赂魏国，忙叫道："秦人的话不可信！赵国一旦灭亡，秦军直入中原，韩国很快就会灭亡，之后秦军就会伐魏，那时候魏国连大梁也保不住，何谈垣雍？"缓了口气又说："君上想想，如果魏国能和赵、楚联手在邯郸击败秦军，那时秦人必然一溃千里，魏国就能收复早先的全部失地，这不是比得到一个垣雍好得多吗？"

平原君把话说到这个地步，信陵君却仍然翻着眼睛不吭声。平原君

心里又急又苦，推开几案直凑到信陵君面前："早年我与君上交往，只为敬重君上是个正直仁义的真君子，现在赵国落难，邯郸眼看就要失守，几十万条人命悬于一线，难道君上忍心看着赵人被秦军屠杀而不问？"

说到这里，赵胜脸上已经落下两行泪来。

平原君比信陵君大不了几岁，可平原君是个骄横跋扈的脾气，不像信陵君这么拘谨，加之赵国的国力又强，平原君的处境不像信陵君这么艰难，所以早先的赵胜看上去比魏无忌精神，壮实。可自从长平战败之后才两年时间，平原君赵胜已经须发苍白，面黄肌瘦，两眼无神，看上去老了不止十岁。只看他这张脸，信陵君就知道这两年赵国以一城之力与整个秦国周旋，是怎样苦苦撑持局面，从平原君额头的皱纹里看得出赵人所忍受的饥饿和所经受的死伤。

邯郸之战，是天下最艰苦最惨烈的战争。虽然这场战争是赵国的几代君王权臣用他们的邪恶、自私和贪婪一点点堆砌的，是赵王自找的！可真正承担这一切不幸和痛苦的，却是赵国的平民百姓。

魏无忌本来已经准备了一整套话来应付平原君，可看着平原君的可怜相，魏无忌心里也有些难过，想起邯郸城里即将饿死的百姓，更觉凄然，很多话实在说不出口，只能勉强说道："魏国也有魏国的难处……"

平原君忙说："君上的意思是要提防楚国？来大梁之前我已见过楚王，楚国答应出兵助赵。"说到这里又急慌慌地补上一句："如今赵国已到了生死关头，山东各国皆危如累卵，楚国也不自安，绝不会再来威胁魏国的安全！君上不要有顾虑，请看在三晋的情分上，早日发兵助赵。"

长平之战时楚国也答应助赵，那是假的；现在赵国危亡，山东各国同仇敌忾，楚王救赵八成是真的，这个魏无忌也算到了。可这些年楚国攻睢阳，夺薛城，对魏国步步进逼，魏国对楚国实在不得不防："既然楚王答应出兵，君上能否促成楚军先渡黄河北上？只要楚国率先进兵，魏国即可出战。"

长平之战的时候魏国和楚国就用这个借口互相推诿，都要求对方军马先渡黄河北上，自己才肯出战。想不到这次信陵君又说这话，平原君心里一急，也顾不得礼数，推开几案膝行而前，直爬到信陵君面前："君上不要用这话骗我！魏赵两国如同唇齿，现在魏国不肯救赵，以后秦军灭魏之时，天下也不会有人来救魏国！请君上即刻派兵北上，只要魏军出战，楚国必然出兵。若再耽误一两个月，邯郸必被秦军攻破！"见魏无忌还在犹豫，忍不住哭了起来："赵胜好歹是君上的姐夫！君上就算不在乎赵胜的死活，难道忍心看着你的亲姐姐被秦军杀害吗？求君上在魏王面前替赵国说一句话，火速发兵救赵！"说着拜伏于地冲信陵君连连叩首。

平原君把话说到这个地步，信陵君也动了情，忙上前扶住平原君："君上不必如此，我这就进宫去见大王，请大王即刻发兵北上救赵。"

安抚了平原君之后，信陵君立刻进宫来见魏王，张口就说："大王，秦军围攻邯郸两年，用兵数十万人，损失十万之众，已成强弩之末！魏国十万精兵早已准备就绪，楚王也准备发兵救赵，两国大军一到，势必摧枯拉朽，大破秦军于邯郸城下！臣请大王立刻调兵北渡黄河，解邯郸之围！"

虽然魏国早就在酝酿派兵北上与秦人决战的计划，十万大军也已做好了出战的准备，可事到临头魏王还是犹豫："信陵君觉得现在是出兵的好时机吗？"

信陵君点点头："臣觉得时机已到。秦军远来攻赵，去其本土千里，

秦国虽富，所产粮食也支撑不了两年战事，虽然夺占了韩国城池，可从长平之战到邯郸之围，韩国百姓手中之粮早已征尽，秦人只能强夺百姓口粮，当地百姓皆视秦人如寇仇。自围攻邯郸以来，秦军屡屡攻城不克，三次增兵，临阵易帅，仍不能胜，锐气丧尽，士卒疲惫不堪，此时合三国兵力两面夹攻，内外突击，必可大破秦军于邯郸城下！"

信陵君说了一大堆话，魏王仍然皱着眉头不发一语。信陵君知道光用这些话激励魏王还不够，忙又说："从先王晏驾以来，秦人屡屡伐魏，夺我南阳，占我温县、枳县、邢丘、怀邑，又夺邺城，魏国的国势岌岌可危！眼下秦军攻打邯郸不胜，正是千载难逢的好机会，我军若能战胜秦军，秦人必败退千里，这些年失去的土地子民一夜之间就可以夺回来了。"说到这里又补了一句："倘若魏国还不救赵，一旦邯郸失守，赵王被秦军俘去，赵国从此灭亡，那时秦军再回头灭了韩国，魏国三面受敌，灭亡就在眼前了。臣以为大王此时出兵，可大破秦军，夺千里之地，若不出兵，五年之内魏国必亡。"

经过这些年的历练，信陵君说服人的本事比以前强得多了。就算是个再懦弱无用的人，听了这些话也会下定决心。魏王犹豫了片刻，又问："今天的魏国不比从前，能战之兵已经不多了，信陵君能保证此战必胜吗？"

这时候信陵君也顾不得许多了，咬着牙说："只要魏军出战，臣保证此战必胜！"说完这话，自己也知道"必胜"二字到底还是过火了，灵机一动，又说："这样吧，大王可以命魏军先攻邺城，试试秦人的实力，倘若邺城攻不下来，就表明秦人尚有余力，则魏军暂时不向邯郸进发，若邺城一战而破，说明秦军已无再战之力，那时我军即可直奔邯郸，大王觉得怎么样？"

信陵君的主意倒是两全其美，魏王又想了半天，终于下了决心："就以亚卿晋鄙为上将军，率军十万北渡黄河，先攻邺城，夺取城池之后，即可进兵邯郸。"

第二天一早，魏王当殿召见平原君，两人在正观殿上歃血为盟，宣布两国共同抗秦。随着魏王一声令下，早就枕戈待旦的十万魏军迅速集结起来渡过黄河，浩浩荡荡向邺城开来。

鲁仲连义不帝秦

就在魏军北上救赵的同时，一辆从咸阳来的马车悄悄进了大梁城，从后门溜进了相国须贾府里。

秦国来人，非同小可，须贾急忙把此人引进密室，问他："是应侯派你来的吗？"

那人忙说："小人受应侯之命给大人送来黄金五百两，请大人设法阻止魏国向邯郸派出援兵，若能办成这件事，应侯保证大人将来必能在秦国的朝堂上做一个上卿。"

此时的须贾已经成了范雎豢养的走狗，得了五百两黄金的重礼和一个"拜为上卿"的承诺，就像狗得了骨头，立刻连夜进宫来见魏王，急火火地说："听说大王已命亚卿晋鄙北上救赵，大王这是要给魏国惹祸呀！"

对救赵的事魏王心里本就没底，现在被须贾一说，更有些慌了，忙问：

"相国何出此言？"

在魏王身边多年，须贾深知魏王的短处，现在自己随便说了一句话，魏王就露出了惊慌之色，须贾知道抓住了魏王的弱点，就故意做出一脸神秘的样子来："大王可知秦国为什么围困邯郸？"

"寡人听说赵王答应向秦国割地称臣，却出尔反尔欺骗秦王，所以秦王发兵来攻邯郸。"

须贾忙说："对呀！赵王答应向秦国割地称臣，却又不守信用，秦王大怒，这才伐赵，这是秦赵两国的私事，与魏国并无关系，大王为什么要牵涉其中呢？况且赵国一向无信无义，也曾屡屡欺骗大王，赵国害人不浅！不久前赵国的相国虞卿带着公子齐逃回魏国，想挑起魏国与秦国的纠纷，移祸于魏，难道大王忘了吗？现在大王以十万魏国人的性命去救赵国，臣请问一句：这样做值不值得？"

须贾这话表面似乎有理，其实只谈小节不论大局，说的全是糊涂话，魏王并不全信："赵国引秦军攻打邯郸，本是个疲秦之计，现在秦军已经疲惫，魏军乘势击之，当可大获全胜，战胜秦国之后魏国获利甚多，寡人以为值得一试。"

魏王平时难得有这么明白的时候，倒让须贾一愣，忙说："秦国是天下第一大国，带甲百万，大王以为魏国能战胜秦国吗？"

"秦国虽强，可是经过长平、邯郸两场大战，兵马粮草已经消耗殆尽，早不复当年之勇了……"

须贾重重地叹了口气："这是何人在欺骗大王？秦国有百万大军，布置在邯郸周围的只有三十万，驻扎韩国的兵马尚有十余万，南阳郡又有十几万大军，加起来又是三十万人！倘若魏国攻打邯郸，秦王一怒，把这三十万人用来伐魏，大王如何抵挡？"

　　须贾这是在魏王面前公然说谎了。

　　秦国共有七十万大军，但长平之战折损二十万，邯郸一战又损失十万，已近半数。为了把邯郸之战坚持下去，秦王把南阳郡兵力抽调了大半，剩下的几万人主要用来防范楚国军马。从魏国夺取的温、枳、邢丘、怀邑等地兵马也大多北上，这些城池都成了空城。至于在韩国的十万人，既要用来监视韩王，又要防备魏军，捉襟见肘，哪里还有进攻魏国的力量？须贾一味夸大秦国的力量，威胁魏王，若换个人，只怕已经开始怀疑须贾到底是魏臣还是秦臣了。

　　可惜魏王的脑子想不到这些事，只是听须贾说得吓人，心里慌了，脸色也难看起来。

　　眼看自己说的话管用了，须贾赶紧抓住机会声色俱厉地说："秦国早先割占了魏国的温县、枳县，攻克了邢丘、怀邑，再割取魏国的南阳郡，已经从南北两个方向包围了魏国，现在秦军又夺了邺城，对魏国形成三面包围，如果魏军贸然北上与秦军冲突，秦国人很可能从三个方向同时动手，南边出南阳郡夺岸门，北边从邢丘渡黄河直扑大梁，两路夹攻，魏国岂不危矣！何况魏国东边又有楚国虎视眈眈，楚王把都城建在陈邑，离大梁近在咫尺，楚国几十万大军枕戈待旦，一心想夺魏国疆土，一旦秦国伐魏，楚人必然趁势西进，来夺承匡、雍丘！这么一来，就算大梁不被秦军攻陷，魏国的土地也被秦、楚两国瓜分殆尽了，那时大王该如何保全社稷？又如何安身立命？臣听说东面的卫国早先也曾是个强国，可如今卫国的疆土已被诸侯割光，只剩一座濮阳城！难道大王想沦落到卫国那种地步吗？"

　　须贾这个人没什么才干，吓唬人的本事却是一绝。魏王偏又是个怯懦无用的人，听了这些话吓得脸色灰白，额头上渗出一层冷汗，半天才问："相

国觉得寡人该怎么办？"

须贾要的就是魏王这句话，立刻凑到魏王跟前压低了声音："赵国挑起长平之战，惹祸上身，被秦人歼灭了几十万大军，却还不知进退，又出尔反尔戏弄秦王，引得秦军围攻邯郸，现在邯郸周边的城池全被秦军夺占，仅剩一座孤城，城中兵马不过数万，与秦人恶战一年有余，估计人也死得差不多了。现在的赵国就像个快淹死的人，拼命想拉住魏国，可咱们不能让赵王拖着一起淹死呀！依臣看来，大王应该立刻下诏，命晋鄙所部十万大军就地驻扎，不要逼近邯郸，免得秦王迁怒于魏国。"

魏王毕竟没糊涂到家，知道赵国一旦被秦国灭掉，魏国的形势会更加危险，忙问："相国的意思是不救赵国？"

须贾忙说："赵国还是要救的，只看如何救法。臣以为大王可以派使臣到邯郸去见赵王，劝赵王向秦国俯首称臣，如果赵王愿意答应，大王可以从中牵线，促成秦赵两国和谈，让赵国多割让些土地给秦国，这样既保全了赵国，又退去了秦兵，魏国也不用担参战的风险，大王促成秦赵和解，在诸侯面前也有面子，岂不是一举数得的好事吗？"

须贾说得看似有条有理，其实纯粹是一番废话。

秦王发兵攻打邯郸，是他在位五十年间所做的最大的蠢事。赵国君臣花了多少心思才把秦军吸引到邯郸来，只有一个目的，就是彻底击败秦军。现在秦军已经被拖瘦了，拖垮了，正是魏、楚、齐各国一起出兵痛击秦军的好机会，楚国已经下定了出兵的决心，魏国大军也渡过黄河北上，眼看大战将临，须贾却骗魏王去做和事佬儿，给秦赵两国牵线，促成赵国臣服于秦！赵国人若肯臣服，他们花这么大力气引秦军来攻邯郸，又是为了什么？

这些道理，任何一个当国君的人都想得明白，所以须贾说的这些话，任何一国的国君都不会信他，偏偏魏王却把须贾的话一字一句全都相信了，脸上顿时露出喜色："相国这个主意不错，寡人这就下诏，让晋鄙的大军停止向邯郸推进。"又问："相国觉得派谁到邯郸去说服赵王比较合适？"

须贾想了想："臣觉得新垣衍大夫久在河北一带驻防，熟悉赵国内情，又与平原君有交情，大王就派新垣衍去说服赵王吧。"

须贾之所以派新垣衍去办这件事，其实只有一个考虑，那就是尽量瞒着信陵君。

信陵君就在大梁城里，如果魏王从大梁派出使臣，信陵君立刻就会知道。可新垣衍指挥魏国的河北军马，长年驻扎汲邑，魏王命他到邯郸出使，信陵君就不会知情，也不会从中阻拦。至于新垣衍到邯郸去"说服"赵王和平原君，其实须贾也知道这事办不成。但须贾知道邯郸被秦军围困了一年多，已经到了最危急的时刻，魏国大军如果及时赶到，赵人士气大振，战局极有可能逆转。但魏军忽然半路停住，新垣衍又到邯郸劝说赵王臣服于秦，赵国君臣一定误以为魏国反悔不肯助赵，这一下对赵国人的打击一定很大，也许秦军可以趁赵人混乱的时候一举攻克邯郸城。

须贾虽然做着魏国的相国，他的心早已背叛魏国，投向秦国了。

可糊涂的须贾光想着取悦范雎，将来好做秦国的官，发秦国的财，却忘了范雎是个以"睚眦必报"出名的人物，以他和范雎之间那刻骨的深仇，将来秦军真的灭了魏国以后，范雎会用何等残酷的手段来报复他。

须贾这个东西真是小人中的小人，卑鄙得可恨，却又愚蠢得可怜。

就在魏王与须贾密谈，决定劝说赵国和魏国一起向秦国称臣的时候，魏国的十万大军已经渡过黄河北上，集中兵力对邺城发起了猛攻。

正像信陵君估计的一样，此时秦军的粮草已经接济不上，邯郸城里的赵军又没日没夜地出城袭扰秦军，死战不休，秦人兵力已尽，士气已竭，根本没法兼顾邺城的城防。魏国大军突然而至，仅用了两天工夫就攻下邺城。

邺城一破，魏军就杀到了邯郸的大门口。晋鄙也看出秦军已经到了崩溃的边缘，知道一场大胜仗就在眼前，只在邺城略作休整就全军出城北进，哪知先锋军刚出邺城，大军尚未进发，忽然接到魏王诏命：大军暂驻邺城不动。

接了魏王诏命，已经准备出战的魏国大军不得不停止了前进。同时，上大夫新垣衍却接到魏王的密诏，命他悄悄到邯郸去，劝说赵王向秦国称臣，割地求和，尽快结束邯郸之战。

魏王的诏命实在匪夷所思。可新垣衍又不能不奉命。而且诏书上写得明白，此事不能让别人知道，所以新垣衍也不敢和晋鄙商量，只得换了便服赶了一辆马车悄悄离开邺城，从东面秦军留出的缺口进了邯郸城。

这时平原君赵胜已经回到邯郸围城之中，听说魏国大军攻克邺城，楚军也集结起来准备渡过黄河来救邯郸，平原君乐得几乎要跳起来，立刻叫人写了告示准备张贴出去，让已经渐渐绝望了的百姓们知道救兵将至，也好有个盼头。

听说平原君打算出告示安民，鲁仲连急忙赶了过来："君上不要急，邯郸百姓愿与秦人血战，不是为盼救兵，而是与秦人有刻骨深仇。现在城里的军民百姓虽然伤亡重大，食不果腹，仍有死战到底的决心，君上在此时告诉百姓'援兵将至'虽然可以振奋人心，可君上也要想一想，魏军还在邺城，楚军尚未渡河北进，一切都没有定下来，万一后面有什么变故，百姓们翘首待援而援兵不至，人心士气反而维持不住。所以此事暂不公开为好。"

鲁仲连是位长者，一辈子多经风浪，早就看透了人性，几句话顿时劝住了平原君。

但在平原君想来，各国援赵是注定的事，绝不会有什么变数，眼看被围困了两年的都城即将解围，心情大好，正和鲁仲连商量战事，下人来报：魏国上大夫新垣衍到访。

听说新垣衍到访，赵胜立刻以为此人是来和赵军联系，准备攻打秦军的，高兴得直跳起来。鲁仲连却觉得魏军若是要和赵军里应外合，随便派个将官来就行，用不着派新垣衍这样重要的人物到邯郸来，略一琢磨，心里已经猜到了七八分，对平原君微笑道："君上要见贵客，老夫在此不便，我到耳房里坐坐，万一有什么事，君上可以来找我谈。"起身出去了。

鲁仲连刚走，新垣衍已经走了进来。赵胜忙问："大夫是来商议邯郸破围的事吗？"

听平原君一问，新垣衍满脸尴尬，半天才说："我王认为秦国势大，魏军兵力有限，楚国兵马又未北渡，只怕不是真心救赵。如此单凭魏赵两国之力难解邯郸之围，所以命臣来拜见赵王，请赵王按早先所约向秦国割地称臣，我王愿意居中调停。臣觉得此事应该先与君上商议一下再定，所以特来拜会。"

魏军已经和秦军打了一仗，夺了邺城，离邯郸近在咫尺，魏王却突然来劝赵王对秦国割地称臣，而且说什么愿意"居中调停"，这叫什么话！

平原君一下子愣在当场，半天才说："大夫这是……和我开玩笑吗？"

魏王在这种时候说这样的话，连新垣衍都觉得惭愧，低下头来："我有几个脑袋，敢拿国事来开玩笑？这确是我王之意。"

一听这话，平原君顿时火冒三丈："魏王明明答应出兵助赵，大军也已开到邺城附近，赵军早做好了出城应战的准备，魏王出尔反尔，真是岂有此理！"

新垣衍毕竟是魏国臣子，听平原君责备魏王，也不能不说话了："我王出面劝赵秦两国罢兵言和，也是一番好意，君上怎么说这样的话！"

要在以前，平原君早就急眼了，可自从长平战败之后，平原君着实受了几年苦，经了些磨难，脾气不像以前那么急躁，知道和新垣衍争吵于事无补，反而可能破坏赵魏两国关系，强压火气对新垣衍笑道："刚才本君一时口不择言，说错了话，还请大夫不要见怪。"嘴里说着客气话儿，心里盘算主意，忽然想起了鲁仲连，忙说："大夫远来劳顿了，我去吩咐下人准备酒宴，大夫稍坐。"走出厅堂急忙到耳房里来找鲁仲连。

鲁仲连正在屋里坐着喝茶，见平原君脸色铁青，风风火火地走进来，已经猜到，只问："新垣衍来说什么事？"

平原君气冲冲地说："魏王命新垣衍来做说客，要让赵国割地与秦人议和！"

鲁仲连点头微笑："魏王平庸怯懦，有这样的主意并不奇怪。邯郸这一仗，魏军来救，咱们要打下去，魏军不肯来救，咱们也要打下去。只不过新垣衍这个人是来给赵国泄气的，不能让他拜见大王。"略一沉吟，站起身来说："这样吧，我去见新垣衍一面，以正道说之，让他无颜去见赵王，自行离开邯郸。"

到这时候，除了赶紧把新垣衍轰走，也确实没别的办法了。赵胜从鲁仲连的房里出来，略平了平气，堆起一脸笑容回到正厅，对新垣衍说："齐国有位鲁仲连先生，想必大夫也听说过吧？"

"在下略有耳闻。"

赵胜笑道："巧得很，眼下鲁连子正在邯郸，听说新垣大夫想劝赵王向秦国称臣，觉得有趣，就想和大夫见一面，不知大夫肯赏脸吗？"

鲁仲连是个反对暴政的义士，一向帮助山东各国对抗秦国，这些新垣衍也知道，现在鲁仲连要见他，新垣衍立刻猜出这位先生是来责备他的。

新垣衍并非辩士，而且他内心深处也是想救赵抗秦的，只是奉了魏王诏命，不得不来"劝说"赵王，心里难免有愧，忙说："鲁连子是齐国人，在下却是魏国使臣，身负使命而来，尚未拜见赵王就先和这位先生见面，只怕不妥当，我看还是不见的好。"

赵胜微微一笑："我已在鲁连子面前提过大夫的名字，现在鲁连子就在府上，无论如何请大夫见他一面。"也不管新垣衍答应不答应，起身走了出去。

片刻工夫鲁仲连走了进来，在新垣衍对面坐下，瞪着两眼望着新垣衍，好半天也不作声。新垣衍被鲁仲连盯得有些不自在，强笑道："先生就是鲁仲连吗？"

"正是。"

新垣衍又说："我看先生的气度洒脱飘逸像位隐士，为什么却待在邯郸城里不走呢？"

鲁仲连微笑道："我为什么要走？"

新垣衍指着门外说："先生也知道，几十万秦国大军包围了邯郸城，已经放出风声，破城之后要屠尽城中百姓，现在城里的人能逃走的都逃了，

先生为什么还不逃命？"

鲁仲连点点头："原来新垣大夫说的是这个意思。老夫请问一句：新垣大夫知道鲍焦吗？"

新垣衍摇了摇头："从未听过。"

鲁仲连坐直了身子一字一句地说："春秋年间天下礼崩乐坏，诸侯破坏法度，屡兴不义之战，虐害天下万民，有一位名叫鲍焦的贤士不肯与诸侯同流合污，就隐入深山，砍柴采橡为生。有一天孔子的弟子端木赐遇到鲍焦，就取笑他说，我听古人说过：'非其政者不履其地，污其君者不受其利。'现在你非议诸侯的政令，却还居住在诸侯的土地上，背后说诸侯的是非，却又砍诸侯的柴，吃诸侯的橡子为生，这样做说不过去吧？鲍焦立刻说：'古人说：廉士重进而轻退，贤士易愧而轻死。如今天下邪恶日甚，正道日非，我却无力与抗，隐居深山又被你等指责，也好，我就死在这里，让你们知道天下人心中还有道义二字！'说完就双手抱树而立，不饮不食，直至死于树下。新垣大夫觉得鲍焦这样的人如何？"

鲍焦抱树而死的故事新垣衍倒是第一次听说。听得古人如此正直刚烈，不觉动容，赞叹道："这位义士严守正道，为义死节，实在了不起。"

听新垣衍称赞鲍焦，鲁仲连点了点头："鲍焦生活的那个时代，诸侯们不仁不义，可这些诸侯与秦国相比又算什么？当今的秦国早已抛弃了仁义，秦人专以斩首立功为荣，秦王推崇法家，专以权谋诈术驾驭臣子，以严刑酷法奴役百姓，假如秦王一旦称帝，秦国统一了天下，那鲁仲连也要学鲍焦的榜样跳海而死，绝不在秦国治下当一个顺民。不知新垣大夫是否愿意心甘情愿接受秦国的统治，在秦王手下做个臣子呢？"

新垣衍是魏国的将军，哪能甘心侍奉秦王？听了鲁仲连的话，一时无话可答。

鲁仲连又说："我听说大夫这次到邯郸，是想帮赵王一个忙，巧得很，老夫来邯郸也是想帮赵王一个忙，不知咱们俩谁能真正给赵国帮上忙？"

新垣衍忙问："先生打算怎么帮助赵国？"

鲁仲连不紧不慢地回答道："今天赵国局势危急，我想让山东各国都来帮助赵国。眼下齐国、楚国已经答应出兵，燕国也愿意助赵，只差魏国一国了。"

新垣衍冷笑一声："先生说齐、楚、燕三国愿意助赵，这事我不知道，也不敢乱说，可我自己就是魏国的臣子，现在大王命我来见赵王，劝赵王向秦国称臣，这显然是不肯助赵的意思，先生怎么能让魏国出兵救赵呢？"

鲁仲连笑着说："魏王不但想劝说赵国向秦国称臣，他自己也有向秦国称臣的意愿，这是个糊涂想法。魏国本来也是个强国，为何不肯自立，偏偏一味向秦国称臣？"

魏王拿定主意要向秦国称臣，新垣衍心里也不痛快，可不管他心里怎么想，总不能顺着鲁仲连的话头往下说，只好强辩道："先生见过十个仆人侍奉一个主人的事吗？十个人侍奉一个人，并不是因为力气不如这一个人，或者十个人的脑子加起来比这一个人笨，而是因为畏惧主人……"

鲁仲连立刻问："在大夫眼里，魏国与秦国竟是仆人与主人的关系吗？"

新垣衍把两手一摊："恐怕是这样。"

新垣衍的话里带着气，鲁仲连也听出来了，微微一笑："要真是这样的话，我看魏王早晚会被秦王剁成肉酱。"

鲁仲连这话说得很不客气，新垣衍顿时站起身来："先生实在岂有此理！"

鲁仲连也不生气，摆摆手让新垣衍坐下，这才又说："我听说商朝末年，

纣王分封九侯、鄂侯、文王为'三公'。其中九侯最喜欢拍纣王的马屁，自己生了个漂亮女儿，就赶紧敬献给纣王，可纣王却不喜欢这个美人，一怒之下把九侯剁成了肉酱；鄂侯赶紧替九侯求情，话说得急了些，纣王一怒，又命人把鄂侯杀了制成肉脯；文王听说这事后伤心地叹了口气，纣王知道后就把文王扣押在牖里，差点杀害了他。九侯、鄂侯、文王和纣王都是称孤道寡的贵人，为什么九侯、鄂侯会被纣王所杀呢？就是因为他们巴结纣王，毫无骨气，没有骨气的人，早晚丧权辱国，被别人剁成肉酱。大夫觉得是不是这个理儿？"见新垣衍不吭声，又接着说道："当年齐国的齐闵王曾经称霸山东，自称为'东帝'。后来齐国被五国伐破，齐闵王逃到鲁国，鲁国人来迎接他，齐王的手下问鲁国人：'你们打算怎么接待齐王？'鲁人说：'我们打算献上十太牢之礼款待齐王。'想不到齐国的手下却说：'你们鲁国人真是不懂事！齐王是天子之尊，到你们鲁国来巡视，你们应该把王宫让出来给齐王居住，让鲁公亲自端着礼器服侍齐王饮食，天子用餐完毕，鲁公才能告退！'鲁国人听了这话，一气之下干脆不让齐闵王进城。鲁国是个贫穷的小国，面对强横霸道的君王尚有这样的骨气，可魏国是个万乘之国，魏王是山东六国的从约长，却不顾一切奉承秦王，要尊秦王为帝，难道魏王的骨气连鲁国的国君都比不上吗？"

鲁仲连这番话说得新垣衍面红耳赤，无言以对。鲁仲连看了他一眼，又接着说："奉承纣王的臣子不得好死，拒绝齐王的鲁公却安然无恙，可见人有骨气，总比没骨气要好些！何况暴秦是虎狼之国，比当年的纣王更加凶恶，魏国投靠秦国，下场不言而喻！到时候秦军占领了魏国的疆土，奴役了魏国的百姓，魏国臣子都成了秦人的阶下囚，魏王自己也不会有什么好结果，就连大夫自己，又是什么下场？这些不用我说，大夫自己想一想吧。"

听了这些话，新垣衍发了半天愣，起身对鲁仲连深深一揖："在下现在才知道，先生果然是世外高人！有先生在邯郸，我也不敢再去见赵王，说什么'向秦国称臣'的丑话了，这就出城。"又回身对平原君说道："魏国十万大军已经到了邺城，可晋鄙受了大王诏命，暂时按兵不动，如何说服大王发兵救赵，还需君上再费一番工夫。"起身就往外走。

听说魏军停在邺城，平原君脸上又现出愁容，问鲁仲连："我是否再到魏国走一遭，请魏王尽快发兵。"

鲁仲连摇摇头："魏军已到邺城，就不可能再撤回大梁去了。魏国还是有明白人的，君上只要再等一等，援兵早晚必至。"

平原君略一琢磨也明白了："先生说的是信陵君？"

"是啊，现在就看信陵君的本事了。"

信陵君窃符救赵

就在赵国君臣咬紧牙关，用尽最后力气死守围城的时候，远在大梁的信陵君魏无忌也知道了魏军止步于邺城的事。

夫战，勇气也！"一鼓作气，再而衰，三而竭"的道理天下人都知道，现在十万魏军一鼓而前，突破邺城，兵锋正锐，攻势却被魏王制止，大军在邺城多留一日，士气就会消磨一分！信陵君片刻不敢耽搁，急忙进宫来见魏王："臣听说魏军已经攻取邺城，可晋鄙不知为了什么缘故，竟下令

军马停在邺城，没有向秦军发起进攻，大王知道这事吗？"

信陵君当然知道是魏王下诏让晋鄙停在邺城，他这么说只是给魏王找一个台阶。如果魏王此时已经醒悟，立刻命令魏军攻打秦军，那么前面的蠢事都可以遮掩过去。哪知魏王淡淡地说了句："是寡人下诏让晋鄙停在邺城的。"

魏王毫不犹豫地承认此事，信陵君立刻知道事情有变，忙说："大王，邯郸之战到了决胜的关头，魏军即刻进兵，秦人必然大败；倘若犹豫不前，一旦邯郸城破，赵国瓦解，秦军来攻邺城，魏国十万大军就要断送在河北！大王早前已答应下臣派兵助赵，为何改了主意？是不是什么人在大王面前进了谗言！"

魏无忌这一猜倒真准，确实是相国须贾在魏王面前进谗。可魏王本是个软弱无能的人，一心只认须贾的主意，不但无心救赵，甚而已经下了向秦国称臣的决心。现在信陵君在他面前力争，魏王觉得有些反感："这些年魏国与秦、楚、赵、韩钩心斗角，战事连年不断，寡人已经厌倦了，现在寡人已经决定对秦国称臣，另外派使臣到赵、韩两国，劝说两国也臣事于秦，如此或可消弭战祸，得一个太平。"

魏王不成器，这个信陵君早就知道了，可怎么也想不到，一个君王口中竟能说出这样的话来！饶是这些年信陵君学了一肚子权谋，变得老练油滑，这一下也给气得暴跳起来："大王说的是什么话！暴秦贪得无厌，苛政害民，凶残如虎，天下共愤！大王却要向秦国称臣，把社稷宗庙任秦人践踏，把几百万子民送给秦人奴役，身为人君，怎能出此亡国之言！"

魏王也知道自己实在没出息，不是个当君王的材料，可他毕竟是个君王，在秦人的威势面前吓得发抖，面对魏国的臣子，自己的手足兄弟，却还要显一显君王的威风，铁青着脸沉声道："信陵君说话小心些，不要以为你功大权重，寡人就不敢治你的罪！"

信陵君站起身来拍着胸口高叫道："这些年魏国丧师失地，都是臣下的过失，哪有什么'功劳'？至于权力，无非是大王所赐，孔子有言：'君使臣以礼，臣事君以忠。'大王将权力赐给下臣，臣就必须以死相争，才是对大王尽忠，对魏国尽忠！请大王立刻进兵邯郸，否则臣就在殿前自刎，以死谏君！"说着伸手就去拔剑，一旁侍奉的宦官们大惊，赶紧跑上来抱住信陵君。

见信陵君竟要寻死，魏王也慌了神儿。可是让他改了这个怯懦的主意，却又不肯，干脆扔下信陵君，背着手儿进后殿去了。

面对这么个无能的国君，信陵君气得要死，却又没法可想。一怒之下回到府中，叫来侯嬴，吩咐他："立刻召集所有门客，告诉他们，大王不肯抗秦救赵，本君决定亲往邯郸与秦人死战，愿意追随我的舍人立刻带着兵器到府门内集结，今天就随我北渡黄河！"

侯嬴在君府多年，还没见过信陵君如此气急败坏，也不好当面驳他，只是连声答应，却站在信陵君面前不动窝儿。信陵君发了一顿脾气，火气消了些，见侯嬴站着不动，再一想，也知道刚才这通胡闹毫无道理，重重地叹了口气，倒也不再吵闹了。

到这时侯嬴才问："君上这次实在劝不动大王吗？"见信陵君没有答话，又说："眼下的战局已到关键时刻，魏军参战，必是大胜，若眼看赵国败亡，下一个亡国的就是魏国。我听说处置非常之事，要用非常手段，所以想了个办法，只是不知君上有没有这么大的决心？"

魏无忌忙问："是什么办法？只要行得通，我一定照办。"

侯嬴犹豫了一下才说："我想魏国大军已经渡过黄河攻克了邺城，离

邯郸仅一步之遥，将士们都知道此战是助赵抗秦，虽然大王改了主意，可前线将士并不知情，君上若能取得大王手中调兵的虎符，然后亲到邺城，就说是大王命君上指挥兵马，我想魏国将士一定会跟着君上攻打秦军，此战若胜，赵国就得救了。"

听侯赢说要盗取魏王手中的兵符，魏无忌一愣："兵符收在深宫之中，怎能取得？"

侯赢笑道："这个不用君上担心，我认得几个奇人，皆有异能，两日内必可入宫盗符，交给君上。只是君上窃取兵符调动军马，犯了欺君之罪，将来就算击败了秦军，也不能再回魏国，这信陵君的爵位也保不住了，不知君上舍得吗？"

侯赢在紧要关头问这句话，内中大有深意，魏无忌一心只想着战事，丝毫没感觉出来，冷笑一声："我这辈子最不在乎的就是'信陵君'三个字，只要能打败秦军，以后不做信陵君，于我倒是好事。"

魏无忌说的是实话。侯赢在魏无忌身边多年，也知道他的心思，点点头："这就好办。小人马上去安排此事，两日内一定让君上得到虎符。"

从信陵君府里出来，侯赢根本就没去找什么"奇人异士"，在外头一直等到天黑，大着胆子翻过宫墙，悄悄摸进了如茵馆。

如茵馆偏居深宫一角，破旧失修，平时也没人过来，只有石玉和一个宫人在这里住着，侯赢早年来过这里，记得道路，在黑暗里摸到竹林深处，找到石玉的住处，轻轻叩打窗扇。石玉从梦中惊醒，见窗外站着一条黑影，吓了一跳，忙问："是谁？"

"侯赢。"

听说是侯赢，石玉赶紧披衣起身点亮灯火，推开窗子，侯赢从外面跳了进来。石玉忙问："先生怎么跑到这儿来了？"

侯嬴也顾不得解释，只说："秦国几十万大军正在攻打邯郸，邯郸一破，三晋都会被秦国灭掉！现在魏国大军已经北上救赵，可大王改了主意，不肯进兵，眼看邯郸危急，信陵君想请你帮个忙，从大王那里盗取虎符，然后拿着虎符调动魏军，击退秦军。这一仗要是胜了，魏、赵、韩三国几百万人的性命都保住了。你知道大王收藏的虎符在何处吗？"

石玉刚进宫时和魏王十分亲近，对内宫的事倒也熟悉："虎符一向放在大王寝宫旁的一间偏殿里，大王每天在那里批阅奏章，平时没人进去。要拿到虎符也许不难，可我怎么交给信陵君？"

石玉一口答应替信陵君盗符，对自己的安危却一个字也没提及，这既是她身为墨者的勇敢，也是对信陵君的情义和信赖。侯嬴暗暗点头，知道自己的安排没错："这两天我先回夷门里的旧房子去住，你得手后把虎符拿来给我，我会交给信陵君。"

"可我怎么出宫……"

侯嬴微笑道："天下这么大，一个墨者为什么偏要在王宫里受苦？做成这件事之后，你就离开魏国，去做一个自由自在的人吧。"

侯嬴这句话真是说到石玉的心坎里去了。

这天夜里，石玉悄悄准备好了衣服行李，第二天上午，趁着魏王临朝的机会，石玉从如茵馆出来，进了魏王的寝宫。见是"如姬"来了，武士、宫人都不防备，石玉径入偏殿，没费多少力气就找到了那枚虎符，揣在怀里溜出来，回到如茵馆，提心吊胆地熬了一个白天，并没有人发觉。天黑后，石玉等宫人睡了，就换上早已准备好的男装，翻过宫墙来到夷门里侯嬴的住处。侯嬴正在屋里等着，忙问："拿到虎符了吗？"

石玉取出虎符递过来，侯嬴在灯下细细看了，果然无误，点点头，对石玉说："你在这里等一下，我还有东西给你。"转身进内室去了。石玉在外面等着，不大工夫，忽然听得屋里咕咚一声响！石玉忙进了内室，却见侯嬴倒在地上，手里握着一柄短剑，浑身是血，石玉大吃一惊，忙上前扶住侯嬴："先生为什么要这样做！"

侯嬴拼着命把嘴凑到石玉耳边喘息着低声说："身为家宰，挑唆主公背叛魏国，是为不忠；身为墨者，让你做这危险之事，逼得你无处安身，是为不义。不忠不义之人，哪有脸再活下去？你把这虎符亲手交给信陵君，今夜就去……"说到这里，一口气喘不上来，直挺挺地死在地上。

侯嬴的做法真是不可理喻，石玉搂着他的尸身哭了一场，有心把侯嬴葬了，可转念一想，宫中失了虎符，自己又逃了出来，天一亮必然被人发现，眼下最要紧的是赶紧把虎符交给信陵君，也顾不得侯嬴，只好连夜赶到信陵君府上来。

这两天魏无忌都在等着侯嬴为他盗取虎符，可两天过去了，侯嬴那里没有一点消息，正在着急，忽见石玉来了，又惊又喜，忙问："你怎么来了？"

"侯嬴叫我盗一枚虎符交给君上。"石玉从怀里取出虎符，"你看是不是这一枚？"

想不到侯嬴说的"奇人"竟是石玉！魏无忌立刻想到石玉为此事担了天大的风险，心里暗暗埋怨侯嬴，接过虎符看了一眼就问："侯嬴呢？"

"侯嬴先生见我盗来虎符，不知为什么，竟当着我的面自尽了！还说什么对君上不忠，对朋友不义……真不知他是怎么想的。"

听说侯嬴自尽了！魏无忌也是一愣，可再一想，顿时明白了侯嬴的一番苦心。忍不住长叹一声："侯嬴先生真是天下第一仁义君子！竟用他的

性命成全别人。"

石玉是个直爽的人，听不懂信陵君在说什么。信陵君叹了口气："我这一生最厌恶的是做个权贵，而你最厌恶的是闷在宫里。现在咱们窃了兵符私调兵马和秦军交战，做了这样的事，我不再是信陵君，你也不再是'如姬'了，咱们终于从梦魇里脱了身，以后想去哪儿就去哪儿，想做什么就做什么，这都是拜侯嬴先生所赐。"

魏无忌这话石玉懂了一半："既然是这样，侯嬴为什么不对我说清，偏要舍了自己的性命？"

"因为先生了解咱们，知道你我都是傻子，若不这样设计，咱们就算能一起离开魏国，也还是拘泥于世俗之见，或是你不肯跟我走，或是我不敢带你走，总之到不了一起。可先生的一条命在这里，咱们怎能辜负先生的好意？从此以后，咱们两人生在一起，死在一起，再也分不开了。"

听了这话，石玉心里说不清是羞是喜，满脸通红，一时说不出话来。

到底还是信陵君有主意："窃符之事瞒不了太久，也许明天就有变数，咱们连夜准备，明天一早就离开大梁。"

这天夜里信陵君召集门客，告诉他们：自己要到邯郸去和秦军作战，愿意追随的可以同去，不愿去的也不强求。三千门客中倒有两千多人愿意追随信陵君。于是信陵君让这些人分头出城，他自己换了便装和石玉共乘一辆马车，由朱亥赶车先出了城，在城外与门客们会齐，直奔邺城而来。

几天后，信陵君带着两千多门客到了邺城，立刻来见亚卿晋鄙。

此时晋鄙的大军已在邺城耽搁了一个月，得不到魏王的诏命，不知下一步该如何行事，正在发愁，信陵君忽然赶到军前，从怀里取出调兵的虎符，

立刻命令晋鄙挥军直奔邯郸。

见信陵君亲自赶来，晋鄙大喜过望，可看了信陵君手中的兵符，又犹豫起来了。

依魏国的规矩，要想调动大军，除了兵符之外，还需要魏王的诏书和亲赐节杖，可魏无忌手中却只有兵符，不见诏书、节杖。晋鄙心里顿时生疑，赔笑道："调动大军，必须玺、符、节三宝并至才好，如今君上只有虎符，不知玺诏、节杖在何处？"

晋鄙这一问实在让魏无忌无法回答，只好避开话题，反问道："晋卿在魏国掌兵权三十多年，眼看着魏国由强盛走向衰弱，现在邯郸围城到了最危急的关头，难道将军忍心看着赵国灭亡？赵国灭亡之后，魏国岂能独存！"见晋鄙不说话，魏无忌又说："想必将军也知道，邯郸虽然危急，可秦军围城一年，伤亡数十万，已成强弩之末，只要魏军一到，秦国大军必然崩溃，经此一战，秦军十年内无力东侵，魏国正好借机联络赵、韩，合纵山东，率军西进收复失地，虽不敢说光复山河，至少也能维持十年的和平。此时进军必胜，或见死不救，眼睁睁看着邯郸陷落，等于坐视魏国灭亡，是胜是败，都在晋卿一念之间，请晋卿下一个决心，做一件大事！"

信陵君说得都对，可晋鄙仍觉不妥："晋鄙只是个臣子，妄动兵马如同欺君，我倒不怕大王降罪，只是食君之禄，忠君之事，老夫绝不敢越雷池一步。"

见晋鄙只知愚忠，丝毫不懂变通之道，魏无忌急得满头大汗："孔夫子说过：'君子之于天下也，无适也，无莫也，义之与比。'这里说的'义'就是人心里的良知。晋卿救了邯郸，就等于救了魏国百姓，这才是真正为大王尽忠！请老将军再往深处想想，下这个决心吧。"

魏无忌这些披肝沥胆的话说得晋鄙胸中一热，可到底看不破"愚忠"二字，叹了口气："君命难违，妄动兵马纵然胜了，也会背上不忠不义之名，这骂名老夫实在承担不起。还请信陵君回去见大王，拿到诏命再来调兵吧。"

每个人心里都难免有一份说不出的私心，晋鄙说自己不敢担负骂名，这就是他的私心了。此话一出，魏无忌已经知道自己说什么也劝不动晋鄙，再拖延下去，弄不好晋鄙一声令下把魏无忌扣留在营中，或者押解回大梁交给魏王，那就真是糟了。

来见晋鄙之前魏无忌早想好了两条主意，晋鄙若肯遵命，自己就做个监军，让晋鄙领魏军去救邯郸，晋鄙不肯遵命，就杀了他，夺取军权，自己领兵去救邯郸。现在晋鄙逼着魏无忌下了杀人的决心，冲朱亥使个眼色，嘴里高声道："无忌今天所为，是要救魏国的百姓，并无私心，请将军无论如何听我一言！"说着双膝一屈跪在晋鄙面前，晋鄙大吃一惊，忙弯腰去扶信陵君，嘴里说："君上不必如此！"哪想到朱亥已经两步转到他的身后，从袖子里抽出一柄铜瓜，砰的一声狠狠打在晋鄙的后脑上，晋鄙一声也没出，扑通一声直挺挺地摔倒在地上。

朱亥忙上前把晋鄙翻过身来，见他双眼圆睁，鼻孔出血，已经断了气。

杀害晋鄙，实在是不得已的事，魏无忌心里有愧，伏在地上对着晋鄙的尸首拜了三拜，这才命朱亥把尸首扛到帐后，自己在帐内居中而坐，命人击鼓召集众将。

片刻工夫，魏军各营将领纷纷赶到，只见信陵君坐在帐中，却不见亚卿晋鄙，不等将领发问，魏无忌站起身来高声道："诸位，大王命晋鄙率军来救邯郸，哪知晋鄙怯战，临敌不前！大王命我持虎符至此，催促晋鄙进军，晋鄙竟然不奉王命，本君已将晋鄙斩了！"

听说晋鄙被信陵君杀了，魏军将领们面面相觑，都惊呆了。信陵君举起手中虎符厉声喝道："想必诸位也知道，秦军攻打邺城的时候，上大夫蔡尉弃城而逃，大王立刻斩了蔡尉，如今亚卿晋鄙又畏惧秦军不敢出战，大王不问晋鄙的资历军功，照样杀了他，有谁想效法蔡尉、晋鄙的，就向前走一步让本君看看！"

信陵君在魏国本就极有威望，臣民百姓敬重他甚于魏王，现在信陵君先杀晋鄙立威，又说出这么厉害的话来，众将无一人抗命，就算有人心存疑虑也不敢说出来，干脆都随着大流，听信陵君的将令行事了。

眼看众将都无异议，魏无忌的心才定下来，回身坐下，众将也一一归座。魏无忌抬眼逐一扫过众将，缓缓说道："文侯、武侯时，魏国只是弹丸小国，与秦军交战百战百胜，曾以五万之众破秦军五十万人！可后来魏国强大了，称霸了，再与秦人交战却是负多胜少。尤其最近三十年，魏国与秦国交兵几乎没有胜仗，诸位知道这是为什么？其实道理也简单，魏国刚立国时偏僻穷困，朝不保夕，为了图存，为了能活下去，魏国人下定决心与敌人死拼，于是以一当十，每战必胜！可后来魏国强大了，富裕了，大夫们动不动就能得到千户万户的采邑，魏武卒每家能得四十顷土地，大家都有钱了，过上好日子了，于是不肯拼命了，结果打一仗败一仗，被秦国吞并了河东，占据了南阳，一直杀进河内，半个魏国的百姓都成了秦人的奴隶，王廷上一半的大夫战死疆场，他们的家财也充了公，子女也获了罪，哪里还有福享？现在韩、赵、魏三国都已到了生死存亡的边缘，再打一次败仗，我与在座的诸公都会死在秦人剑下，魏国的几百万子民都成了秦人的奴隶，谁也不能幸免！所以无忌今天亲自披上铠甲拿起长矛，与诸位一起和秦军拼命，是给所有魏国人拼出一条活路！愿意随我赴死的，请坐在帐内，不愿意的任其自去，无忌绝不留难！"

魏国确实到了生死存亡的边缘，这些将军也想早一天杀向邯郸与秦军决战，只是迫于魏王的诏命，被困在邺城动弹不得。现在听了这些话，立时群情激昂，所有人不约而同地站起身来叫道："请信陵君下令。"

眼看众将都有了决死的勇气，魏无忌也站起身来："今日一战是死战，请诸位回去晓谕营中士卒：凡父子二人皆在军中的，请父亲回乡，儿子留下；兄弟皆在军中的，请长兄回乡，弟弟留下；若有独子也请回乡奉养父母，剩下的人随我一起去救邯郸！"

奉了魏无忌的将令，众将各自回营传令，听了这样的军令，魏国士卒也知道决战的时候到了。于是父亲、长兄、独子脱下军装离开大营，剩下的人披起铠甲，磨利矛戈，备齐弓弩，准备与秦军死战。

到天亮时，屯在邺城的十万魏军变成了八万名敢死之士。魏无忌戴上铜盔，穿起铁甲走出帅帐，朱亥持了一条长戟跟在身旁，来到战车跟前，却见石玉也披了甲胄，左臂挽着那张画着"商人射鹿"的服靡弓，身背箭壶，腰悬短剑，早就在战车边等着信陵君了。

见石玉也要上阵杀敌，魏无忌心里有些舍不得，可又想了想，到底一句话也没劝她，登上战车立在石玉身侧。石玉看了魏无忌一眼，低声笑道："君上披了甲胄，看起来倒有几分威武的气概。"

魏无忌知道自己柔弱无用，是个上不得战场的人，也低声笑道："我只是个弹琴作画的废物罢了，你这墨家弟子，看起来才像个真正的将军。"

魏无忌是个知情识趣的人，大战将临，还有心思逗心上人一笑。石玉忍不住笑出声来，举起手中的服靡弓："其实我很喜欢弓上的画，只是上过战场后，这画必然磨得残损了。"

"只要能活过今天，我就找一间屋子，在墙上画满了画，让你天天看个够。"说到这里，魏无忌不禁微喟一声，"吴起说过：'必死则生，幸

生则死。'到今天我才明白,原来打仗的目的是为了能活下去,只有最想活下去的人才能打赢一场仗。"

"这么说今天这一仗是必胜的?"

"必胜!"信陵君抽出利剑举在空中,对身边的士卒们高喊:"今日一战为的是父母妻儿,家国社稷,魏国必胜!魏人威武!"

在一片海潮般的欢呼声中,八万魏军披坚执锐,风驰电掣般向邯郸杀来。

秋风扫落叶

这时的邯郸城里,平原君赵胜正在发愁。

秦军从去年九月围攻邯郸,到现在已经过了整整一年,这一年间赵国几乎不间断地对秦军发起反击,所用兵力多则数万,少则千余,一整年打下来,死者数万人,伤者十余万,满城都是伤员,平原君早已顾不过来,干脆把这些人扔在一边不管。为了补充兵员,邯郸城里上至五十岁的老人,下到十四五岁的孩子都被征召,而先前储存的粮食也已耗尽,现在城中军士每天能喝一碗稀粥,百姓们早已断粮数月,每天都有人饿死,活着的也不知在用什么办法苦撑岁月。

邯郸已经到了最危急的时刻,再这么熬两个月,不用秦军攻打,城中的赵人全都饿死了。偏偏魏国援兵到了邺城就停下来,一个多月没有动静,楚军更是连影子都看不见。平原君已经被这些"盟友"狠狠骗过一次,那次欺骗让赵国付出了三十万条人命的代价，如果再上一次当，邯郸城里几十万条人命就全都保不住了。

想到这儿，平原君忧心忡忡，每天自惊自吓，昼夜难眠，简直要急疯了，却在此时家宰李同来报："鲁仲连先生来了。"

鲁仲连这个人有意思，虽然人在邯郸城里，可平原君却不知道他住在什么地方，每每有事，只有鲁仲连来找他，平原君却找不到鲁连子。现在鲁仲连忽然登门拜访，平原君赶紧把他接进正厅，恭恭敬敬地问："先生今天来有何指教？"

鲁仲连是个办大事的人，平时临危不乱，脸上总带着微笑，今天却愁容满面，唉声叹气："不瞒君上，老夫独居惯了，平时怕见生人，总是躲在陋巷之中，可邯郸这一仗打个没完没了，城里存的粮食都吃光了，陋巷里的穷苦人连树皮草根都吃不上，老夫也饿了几天了，实在没办法，只好到君上这里来讨一碗饭吃。"

原来鲁仲连竟是饿得顶不住，跑到平原君府上来讨饭的！平原君赶紧命人备下盛宴款待鲁连子。

片刻工夫酒肉齐备，鲁仲连也不客气，当着平原君的面大吃大嚼。赵胜在一边陪着，直等鲁仲连吃饱喝足，才小心地问："先生对时局有什么看法？"

鲁仲连打了两个饱嗝，揉着肚子笑道："时局甚好，秦军已经疲惫不堪，锐气尽失，眼看就要败了。"

鲁仲连这叫吃了灯草灰——净说轻巧话儿。赵胜对这位老先生十分敬重，不敢驳他，皱着眉头说："可邯郸的情况也很糟糕，先生也知道，城里存粮已尽，连守城的军士都填不饱肚子，魏军虽然到了邺城，却不肯向邯郸进发……"

不等平原君说完，鲁仲连已经高声笑道："求人不如求己，赵国自己能办的事，为什么非要别人帮忙？"

平原君一愣，忙问："先生是说凭赵国一军之力就能击败秦军？"

鲁仲连却不答话，双眼望天坐了一会儿，忽然说："老子曰'圣人常无心，以百姓心为心。'这话说得最好，不知君上能听懂这句话吗？"

赵胜忙说："这话我明白。"

鲁仲连深深地点了点头："这就好，这就好……君上只要真正明白了这句话，破秦军就在这一两日，若是弄不明白，这一仗打到何时就不好说了。"伸了个懒腰站起身来，说道："我也吃饱了，话也说完了，这就告辞。"头也不回地走掉了。

鲁仲连走了，平原君却还坐在厅上发呆。始终陪在身边的家宰李同和门客公孙龙大眼瞪小眼，都不敢吭声。好半晌，平原君喃喃道："'圣人常无心'，这话初听起来简易，细想却又让人……"说着连连摇头。

这个时候，一向机智多谋的公孙龙也和平原君一样，对鲁仲连说出的谶语似懂非懂。家宰李同坐在边上琢磨这两句话，却越想越明白了："鲁连子这是在点化主公，难道主公听不出来吗？"

平原君忙问："点化我什么？"

李同犹豫片刻，忽然提高声音："其实有些话小人早就想对君上说，可明知道君上听不进去，说也无益，这些年一直压在心里。现在已经到了最后关头，再不说，只怕没有机会了，不管君上肯不肯听，我都要把这些话说出来。"

李同追随平原君多年，是他身边的心腹人，这个人平时老实谨慎，只知道办事，话却极少，今天李同忽然有话要说，平原君忙说："你有什么话就说吧。"

"鲁仲连对主公说了一句'圣人常无心，以百姓心为心'，又说只要悟到这句话，邯郸之战就能打赢，可主公无论如何也不能领悟。我知道主公是个聪明绝顶的人，只是生了邪心，满肚子的聪明都成了鬼道，这才悟不到鲁连子话中的机锋，所以贸然在这里说一句：主公生在邯郸，长在邯郸，可你只知道邯郸有王宫，有丛台，有各处府第，有诸多游乐销金之处，却并不知道城里有几条陋巷，住着多少穷苦百姓，这些百姓平时又以何为生，是饥是饱？这些主公不但不知道，这几十年你甚至连问也没问过一声。早年主公为了与秦国争霸，把赵国百姓当成筹码押上赌台，后来吃了大败仗，又下决心死守邯郸，对外说这么做是'为了邯郸百姓'，其实君上真是为邯郸百姓着想吗？只怕未必！主公和其他王孙贵戚一样，始终把自己摆在孤家寡人的位子上，却忘了，你身上之衣、口中之食无不仰赖百姓，是百姓养活了主公！若主公免了冠，褪了袍，换上一身短衣，其实也不过是个寻常百姓罢了。所以主公与百姓本来是一样的，也是一体的！若能看透此节，主公的心思必与现在不同。可惜主公被富贵蒙住了双眼，硬是看不透！现在邯郸危如累卵，所有人都要死了，主公还躲在府里端着架子，觉得自己高人一等！非要等邯郸被秦人攻破，主公自己做了秦人的奴隶，那时你才知道自己究竟是谁吗？"

李同这些话句句如刀如斧，不但平原君大吃一惊，连坐在旁边的公孙龙都愣住了。

今天的李同实在是下了决心，非把心里话全说出来不可，略缓了口气，又对平原君说道："邯郸之战，靠的是赵国每一个人，这些人中第一个就是主公自己。如今邯郸百姓剔骨而炊，刳子而食，可主公家里照样食粱肉，穿锦绣，倒以为这些享受都是理所当然的。如此看来，主公何曾当自己是

个赵国百姓？你与百姓不是一心，百姓如何与你一心？鲁连子到主公府上来'讨饭'，其实是替邯郸城里几十万百姓向主公讨一个公道，可主公心里怎么就没有这份公道呢？老子说的'圣人常无心'，就是要让主公这样的人放下私心，没了私心，才能与百姓同心同体，主公自己想一想，是不是这个道理？"

平原君赵胜也是战国中的一个枭雄，早就习惯了像虎狼一样思考。在世上活了五十岁，今天还是第一次，被敌人逼得走投无路，又被李同斥责了几句，这才不得不放下阴谋诡计，平心静气，真正做了一次深思。好半晌，终于抬起头来："你说的对，孟轲夫子说：'梁有肥肉厩有肥马，民有饥色野有饿莩，此率兽而食人也。'这'率兽而食人'的东西就是我！事到如今，我该怎么办才对？"

绝境之中，平原君赵胜终于明白了'圣人无常心，以百姓心为心'的道理。道理明白了，也就不用别人告诉他该怎么办了。

这天下午，赵胜吩咐李同将府里的金银宝贝全部拿出来交给国库，以充军资，屯积的酒肉都送到军中，让士卒们享用，存粮当街派发，给行将饿死的百姓们果腹，又将那些贵重器物、绸缎绫罗变卖成钱，就在城中招募死士，只两天工夫就招募了三千人，其中一半都是平原君府中的门客。

募集了这支兵马，赵胜立刻命李同为车右，自己换上布衣，披了铠甲，拿起长矛，登上战车，对部下高叫："自与秦军交战以来，赵人死伤累累，可王孙贵戚没有一个人死在疆场。如今到了决死的关头，天下再也没有什么'平原君'！我与诸位一起出城与秦军会战，不敢问胜负二字，只求下一个战死的是赵胜！"一声吆喝，领着三千死士打开西城门，直向秦军冲杀过去。

自从秦军围困邯郸，一年来赵军时时反扑，给秦军造成重大伤亡，但像今天这样大白天就打开城门迎面冲杀，却不多见。秦人在战场上被拖得太久，疲惫至极，防御已经有些懈怠，左庶长王龁也毫无准备，三千敢死之士追随平原君透阵而入，势如破竹，一口气向西冲杀了几里地，又折而向南，剑戟指处，秦军锐卒所向披靡，整个大营被三千赵人搅得天翻地覆。

平原君的战车一直冲在前面，平原君并无格斗之能，全靠家宰李同在车右挥动长戟连连劈砍，为战车开道。秦军渐渐缓过劲来，四面围杀，乱箭如雨，李同身中数箭，直透铁甲，血流如注，仍然大呼酣战，不想侧面伸过一条长戈，狠狠地钩砍在腰上，竟将李同从战车上扯了下去，顿时死在乱军之中。平原君失了戎右，全靠驭手驾车左冲右突，正在惶然无助的时候，只听邯郸城里喊杀震天，城门大开，无数赵军如洪水漫地蜂拥而来。

亚卿廉颇也看出秦军成了强弩之末，正在筹划反击，忽听说平原君亲率死士出城决战，赶紧把此事报知赵王，自己没有片刻犹豫，立刻调集城中全部军马，分左、右、中三路追随平原君向秦军发起起了决死的冲击。

平原君在前冲杀，赵军全军奋战，赵国的人心真正到了"民于上同意，可与之死，可与之生"的地步，邯郸城里的百姓们不等别人召集，全都拿起长矛短剑、棍棒锄耙，跟在赵军身后向秦人冲杀过来。

在毫无征兆的情况下，邯郸城里的赵人忽然全城冲出与秦军决斗！面对杀红了眼的对手，秦人气势上先已输给了赵人，两军在邯郸城下一场混

战，赵军直突入秦军大营，四处放火，斩杀无数。左庶长王龁急忙调兵遣将，在大营后的旷野间重新列阵，想凭借兵精器利扳回局势，忽听得远处雷声隐隐，几百辆战车轰隆隆地从北面而来，战车背后，八万魏军漫山遍野向秦军侧翼冲杀过来。

魏军来援，这是秦军将士最大的梦魇。现在赵人决死，魏军又至，秦人顿时没了战心，几十万人一起向西溃退，王龁已经制止不住。好在公乘张唐还有一股子韧劲，带了几万人为大军殿后，王龁才得了个机会，领着军马仓皇西撤，一直退进了赵长城边的武安城。

进了城，秦人的心也稳住了。王龁亲自在城里坐镇，命王陵、蒙武各率一军在城外列阵接应张唐，回身再与赵、魏两军交锋。

片刻工夫，赵、魏两军已经追到武安城下。平原君、信陵君都不是统军的将才，可亚卿廉颇却知道联军已占了先手，务必一举将秦军击溃，于是亲自上阵，督促两军与秦人死战，在武安城下整整激战了一夜，天亮时分，三国军马已经纠缠在一起，犬牙交错，胜负难分，却听得北面旷野里吼声如雷，却是春申君黄歇亲率十万楚军铺天盖地向武安杀来。

楚军一到，秦人就败了。各军不能相顾，只管夺路而逃，王龁也急忙退出武安，率领中军夺路先逃，沿着滏口陉向长平方向退却。又是张唐率军殿后，在滏口陉外依托鼓山就地阻击赵、魏、楚三国联军，虽然部下几乎死绝了，好歹护着大军退入了滏口陉。

三国联军收复武安，秦国几十万大军全被逐出赵长城，平原君总算松了口气，直到这时他才注意到，原来在邯郸城外还有一支秦军，正被几万赵军死死围困在滏水岸边的番吾城内，指挥这支秦军的正是范雎的亲信，五大夫郑安平。

郑安平早年是须贾的驭手，有一把笨力气，也会些武艺，可他头脑简单，又没读过书，没打过仗，并不是个做将军的材料，全靠了范雎的提携才在秦国做个五大夫。这次秦军在邯郸久战不克，秦王派王龁率军助攻，郑安平也跟着王龁到了前线。王龁知道此人不会打仗，就把郑安平放在番吾城，让他带着两万人为大军看守粮草辎重。哪知秦军忽然遭到赵、魏军马迎头痛击，仓促败退，郑安平这支兵马顿时被围在了番吾。好在三国联军都在猛攻秦军主力，没时间对付这支偏师，郑安平又在番吾城里混了些日子。现在秦军已经远遁，赵军腾出手来，廉颇立刻命上大夫徒父祺率军三万围住番吾，准备歼灭郑安平所部，夺取城中粮草。

这时候信陵君魏无忌正在邯郸，偶尔听说赵军围住了郑安平，眼珠儿一转想到一个主意，急忙来见平原君："我听说秦国大夫郑安平是范雎的亲信死党，若能说服他投降赵国，不但能让秦王丢脸，对咸阳城里的范雎也是个打击，君上觉得怎么样？"

信陵君这个主意确实不错，平原君忙问："秦人法令严酷，将军们为防家人连坐，往往死战到底，只怕不容易劝服吧？"

信陵君笑道："秦人确是如此。可郑安平本是个魏国人，且又是个市井无赖出身，只要赵国答应保他一条活命，再以功名利禄诱之，我看此人必肯归降。"

既然信陵君这么说，平原君也就命令赵军暂停攻城，把门客公孙龙找来，让他进城去见郑安平，答应郑安平只要归降，赵国就封他为君侯。

确如信陵君所言，郑安平本是个市井无赖，借着范雎的势力在秦国当了将军，对秦王根本没有尽忠效死之心。听公孙龙说赵王愿意封他为君侯，

心思立刻活动了。经过与赵国几番讨价还价，赵王答应封郑安平为武阳君，于是郑安平打开番吾城门，率两万秦军投降了赵国。

对赵国人来说，漫长而残酷的邯郸之战到这里就结束了。可对秦军而言，真正的溃败才刚刚开始。

六　最后的权臣

武安君被牵上祭坛

　　秦军在邯郸城下被赵、魏、楚三国联军杀得大败，早先占领的武城、武安全部失守，秦军丧魂落魄一路西退，三国联军随后追杀，秦国的局面顿时失控，秦王嬴则大吃一惊，忙把范雎找来商量对策。

　　面对如此危局，一向口若悬河的范雎竟然无言以对。半天才勉强说道："臣以为邯郸战势不利，大王可以命左庶长把秦军撤至汾城休整，来日再战。"

　　汾城是秦军夺取韩国的陉城之后在汾水西岸新筑的大城，背靠河东郡，面对皮牢关，本意是攻韩之时用来牵制赵军的，可秦军在击败韩、赵之后，已经唾手而取皮牢，拔了上党、太原，进军到邯郸城下，现在范雎提议秦军退到汾城，话里的意思分明是要放弃刚刚夺到手的太原、上党两片土地，让秦军撤退到五年前攻韩时进兵的起点。也就是说，秦人整整五年的征战都失去意义了，几十万死在战场上的将士，全都白白牺牲了！

　　自从范雎投靠秦王，十几年间算无遗策，计无不遂，从来不让秦王失望，可今天范雎这话真令秦王大失所望，脸色不由得阴沉下来。范雎也知道自己鼓动秦王发起邯郸之战铸成了大错，低着头不敢作声。

半晌，秦王终于说："邯郸之战虽然失利，秦国毕竟还占据着韩、赵两国数百里疆土，几十座大城，不至于一路退回汾城来。"盯了范雎一眼，又说："寡人想用武安君接替左庶长指挥秦军，应侯以为如何？"

范雎赶紧拱手赔笑道："大王说得对，武安君是秦国第一名将，威震天下，若调武安君到邯郸，秦军士气大振，六国之兵闻风丧胆，邯郸之战或有转机。只是……"说了两个字，皱起眉头，缩着脖子不肯说下去了。

战事如此紧迫，范雎还在这里打哑谜，秦王很不耐烦，问了句："只是什么？"

范雎犹豫了半天才凑到秦王身边压低了声音："臣听说长平之战后，武安君因为大王不准他攻打邯郸，心生怨恨，对外称病，其实每天躲在府里和一群旧部饮酒，而且每饮必醉，醉酒之后就立在堂前大叫，说什么：'我早知道秦军会有今日一败，当日我也劝过大王，可大王不听，现在如何？'臣觉得大王重用武安君是对的，可给他兵权之前，也该申斥武安君几句，不能再任由他这么胡闹下去了！"

这世上最容易倒霉的，就是那些先知先觉，一句话算定了败局的能人。因为这样的人只会惹来当权者的厌恶，从来得不到半点好处。武安君白起给秦王做了一辈子走狗，一向驯服得很，偏偏这一次他多说了几句话，做了一个先知先觉的倒霉鬼。

秦军无力攻克邯郸，又遭到魏、楚两国围攻，邯郸之战全面失利，这一切都被白起料中了。早前白起确实劝秦王不要攻打邯郸，可秦王不听白起的劝告。现在白起的预言成真，秦军真的打了大败仗，秦王心里疼如刀绞。可身为君王，秦王无论如何也不能承认自己犯了错，即使这个错犯得再明显，他也不能承认；即使要杀一千万人才能掩盖这个错误，他也会毫不犹豫地去杀人！何况只是一个不肯替秦王卖命的白起。

于是秦王虎起脸来恶狠狠地问："应侯觉得武安君这是何意？"

此时范雎在秦王面前多说几句坏话，秦王就会下定杀人的决心。可范雎是个精明的政客，已经想到，挑唆秦王制裁白起不难，但秦军注定无法抵挡赵、魏、楚三国军马，将来一旦战败，秦王为了维护君王的威信，一定会找只替罪羊拉出来杀掉，这个替罪的臣子不是范雎就是白起。如果范雎说一句话保住白起，再把白起哄上战场，仗打胜了大家脸上都好看，就算仍然败了，到时自有白起出来顶罪，范雎就可以逃过一劫。

也就是说范雎保住白起，对他而言，胜也有利，败也有利。

眨眼工夫，范雎已经在肚子里算了一笔细账，这才拱手对秦王奏道："臣以为武安君是武夫出身，心胸难免狭窄，说话也蠢直，但武安君于秦国有莫大功劳，大王不能因为几句话的过失就治武安君的罪。现在赵国那边仗打得不顺，大王若命武安君到赵国统兵，必能振作士气，前线局面或有可为，所以臣请大王召见武安君，赐予兵权，命武安君到邯郸领兵。"

秦王本以为范雎会抓住机会收拾白起，想不到范雎这个人颇为大度，不但没有陷害白起，反而在秦王面前替白起求情，请秦王给白起兵权，大出意料之外，看了范雎半天才说："应侯觉得武安君仍然可用？"

范雎忙说："武安君是个纯臣，虽然平时会说些牢骚话，可他对大王还是忠诚的。"

范雎这个人时常让秦王摸不透。

很多时候秦王分明从范雎身上看出一股子奸诈凶狠的邪气，可有时候范雎为人处世又显出惊人的豁达大度，看着实在像一位坦荡君子。现在范

雎竟称白起为"纯臣"，如此维护白起，秦王心里暗暗点头，觉得范雎虽然未必老实，可对自己毕竟忠心耿耿，就点头道："既然应侯觉得武安君可用，寡人就召见武安君，赐予兵权吧。"

范雎忙拜伏于地，口中连说："多谢大王。"随即退了下去。秦王立刻命人去传武安君白起。

片刻工夫，武安君白起上殿对秦王行礼。秦王和颜悦色地说："听说武安君前些日子病了，现在身子好些了吗？"

白起倒是生过一点小病，可他因为反对攻打邯郸得罪了范雎，遭到这帮小人暗算，心里有气，就小病大养，一连几个月不肯上朝。秦王也恨白起关键时刻不替自己出力，干脆把他扔在一边不理，直到邯郸一战失利，不得不用武安君了，才又来慰问。白起也是个聪明人，知道眼下的局势不妙，自己这个病一时还不能"痊愈"，就低声下气地说："臣这病其实没什么，只是早年率军征战受过几处旧伤，年轻时还不觉得，现在上了几岁年纪，身体不如从前了，又生了一场病，引得旧疾复发，头昏眼花，走路也没力气……"

白起在秦王面前装病的同时还不忘表功。可他上殿时行走如飞，脚下十分利落，说起话来中气十足，直到秦王慰问之后才苦起一张脸来装病，却逃不过秦王的眼睛。

秦王在位已经五十年，臣子们的心眼儿哪里瞒得过他。见白起装神扮鬼，心里很不痛快，干脆不接这个话头，只说："想必武安君也听说了，邯郸一战到了紧要关头，寡人与应侯商议，都觉得只有武安君出战，秦军才能转危为安。"

听了"应侯"两个字，白起暗吃一惊。

范雎的鬼主意秦王丝毫没有发觉，可白起一眼就看透了。原因很简单，秦王对范雎一向信任，白起却无时无刻不把范雎当成死敌。现在听了秦王几句话，白起已经明白，这是范雎设下了圈套让他钻！白起到前线打了胜仗，范雎得一个举荐之功，倘若白起打败了，那么邯郸之战的所有罪责就都由他一人承担起来！到时候白起身败名裂，人头落地，范雎却借着白起的血把自己撇清了。

早在秦军进攻邯郸之前，白起就已经料到此战必败！现在仗已经打败了，秦王却让他去收拾局面，可如此残破的局面又怎么"收拾"得住？只会坏了自己百战百胜的名声，再被范雎这帮小人害死！如果咬紧牙关拒绝王命，不上战场，凭着他以前建立的军功，秦王未必能把他怎样。

片刻工夫，白起已经拿定了主意：就算死在咸阳，也绝不去邯郸！

于是白起俯身向秦王拜了几拜："大王如此器重下臣，臣感激莫名。可臣已经老了，又有病，实在没有能力指挥一场大战了。臣知道左庶长王龁沉稳刚毅，善能用兵，还是由左庶长指挥邯郸的战事吧。"

白起公然拒绝出战，秦王大为恼火。可眼下实在要用白起，还不能跟他翻脸，俯下身子挤出一脸宽厚温和的笑容："王龁性情犹疑迟缓，难当大任，寡人已经决定不再用他。如今寡人只信武安君一人，只有武安君到了邯郸，寡人才能睡个安稳觉。"

秦王对白起说出这话，也算给了他不小的面子。白起忙又对秦王拜了几拜："大王如此信任下臣，臣也实在愿意为大王效命，只是臣这一年来始终患病，头昏眼花，胸闷气喘，步履艰难，进宫之时尚需有人在旁搀扶，实在力不能支。臣向大王举荐上郡太守蒙骜为上将军，必能大破敌军于邯郸城下。"

秦王早就因为邯郸大败而打心眼儿里厌恶白起，现在白起又一味称病

不肯出战，甚至举荐别人，驳了秦王的面子，秦王恼羞成怒，冷冷地说："看来武安君心里还在怨恨寡人，不肯替秦国效力了……"

秦王这话真把白起吓得魂飞魄散，赶紧拜伏于地连连叩首："臣一生富贵荣耀皆为大王所赐，怎敢对大王心怀怨恨？只是臣实在病重，难以成行，请大王恕罪。"

秦王从嗓子眼里"哦"了一声，摆摆手："既然如此，武安君就回去养病吧。"白起忙爬起身来飞一样逃下殿去了。

白起走了，秦王嬴则还沉着脸地坐在殿上，想了好半天，唤过立在一旁的宦者令申录："你去告诉应侯：武安君有病不能出征，命应侯代寡人到武安君府上慰问。"

秦王是个足智多谋的君主，不是个意气用事的莽夫。现在他最关心的是邯郸之战打成什么结果，几十万精锐大军能不能全身而退。除了武安君白起，秦国没有一个将军能让这场险恶的大战败中取胜，起死回生，这种时候秦王不愿和白起斗气。他传这道诏，就是命令范雎替自己到白起面前去哀求，只要白起愿意出来替秦王收拾残局，什么事都好商量。

白起不肯上战场，这个范雎早算到了。秦王让范雎去劝白起出征，范雎也已估计到了。

白起不肯替秦王卖命，这是在找死！范雎也巴不得白起去送死，只不过为保全自己，范雎希望白起在适当的时候才死。现在秦王让范雎去劝白起，范雎一刻也没耽搁，急忙跑到白起府上来拜。武安君的家宰出来迎接范雎，只说："君上身体不适，无法见客，应侯请回。"

范雎忙说："大王知道武安君身体不适，特命我来探望。"

听说应侯奉秦王之命而来，家宰不敢阻拦，忙把范雎请进府里，进了白起卧房，白起躺在榻上，身上盖着一床棉被，见了范雎也不起身，有气无力地说："应侯请坐。"

范雎在白起身边坐下，低声问："听说武安君病了，大王命我来探望。"

白起两眼望天，喉咙里发出一声痛苦的呻吟："这几日身上的旧疾发作，痛彻骨髓，连身子都转动不得了。眼下邯郸那边正在打仗，我却不能为国效力，真是惭愧……"

白起这个人有时候明白，有时候糊涂。他就没有想过，在秦王面前装病是"撒娇"，在范雎面前装病却是找死！听白起把自己的病症说得这么严重，范雎忙说："君上为国家征战半生，多有伤病，也该好生静养了。外面的战事不要紧，君上不必挂念。"又说了几句安慰的话就告辞而去。

第二天上午范雎又来看望白起，特意送来一大包贵重的药材，见白起"病势"丝毫不见好转，就安慰白起不要着急，安心养病。第三天范雎又来探视，第四日一早又来了一趟，反复叮咛，让白起好好休养，不要操心战事。

第五天，范雎进了王宫，对秦王说，自己一连四次去劝说武安君，苦苦哀求他出战，可武安君一口咬定"病重"，坚决不肯出征。甚至当着下人的面说：早知有今日，当初不攻邯郸就好了……

这天下午，暴怒的秦王发下诏命，将白起罢去大良造之职，革去武安君爵位，收回采邑，废为庶人，立刻发往阴密居住，不得在咸阳城内停留！

秦王的诏命已经完全失去了理智。

战国是个残暴的乱世，也是个重用贤能的时代，眼下秦国的局面如此

危急，在这个时候秦王实在不该迫害一位替国家立下无数功绩的将军。

接到诏命之后，白起简直不敢相信自己的眼睛，随即明白，这又是范雎在秦王面前进了谗言，陷害自己。

白起很清楚自己在秦国的地位和秦王眼中的分量，而且一直认定秦国的大业要靠武将去完成，像范雎这样的小人只能得逞于一时，最终还是会被秦王抛弃，那时就是白起东山再起的时候了。于是并没有接诏即行，一个人跑到阴密去受罪，而是赖在府里继续装病，等着战局进一步恶化，秦王再次请他出山，那时候白起的身价就大不相同了。

打定了这么一个糊涂主意，白起就在府里一声不吭地继续养病，有趣的是，诏命下达之后一连三个月，竟没有一个人来催逼白起离开咸阳，这就更让白起觉得自己的想法是正确的，秦王并不想真的贬了他，只是给他一个教训，将来还要重新起用他。

白起哪里知道，秦王高高在上，自以为诏命一下，天下顺从，白起早已乖乖到阴密服刑去了。范雎知道白起没走，却故意不在秦王面前点破，是要等到合适的机会再把白起这只肥羊拖出来，送到祭坛上去屠宰，好替范雎自己避祸。

就在白起养病的这三个月，赵国的战况进一步恶化了。在赵、魏、楚三国联军猛烈突击之下，秦军阵脚大乱，一直退回了早先的长平战场，三国联军衔尾急追，秦军屡次回首应战都被联军击败，已经无力再战，只能大踏步向西退却。

此时曾被秦军打得走投无路的韩国也看到了机会，以亚卿靳黡为上将军，起倾国之兵追随三国联军共同伐秦，先后收复野王、阳狐、姑密，魏国也增调兵马沿黄河北岸扫荡秦军，夺回早前被秦军割占的邢丘、枳县、温县等地，秦军在黄河北岸的军马全线溃败，几十万大军全成了惊弓之鸟，不顾一切地向河东郡溃逃。

随着一个接一个败报传到咸阳，秦王的脸色越来越难看，应侯范雎在秦王面前噤若寒蝉，心里惶恐至极。

到这时候，范雎觉得该把白起这条替罪羊拖出来杀掉，替自己挡灾了。于是在和秦王商议国事的时候不经意地漏出一句："眼下局势不好，臣是否再去见武安君一面，请他出来收拾局面？"

秦王一愣："寡人已罢了白起之爵，命他迁往阴密，难道白起还在咸阳吗？"

范雎犹豫了片刻才说："大王确曾下过这样的诏命，可白起接诏之后并未离开府第，咸阳城里的旧臣们反而多到白起府上探问，三个月里每日饮宴不绝……"

范雎的话还没说完，秦王已经气得吼叫起来："白起大胆，竟敢抗命！应侯为何不早将此事报与寡人？"

范雎忙说："臣也没有想到白起公然抗命，只以为大王后来又下了诏命，允许白起留在咸阳。且白起功大权重，在军中多有旧部，旁人也不敢管他的事。"

范雎这话句句都是挑拨，秦王怒气勃发，厉声喝道："秦国是寡人的秦国，何人敢不遵寡人之命！立刻命廷尉府查抄白起府第，把他送往阴密安置，不准在咸阳停留！"

秦王发了雷霆之怒，廷尉府立刻动起手来，即刻查抄了武安君府，当天就派人把白起押解出咸阳。

到这时白起已经成了一个无用的废人，范雎知道除去白起的机会来了，

过了三日，又在秦王面前说起："臣听说白起离开咸阳之后并未远去，而是住在离城二十里的杜邮，军中将领们知道白起被贬，纷纷赶来送行，每天到杜邮探访的有数十人，白起天天把邯郸战败的事拿出来当笑话说，又对部下诉说大王如何薄待了他。"说到这里，换上一副严肃的表情，"白起不肯替大王效命，反而大放厥词中伤大王，扰乱人心，动摇士气，如此桀骜难驯，不识大体，臣以为大王应该派人去斥责白起，以免他到了阴密之后继续生事。"

秦国奉行的是法家之术，左手以重赏收买，右手用酷法屠杀，把秦国人都变成了冷血势利的怪物。现在白起被贬为庶人，流放阴密，秦人避他犹恐不及，哪还有"部下"肯去见他？他还能怎样扰乱人心，如何动摇士气？范雎说这些狠话，其实是在暗示秦王：邯郸大败，秦王必须对国人有个交代，此时制裁白起既可以推卸责任，又能重新立威，堵住群臣之口，保秦王的威信不失。

事已至此，秦王也只得顺着范雎的意思了。回身叫过宦者令申录："你捧寡人之剑到杜邮去，命白起就地自裁，以谢君恩！"

奉了秦王诏命，宦者令申录立刻带了五十名屯兵赶到杜邮。

这时白起正要继续西行，还没上路，忽见一哨屯兵到了面前，还以为这是秦王派人来召他，心中大喜，忙从屋里飞跑出来，却见宦者令申录脸色阴沉，手中捧着一柄宝剑，走到白起面前高声道："白起接诏！"

听说有诏，白起急忙拜伏于地。申录取出诏书高声诵道："大王诏命：白起即刻自裁！"

一听这话，白起整个人都惊呆了："白起有何罪，大王为什么要杀我？"

白起这个问题，天下没有人能答出来。宦者令申录知道秦王已经变成了一个不可理喻的恶魔，所有人都提着脑袋过日子，稍一不慎就会惹上杀身之祸，什么也不敢说，仍然只有那一句话："大王有诏：白起即刻自裁。"

到这时白起也知道自己非死不可了，从申录手里接过剑，仰起头来想了想，轻轻叹了口气："我这一生为了博取军功之赏，杀人何止百万？早就该死！像我这样的人要是死绝了，也许天下就太平了。"冲申录拱拱手："大人可否退出去，待白某死了，再来收我的尸首？"

申录依言退出屋外，关了房门，在外面侧耳细听，片刻工夫，只听得屋里咕咚一声响，什么东西重重地倒在地上。

正所谓鸟之将死，其鸣也哀，人之将死，其言也善。白起临死之时说的一句话，比起他活着的时候那些糊涂见识来，确实明白得多。

王稽私通魏王

白起死了，曾经不可一世的大秦国也兵败如山倒，被赵、魏、楚、韩四国大军衔尾追杀，只能日夜奔逃，一口气退出了太行山，才好不容易在刚刚筑起的汾城找到一个落脚点。魏、韩两军一路西进，直打到与河东郡相邻的吴城才罢休。

到这时，秦军刚刚占据的太原郡、上党郡已经全部失守，秦国大军已被全部逐出中原，秦王嬴则苦苦经营了五十年的霸业损折了一大半，长平之战、邯郸之战一连两场旷世大战使秦国战死了三十多万兵员，整

整一代人的血都流干了，那份"十年之内统一天下"的勃勃野心，也不必再提了。

秦国败了，而且败得如此惨烈，天下人都在看秦王的笑话。如果任由局势发展下去，也许山东六国很快就会联合起来对秦国发起反攻。现在的秦国实在没有力量对付如此强大的敌人，面对困局，秦王嬴则一筹莫展。

好在身边还有个应侯范雎，紧急的时候仍然能给秦王出主意："大王不必担心，秦国虽然吃了败仗，可余威犹存，山东各国虽然联手救赵，其实仍然各怀鬼胎。韩国像个快淹死的人，好不容易爬上岸来，现在只想赶紧喘几口气，过几年太平日子，正急着找机会和秦国媾和；魏国虽然打赢了邯郸这一仗，却失去了信陵君，魏王是个没用的废物，身边又有须贾做相国，臣估计魏王正准备向秦国称臣呢；赵国经此一战，精锐大军灰飞烟灭，再也没有与秦国争霸的本事了；楚国在战场上得了便宜之后，正急着要对鲁国动手，现在楚军已经回撤，马上就要攻打曲阜了；齐国是个女人在执政，虽然精明，却不通兵机，从长平之战到邯郸之战，齐国从始至终未发一兵一卒，说明齐王已经没有雄心，只剩偏安一隅的打算了；最有意思的还是燕国，燕王这一辈子最想做的事就是从背后袭破赵国，打开进入中原的通道，现在赵国精兵全死光了，燕王必定磨刀霍霍准备伐赵。所以臣料定不会有什么'六国合纵'，秦军也不会遇到什么劲敌。"

范雎这个人头脑精明，嘴巴厉害，一番话说得秦王心思略定，愁容稍解："应侯觉得下一步秦国该怎么做？"

范雎早就想好了主意："早前秦军曾经兵分两路攻入韩国，现在北路兵马已经败了，可南路的十万大军还驻扎在缑氏，这是一支从未动用过的生力军，兵精粮足，大王就命五大夫嬴摎领这支军马出缑氏，攻打韩国的阳城，必能一战而克。"

眼下秦国损失巨大，兵力到处吃紧，秦王把部署在韩国的十万精兵看得很重，听范雎说要用这支兵马作战，心里有些不情愿，可嘴上却没说出来。

范雎最懂得看秦王的脸色，赶紧说道："大王也知道，不久前在位五十九年的周天子驾崩了，大王正好趁这个机会派兵攻下阳城、负黍，如此一来秦军就从三个方向包围了西周公国，然后大王随便找个借口攻打西周，西周国小兵弱，秦军只要一战即可灭掉西周国，借机重振声威。刚才臣也说了，眼下山东六国都有自己的事情要做，没有一国想和秦国正面交锋，所以西周灭亡之后，六国都会来朝拜秦国，趁这个机会同秦国缓和关系，有这一场胜仗在手，天下局面就稳住了，秦国就有机会重练新兵，恢复实力，等到楚国伐鲁，燕国伐赵，山东六国乱作一团的时候，秦军又能抓住机会大举东进，统一天下的大业尚有可为。"

范雎这个主意很简单，就是一句俗话，叫作：柿子捡软的捏。

现在秦王手里尚能使用的只有在韩国的十万大军了，捏西周这个"软柿子"也确实能替秦王挣回几分脸面。至于什么"大举东进，统一天下"，这是范雎说笑话给秦王宽心，秦王也只当它是个笑话。略想了想，点头说道："就依应侯吧。"

随着秦王一声令下，早先接替武安君指挥黄河南岸兵马的五大夫嬴摎立刻率领十万秦军冲出缑氏，对韩国发起了突然袭击。

此时韩国正急着收取在黄河北岸的失地，对秦军的突袭根本没反应过来，秦人迅速夺取负黍，兵围阳城，只用了两个月时间就攻克了阳城。

　　至此，秦国已经先后占领渑池、宜阳、高都、缑氏、阳城，从西、南、东三个方向把小小的西周公国围在当中。于是秦王对外声称"西周君打算与秦国为敌，联合山东各国出伊阙，切断秦国通向阳城的通道"，有了这么个八竿子打不着的借口，就命五大夫嬴摎率领精兵锐卒开始围攻西周国。

　　在秦军面前，只有子民三万人的西周国毫无还手之力，韩、魏各国自顾不暇，也没工夫去管西周国的闲事。眼看国破家亡，走投无路，西周君只好亲自到秦国来向秦王叩头谢罪，表示愿意把西周国三十六座城邑和三万人口全部献给秦国，秦王毫不客气地接受了西周君的"贡献"，然后把西周君释放回国。

　　听说秦军要来占领西周国，西周国的百姓们惊慌失措，几万人一起向东周国逃难。十万秦军开进洛阳一座空城，进入周天子的庙堂，把天子掌握了八百年的天下九鼎全都劫到秦国去了。

　　正如范雎所预言的那样，山东六国没有一国想和秦国正面交锋，都希望找个机会与秦国缓和关系，于是在秦国攻破西周公，掳走九鼎之后，齐、楚、赵、韩、燕五国都先后派使臣向秦王祝贺，六国之中只有魏国没派来使臣。

　　早先秦国在长平、邯郸损失巨大，被诸国联军击退千里，情况糟糕至极，秦王心里着实慌张了一阵子，可是眼看灭掉西周之后，山东六国有五国派使臣来向他"祝贺"，秦王的心里又踏实了不少。只是六国之中偏偏魏国没有派来使臣，倒让秦王不解，忙把范雎找来，问他："应侯觉得魏王为何不肯派使臣向寡人道贺？"

　　对魏国的情况范雎是最了解的，听秦王动问，忍不住笑了起来："魏国不派使臣向大王道贺，并不是轻慢大王，而是因为魏国君昏臣庸，信陵君离国之后已经无人可以主政，根本就没想到'朝贺'的事。"

　　范雎这话让秦王觉得有些不可思议："魏王真的昏庸到如此地步？"

　　范雎点头笑道："确实如此。但这样也好，魏国目前还是山东六国的'从约长'，有这么个昏君坐在王廷，山东六国就更不会有大的作为了。"说到这里又想了想，"现在秦国灭了西周，山东六国中五国都已向秦国示好，偏偏魏国无动于衷，这样不行！大王应该发兵攻打魏国，夺几座城池，让魏王知道厉害，逼着他派使臣到咸阳来朝贺。"

　　现在的秦国已经不是当年那个家大业大的天下霸主了，秦王把手里残存的十来万精锐部队看成命根子一样，一听说要打仗，心里就是一疼，忙问："应侯要攻打何处？"

　　范雎走到地图跟前看了一眼，手指向秦国的河东郡："大王请看，邯郸一战之后秦军从中原退了回来，河东郡以东的土地城池基本都失守了，现在魏军已进至吴城。可吴城离河东郡的安邑、盐氏很近，却离魏国本土甚远，魏军在这里驻扎的军马也不多，大王可以命王龁调几万兵马从汾城南下，出盐氏攻打吴城，以王龁手中的兵力，只攻取这一座城池应该不难。拿下吴城之后，大王就屯重兵于吴城，摆出要攻打魏国的架势，然后派使臣到大梁去，叫魏王到咸阳来朝拜大王，魏王是个没胆量的人，又有相国须贾在身边替咱们说话，一定能说服魏王来咸阳朝拜。魏王是从约长，他要是到了咸阳，山东六国合纵的事从此就不必再提了。"

　　范雎这个主意颇为高明。只是忽略了一个问题：自从长平、邯郸两战两败，王龁的表现已经彻底令秦王失望。现在一提"王龁"两个字，秦王就皱眉头。可经过十多年的权力倾轧，那些大秦国第一流的将军都被清洗掉了，一时挑不出能担大任的人才。秦王想用王龁又不放心，不用王龁又无将可用，一时左右为难。

　　范雎在旁冷眼看着，立刻明白了秦王的心思，忙说："臣又想了想，用王龁为将似乎不妥。汾城兵马刚从邯郸撤回来，已经十分疲惫了。如今西周已灭，黄河南岸暂时没什么仗打，不如命五大夫嬴摎领五万人渡过黄河攻打吴城。"

　　在秦王眼里，五大夫嬴摎倒比王龁这个惹祸精可靠一些："既然应侯拿了主意，就命嬴摎去取吴城吧。"随即又补上一句："告诉嬴摎，在战场上多用用脑子，千万不要损失太大！"范雎赶紧唯唯而退。

　　领了秦王诏命，五大夫嬴摎立刻率军五万渡过黄河向吴城发起进攻。

　　确如范雎所说，吴城三十年前倒是魏国的城池，可自从安邑失守，河东郡被秦国吞并以后，数十年间魏国被秦军向东击退了数百里，紧靠河东郡的吴城失守已经很多年了。现在魏军仗着邯郸大捷的锋芒向秦军猛烈反击，一直打到了吴城，可是远道奔袭，立足未稳，守城兵马也有限，根本没做好坚守城池的准备。现在秦王突然调动五万精兵从黄河南岸杀来，吴城守兵抵挡不住，只坚守了不到一个月就弃城而逃，秦军顺利占领吴城。

　　此时，河东郡守王稽也得了范雎的密令，在河东郡征发十万青壮组成一支新军，给这些人配发铠甲兵器，只等五大夫嬴摎夺下吴城之后，就把这十万新军派到吴城，接替嬴摎的精锐兵马，虚张声势，摆出一副即将向东进犯的架势。同时秦国使臣苏涓带着秦王的亲笔书信到了大梁，邀请魏王到咸阳与秦王相会。

　　吴城失守，真让躲在深宫里的魏王吃了一惊，听说秦国集结十万大军准备伐魏，更是害怕。眼下的魏国人才凋零，星落云散，连信陵君也逃到赵国不肯回来了，魏王身边只剩下一个相国须贾，当下把须贾召进王宫商量对策。

　　这次苏涓到大梁来，未与魏王会面之前先去见了须贾，送给他一箱黄金，还有应侯范雎的一封密信，信上说明，让须贾劝说魏王到咸阳去朝拜秦王，事成之后还有重金相谢。须贾对范雎怕得要死，见了金子又爱得要命，立刻收了黄金。第二天进了王宫就对魏王说："臣听说秦王想请大王到咸阳相见，似有会盟之意，不知大王意下如何？"

　　魏王愁眉苦脸地说："寡人也在考虑此事。秦国是龙潭虎穴，寡人去了只怕有危险，可若是不去，又担心秦军东进于我不利。相国对此怎么看？"

　　须贾忙说："大王不必担心，邯郸一战秦军大败，实力大损，魏国是山东各国的从约长，又有破秦救赵的威名，秦王绝不敢对大王无礼。可臣也听说，早前秦国灭掉西周国的时候，齐、楚、韩、赵、燕都派使臣去向秦王道贺，只有魏国没派使臣到咸阳，秦王为此十分不快，想来秦军攻打吴城就是为了此事。现在秦国在吴城屯兵十万随时准备东侵，若大王仍不理睬秦王，只怕秦王面子上不好看，会因此与魏国结仇，于国不利。"

　　须贾把秦王伐魏的意图大概说清楚了，可魏王心里还是不踏实："既然各国都只派使臣到咸阳，魏国也派个使臣去就行了，何必寡人亲往？"

　　须贾已经奉了范雎之命，一心要劝魏王去咸阳朝拜，赶紧又说："秦国虽然打了败仗，仍然是天下第一强国，此番灭了西周，夺取周天子九鼎，俨然已是天子之尊，各国派使臣朝贺，其实是奉天子之礼，可魏国偏偏没派使臣，这不只是轻慢秦王，也有辱秦国的国体，所以秦王才会如此震怒，臣觉得为了与秦国和好，大王还是亲自到咸阳去一趟的好。"

　　须贾一味鼓动，魏王心乱如麻，一时软弱，勉强说道："就依相国之

言吧。"

见魏王答应去咸阳朝拜，须贾暗暗高兴，这才退了下去。可他走后，魏王越想越怕，终于背着须贾把上大夫董庆召进宫来问计。

董庆这个人能文能武，在魏王身边还算个明白人，听魏王说秦国使臣想请魏王到咸阳去，立刻觉得不对路："暴秦是天下公敌，魏国却是山东六国的从约长，大王到咸阳去朝拜秦王，就等于山东六国向秦国俯首称臣，如此一来影响太大，魏国也丢不起这个脸。臣觉得大王不必到咸阳，也效法别国派个使臣去就行了。"

董庆的主意倒合魏王的胃口，可想起须贾的威吓，心里又不踏实了："万一秦国因此责怪魏国，发兵来攻，岂不麻烦？"

"秦军在邯郸吃了那么大的败仗，哪还有力量攻打魏国？臣以为秦人必是虚张声势。"见魏王仍然犹豫不决，董庆又想了一个主意，"臣听说秦国的河东郡守王稽是应侯范雎的亲信，极为贪婪，咱们不妨在这个人身上动动脑筋。这样吧，大王可以派臣到咸阳去，路过河东郡的时候先拜见王稽，暗中探问秦军虚实。如果秦国只是虚张声势，就由臣到咸阳向秦王道贺，此事便作罢了。倘若秦国真的集结重兵准备伐魏，大王再去朝贺秦王也不迟。"

董庆的主意果然不错，魏王立刻让他出使秦国，顺便打探消息。

十几天后，董庆的车驾进了河东郡的安邑城，在驿馆住下，董庆片刻也没耽搁，立刻坐了一乘不起眼的轻车来拜访河东郡守王稽。见面就说："在下这次奉魏王之命到秦国出使，所负使命甚是艰难。想必大人也知道，魏国一时疏忽，没有及时派人到咸阳朝贺，以至于秦王不悦，我王深感忧虑，在下心里也惶恐不安。听说应侯是位仁厚智者，就想先去拜见应侯，把魏国的苦衷告知应侯，请应侯帮在下出个主意。听说大人与应侯有深交，特来拜访，想请大人写一封信，在应侯面前引荐在下。"捧出一只黑漆木匣，"这是一点薄礼，请大人笑纳。"

王稽是个见了钱连命都顾不上的货色，收了董庆的贿赂，脸色马上不一样，笑着说："这事好办，我这就写信向应侯引荐贵使。"

董庆今天来见王稽，并不是求他"引荐"，而是另有所图，故意装出一脸苦相，低声说："我听说秦王对魏国十分不满，准备调河东郡兵马攻魏，不知可有此事？"

河东郡兵马都掌握在王稽手里，现在董庆用言语刺探，王稽也不置可否，笑着说："秦国灭了西周，山东各国都来朝贺，只有魏国不来，大王当然生气，难免对魏国动兵。可现在贵使已经来了，只要谈得好，秦军未必伐魏。"

王稽这话说得模棱两可，董庆不得要领，只得凑到王稽耳边低声说："听说五大夫嬴摎领精兵十万驻扎河东郡，大人到河东以后，也操练了十多万新军，不知此次伐魏是嬴摎出战，还是大人统兵？"

一听这话，王稽顿时明白了董庆的意图，脸色微变："贵使这是何意？"

董庆忙笑道："也没有别的意思，我与大人已是至交，若大人领兵攻魏，很多事都好商量，若是嬴摎率军杀来，魏国只好调精兵与之周旋了……"

董庆这话纯粹是胡扯，王稽冷冷地说："此事不好讲，贵使自己去猜吧。"

王稽不肯交底，董庆也不着急，笑着说："大人是秦王面前的红人，我猜这次出征必是大人领兵。"凑上前来把嘴直贴到王稽的耳根子上，"魏王命在下带来黄金五百两，只求大人将来对魏国手下留情。"

听说魏王一次送给自己五百金，王稽忍不住心动，略一沉吟，笑着说："贵使猜得不错，这次大王是要命我率河东兵马伐魏的。我是秦臣，战场之上不能徇私，魏国要想不遭兵劫，还是顺从秦王之意为好。"董庆忙连连称是。

从王稽嘴里套出了实话，董庆知道秦王调动的都是河东郡的新兵，伐魏只是做个样子，心里有了底，到了咸阳面见秦王，只为秦国灭周之事向秦王道贺，对魏王到咸阳朝拜的事只字不提。

魏王不肯亲来朝贺，秦王当然很不甘心，又命范雎去吓唬董庆，可董庆已经摸到了秦国的底牌，根本不理范雎的恫吓，秦王拿董庆也没办法，只好不再提"魏国赴咸阳朝贺"的事了。

随着魏国使臣到咸阳朝贺，山东六国的使者终于到齐了，所有国家聚在一起，祝贺秦王灭亡了周朝。山东六国联手抗秦的"合纵"大计，至此正式完结。

蒙骜收拾应侯

范雎调动黄河南岸的兵马攻打吴城，并没能迫使魏王到咸阳来朝拜。可哪想到，范雎灵机一动想出来的主意，却给他自己招来了一场麻烦。

前一年秦国攻打韩国的阳城、负黍，韩王面对秦国十万精兵无力抵抗，只能自认倒霉，现在秦国忽然把驻扎在韩国的精兵调走了一半，五大夫嬴摎也调到吴城去了，韩王立刻看到机会，命亚卿靳黖领一支兵马出阳翟向秦国反扑，立刻占领了城父、应城、牛阑、鲁阳。

倒霉的是，应城正是应侯范雎的采邑。

此时的秦国实在是空前衰弱了，挨了韩国的打竟然无力反击。眼看应侯失去了采邑，秦王心里不忍，就把范雎找来喝了顿酒。

酒过三巡，秦王笑着问范雎："应侯的采邑被韩国夺去了，心里难过吗？"

秦王本来是想安慰范雎，想不到范雎很大度，只是淡淡一笑："臣并不在意。"

秦王有些意外，忙问："为什么？"

范雎喝了一口酒，对秦王笑道："臣讲个故事给大王听吧：从前魏国有个贤士名叫东门吴，膝下只有一个儿子，后来得急病死了，别人都替东门吴觉得伤感，可东门吴自己却并不怎么伤心。他的管家就问他：'大人平时最爱自己的儿子，现在孩子病死了，你怎么一点也不伤心呢？'东门吴说：'我从前根本没有儿子，那时候我也是每天吃饭喝酒，过我的日子，并没什么难过的。现在我有了个儿子，还没养大就病死了，这不就和没有儿子是一样的吗？既然从前没儿子的时候不难过，现在也照样是没有儿子，我又为什么要难过呢？'"

范雎讲的这个故事有些强词夺理的味道，乍听起来却也有趣，秦王忍不住一笑。范雎又说："对臣来说，应城那块采邑也是一样的。早前臣只是魏国一个普通的读书人，什么都没有，也活得挺好。现在虽然失去采邑，可是有大王照顾我，照样喝酒吃肉，比在魏国的时候不知强上几百倍。臣没有东门吴那样的心胸，多少也懂些道理，受了大王的知遇之恩，心里就只想着给大王卖命，哪有心思为了一块采邑发愁呢？"

范雎这些话说得真好，秦王听了不觉感动，就把这事放下不提。又说了几句闲话，问范雎："自从邯郸一败，武安君被寡人赐死，王龁、嬴摎这些人又一时顶不上来，眼看秦军的将领青黄不接，寡人心里忧急，想任命上郡太守蒙骜为上卿统率秦军，应侯觉得如何？"

蒙骜是穰侯魏冉同一辈的人，早年从齐国到秦国投军，替秦王效命四十年，被拜为客卿，与儿子蒙武都得魏冉重用。魏冉失势以后，秦王把蒙骜调到上郡，从此冷落了他。如今蒙骜已经七十多岁，秦王大败之后无人可用，又想起这位老将军来了。

在秦国的旧臣之中，蒙骜这个人与众不同。既不像魏冉那样是秦国的贵戚，又不像白起那样王孙之后，只是一个从齐国来的客卿，在秦国的根子不深，与魏冉的关系虽然不错，可说到底却是若即若离。其子蒙武也与父亲一样，根基不深，人脉不多，虽然受白起的器重，却又不像司马靳、司马梗与白起那样亲密，可以说是旧臣之中比较超脱的一派。现在秦王杀了白起，又用不上王龁，情急之下打算起用蒙骜，范雎觉得倒也可行："蒙骜将军沉稳多谋，宽厚爱众，大王用蒙卿统率秦军，众将必然悦服。"

眼看范雎没有异议，秦王也就下了决心，立刻下诏把蒙骜从上郡调回咸阳，任命为上卿，命蒙骜接掌兵权，

蒙骜一辈子都在军中度过，对治军经武有丰富的经验，虽然年纪大了些，可办起事来认真严谨，雷厉风行，接掌上卿之位后，立刻在全国范围内招募新兵，重新训练，又到各地视察防务，检阅兵马，奖励能臣，裁汰冗员，不到半年工夫，已经把秦军整训得气象一新，颇有几分样子了。

这天一早，蒙骜进宫来见秦王，行礼已毕开口就说："大王，臣奉命

巡阅各地兵马，到河东郡之后听得将士们多有怨言，都说河东太守王稽贪赃不法，收受贿赂，任用私人，纵放囚犯，且暗中与诸侯私通，劣迹斑斑！臣以为河东郡是秦国东进的门户重地，用这样的人为郡守实在于秦国无益，请大王依法制裁王稽，另选有能力的人接替太守一职。"

河东郡守王稽是应侯范雎的亲信死党，秦王对他也一向器重，现在听蒙骜把王稽说得这么不堪，秦王根本不信："蒙卿言过其实了吧？王稽这个人还是很可靠的。"

蒙骜是个武将，脾气耿直，见秦王不相信自己的话，顿时有些急了："难道大王以为下臣无中生有冤枉王稽吗？可臣手中有王稽部下的亲笔口供，举证王稽到河东之后瞒报赋税，侵吞粮饷，各项皆有数目可查！王稽私通诸侯一事也已经查实了。"

蒙骜一连两次提到王稽"私通诸侯"，倒让秦王不解："蒙卿说王稽'私通诸侯'是什么意思？"

蒙骜忙说："大王还记得半年前魏国不肯来秦国朝贺，于是秦军攻克吴城，大王命王稽屯兵十万于吴城，威吓魏王。那时魏国派了一个叫董庆的大夫到秦国出使。臣已查明，董庆路经河东之时曾秘密拜访过王稽，送给他黄金五百两，王稽收了贿赂，就暗中把大王的部署透露给董庆，并告诉董庆，吴城所屯皆是河东新兵，并不善战，于是魏王不肯到咸阳来朝拜，这难道不是私通诸侯之罪吗？"

魏王不来朝贺的事竟与王稽有关！这事蒙骜不说，秦王永远也想不到，可现在蒙骜一说，秦王回头一想，顿时变了脸色。

蒙骜是个武夫，不懂得看秦王脸色，只管自说自话："王稽任河东郡守多年，贪贿无数，收受魏国的黄金只是其中一小部分。臣想问大王，

当年大王任命王稽为河东郡守时，是否下过诏命，河东郡三年赋税不必上报？"

秦王想了想，点头道："确有此诏。"

蒙骜把两手一摊："大王知道吗？这三年中，王稽每年从河东郡敛取财富多达四五百金！其中半数被王稽私吞，另一半送到咸阳，都入了应侯的腰包！"

想不到蒙骜说来说去，竟说到了应侯范雎身上。秦王立刻双手连摇："这不可能！应侯是秦国相邦，柱国之臣，寡人一向视为师友，且此人生性淡泊廉洁，怎么会收受贿赂？蒙卿一定是弄错了！"

听秦王把范雎称为"师友"，又大赞范雎"淡泊廉洁"，蒙骜急得把手一拍，高声大嗓地说道："大王这话从何说起！自从应侯做了相邦，在咸阳城里卖官鬻爵，收贿索贿，私贩盐铁，私纵囚徒，在采邑之内蓄养奴隶，私开田亩，聚财敛货不计其数！秦人都知道应侯喜好财货，想在秦国升官发财必须买通应侯不可！大王却以为应侯廉洁？这话从何说起！"

若是在邯郸大战以前有人这样公开批评范雎，秦王早已大发雷霆，可经过邯郸这场大败，范雎的本事在秦王眼里已经打了折扣，蒙骜又正得秦王宠信，所以没有发作。可要说范雎贪赃枉法以至于此，秦王还是不信："蒙卿言过其实了。去年韩国出兵攻下应城，那里是应侯的采邑，当时寡人还以此事询问应侯，可应侯视若无睹，毫不在乎，如此淡泊之人，怎么会做出无耻败德之事？"

听秦王这么一说，蒙骜也有点儿糊涂了："大王这话也在理。敢问应侯失去采邑是在何时？"

"去年八九月。"

蒙骜点点头，又问："臣没记错的话，应城离南阳郡不远吧？当时南阳郡有多少兵马？"

"那时黄河南岸兵马多数调到北岸攻打吴城去了，五大夫嬴摎也已北上，南阳一带兵马倒是不多……"

听到这儿蒙骜就有几分明白了："这么说当时秦国在应城附近没有多少兵马，一时无法夺回应侯的采邑，且邯郸大败应侯也有责任，此时也不好意思请大王调兵帮他收复采邑，只好假装满不在乎。"说到这里自己也笑了出来，"臣只是乱猜的，也不知道对不对。"见秦王沉着脸不吭声，又有点心慌，忙说："这样吧，臣今天就去拜访应侯，只说大王命臣调汉中兵马去收复应侯的采邑，看应侯如何表态，事情就明白了。"

蒙骜这个主意倒好，秦王也就答应了。

当天晚上，蒙骜专程来拜访范雎。

范雎和蒙骜交情不深。因为蒙骜是秦国的旧臣子之一，早先与魏冉、芈戎这些人过从甚密，范雎心里对他加意提防，后来秦王把蒙骜赶到上郡那个鸟不拉屎的穷地方，其中也有范雎的主意。

可眼下情况已经发生了变化，魏冉、芈戎、白起等人皆已作古，王龁、王陵、郑安平之辈又不成气候，秦国旧臣、新臣之争的结果是两败俱伤，像蒙骜这样夹在新旧两派臣子之间的人物又得到了秦王的器重，他在这个时候过府拜访，大概是想巴结范雎，借范雎的力量坐稳上卿的位子。

蒙骜初掌兵权，一心想巴结范雎。范雎在秦王面前刚刚丢了脸，在秦国的威信大受打击，也正需要蒙骜这样的权臣扶持，于是这一文一武两位权臣都觉得结交对方是件要紧的事，结果是水到渠成，蒙骜主动来访，范雎笑脸相迎，把蒙骜请进府里摆宴款待。

酒过三巡，蒙骜放下爵，重重地叹了口气。范雎忙问："蒙卿有什么心事吗？"

蒙骜又连着喝了几爵酒，叹了两口气，这才说："不瞒应侯，老夫心里不爽快！"

蒙骜这话倒把范雎吓了一跳，还以为自己慢待了这位上卿，忙问："是我府里的人招待不周，惹蒙卿不高兴了？"

蒙骜举起两只蒲扇一样的大手在范雎眼前乱摇："不是这么回事！这次大王把我从上郡调回咸阳，让我做了上卿，老夫知道是应侯在大王面前替我说了话，心里十分感动。就想着替应侯办一两件事，报答应侯的恩德，私下打听了一下，却听说韩国出兵夺了应侯的采邑，不知有没有这事？"

蒙骜提起"采邑"二字，范雎的脸色立刻凝重起来。

说实话，其实范雎这个人贪财如命，把应城这座万户人口的大城看成命根子一样，这次韩国攻取应城，范雎急痛攻心。可他也知道邯郸之败自己责任太大，王龁、王陵等人都失去了秦王的信任，自己的亲信郑安平更是泄气，竟然率领几万秦军投降了赵国！这时候范雎只能夹起尾巴做人，哪敢为了一块采邑动用秦国的兵马？眼看几年内收复应城已经无望，这几年的税赋损失实在不是个小数目，范雎正在肉疼，忽听蒙骜提起此事，心中一动，忙说："确有此事。"

蒙骜把几案一拍，说道："想不到小小的韩国也敢对秦国用兵，而且故意侵夺应侯的采邑！老夫听说此事真是气得要死！现在老夫已经下了决心，别的事都不管，先让蒙武率领汉中郡的兵马杀进韩国，把应城夺回来还给应侯再说！"

这时范雎才确信，蒙骜果然是巴结自己来了，只不过他带来的礼物不是金子，而是一支军马。对范雎来说，应城这块采邑可比一箱金子值钱得多，有蒙骜帮忙，夺回应城就不难了，大喜过望，急忙起身亲手替蒙骜斟酒，拱起手来连声说："多谢蒙卿！应城的事就全拜托蒙卿了！"

从范雎嘴里套出了实话，蒙骜心中窃喜，又和范雎客气了几句，这才告辞出来。

第二天，蒙骜进了王宫，把昨晚范雎说的话一字不漏在秦王面前说了一遍。

听了这些话，秦王嬴则脸上露出了一丝鄙夷的冷笑。

老将军蒙骜刻意与范雎结交，并不是为了巴结他，而是想找个机会收拾他。

正所谓"一鸡死，一鸡鸣"，上卿蒙骜其实是个有心计的人，以前他只是秦国的客卿，资历不能与魏冉、白起相提并论，虽然屡立战功，却爬不到高位。现在秦国先后发生了几次党争，范雎扳倒魏冉，整死白起，自己坐上了秦国的相邦之位，也把军权从魏冉、白起这些人手里夺走，终于交到了蒙骜手中。

自从抓到权柄的这一刻，蒙骜就再也不肯放手。从秦王嬴则重用蒙骜开始，直到秦始皇嬴政驾崩，秦国的兵权始终掌握在姓蒙的手里，蒙骜、蒙武、蒙恬祖孙三代全都受到秦王格外器重，而为蒙氏一族打下权力基础的聪明人，正是这位勇武过人、憨厚坦率、耿直敢言的蒙骜将军。

和秦国大多数臣子一样，蒙骜打心眼里讨厌范雎这个靠陷害他人起家的政治暴发户，现在蒙骜掌了兵权，就从王稽身上下手，准备收拾范雎，扫清自己权力之路上的障碍。

听了蒙骜的举报，秦王对范雎彻底失去了信任，立刻命廷尉府彻查王稽"私通诸侯"一案。

王稽这个人贪婪成性，刻薄寡恩，实在不是东西！不但政敌恨他，就连他手下的部将官吏们也一个个咬着牙骂他的祖宗。现在廷尉府来查王稽，那些平时恨他的人如鱼得水，立刻蜂拥而来争相举报，廷尉府很快坐实了王稽"私通魏王"的大罪，立刻上报秦王，就在安邑城里捉了王稽，押解到咸阳，罪证确凿，一审即服。于是秦王下诏，将王稽腰斩弃市！

范雎平时最重用的两个亲信，郑安平在邯郸兵败后带着几万秦军投降赵国，成了秦国的国耻；王稽又私通魏王，落了这么个下场。范雎是个聪明人，当然知道，秦王下一个就要拿他开刀了。

果然，王稽被处死后仅过了五天，秦王就召范雎入宫议事。进了咸阳宫，只见秦王黑着一张脸居中而坐，范雎忙上前行礼，秦王仰脸看天，根本就不理他，半天才冷冷地问："王稽收受贿赂，私通魏王，泄露国事，已被腰斩，这事应侯知道吗？"

范雎忙说："臣已经知道了。"

秦王恶狠狠地瞪了范雎一眼："寡人是问，王稽做的这些事应侯事先知道吗？"

秦王这话真把范雎吓出一身冷汗来，急忙拜伏于地："调兵攻打吴城，逼迫魏王到秦国来朝拜，这个主意是臣给大王出的，臣怎么可能让王稽把这样的大事泄露给魏王，这不是臣自己毁了自己吗？"

范雎这话也在理。秦王一时没话可说，只好把这事先收拾起来，又问："寡人听说王稽贪婪成性，受贿索贿数以千万计！其中有半数转送给了应侯，有没有这回事？"

范雎忙说："大王也知道，臣出身贫苦，是个淡泊之人，平时对金银宝贝从不看重，大王又封给臣采邑万户，富比公侯，臣早已足食足用，为什么还要收受别人的贿赂？这一定是魏冉余党心里恨我，在大王面前中伤下臣，请大王明察！"

贪污受贿的事就像做贼一样，只要没给当场抓住，范雎一定抵死不认。而他最后一句话说得有趣，因为蒙骜当年和魏冉过从甚密，说他是"魏冉余党"似乎也说得过去。

秦王虽然已经不信任范雎，毕竟还没掌握他的罪证，一时没话驳他，半天才又厉声问道："王稽任河东郡太守是应侯举荐的，现在王稽犯下如此重罪，应侯说说，依秦律，寡人该怎么处置应侯？"

秦王恶狼一样的秉性范雎是知道的，对今天这事范雎早就做了准备。听秦王问他，连眼都没眨一下，立刻拱手奏道："依秦律，王稽犯下重罪，臣是举荐之人，应该连坐，下狱论死。可臣以为大王实在不能杀臣。"

秦王威吓范雎，是想让他认罪讨饶，这样处置范雎的主动权就落在秦王手里。至于究竟如何处置范雎，其实秦王也没想好，罚得重了，舍不得范雎的才华；罚得轻了，心里又恨他的诡诈。哪想范雎却说出惊人之语，认为秦王不能杀他！秦王大怒，脸也沉了下来："应侯说个道理给寡人听听。"

当年在魏国从须贾、魏齐这两个恶棍手中死里逃生，范雎已经狠下心来，把"死"字抛在脑后，成了个不折不扣的亡命之徒。现在面对秦王的质问，范雎毫不畏惧，咧着没牙的嘴嘿嘿一笑："下臣并不是王孙贵戚，只是一个贱民罢了，后来下臣在魏国得罪了权臣，差点给人像狗一样打死，不得不逃到秦国来避难。大王不在意臣出身卑贱，居然重用了我。可臣在秦国既没有出身，也没有王孙贵戚的举荐，完全是大王看重下臣，提拔下臣，把军政大事都交给臣来处置，天下人都知道秦王重用了一个叫范雎的普通士人，以'师友'相待，言听计从，臣与大王这

段'君臣之谊'早已传为佳话了。现在大王不知听了什么谗言，因为王稽之罪而命臣连坐，甚至要杀臣，这样一来，天下士人都会对大王寒心，认为秦国不能善待士人，各国诸侯也会借机中伤大王，贬低秦国，所以下臣觉得大王实在不能杀臣。"

范雎这张嘴真是厉害，一番诡辩，顿时把杀气腾腾的秦王驳倒了。范雎知道光是这么说，自己还脱不了身，急忙又说："臣得大王知遇，当以性命相报，大王若要臣死，臣不敢不死。只是大王不能杀臣，以免坏了名声。请大王让臣回府去服毒自尽，臣死以后，大王就说臣是病死的，仍然以相邦之礼下葬，这样大王照样杀了下臣，心里也痛快了，而别人不知底细，也就不会出来诽谤大王。"

范雎这个东西太奸猾了，表面装出一副孤忠死节的样子来，其实暗中给秦王做好了圈套，秦王再要处罚他，实在有些下不去手；至于"自杀"，范雎当然是不肯的，秦王也不会真让范雎这么做。如此一来，范雎就从王稽的案子里脱身了。

这么一条滑溜溜的泥鳅，秦王眼睁睁看着，却揪不住他，没办法，只能哈哈大笑："寡人不过跟应侯开个玩笑罢了，应侯果然有急智，这话说得实在有趣！"

范雎也跟着秦王嘿嘿地笑了几声。

范雎的归宿

　　范雎确实有急智，从秦王手里滑了过去，可经此一事，咸阳城里所有人都知道应侯要倒霉了，任固、苏泪这些平时和范雎亲近的人也都不再和他来往了。凭这些年混迹官场得来的经验，范雎知道，自己在秦国已经待不下去了。

　　若是一般人，此时已经在琢磨怎样收场，如何下台，可范雎把手里的荣华富贵看得实在太重，怎么也舍不得放下，仍然想着如何在秦王面前取宠，怎么才能重新掌权。

　　这天夜里，秦国大夫蔡泽忽然来拜访范雎。

　　蔡泽本是燕国人，可是在燕国混得很不如意，之后周游各国，在赵、魏、韩都站不住脚，最后在秦国混了一碗饭吃，在范雎的众多党羽中是个不起眼的角色。若在平时，范雎未必肯见他，可现在的范雎没有早先那股子傲气了，就把蔡泽迎进府来，问他："蔡大夫今天来有什么事？"

　　蔡泽笑道："我今天来，是想接替应侯担任秦国的相邦。"

　　一听这话，范雎顿时变了脸色："这是什么话！"

　　范雎急了，蔡泽却不急不忙，笑着说："我本以为应侯是位识实务的俊杰，想不到应侯也是个迟钝的人。应侯也知道，一年分春夏秋冬四季，春尽则夏至，秋尽则冬至，正是'成事则来，事成则去'。人也一样，那些有作为的士人无不身体强壮，手脚便利，耳聪目明，心智机敏，这才能做一番大事。那些有成就的君王无不行事以仁，秉持以义，行道施德，由此闻名天下，天下人也对他们敬爱仰慕，都愿意做他们的臣民。所以说，

荣华富贵，治理子民，健康长寿，无病无灾，这是天下人都想得到的好事，应侯觉得是不是呢？"

蔡泽说了一大堆废话，仍然没有谈到正题，范雎只好耐着性子说："你说得对，接着说。"

蔡泽看了范雎一眼："我想请问应侯，秦国的商鞅，楚国的吴起，越国的文种都是名臣将相，可他们为什么都死得那么惨？"

范雎是什么人？他本就是靠着说服秦王，扳倒魏冉，才有了今天的地位，说到舌辩之能，天下没几个人是范雎的对手。现在蔡泽把话题一转，范雎立刻听出来了，冷笑着说："这几位名臣有什么惨的？商鞅侍奉秦孝公忠心不二，只顾家国社稷而不顾自身，设立严刑酷法以杜绝奸邪，订下赏罚之志以激励百姓，为秦国打了不少胜仗，扩地足有千里。吴起侍奉楚悼王，强化王权，庇护忠臣，使楚国走向强盛。越国的文种追随勾践一起受辱于吴国，忠贞不渝，尽自己所能为勾践谋划大业，成功之后又不居功。这三位贤臣都是忠义死节的典范，知道这三个人的事迹，就懂得孟轲夫子说的'生，亦我所欲也，义，亦我所欲也，二者不可得兼，舍生而取义也。'又明白了孔子所说的'无求生以害仁，有杀身以成仁'的道理！能像这三位贤臣一样为君王尽忠，虽死无憾，你为什么说这三位贤臣死得'惨'呢？"

范雎说这些话，其实是在蔡泽面前装蒜。

范雎快倒台了。

凡是做权臣的，倒台的时候必定不得好死。等待范雎的多半也是车裂，腰斩，除非有个强有力的人物站出来保护范雎。可范雎在秦国名声这么臭，哪有人愿意帮他的忙？

现在蔡泽公然提出自己要"接手相邦之位"，就是希望范雎在秦王面前举荐他做这个相邦。如果蔡泽做了相邦，就会用手中的权力保护范雎。对范雎而言，在下台后能得到蔡泽的庇护，不落个车裂的下场，也算是万幸了。

可蔡泽今天来究竟是什么目的？背后有没有人指使？这些范雎都摸不透，所以他在蔡泽面前只能说慷慨激昂的面子话，绝不肯把真心示人。

蔡泽今天来，实实在在是要劝范雎辞去相邦之位，在秦王面前举荐蔡泽当这个相邦，所以他嘴里说的是真话。眼看范雎根本不信任他，蔡泽决定冒险一搏，对范雎拱手说道：“古人云：‘君明臣直，国之福也；父慈子孝，家之福也。’可惜忠直之臣未必能遇到贤明之君。当年忠臣比干不能保全商纣王的社稷；武子胥无法阻止吴国灭亡；晋国公子申生孝顺晋献公，宁肯自杀，仍不能避免晋国的一场内乱。虽有这些忠臣孝子，可是商朝、吴国照样灭亡，晋国照样内乱，为什么？因为这些国家只有忠臣，没有明君，只有孝子，没有慈父！结果忠臣孝子不得好死，天下人都责备商纣、夫差、晋献公而同情比干、武子胥、申生。刚才我说的商鞅、吴起、文种三人，也是这样的忠臣，可他们侍奉的君王却做错了事，结果这三位忠臣立了功，却得不到感激，被君王抛弃，被国家出卖，一个个不得好死！难道应侯会羡慕这样的死法吗？”

蔡泽这话分明是在指责秦王对范雎不公平了，而且话说得非常直白，范雎听了又惊讶又感动，一时竟愣住了。

蔡泽今天来见范雎，本就是冒险来的，见范雎爱听这些话，就把心一横，又说道：“人活着的时候出名，才是真出名，活着的时候富贵，才是真富贵。如果活着不被君王赞赏，死了以后，忠义之名才传于天下，那么微子启算不上仁德，孔夫子称不上圣贤，齐国的贤相管仲也不是什

么了不起人物了！所以我觉得人生在世，既立功又出名是最好的，如果只留下一个虚名却白白丢了性命，这就不太明智了，如果坏了名声来保全性命，那是最傻的。应侯觉得是不是？"

蔡泽把话说了一圈儿，又说回到范雎身上来了。

早前的范雎极得秦王宠信，功大名重，十全十美。眼下范雎已经失宠，却想赖在秦国不走，这是拿自己的性命在赌博，希望重新得到秦王的赏识。可从目前的情况来看，秦王对范雎已经相当失望，如果范雎继续赖在咸阳不走，弄不好秦王会对他翻脸，那时候范雎就只能丢了名声来保自己一条命，甚至名声坏了，命也保不住……

不知不觉间，范雎已经被蔡泽渐渐说动了。

蔡泽看出机会，忙又说道："商鞅、吴起、文种当然也是了不起的贤臣，他们对国家的贡献堪比周文王时的名臣闳夭，辅佐成王的周公旦。可是说到身前身后的功名荣辱，商鞅、吴起与闳夭、周公相比，谁更光彩，更有体面？"

范雎叹了口气："当然是闳夭、周公旦更有体面……"

蔡泽连连点头："对呀！应侯在秦国做相邦，侍奉当今大王，那么请问应侯：当今秦王和秦孝公、楚悼王、越王勾践比，是不是更宽厚，更仁爱，更贤良，更有道义呢？"

蔡泽这话真是问到范雎的骨头缝里去了，好半天，才缓缓说出三个字："不好说……"

是啊，秦王嬴则在位五十二年了，一心称霸，穷兵黩武，翻脸无情，这是一头活生生的老虎！范雎追随秦王十六年了，当然明白伴君如伴虎的道理。现在被蔡泽当面一问，这位老谋深算的应侯竟顺嘴说出一句实话来了。

　　到这时，蔡泽觉得自己可以畅所欲言了："当今秦王的德行未必超过秦孝公、楚悼王、越王勾践，应侯在秦国十多年，为秦国做了不少事，可应侯的功绩与商鞅、吴起相比又如何呢？"

　　范雎在秦国确实做了不少大事，早年他也曾踌躇满志，以为自己会辅佐秦王统一天下，可邯郸大战一败涂地，范雎也失去了早年的勃勃野心。现在蔡泽问他，范雎只能答道："我不能和商鞅、吴起相比。"

　　听了这话，蔡泽点点头："这么看来，当今秦王的宽厚仁爱不能与秦孝公、楚悼王相比，而应侯对秦国的贡献又不能与商鞅、吴起相比，可今天的应侯富甲天下，权倾朝野，大王尊称应侯为'老师'，对应侯言听计从，应侯得到的东西比商鞅、吴起多得多了。大王没有古代名君宽厚，应侯也没有古代贤臣的才智，可应侯得到的权力、财富和面子却比那些贤臣高得多，我不得不担心，应侯如果继续留在咸阳，担任相邦，将来遭到的灾祸会不会也比商鞅、吴起、文种更惨上几倍呢？"

　　听了这话，范雎顿时惊出一身冷汗。蔡泽却不给他机会深思，立刻说道："古人云：'日中则移，月满则亏'，凡事盛极而衰，这是天地常理。进退盈缩，与时变化，这是圣人之道。孔子说过：'邦有道，不废，邦无道，免于刑戮。'又说：'不义而富且贵，于我如浮云。'《易经》中也说：'飞龙在天，利见大人。'可知富贵荣华到了极点，就要寻一个退路了。应侯也知道，鸿鹄展翅千里，犀兕皮坚如铁，大象有百人之力，都是不易猎取的，可它们如今都快被人杀光了，为什么？就因为鸿鹄、犀兕贪图诱饵，不肯罢手！当年苏秦配六国相印，最终死于齐国；智伯拥有强兵，却被韩、赵、魏三家所杀，也是因为贪利！商鞅为秦国变法，使秦国一跃成为天下强国，可功成之后商鞅却被车裂！白起为秦国统兵，攻下名城七十余座，斩杀敌军百万有余，使秦国有了称帝的资本，结果

只是被赐自尽！为什么这两位名臣的下场如此凄惨？就因为他们不懂得'功成身退'的道理。再看吴起、文种，也都是因此而死，死得也都惨烈无比。这就是所谓的'能伸不能屈，能往不能返'。和文种一起侍奉勾践的范蠡大夫却是个聪明人，成功之后隐居江湖，改名叫'陶朱公'，靠经商发了财，过着何等逍遥的日子，难道应侯不愿意学陶朱公的榜样，倒想落得和商鞅、白起一样的下场吗？"

到这时，范雎已经瞠目结舌说不出话来了。

蔡泽又说："应侯知道赌博的人吗？有些赌徒喜欢孤注一掷，也许一把下去就能赢很多钱，可是不管他赢了多少把，只要输一次，立刻倾家荡产，这样的赌徒是最傻的。应侯在秦国这么多年，算无不中，计无不遂，名扬四海威震天下，就像赌徒连赢了很多把，还不收手，仍然要孤注一掷继续赌下去，赌到最后，必定是商鞅、白起的下场。正所谓：'成功之下，不可久处。'乾卦亦有'亢龙有悔，盈不可久'的卦辞，应侯要是个聪明人，就应该趁着灾祸未至，赶紧让出相印，隐居山林，过陶朱公那样的富足日子，像早先的隐士许由、延陵季子一样清闲安逸，像王子乔、赤松子一样多福多寿，这才是能上能下、能屈能伸、能往能返的高人！应侯觉得是这个理吗？"

到这时范雎已经知道，遇上这个蔡泽，是他的运气。

范雎已走到悬崖边上了，却有个蔡泽肯拉他一把。如果范雎辞去相位，在秦王面前举荐蔡泽，秦王多半会顾着范雎的面子——也等于顾着秦王自己的面子，把秦国的相印交给蔡泽，以成就范雎和秦王之间这段"师友之谊"的佳话。而蔡泽至少不是范雎的政敌，得到相位之后，他会保护范雎，不让这位应侯惨死在政敌手里。

能活着离开咸阳就够了，其他的，范雎还敢指望什么？于是鼓掌赞道：

"先生说得好！我听说'欲而不知足，失其所以欲；有而不知止，失其所以有。'这次多亏先生指教，范雎谢过了。"向蔡泽拱手而拜。

到这时，蔡泽知道范雎已生了退意，自己这个相邦之位快到手了，心中得意非凡，急忙向范雎拱手还礼。

第二天一早，范雎进宫去见秦王，请求辞去相国之位。

现在的秦王巴不得范雎赶紧滚蛋，可是他早前把范雎捧得太高，如今不得不做个样子给天下人看，于是不准范雎辞官。范雎也知道秦王是在做戏，当不得真，回去后一连上了三道奏本，坚决请求辞去相邦之位，又向秦王举荐蔡泽为相邦。秦王仍然不肯让范雎走，无奈，范雎只好再次上奏，声称患了重病，秦王眼看范雎实在要走，这才勉强收回了范雎手中的相印，随即依着范雎的意思，封蔡泽为纲成君，拜为相邦，以成全他与范雎之间这段滑稽可笑的"师友之谊"。

终于卸下了相邦这个包袱，应侯范雎一天也不敢多待，立刻带了几十个随从，赶着十几辆马车离开了咸阳。

此时应城还没被秦军夺回，范雎一时不知该到何处安身，好在马车里装着十几口大箱子，里面满满的都是黄金，足够他吃用几辈子了。听说出了熊耳山就是当年商鞅的封地，那地方土地肥沃，民风淳朴，倒是个不错的去处，就想先到那里去买一处宅院，置些田产，先凑合着过日子，以后也许还有机会东山再起。

于是应侯一行出樗里，过杜县，几天后到了蓝田，眼看就要进山了，范雎觉得连日赶路也有些累了，就找了间客栈停下车马，准备休息几天再走。

这天夜里范雎喝了点酒早早睡了，睡到后半夜却想方便，叫了一个仆人举着灯火送他到茅厕，仆人在外头挑着灯等他，范雎自己慢慢走进去，还没解衣，忽听得仆人惊叫一声，外面的灯火顿时灭了！

不等范雎明白过来，几条黑影已经蹿到面前，两个人一左一右死死扭住范雎，一个人在身后扼住喉咙不让他叫喊，另一个抽出短剑对着范雎连连猛刺，范雎拼命挣扎，喉咙里呜呜有声，却躲不开刺客的利剑，转眼被刺了十几下，胸腹之间血流如注。眼看范雎活不成了，几个刺客随手把他扔在地上，转身就跑。范雎挣扎着伸出手，嘴里却已叫不出声来，扭动了片刻，双腿一伸，大睁两眼死在地上。

是何人刺杀了范雎？没有人知道，因为范雎在秦国这十几年得罪的人实在太多了，有成千上万的人想杀他。可范雎早年几乎被人屈杀，是躺在茅厕里下定了出人头地的决心，现在他在秦国做了十几年相邦，也算成就了一番事业，最终被自己的阴谋诡计搞了个身败名裂，又被仇人杀死在茅厕中，也算死得其所了。

往者不可谏，来者犹可追

邯郸之战结束了，秦国被从中原击退了，可天下的乱局依然如故。

信陵君魏无忌窃符救赵，虽然立了大功，也得罪了魏王，从此不敢再回魏国，就在邯郸住了下来。赵王为了感激信陵君，打算把五座大城送给信陵君做养邑，信陵君想了想，终于拒绝了。赵王又在邯郸城里建了府第给信陵君居住，魏无忌接受了这座府第，用来安置随他到赵国来的门客，自己却不在此常住，而是把家搬到堵山脚下的一处小庄院里。在这里，墨者石玉已经凭着自己的双手整理出一片小小的庭园，给魏无忌，也给她自己安了个家。

这天，鲁仲连到堵山脚下来看望故友。进了小院，只见菜蔬碧绿，瓜果满架，魏无忌穿着一件布衣，半敞着怀躺在花荫下纳凉，见鲁仲连来了，忙起身相迎。石玉端着茶从屋里出来，笑着问鲁仲连："几个月没见先生，不知又到何处去了？"

鲁仲连微笑道："我这个人最怕闷在屋里，就在邯郸左近走了走，登山临水，也算是无所事事吧。"见石玉荆钗布裙，和魏无忌并肩而坐，言笑晏晏，说不出的和美，暗暗点头，对信陵君笑着说："君上操劳了这些年，总算过上安逸的日子了。"

鲁仲连这话其实是对石玉和魏无忌两人说的，也算是一句含蓄的祝词。石玉脸上一红，指着魏无忌笑道："他当然过得安逸。我现在才知道，这个人什么事也不会做，一点用处也没有。"一句话逗得三个人都笑了起来。

鲁仲连喝了一口茶，缓缓地说："我今天是来向君上辞行的，大事已毕，老夫想回齐国去了。"

鲁仲连早晚是要走的，可他忽然说出这话，还是让魏无忌一愣，忙说："在下还有很多问题想讨教，先生能否再留些日子？"

石玉知道隐士们的脾气，留是留不住的，忙对魏无忌说："先生有他自己的事要做，你有什么要问的，不妨现在就问吧。"

被石玉一说，鲁仲连也笑了："君上有话请说，老夫知无不言。"

魏无忌低头想了半天，问了一句："先生能否说说，道、儒、法三家究竟有什么分别？"

鲁仲连笑着说："你这话问得好。道家讲'圣人常无心'，讲'不

敢为天下先'，讲'不敢进寸而退尺'，讲'绝圣弃智，民利百倍'，以及'雌伏'、'善下'之说，都是说给君王们听的，依道家之术治国，天下有君王之名，而无君王之实；有官员之名，而无官员之权。于是君王、官员都成了平常人，不能弄权，亦无'权'可弄。儒家讲'克己复礼'，讲'舍生取义，杀身成仁'，是要逼着君王行正道，爱百姓。对儒者而言，官员是满腹仁义、一心爱民的斗士，专与君王搏斗，最终迫使君王'雌伏'、'善下'，以至'常无心'。所以道家、儒家本是一家，只是儒家学说比道家思想简易了许多，也激进了许多，但其归属之处却是一样的。"

"法家却与道、儒两家不同。法家专以君王的意志为刑法，制定刑法的目的是为了束缚百姓，奴役官吏，所以法家天下人人争着做官，做大官！因为做了官，就可以比百姓少受束缚，少受伤害，官做得越大，受的伤害就越少。然而法家又有一个假象，装出一副'王孙庶人一律平等'的样子来，偶尔杀一两个王孙贵人，要么是为了立威，要么是为了争权。且看秦国，商鞅变法时杀过几个人，治过几个人，都是为了立威而已，其实秦国作恶的真只有这几个贵人吗？其后秦国的王公贵人们屡次自相残杀，无一例外都是为了争权夺势，哪还有一丝'公道'可言？"

"所以先生批驳荀况之儒……"

鲁仲连冷笑道："荀况之'儒'并不是儒，而是'法'！只不过包了一层'儒家'的皮，借以混淆视听罢了。可这'儒皮法骨'的东西最能骗人，将来为祸不浅！"

魏无忌忙问："怎么才能识破天下奉行的是'孔孟之儒'还是'荀况之儒'？"

"这也容易。道家的官不能弄权，平时与百姓一般无二，所以大家不会争着做官，做官的人也不敢有官架子；如果有这么一天，天下人什么事也不愿意做，全都一门心思要做官，做大官！做了官就端起架子，对上巴结奉承，对下欺压百姓，这就必是'荀况之儒'在作怪了。"

魏无忌点点头："原来如此……我听说荀况已经隐居了。"

"荀子虽隐，其学说不会隐去，早晚必将大行其道，只是将来'荀况之学'恐怕会戴上一个'孔子之儒'的假面具，世人就更难识破了……"鲁仲连不想再说这让人伤感的话题，叹了口气，又回到正题，"说穿了，道家思想是要让君王不知其为君王，官员不知其为官员，虽然有权而不能弄权，一个个都与平常百姓一般。儒家思想是要让君王做个称职的君王，官员做个正直的官员，手里有权，好好用权，为百姓谋利，最终还是要像道家所推崇的这样，君王不知自己是君王，官员不知自己是官员，手中有权，却又无权可弄。这是大道，也是正道，只是正道难行……"

鲁仲连一番话说得魏无忌低头沉思，石玉却问了一句："为何正道难行？"

"孔夫子有言：'唯上智下愚不移'，此是真言。天下民智未开，百姓皆是'下愚'，非人力可以救，欲求正道，待千年以后吧。"鲁仲连深深地叹了口气，忽然间，满脸都是倦容，"我有幸研习老子'天人合一'之道，略有所成；又依儒家'克己复礼'之学，督促了平原君、安平君这样的权臣贵胄，再与墨者同抗暴政，做了几件事，救了几个人，道、儒、墨三家尽得，此生足矣，再无所求！"

"先生要到何处去？"

"志似鸿鹄，身如燕雀，天下如同林莽，我有一根枝条便可栖身。"鲁仲连终于完成了心事，只觉得满身都是说不出的疲惫，"人呐，真是没什么用，随便做一点事，就好像把心血都熬干了，我也老了，老喽。"站起身来对魏无忌和石玉微笑着点点头，忽而把双手一拍，口中唱道："凤

兮凤兮,何德之衰!往者不可谏,来者犹可追。已而,已而!今之从政者
殆而!"长歌当哭,扬长而去。

魏无忌看着鲁仲连的背影,忍不住叹了口气:"老先生说得对,孔夫
子曰:'上智下愚不移',其实是在责备百姓们,就因为天下百姓难救,
所以天下才难救……"

石玉在旁问他:"你是个上智还是下愚呢?"

"无智,也不愚,天下本无我,我心中亦不复有天下。以前营营役役,
浪费多少岁月?现在才知道着急,急着做个置身事外的淡泊人。"魏无忌
抱起琴来笑着问石玉,"你想听《流水操》,还是听《文王操》?"

听魏无忌打趣,石玉不禁掩口而笑:"什么'文王'什么'流水',
说来说去还不都是一回事?"

"文王"和"流水"其实是一回事,石玉无意间的一句话,竟说出了
天下最深刻的大道理。

从这天起,天下再也没出现过鲁仲连的身影,信陵君魏无忌也在赵国
隐居了整整十年。

也就在这一年,楚国终于灭了鲁国,挤进了中原;韩国、魏国为了各
自的利益争相侍奉秦国;齐国切断了与中原各国的联系,关起国门过自己
的太平日子,直到灭亡为止;燕国则趁着赵国衰弱的机会从背后猛攻赵国,
想打开进入中原的通道,不想反被赵国击败,相国栗腹被杀,国势再次衰
落下去;而得胜之后的赵国立刻开始攻魏,伐燕……

就在山东六国不可理喻的混战之中,秦国逐渐恢复了国力,军力发
展到一百万人。像一支锋利的长戟横扫中原。到公元前221年,也就
是秦王嬴政在位的第二十六年,秦人终于以武力统一了这个国家。可

仅仅十五年后，不可理喻的秦朝皇帝们用同一把锋利的长戟刺穿了自己的胸膛。

"灭六国者，六国也，非秦也；族秦者，秦也，非天下也。"这简单明了的一句话，不但说透了战国时代的大悲剧，甚而可以为其后两千年每个王朝的兴衰更替做注脚。可这个文明古国两千多年的漫长历史，为何竟会演成一场大悲剧，而"剧情"又如此雷同，问题的症结究竟在何处？直到最后一个封建王朝走向终结，始终没有一个明确的答案。

上士闻道，勤而行之；中士闻道，若存若亡；下士闻道，大笑之……也许是因为多年奉行"荀子之儒"的关系吧，中国古人在探讨国家民族命运的时候多半"若存若亡"，而"大笑"者多。